코러스크로노스

윤해서 소설집

코러스크로노스

초판 1쇄 발행 2017년 2월 24일
초판 3쇄 발행 2023년 7월 24일

지은이 윤해서
펴낸이 이광호
펴낸곳 ㈜문학과지성사
등록번호 제1993-000098호
주소 04034 서울 마포구 잔다리로7길 18 (서교동 377-20)
전화 02)338-7224
팩스 02)323-4180(편집) 02)338-7221(영업)
전자우편 moonji@moonji.com
홈페이지 www.moonji.com

ISBN 978-89-320-2984-9 03810

이 도서의 국립중앙도서관 출판예정도서목록(CIP)은 서지정보유통지원시스템 홈페이지(http://seoji.nl.go.kr)와 국가자료공동목록시스템(http://www.nl.go.kr/kolisnet)에서 이용하실 수 있습니다. (CIP제어번호: CIP2017002785)

코러스크로노스

윤해서 소설집

문학과지성사

차례

테 포케레케레

약 20억 년 전, 최초의 진핵세포가 등장했다.

진핵세포들은 감수분열에 의한 유성생식을 시작했으며, 살아 있는 존재를 먹을 수 있는 습관을 창조했다. 최초의 다세포동물이 등장했다. 척추동물이 등장했다. 턱뼈가 있는 어류가 등장했다. 곤충이 등장했다. 수륙 양서류가 등장했다. 날개가 있는 곤충들이 등장했다. 공룡이 등장하고, 꽃들이 피어났다. 최초의 포유동물이 등장했다. 조류가 등장했다. 영장류가 등장했다. 원숭이들이 등장했다. 초기 고양이들과 개들이 등장했다. 호모사피엔스가 등장했다. 현대의 호모사피엔스가 등장했다. 인류의 역사는 등장의 역사다. 등장이 멈추고, 등장이 시작되었다. 어떤 학문들이, 어떤 질병들이, 어떤 음악들이, 어떤 종교들이, 어떤 기술들이, 어떤 이름들이 등장했다. 다른 사람의 등장으로. 믿음이, 질투가, 사랑이, 분노가, 슬픔이, 고독이 등장했다. '나'라는 이름의 등장으로.

탕.

그리하여 어둠의 길을 걷게 된 것이리라.
탕.
주먹을 꼭 쥐고
탕.
그리하여 슬픔의 길을 걷게 된 것이리라.
탕.
부질없이 너는 말하지 않았고
탕.
하릴없이 너는 울었다.
탕,
너는 울기 시작했다.
탕.
감은 눈을 뜨지도 않고,
탕,
너는 울었고, 울다가
탕,
하고 소리 내 말했고, 말하는 중에도

탕.

계속 울었다.

탕.

눈물이 쉬지 않고 흘러내렸다.

탕,

너는 나아지지 않았다.

탕,

너는 학습하지 않았고,

탕,

너는 발전하지 않았다.

오로지 탕,

한 음절을 반복해 말했다.

탕.

어떤 경우에도

탕.

한마디뿐이었다.

탕,

네가 말했다.

탕,

네가 말했다.

탕.

쉴 새 없이 말했다.

탕.

말하는 중에도,

탕,

너는 울었다.

탕,

너는 계속 울었고

ㅌ

ㅏ

ㅇ

의문은 흩어진 음운에서. 가득한 침묵에서 시작되었다. 죽음처럼. 잠이 멀리 나아갔다가 돌아왔다. 탕, 너는 한 번도 등장하지 않았고 탕, 너는 늘 그곳에 있었다. 의문처럼. 위험한 구멍. 풍경의 상상으로 바람이 분다. 풍경의 부름으로 밤이 내린다. 너라는 미지의 어둠을 향해. 살았을 때의 습관으로. 물고기는 물을 흔들며 간다. 가위로 오려낸 것처럼 야윈 기억을 품고. 우리는 각자의 방에 문을 닫고 잠든 식구처럼. 입을 닫았다.

ㅌ

ㅏ

ㅇ

테 포케레케레는 아프리카 원시 부족의 말로 '미지의 어둠'이라는 뜻이다.

테 포케레케레.

의미를 알 수 없는 낯선 언어가 품고 있는 미지의 어둠.

얼마나 많은 언어들이 눈앞에 까마득한 어둠을 펼쳐놓는가. 얼마나 많은 미지의 것들이 언어의 옷을 입고 어둠 속에서, 어둠의 얼굴로 떠오르는가.

눈을 감고 나는 보았다.

내가 사망의 음침한 골짜기를 다닐지라도
해를 두려워하지 않을 것은
주께서 나와 함께하심이라

병원 복도에 이런 현판이 걸려 있었다. 복도에 서 있을 때마다, 새로운 복도에 들어설 때마다 꼬들꼬들한 동태 눈알을 씹고 싶은 기분이었지만. 동태 눈알을 아무리 오래 씹고 있어도 너는 삼켜지지 않았다.

탕.

환대도 거부도 불가능해.
나는 너를 삼킬 수 없다.

탕,
너는 대답하지 않는다.
탕.
입을 벌리고,
탕.
울지 않는다.
탕,

때로 네가 나를 포위하고 있다는 생각이 든다. 멀리 가고 싶어. 아주 멀리까지. 당신은 나의 기도가 들리는가. 너를 벗어놓고 나는 흩어진다. 너를 벗어놓고 아무것도 기억하지 않는다. 시간의 바깥에서.

울고 싶어, 기차에 탄 적이 있다. 그날 창밖으로 스쳐 지나간 것들은 여전히 창밖을 스쳐 지나고 있는 것들. 두 팔이 두 다리를 스친다. 의미 없이. 흔들린다. 그날 오후에는 수평선으로 해가 지는 것을 가만히 보고 있었는데 곧, 해가 둘로 셋으로 희미하게 어른거리기 시작했다. 붉고 붉은 하늘. 모든 그날의 하늘들로 찰랑거리다 넘쳐흐르는 무력한 파문. 모든 날들이 동시에 흘러. 당신이 모든 것을 집어삼킨다. 캄캄한 밤, 선명한 것은 오직 당신뿐.

눈을 감으면
부풀어오르는 것들
불쑥 솟아오르는 것들로부터
너의 밤으로부터 달아나고 싶어.

입을 꾹 다물고 숫자를 세지만. 양 한 마리, 양 두 마리, 양 세 마리. 당신의 양, 당신의 양, 당신의 양. 잠들지 못한 눈이 빨간 양들이 모두 당신을 품고 있어 옥상에서 당신이 툭, 툭 떨어진다.

고개를 숙이고, 이럴 때는 도무지 어찌할 바를 모르겠어. 음매 음매. 마음이 대책 없이 물러지는데. "나도 조금은 더 살아 보도록 노력하마." 오래전, 한 남자가 자신의 아들에게 건넸다는 말이 자꾸 떠오른다. 크게 앓고 나면 단지 살아 있기 위해서도 노력이 필요하다는 것을 알게 된다. 조금 더 살기 위해 사람들이 얼마나 많은 노력을 하는지. 아무라도 안고 싶어. 아무라도 안고 등을 가만히 문질러주고 싶은데. 나를 안고 있는 당신의 얼굴이 떠오른다. 당신의 품 안에서 앞이 보이지 않는다. 여기는 당신의 한복판. 당신과 당신들의 격전지.

당신은 여기에서 저기로, 저기에서 여기로. 사방으로 흩날린다. 마치 몸을 얻은 것처럼. 언제부터일까 바람이 세게 불면 누군가의 방문을 상상하게 되는데. 너는 어디에서 왔니. 나무가 바람에 흔들리는 소리를 들으면서 먼바다를 떠올린다. 눈부신 바다. 당신들은 어디에서 오는 것일까. 그리워서. 그시리시워서. 오래전에 귀신 말을 배웠는데. 보고 싶어. 보소고소시시퍼서. 귀신 말로 하면 너에게도 들리는지. 귀신 말로 바람은 바사라삼. 바사라삼은 꼭 사사라삼 같은데. 오늘 밤, 바람이 너무 세게 불어. 너의 숨소리가 들리지 않는다.

무엇이 나를 밀어 나는 여기에 이르렀는가. 무엇이 나를 여기까지 끌고 왔는가. 멍한 얼굴로 사방을 두리번거리다 피식, 웃음이 새어 나온다. 꽃분홍 양산, 흔들리는 손잡이, 납작한 인절미들. 좆나, 씨발. 그래, 웃어야지. 울 수는 없으니까. 당신과 내가 나누어 가질 것은 한 줌 빛과 무력한 웃음뿐.

그런데.

지금, 여기. 당신의 깊고 커다란 입속에서 무엇이 흘러넘치고 있는가.

만약 우리에게 영혼이 있다면.

우리의 영혼과 육체 사이에, 당신이 있다면. hook.

영혼과 육체 사이에서 소름처럼 끼치는 한순간, 당신의 웃음.

당신의 웃음이 위태로운 난간 끝에 걸려 있어.

가파른 존재의 난간 위에서 누군가 균형을 잃고 기우뚱하는 순간,

번개 같은,

당신의 한쪽 입꼬리가 올라간다.

눈부시게 빛나는 물방울 속에서. 매 순간마다 잘게 흩어지는 당신. 오직 당신을 잊기 위해.

태어난 순간부터 모든 망각이 동원된다.

그러니까. 익숙한 망각 속에서. 나는 너를 만났는데.

사람들은 그것을 죽음이라 불렀다. 번개 같은, 너의 한쪽 입꼬리.

내가 죽자, 시간이 죽었다. 내가 죽자, 나는 세계의 바깥에 있었고 세계는 시간의 바깥에 있었다. 나는 모든 시간이 함께 흘러가는 것을 보았다. 2백 년 전 어느 날, 빨간 망토를 두른 목동이 헝가리의 대평원을 거니는 모습을 그의 마지막과 함께 보았다. 그는 어느 순간, 천천히 바닷속으로 걸어 들어갔고 나는 그의 하얀색 셔츠가 그가 세워둔 차의 와이퍼 끝에서 펄럭이는 것을 보았다. 동시에 헝가리의 대평원을 달리는 펄루치커이, 2백 년 전 아홉 살이었던 꼬마 목동의 빨간 망토가 바람에 날리는 것을 보았다. 시간이 사라졌고, 시간이 합쳐졌다. 그것은

한 덩어리의 어떤 것이었다. 나는 그것의 이름을 읊이라고 들었고, 읊은 읊이 아니라고 들었다. 아무튼 나는 죽었고. 그것은 한 번도 생각해본 적 없는 어둠이었다. 시간의 바깥. 미지의 어둠. 그러니까 내가 너를 만났을 때 나는 나를, 나는 그를, 나는 집시 여자를, 나는 펄루치카이를 동시에 만났다. 그때까지 한 번도 만나본 적 없는 사람들. 한 번도 헤어져본 적 없는 사람들을. 나는 바다를, 나는 대평원을, 나는 꿈과 읊을 동시에 보았다. 그때까지 의식조차 할 수 없게 흘러가던 시간은, 의식의 밖에서 의식보다 더 선명하게 흘러가던 시간은, 쪼개졌다. 사라졌다. 한 덩어리로 합쳐졌다. 시간의 바깥에서. 사방은 왜상들로 넘쳐났다. 왜상 속에 왜상 속에 왜상 속에 왜상들.

(시간이 사라지자 세계는 일그러진다. 세계는 작은 한 점으로 쪼그라들고 세계는 무한대로 확장하고 세계는 한쪽 면으로 인식되지 않는다. 흐름의 방향을 잃고. 세계는 모든 시간대의 그물에 걸려 사방으로 마구 튀어오른다.

문장에서 시간이 사라진다.

문단에서 시간이 사라진다.

모든 시간이 동시에 출몰한다.

나는 오직 이미지와 이미지 사이를 건너뛴다.

미지의미이미지의미이미지의미이미지의미이미지의미

모든 시간이 한꺼번에 흘러간다.)

ㄴㅏㄹㅡㄹㅇㅡㅣㄲㄱㅗ

시간의 바깥에서. 내가 흩어진다. 이미지들이 흩어진다.

붉은 점들이 감은 눈의 안쪽을, 어둠 속을 영원히 떠돌아다닌다는 부유 행성들처럼 어지럽게 떠다닌다. 추위 속에 잠들어 있는 행성들. 끝없는 밤이 지속된다. 나는 항성이 없기 때문에 시간이 존재하지 않는다는 행성들 사이를 둥둥 떠다닌다. 녹지 않는 사탕을 차례로 입안에 넣고. 대상 없는 분노, 알 수 없는 서글픔 같은 것들이 끈적하게 혈관을 따라 흐르는 것을 느낀다. 욕실 거울에 뿌옇게 김이 서린다. 입속에 거품을 잔뜩 물고. 뇌가 텅 빈 망막에 왜상을 투사한다. 칫솔이 위아래로 움직인다. 거울 속에서. 【∞】왜상이. 【∞】왜상 속에 【∞】왜상이. 【∞】왜상 속에 【∞】왜상 속에 【∞】왜상이 흔들린다. 무한대는 눈밭에 누워 있는 눈사람 같아. 감을 수 없는 두 눈. 텅 빈 두 눈. 【∞】죽어도 감기지 않는 두 눈으로. 영원히 감긴 두 눈에 마지막까지 남아 있던 빛으로. 나는 왜상 속에서 관 속에 누워 있는 사람의 형상을 본다. 【∞】왜상이. 【∞】왜상 속에 【∞】왜상이. 【∞】왜상 속에 【∞】왜상 속에 【∞】왜상이 흔들린다. 단속적으로 들어오는 장면들. 단속적으로 끼어드는 문장들. 시간의 해독을 거부하며 돌출하는 이미지들 사이에서. 너는 꿈의 바깥에, 시간의 바깥에 있어. 밤사이 쏟아진 눈처럼. 나를 아득하게 만든다.

탕.

네가 쌓인 눈밭에, 온통 너로 뒤덮인 눈밭에 네가 내려. 오늘 밤 늑대의 발이 눈에 푹푹 빠진다. 움푹, 움푹. 눈이 팬 자리에 검은 피가 고여. 피의 수면에서 너의 눈동자가 흔들린다. 처음 너에게 말을 건넸던 밤. 너는 들었을까. 나는 환상 교향곡을 들어본 적이 없어. 너의 입이 얼어붙었으면 좋겠다.

탕,
너는 대답하지 않는다.

꿈속에서. 나는 이를 악물고, 대답 없는 너의 눈을 씹는다. 너의 눈을, 새까만 너의 눈동자를. 찐득한 고름 같은 검은 물이 계속 배어나. 입술이 달라붙는다. 입속에서 혀가, 잇몸이 녹아내려 너의 터진 눈동자와 한 덩어리로 뒤섞인다. 나는 입속에 든 것을 뱉지도, 씹어 삼키지도 못하고, 골목길을 따라 걷는다. 내가 잠든 작은 방 안에 발자국이 찍힌다. 푹, 푹 땅이 파인다. 깊은 구멍에서 섬이 솟아오르고, 강이, 도로가, 지하가 흘러넘친다. 잠든 내 이마 위에 움푹, 움푹, 늑대의 발이 빠진다. 오래

전에 죽은 늑대들이 발자국을 남기고 지나간다. 이마에 의미 없는 발자국. 글자들이 박힌다.

누페어eye는코를의미한다
품위는광석에함유된유용성분의함유량을말한다
2088년8월8일은일요일이다
인간은23개초파리는4개달팽이는27개금붕어는47개다
다니족에게는색이름이딱두개밖에없다'밀리'는어둡다는뜻이고 '몰라'는밝다는뜻이다
너는몰라를몰라
외국인신부가공부하는한글단어장에는이모고모삼촌사촌결혼하다있다없다돌아가시다가차례로나오는데
애도할때사용하는나무는사이프러스나무다
호피족의언어에는시제가없기때문에그들은우리와는다른시간감각을가지고말한다
데이노와에니오불안과공포그건가방속에주머니속에
내가말아쥐고있는주먹안에있어나는의안제조전문가범죄현장전문사진가관제작자가아니다
편도체는공포자극과공포반응을곧바로연결해준다
편도체를제거한걷는물고기는물을두려워하지않는다
누군가빈복도에가만히서있다
여전히소란스럽다

그가 말했다.

나는 빈 복도에 가만히 서 있다.
누구나 갈 때는 간다고 말하고 가면 좋겠다.
누구나 갈 때는 간다고 말할 수 있으면 좋겠다.
나는 주머니 속에 손을 넣고, 생각한다.

네 손바닥은 꼭 눈이 없는 물고기 같아.
자신의 손바닥 위에 내 손바닥을 펼쳐놓고 이렇게 말하던 그를 떠올린다. 나는 주머니 속에 든 물고기를 말아 쥔다. 물이 손가락 사이로 흘러나온다. 물로, 철을 절단한다. 이런 간판 앞이었다. 파이프 절단 전문점인 믿음 파이프 앞을 지났다. 요한 스틸 앞을 지날 때는 수입 파이프, 고급 파이프, 수입 파이프, 고급 파이프. 이렇게 나란히 적힌 글자들을 따라 읽었다. 요한 스틸. 수입 파이프, 고급 파이프, 수입 파이프, 고급 파이프. 그와 함께 있었다면 더 천천히 걸었겠지만. 우리는 수입 파이프도 고급 파이프도 아니지. 그의 썰렁한 농담을 떠올리며 나는 시린 주먹을 꼭 쥐고 고개를 숙였다.

왜 고개를 숙이고 있어요?
그를 처음 만났을 때, 그가 물었다.

나리꽃이 흐드러지게 핀 절 담 앞이었는데 나는 낯선 사람이 말을 걸었다는 사실보다 그가 던진 질문에 더 당황하고 있었다.

다른 사람들은 어떨 때 고개를 숙이나 궁금해서요. 옆모습이 꼭 물음표 같아.

정말 뭔가가 궁금하긴 했던 걸까. 내 대답이 꼭 필요한 것 같지는 않았다. 그는 그렇게 말하고 휘적휘적 걸어가버렸다.

내가 죽고, 누군가 나에게 말을 건 것은 그날이 처음이었는데.

너를 만났기 때문이었을까.

그가 떠나고 날이 추워지면서 방에 물이 새기 시작했다.

밤이면 나는 물을 베고 눕는다. 하루가 귓가에서 구겨진다. 얼굴이 녹아내리고, 수면 위로 두 개의 구멍이 떠오른다. 이중 만조다. 밀물이 빠져나가지 못한 만에 밀물이 또, 밀어닥친다. 만에 서 있던 사람들이 속수무책으로 물에 쓸려 나간다. 몸 하나가, 몸 밖에 있던 몸들이 쓸려 내려간다. 몸이 몸에 밀려들어온다. 몸 하나가 몸 하나를 밀고 들어온다. 몸과 몸이 부딪쳐 출렁, 몸이 흘러넘친다. 나는 하룻밤에 세 번 해를 토하고, 눈을 감는다. 목젖이 단단해진다. 벽 속에 파이프가 차례로 얼었다, 녹는다. 집이 통째로 얼었다, 녹는다. 집이 얼었다, 녹았다를 반복하면서 벽 곳곳에서 곰팡이가 피어오른다. 네가 우는 소리가 달팽이관을 타고 끈질기게 기어오른다. 어두컴컴한 집 안에서, 차갑게 얼어붙은 수천 개의 파이프 속에서, 입을 굳게 다문 목구멍 속에서. 너는 곰팡이처럼 피어오른다. 무서운 번식력으로.

탕.

나는 너를 삼킬 수 없다.

탕,
너는 대답하지 않는다.
탕.
입을 벌리고,
탕.
울지 않는다.
탕.

개새끼.
김 대리, 개새끼. 개새끼, 김 대리.
여자가 소리치고 있었다. 내가 죽고, 아직 그는 죽지 않았을 때, 우리는 만났다. 그는 절 담 앞에서 만났던 그인 것도 같았고, 병원 복도에 서 있던 그인 것도 같았고, 내가 죽기 전에 알았던 수많은 그들 중 누구인지 구분이 가지 않는 그 누군가인 것도 같았다. 김 대리, 개새끼. 개새끼, 김 대리. 너무 많은 김 대리. 너무 많은 개새끼. 여자는 술에 취한 것 같기도 했고, 한 번도 술에 취해본 적이 없는 것 같기도 했다. 셔터가 내려진 은행 앞이었는데 여자가 금방이라도 간판을 부술 듯이 개새끼, 김 대리. 개새끼. 이렇게 지치지도 않고 계속해서 소리를 질렀다. 그는 꼼짝도 하지 않고 그 여자를 보고 있었는데. 막대 같은 계집애. 너는 너무 뻣뻣해. 나는 멀리서 그의 소리를 들었고, 목이 긴 새가 얼마나 징그러운지, 여자를 보고 있는 그를 한참 동안 바라보았다.

그의 말이 들리지 않았다. 자정이나 정오나 같은 12시였다. 코러스크로노스는 전날 12시에 오픈했다. 우리는 첫번째 방문객 따위는 되고 싶지 않았기 때문에 조금 천천히 만났다. 서빙고역 4번 출구에서 이촌동 방향으로 2백 미터쯤 직진하다 첫번째 골목에서 오른쪽으로 돌아 들어오면 코러스크로노스가 보일 거라고 그가 말했다. 계획은 코러스크로노스 앞에서 그를 만나는 것이었지만, 나는 오른쪽 골목으로 돌아서기 전에 그를 보았다. 거리는 조용했다. 간판에 불은 꺼졌고, 김 대리, 개새끼, 소리치고 있는 여자뿐. 길에 사람들은 다니지 않았다. 도로에 차가 눈에 띄게 줄어든 새벽이었는데 여자의 목소리가 너무 크게 들려서 도로에서 괴괴한 적막 같은 것이 느껴졌다.

뭘 태울 거야?

그에게 가까이 다가가서 물었다.

미친년.

그는 내가 나타났다는 사실에 별로 놀라지도 않고, 별다른 인사도 없이 그렇게 말했다. 웃음기 없는 얼굴에, 감정이 전혀 실리지 않은 목소리였다.

뭘 태울 수 있다고?

코러스크로노스에 대해 그가 처음 말했을 때 그의 직장 동료가 물었었다.

뭐든지. 뭐든지 태울 수 있지. 일종의 화장장이라고 생각하면 돼.

그가 대답했다.

뭘 꼭 태워야 돼?

나는 당장 태우고 싶은 것이 있는지 생각했다.

안 태우고 싶다면. 아무것도 안 태워도 돼.

입장료만 내면 되니까.

입장료를 받아?

응, 24시간 입장 가능. 단 입장료는 3만 원이야.

그가 말했다.

김 대리, 개새끼. 개새끼, 김 대리.

여자가 계속 소리치고 있었기 때문에 여자의 목소리와 그의

목소리와 그의 직장 동료의 목소리가 겹쳐 나는 도무지 정신을 차릴 수가 없었다.

코러스크로노스.

시간합창.

골목 입구에 눈에 띄는 간판이 걸려 있었던 것은 아니었지만 코러스크로노스가 있는 골목을 찾는 것은 어렵지 않았다. 골목 안쪽으로는 곧 재건축에 들어갈 것 같은 4, 5층짜리 빈 건물들이 이어져 있었다. 코러스크로노스는 그 건물들 끝에, 재건축 결정이 나기도 전에 허물어지고 말 것 같은 건물 지하에 있었다. 입구가 워낙 좁고 어두운 데다 간판도 거의 눈에 띄지 않았기 때문에 나는 혼자 골목에 들어섰더라면 코러스크로노스를 무심코 지나쳐 갈 뻔했다고 생각했다. 건물 2층과 3층엔 허름한 당구장과 PC방 간판이 걸려 있었고, 꼭대기 층인 4층은 간판 없이 닫힌 창문에 불이 꺼져 있었다. 그를 따라 좁은 계단을 내려갔다. 계단은 어두웠고, 가팔랐다. 과연 그 끝에 화장장은 커녕 좁은 방이라도 있긴 한 건지 의심하고 있을 때, 그가 좌우로 비틀린 마름모꼴 회전문 앞에서 나를 돌아보았다. 나는 막 계단의 마지막 칸에서 내려서고 있었는데 그가 정확히 나를 보았던 것은 아니고 그는 마치 거기 내가 없는 것처럼 멍한 눈으로 허공을 바라보는 것 같았다.

코러스크로노스에 들어선 이후에 그의 표정은 기억나지 않는다. 그가 회전문 안으로 들어섰을 때, 나는 정신을 잃었다. 회전문이 생각보다 빠른 속도로 돌아갔고, 한 바퀴 이상 돌았다고 생각했지만 문은 또 다른 문으로 연결되어 있는 듯 어지럼증이 일 만큼 여러 차례 회전한 후에야 실내로 들어설 수 있었다. 회전문에서 뱉어졌을 때 나는 끝이 보이지 않는 코러스크로노스의 규모에 놀랐고, 그것이 지하의 어둠 속에서 발하고 있는 빛의 세기에 압도당했다. 별똥별이 지상에 떨어진다면, 그건 차갑게 식은 돌덩어리일 뿐일 거라고 생각했으나 나는 불타고 있는 행성 안에, 불시착한 빛나는 얼음덩어리 앞에 서 있었다. 밖에서 본 당구장과 PC방 간판은 간판일 뿐이었다. 코러스크로노스는 깊은 지하에서부터 시작돼 족히 건물의 꼭대기 층인 불 꺼진 4층에 그 꼭짓점이 닿아 있을 것이었다. 바닥이 바닥에 닿아 있긴 한 건지 알 수 없었다. 원뿔형 몸체를 중심으로 굵기가 다른 색색의 유리관들이 여러 방향으로 뒤엉켜 뿔의 주변을 감싸고 있는 형상의 구조물이었고, 우리가 들어선 입구는 그 중간층으로 연결되어 있었다.

사방이 온통 빛이었다. 코러스크로노스는 유리와 얼음, 거울 외에 다른 마감재를 전혀 사용하지 않고 지은 건축물이었다. 각 변이 맞닿아 있는 마름모꼴 유리는 투명했고, 모서리를 길게 잡아 늘어뜨리거나 둥글게 끌어당겨 변형한 모양의 다면체 거울이 마름모꼴 유리들의 유려한 규칙을 깨고 기이한 모양

버려진 2.5톤 트럼펫의 목을 조르고
졸고 있는 남자의 벌어진 다리와 다리 사이를 찢는다
아비의 뼈는 묽고, 수렁은 깊어
바람에 물결치며 흔들리는 보리와 보리들이
삭제된 문서들과 빚 문서들이
봉분 위에 올라앉아 풀 깎는 여자와 봉분 속 남자가
갈라진다 끝없이 잘라내고, 도려내는 메스 끝에서
흐르고 흘러가는 혈관을 따라
누란의 고분과 주방의 빈 도마 위에 틈이 생긴다
가는 금을 따라 꼬박 하루를 앓고
브루나이로 떠났던 사진관 남자가 돌아오고
그가 찍은 가족사진에 검은 구멍이 뚫린다
길에서 만난 잘생긴 남자의 얼굴에
잘생긴 남자의 잘린 팔목에
뭉툭하게 아문 그 자리에
내 손등이 스친다
군데군데 피 웅덩이가 고인다
군데군데 네가 피어오른다
묵념의 자세로
오래된 필름의 해묵은 침묵 속에서
말할 수 없으므로 울음을 그치지 않는 아이처럼
서로 몸을 섞지 않는
소리 없는 장면들만이 흘러넘친다

터널, 터널들

해마들의 교미를 상상해
어깨는 또 다른 어깨로 어깨는 또 다른 어깨로
계속해서 잊혔다

중심이 없으므로
중력은 어떤 방향으로도 작용하지 않았지만

곳곳에서 죽은 새들이 후드득후드득 떨어졌다
방마다 아이들이 죽은 새들로 성을 쌓았다

아이들은 부수기 위해 거듭거듭 성을 쌓았고
싸우기 위해 적을 만들었다
성을 쌓기 위해 적을 만들었다

끝에서 끝까지
내 칼을 받아라
협박조로 개가 짖었다

망각과 시간의 마찰 면에서
옆구리가 가려워

병든 자와 병들어가는 자가 몸을 섞고 부둥켜안고 때를 밀었지만 물 위에 샛노란 때가 둥둥 떠올라도 몸뚱이가 새빨갛게 익어가도 너는 커다랗게 입만 벌리고 있었다

수입과 지출 사이에서
너희들의 흉상만이 너희들이 가질 것
너는 눈, 코, 입, 귀 열 개의 구멍

어떤 입으로도 앞을 가리지 못해
지도에는 문턱이 없었지만
나는 문턱에 걸려 넘어지는 기분으로
비석의 숫자를 셌고
터널의 목록을 만들었다

순산터널 변성터널 안녕터널 분꽃터널 순산터널 변성터널 안녕터널 분꽃터널 순산터널 변성터널 안녕터널 분꽃터널의 이름을 외우지 않았고

나는 어디 있는 걸까
묻지 않았다

그는 어디 있는 걸까. 그처럼. 나는 그에게 물을 수 없었다. 이게 무슨 의미가 있는 거죠? 언어의 터널들이라뇨. 나는 그에게 이것들에 대해 타박할 수 없었다. 이것들은 결국 터널에 관한 불완전한 메모였고 나는 그것이 그가 살다 간 짧을 수도, 길 수도 있는 어떤 어둠에 대한 아주 흔한 비유라고 생각했다.

어둠에 대해서라면.

나는 눈을 감았다.
눈을 감고 어둠에 대해 생각하지 않았다.
그저 눈을 감았다 떴을 뿐이었는데.

눈앞에서 하얀 깃발이 펄럭이고 있었다. 나는 그의 차 안에 있었는데. 그가 와이퍼 끝에 걸어둔 셔츠가 눈앞에서 이리저리 흔들렸고, 시동은 그대로 켜진 상태였다. 라디오의 전원을 끄고 셔츠가 바람에 흔들리는 소리에 귀를 기울이고 싶었지만 아무 소리도 들리지 않았다. 사실 나는 그가 누구인지, 그가 어떤 그인지 확신할 수 없었다. 그가 코러스크로노스의 그인지, 병원 복도 끝의 그인지, 절 담 아래의 그인지, 아니면 그가 혹시 나는 아닌지. 어느 쪽도 분명하지 않았다. 빈 소매 끝이, 단추를 풀어헤친 셔츠의 몸통이 사방으로 흩날렸다. 나는 한동안 넋을 놓고 펄럭이는 하얀 깃발을 바라보았고, 눈을 들어 백미러를 힐끗 봤지만 차 안에 사람은 없었다. 셔츠가 크게 몸을 들썩일 때마다 먼바다가 눈앞으로 들이닥쳤다. 하얀 깃발이 잃어버린 유목의 꿈을 끌고 멀리 나아갔다가, 수평선을 잊고 눈앞에서 잠잠하게 가라앉았다. 바람이 몹시 부는 날이었다.

차는 검푸른 밤바다 앞에 서 있었고 멀리, 야트막한 구릉에서 소들이 무리 지어 움직이고 있는 모습이 보였다. 빨간 망토를 두른 목동이 소 떼를 몰고 있었는데 거리가 멀어, 아주 작은 아이처럼 보였다. 목동의 어깨에서 빨간 망토가 바람을 타고 높이 날아올랐지만 아이는 바람보다 천천히 움직였다. 나는 분명 밤바다 앞에 있었지만, 동시에 끝이 보이지 않는 평원 앞에 있는 것 같았고 도나우 강은 아주 멀리 있었다. 어부의 요새에서 일곱 고깔은 여전히 서로 다른 색으로 빛났지만, 어부들은 사라진 지 오래였다.

아이의 망토가, 비릿한 바다 냄새가, 하얀 깃발과 대평원이, 눈앞에서 차례로, 순서 없이, 떠올랐다. 가라앉았다. 구름이 지날 때마다, 음영을 달리하는 대평원의 풀잎들이 파도 위로 떠올랐다, 가라앉았다. 대평원이 하얗게 물결치며 떠올랐다, 가라앉았다. 펄럭였다. 잔잔한 파도가 밀려왔고, 파도 소리가 귓바퀴를 따라 두 팔을 벌리고 빙글빙글 돌아 늑대가 나타났다. 늑대가 나타났어. 발끝을 모으고 목동이 소리쳤다. 나는 헝가리에 가본 적이 없었지만, 깊은 밤바다 앞에서 목동의 축제는 일주일 넘게 계속됐고, 봄 축제는 봄을 지나 계속되고 있었다.

나는 창밖으로 손을 뻗었다. 너를 만지려는 것처럼. 바람이 불어. 와이퍼 끝에서 빈 셔츠가 바다를 향해 두 팔을 뻗었다. 나는 두 팔을 뻗어 핸들을 돌리고 싶었지만. 대평원의 거위들은 진흙 주변에 부리를 박고 모여 있었다. '집시의 달'은 반 일곱 시에 떠올랐다. 흐느끼는 바이올린의 선율이 군데군데 피어오른 진흙 우물의 어두운 벽을 타고 흘러내렸고, 클라리넷 베이스의 낮은 웅얼거림이 냉각팬을 타고 엔진룸 안을 이리저리 흘러다녔다.

방 안 가득 달이 고여 늑대가 나타났다. 늑대가 나타났어. 목동의 목소리는 들리지 않았지만. 나는 여전히 그의 차 안에 있었다. 이마에 늑대의 발자국이 찍혀, 천천히 어둠이 내려앉았고 아무 소리도 들리지 않았다. 하늘도 땅도 어둠 속에 잠겨서 나는 수평선의 경계가 희미해진 바다 앞에 서 있었고, 두 팔을 벌리고 천천히 더 깊은 바다를 향해 걸어 들어가는 그를 보았다. 차가운 바닷물이 발에 닿은 것처럼 온몸에 소름이 돋았다. 몸이 있다는 듯이, 몸을 뒤척이며. 파도의 흰 물보라가 평원에 몰아쳤다. 그의 다리가, 허리가, 가슴이 밤바다 속으로 조금씩 사라지고 있었고 밤의 물고기들은 입을 꾹 다물고 대평원 위를 둥둥 떠다녔다. 흔들리는 풀잎들 사이를. 밤을 흔들며 흘러다녔다. 나는 눈을 감고 밤하늘과 바다 사이를, 밤바다와 대평원 사이를 유유히 가르며 헤엄치는 한 줄기 빛을 바라보았고 두 팔을 벌리고, 숨을 깊이 들이쉬었다. 깊은 물속에 있는 것 같

아. 몸 안에 물이 차오른다. 다리가 벌어지고, 두 팔이 흔들린다. 머리카락이 떠오르고, 하얀 깃발이 흩날린다.

검고 깊은 물속에서 잘게 부서져 떨어지는 투명한 불꽃들.

그날 그 밤바다에서 나는 너를 처음 만났다.

눈앞에서 하얀 파도가 사라지고 대평원이 나타났다.
대평원이 솟아오르고 바다가 가라앉았다.
모든 시간이 사라졌다.
시간이 온통 한 덩어리로 합쳐져
거대한 덩어리가, 작은 한 점이 사방으로 튀어올랐다.

오직 너 자신으로부터의 구원을 꿈꿔.
그의 어깨가. 또 다른, 그의 어깨가. 또 다른 그의 어깨가. 거대한 덩어리에서. 흘러넘쳤다.
그들의 어깨가 또 한 번. 작은 점으로. 흩어졌다.
ㄴ ㅏ ㄹ ㅡ ㅇ ㅊ ㄱ ㅗ 또 다른 내가, 또 다른 내가. 흩어졌다.

우리가 코러스크로노스에 들어섰을 때,
나는 그 뒤로 그를 보지 못했지만.

그러니까 그 안에 내가 있었는지. 내가 혹시 그는 아니었는지. 아니면 그가 나였는지. 아무것도 분명하지 않았지만.

그는 보았다. 그는 그 거대한 것을 보자마자 읊이라고 생각했다. 읊이라 부를 수 있는 크기에 제한이 없다면 그것은 분명 읊이었고, 읊은 작은 방 안에 있었다. 어둡지도 환하지도 않은 방에, 검지도 붉지도 않은 읊 앞에 그는 서 있었다. 그는 볼 수 없었지만. 읊은 불 속에 있었고 물로 가득 차 있었다. 읊은 물 속에 있었고, 불로 가득 차 있었다. 읊은 물불물이거나 물불불물, 혹은 불물불물이었다. 다갈색 덩어리들이 새집을 삼킨 두꺼비의 배처럼 부풀어올랐고, 두꺼비의 축축한 발바닥이 붉은 울음을 그치지 않는 폐선의 닻으로 물속 깊이 가라앉았다. 그가 눈을 깜빡하는 사이, 읊은 얼굴을 바꿨다. 그는 보았다. 은빛 강아지풀이 뿌리도 줄기도 없이, 뿌리줄기 없이 흔들렸다. 강아지풀의 여린 수염들이 그의 발목을 간질이며 흩어졌다. 빛으로. 흔들리며 흩어졌고, 흩어지며 흔들렸다. 그것은 순서대로 진행되지 않았다. 발끝이나 손가락 끝에서 시작되지 않았다. 무릎이 조금씩 희미해졌고, 무릎을 내려다보고 있는 목덜미가 무릎보다 먼저 사라졌다. 그는 보았다. 거대한 읊 앞에서. 서서히 흩어지고 있는 자신의 몸을 보았다.

탕.

빛나는 얼음덩어리, 불타고 있는 원뿔형 행성, 코러스크로노스의 외벽에서.

나와 그는 서로에게 보이지 않았지만.

【∞】왜상이. 【∞】왜상 속에 【∞】왜상이. 【∞】왜상 속에 【∞】왜상 속에 【∞】왜상이 빛으로 흔들렸다.

탕.

거대한 불꽃 속에서. 작은 한 점에서.

나는 오른손이 남아 있는 것을 보았다. 사라진 왼쪽 어깨가 간지러웠다. 오른손을 들어 왼쪽 어깨를 긁었다. 내가 어깨를 긁을 때, 어깨가 잠깐 나타났다. 손톱에 세게 긁힌 피부가 붉게 부풀어오르기도 했다. 왼팔 위쪽 부분에 손가락이 닿았을 때는 동그랗게 남은 주사 자국이 나타났다, 사라지기도 했다. 눈을 깜빡하는 사이. 읊은 엄마의 배 속에서 딸꾹질을 하는 아이처럼 거대한 몸을 몇 번 들썩였고, 아이의 얼굴에 붙어 있던 몇 개의 보라색 위장들이 금빛으로 반짝이며 쪼그라들었다. 상처가 아문 자리에 딱지가 내려앉듯이. 아이의 얼굴에 새로운 별자리가 떠올랐고, 작은 방 안에 바람발작이 불었다. 신발우박이 쏟아졌다. 젖가슴달이 흔들렸다. 구름고름이 피어올랐다. 읊의 얼굴에서. 나는 발목이 사라지는 것을 보았다. 발은 바닥에, 허리는 허공에 떠 있었다. 발목이 사라졌고, 발등에 한 번도 본 적 없는 손톱 모양 흉터가 나타났다. 복사뼈가 대추씨만큼 작아졌고, 엄지발가락이 사라졌다. 팔꿈치가 채칼로 썰어놓은 양파처럼 갈래갈래 나뉘어 두 팔이 천장에서 쏟아졌고, 바닥에서 자라났다. 읊이. 물속에 잠겼고, 불 속에서 타올랐다. 읊이. 물을 토했고, 불을 뿜어냈다. 읊은 불물불이거나, 불물물불 혹은, 물불물불이었다.

탕.

읊 앞에서.
네가 묻는다.
딱 한 번.
살면서 저지른 가장 큰 죄가 뭐지?
펄루치커이가 대답한다.
2백 년 전 헝가리에 살았던 대평원의 아이.
딱 한 번,
나는 긴장한다.
펄루치커이는 침을 삼킨다.
딱 한 번.
거짓말을 했어.
펄루치커이가 대답한다.
그의 얼굴이 흩어진다.

눈을 깜빡하는 사이.

그는 펄루치커이를 보지 못했지만.

나는 여전히 어떤 방 안에 있었다. 작은 읊 앞에. 불이 일렁이고 있는, 물이 넘실거리고 있는, 거대한 읊 앞에 있었다. 천장이 열렸다 닫혔고, 읊의 얼굴이 얼었다 녹았다. 한쪽이 얼거나 녹거나, 한쪽이 살거나, 죽거나, 하는 식의 규칙 없이. 폐 모양으로 자란 부레옥잠이 읊의 옆구리에 떠올랐다. 읊의 땀구멍마다 잿빛 꽃가루가 내려앉았다. 모래가 다양한 음역으로 흩뿌려졌고 나는 꽤 오래, 읊 앞에 서 있었다. 얼마의 시간이 지났는지 알 수 없었지만. 두 발이 생기면 서성거렸고, 발이 사라지면 그 자리에 우두커니 서 있었다. 읊은, 그대로 읊이었고. 나는 이따금 읊을 올려다보았지만. 그 읊이 언제나 같은 읊은 아니었다. 또 한 번, 내가 눈을 깜빡하는 사이.

읊의 1억 개의 얼굴이 동시에 피고, 지고. 읊의 얼굴에서, 얼굴만은 아닌 얼굴에서, 그의 팔이 흔들렸다. 흔들려 떨어졌다. 털끝마다 맺힌 작은 물방울 속에서. 목동의 빨간 망토가 펄럭였다. 허방을 딛고 그와 내가, 바다와 평원이 그들 우리들 구분없이 온통 환하게 부서졌다. 작은 한 점. 물방울의 어두컴컴한 허공 속에서. 그가 아닌 그와, 내가 아닌 내가. 이름을 잊은 집시 여자와 집시 여자의 아들이었던 펄루치커이가. 서로 다른 사람처럼. 공중에서 손을 잡고 또 한 번, 하얗게 흩어졌다.

탕.

네가 우는 소리가 들린다.
탕.
너는 드물게 울고
탕,
너는 쉴 새 없이 운다.
탕.
눈을 부릅뜨고
탕.
눈을 더 크게 부릅뜨고
탕,
너는 계속 울었고

ㅇ　　　　ㅏ
　　ㅌ　　　　ㅏ　　　　ㅇ
ㅌ　　　　ㅇ
ㅇ　　ㅏ　　　　　ㅌ
　　ㅇ　　ㅌ　　　　ㅏ

망각으로 흘러넘친다. 그는 생각했다. 바이크 위에서 그는 그를 가장 빠르게 잊을 수 있었다. 잘 잊는 것. 그는 살기 위해 가장 중요한 자질이 잘 잊는 것이라고 믿었다. 아침 비행기를 타지 않았다. 한숨도 자지 않고 오전 내내 1112번 지방도로를 달리고 있었다. 제주에 내려오면 언제나 바이크를 빌려 타고 삼나무 숲을 달렸다. 키 큰 나무들 사이로 곧게 뻗은 길. 그는 환영의 좁은 틈으로 소실점을 향해 달리는 기분이었다. 익숙한 길이었지만 누구와 함께 달려도 쓸쓸한 길이었다. 사려니 숲의 입구를 막 지났을 때 앞차가 비상등을 깜빡이며 안개 속으로 사라졌다. 그는 오르막에서 바이크의 속도를 높였다. 안개 속에 서 있던 목장의 몇 마리 말들이 순식간에 눈앞에 나타났다 사라졌다. 그는 눈을 의심했다. 맞은편 안개 속에서 덤프트럭이 나타났다. 그보다 빠른 속도로 그를 지나쳐 무섭게 달려갔다. 주변의 잎들이 흔들렸다. 그는 잠깐 방심했고, 금방 잊고 있던 자신으로 돌아왔지만 바이크는 중심을 잃고 도로를 벗어났다. 숲에 처박혔다. 허공에서 바퀴가 한동안 멈추지 않고 헛돌았다. 그는 통증을 느끼기 전에 고무 타는 냄새를 맡았다. 큰 사고는 아니었지만 오른뺨에서 피가 흘렀다. 당장의 통증보다 흉터가 남을지도 모른다는 사실이 그를 더 불안하게 했다. 오른뺨에 손가락 두 마디 정도의 꽤 깊은 상처가 남아 있었다.

그는 누가 봐도 잘생겼기 때문에 오히려 평범한 배우였다.

별 특징 없는 얼굴이 그의 특징이라면 특징이어서 그는 개성파 연기자로 분류되지 못했다. 강한 인상을 남기는 특별한 악역을 맡은 적도 없었다. 선한 인상에 부드러운 얼굴선을 가진 그는 주로 주인공 친구나 주인공의 과거의 남자, 주인공의 조력자, 주인공의 숨겨진 아들, 주인공의 첫사랑, 정도의 역할을 전전했다. 여자 둘, 남자 둘이 주연인 드라마에서 비중이 다섯번째쯤 되는 그런 조역. 그래도 일은 끊이지 않아서 두세 작품에 동시에 출연하기도 했는데 이번 영화가 끝나면 바로 새로운 시대극에 들어가기로 계약이 되어 있었다.

하필 얼굴을 다쳐서. 감독한테 욕 좀 먹겠어요. 돌아오는 비행기 안에서 매니저는 불안해했다. 그는 좀 멍한 상태였다. 뺨에 난 상처 때문에 잊고 있었던 멍 자국들이 눈에 들어왔다. 팔과 다리에 군데군데 멍이 들어 있었다. 그는 창 쪽으로 고개를 돌렸다. 캄캄한 하늘 아래로 환하게 불을 밝힌 도시가 눈에 들어왔다. 나란히 선 아파트들과 크고 작은 건물들. 보다 더 작은 자동차들의 느린 움직임이 보였다. 그는 피로를 느꼈고 눈을 감았다.

그가 사라지기 시작했을 때.

그는 전혀 다른 시간, 전혀 다른 공간에서 새로운 인생을 시작했다. 또 다른 삶이, 여전히 주인공은 아니었지만 꽤 비중 있는 역할이 그에게 주어졌다. 그는 독립투사인 주인공을 남몰래

서 그는 이제 이십대 초반의 얼굴로 돌아가 있었다. 점 이야기 때문에 인터뷰를 요청했던 기자들은 누구랄 것 없이 만나자마자 보톡스를 맞았냐는 질문을 제일 먼저 던졌다. 이건 주사의 문제가 아니라고. 도대체 비결이 무엇인지 물어오는 사람들이 늘었다. 그는 뭐라고 대답해야 할지 몰랐고 사람들의 갑작스러운 관심이 낯설었다. 대책 없이 쏟아지는 질문 앞에서 그는 주머니에 손을 넣고 가만히 앉아 있었다. 그는 손을 들키고 싶지 않았다. 이제 그의 손바닥은 잔선 하나 가지 않은 매끈한 상태에 살짝 붉은 기만 감돌고 있었다. 그의 손은 인체 인형의 것 같기도 했고 의수 같기도 했다. 그는 생명선이 길고 감정선이 발달한 손금을 가지고 있었다. 누군가는 그에게 결혼을 일찍 하면 이혼수가 있을 거라고 했고, 누군가는 그에게 재물운이 많다고 했다. 인복이 많아 주변에 항상 사람이 많을 거라고 했다. 모두 손금이 사라지기 전의 일이었다.

손금이 사라지고 얼마 지나지 않아 그에 대한 다큐멘터리를 제작하고 싶다는 사람이 나타났다. 여러 병원에서 연락이 왔다. 취재 기자들이 집 앞에 몰려들었다. PD들의 전화가 쏟아졌다. 폐광이 결정된 갱도의 마지막 폭발처럼. 그의 인복은 한꺼번에 몰려서 터진 것 같았다.

아리스토텔레스의 정치학은 가족론으로 시작된다.

그의 남동생은 이렇게 시작하는 칼럼을 쓴 적이 있었다. 가족에 대한 내용이었는지, 정치에 대한 내용이었는지, 내용은 기억나지 않지만. 남동생이 그 칼럼을 썼을 때 그의 아버지는 돌아가셨다. 그리고 열흘 뒤, 어머니가 돌아가셨다. 두 분은 오래전에 이혼을 해서 따로 살고 계셨고 서로 전혀 연락도 하지 않았는데 비슷한 시기에 돌아가셨다. 기막힌 우연으로. 그는 아버지 밑에서, 그의 남동생과 여동생은 어머니 밑에서 자랐다. 가족 모임 같은 건 그의 기억에 없었다. 아버지의 장례식이 첫 가족 모임이 되었다.

화학을 전공한 여동생은 결혼을 했고 대기업에서 조미료를 만들고 있었다. 조미료는 잘 팔려나갔고 조미료만큼은 아니었지만 남동생의 이름은 잘 알려져 있었다. 남동생은 칼럼니스트였는데 라디오에서 고민 상담을 해주기도 하고 영화에 대한 평을 쓰기도 했다. 남동생이 쓴 칼럼 중에 그에게 가장 인상적이었던 칼럼은 '쓰리 폭'이었다. 동생은 폭발, 폭력, 폭식에 대해서 썼다. 쓰리 폭이 꼭지점을 이루는 사나운 삼각 구조 속에 갇혀 순환하는 도시 이야기였는데. 동생은 사람들의 내면에서 폭발이 일어나고 있다고, 고요하고도 고독한 폭발은 결국 폭식, 폭음, 폭력을 불러온다고 썼다. 슬픔과 슬픔을 교환하는 사회. 소비할 것이 분노와 고독뿐인 사회라고 썼다. 그는 가끔 동생의 글 역시 폭력적이라고 느꼈고 동생에게 그는 그저 그런 인생이었다. 있으나 마나. 존재 자체가 희미한 형. 언제 사라져도 그만인 만년 조연. 영원히 기억되지 못할 거라면 차라리 아무 흔적도 남기지 않고 사라지는 편이 행복한 것이라고. 언젠가 동생은 썼다. 하지만 이제 모든 게 달라졌다. 그는 하루아침에 가장 뜨거운 존재가 되었다. 그는 처음으로 동생의 말에 수긍했다. 그의 내면에서 어떤 폭발이 일어난 것 같았다. 그는 어느 때보다 많은 사람들과 연결되어 있었고 많은 술을 마셨다. 많은 담배를 피웠고 많은 말을 했다.

그는 고독했다. 처음으로 가족이 그리웠다.

한동안 아무것도 사라지지 않았다.

한 방송사에서 그의 생활을 관찰하는 프로그램을 만들고 싶다는 제의가 왔다. 그는 감추고 싶었지만. 그의 얼굴에서 주름이 사라진 것, 그가 갑자기 젊어 보이는 것, 그리고 그가 늘 주머니에 넣고 다니는 손에 손금과 지문이 사라진 것이 방송가에 빠르게 퍼졌다. 그는 확실히 사라지고 있었다. 사람들의 SNS를 타고. 좋아요에서 좋아요로. 거절하고 싶었지만 소속사의 입장은 달랐다. 그가 이렇게 유명세를 타는 것은 데뷔 이래 처음이었다. 그는 이것도 잠깐이라는 사장의 완고한 주장을 꺾을 수가 없었다. 담당 PD와 작가가 그의 집으로 직접 방문해 그를 만났고, 여러 각도에서 그를 찍을 수 있도록 거실과 침실에 여러 대의 카메라를 설치해두었다.

뭐든, 다른 게 사라지면.

뭐든지 다시 사라지기 시작하면 전화를 주세요.

저기 카메라 보이시죠. 가능하면 카메라에 잡히는 범위에서 생활해주시면 좋을 거 같아요.

참, 그리고 방송이니까 편하게 생활하시되, 카메라랑 대화한다 생각하시고 방송 분량도 신경 써주시면 감사하겠습니다.

주의 사항을 다 전달한 PD는 그에게 손을 내밀었다.

잘해봐요, 우리.

그는 PD가 그의 손을 잡고 위아래로 천천히 흔들면서 그의 손을 유심히 살피는 것을 보았다.

PD와 작가가 떠나고 그는 카메라의 깜빡이는 빨간 불빛 앞에 멍하니 앉아 있었다. 우리, 우리라. 그는 중얼거렸다. 이제 카메라와 그, 그와 카메라. 우리의 시간이 시작된 것이다. 우리의 시간과 무관하게 창밖의 잎들은 노랗게 더 노랗게 물들어갈 것이었다.

아무것도 사라지지 않는 며칠이 흘렀다. 거리의 가로수들은 하루가 다르게 변해갔다. 짙은 초록은 샛노란색으로, 붉은 핏빛으로 점점 더 화려해졌지만 거리는 조금씩 더 쓸쓸해 보였다. 그는 궁금했다. 그의 몸에는 더 이상 사라질 점이 남아 있지 않았다. 더는 사라져도 좋을 만한 것이 없었다. 그는 이제 또 어떤 것이 사라질까, 두렵기도 했고 사라짐이 완전히 멈춘 것인지 궁금하기도 했다. 카메라에 계속 신경이 쓰였다. 생활이 불편하기도 했지만 뭔가 방송 분량이 나오지 않는 것에 대한 또 다른 불안이 생겼다. 그는 다시 사라질까 봐 두려웠고 더는 사라지지 않아서 초조했다.

그가 사실은 조선인임을 독립군들에게 밝힌 날. 경성 거리에서 그는 자신을 찍고 있는 카메라 감독의 오른팔에 문신이 있는 것을 보았다. 사라짐이 사라진 게 아니라면. 사라지는 증상의 증거로 문신은 사라져주리라. 사라짐이 멈춘 것이라 해도 크게 문제될 것 같지 않았다. 보아두었던 '타투 박물관'이라는 이름의 가게에 예약을 하고 미리 다른 손님들을 받지 말아달라고 부탁했다. 그는 반소매를 입으면 소매 라인에 딱 가리는 자리에 글씨를 새기고 싶었다. FOREVER. 그가 무엇에라도 영원을 맹세한 적이 있었던가. 그는 영원을 꿈꾸고 상처받는 쪽보다는 처음부터 영원을 꿈꾸지 않는 쪽을 선택했다. 이 또한 지나가리라. 그는 포기하고, 잊고, 꿈꾸지 않는 것에 익숙했다.

F O R E V E R.

그는 자신의 팔에 새겨지는 검은 알파벳 하나하나를 눈여겨보았다. 일곱 개의 알파벳을 나란히 놓는 것만으로 영원이 새겨지다니. 그는 영원이 얼마나 빠르게 사라지는지 지켜보고 싶기도 했고 문신이 영원히 사라지지 않기를 바라기도 했다.

어느 날 오후 그는 나폴리에 있었다. 나폴리 503호. 그는 영화에서처럼 커다란 안개꽃 한 다발을 사들고 나폴리에 도착했다. 간절한 소원. 욕조에 한가득 안개를 띄웠고 A와 오랫동안 물속에 몸을 담그고 있었다. 모든 게 따뜻하고 부드러웠다. 박하향이 욕실을 가득 채웠다. 그는 거품 같은 꽃잎을 만졌고 A의 머리칼을 만졌고 A의 목덜미와 어깨, 큰 가슴과 탄력 있는 엉덩이를 만졌다. 매끈한 다리와 허벅지 안쪽의 말랑한 살과 좁고 축축한 여자의 성기를. 그는 물속에서. 거품 아래서. 침대 위에서. 그녀를 오래오래 만졌다. 평소에 애무를 좋아하는 편은 아니었지만 그녀의 몸을, 여자의 몸을, 더는 만질 수 없을지도 모른다는 두려운 예감이 그를 더 오래, 더 집요하게 그녀 안에 머물게 했다. 그는 한순간 그의 손바닥이 차라리 그녀의 부드러운 몸에 붙어버리기를 바랐다. A와 만나온 지난 3년 중 어느 때보다 그는 격렬하게 집중할 수 있었다. 그의 오른팔에 아직 딱지가 떨어지지 않은 문신이 있었다. FOREVER. 그는 영원히. 끝까지 사정하지 않았다.

다시 아무것도 사라지지 않는 며칠이 흘렀다. 영원은 생각처럼 쉽게 사라지지 않았다. 처음 상처가 사라졌던 것처럼, 점들이 사라졌던 것처럼. 문신이 사라질 거라는 예상은 빗나갔다. PD는 초조해했다. 그가 문신을 한 다음 날부터 아예 그의 집에 들어와 진을 치고 있었다. 그는 이제 문신을 제외한 어떤 것도 사라지지 않기를 바랐지만. 감독의 사정은 달랐다. 무엇이든 사라져야 했다. 그에게서 무엇이든 사라져야 한다. 적어도 3부작 이상의 분량은 나와줘야 한다. 국장이 신신당부한 것을 감독은 잊지 않았다.

악, 악, 악.

며칠 뒤 아침. 샤워를 하려고 옷을 벗었을 때 그는 괴성을 질렀다. 악, 악, 악. 감독은 거실 소파에서 자고 있었다. 그의 두 번째 괴성을 듣고 감독은 뭔가 사라졌음을 직감했다. 벌떡 일어나 카메라를 챙겨 들고 욕실 앞으로 다가갔다. 뭐예요? 뭐가 사라졌어요? 감독의 목소리가 들렸다. 그는 아무 대답도 하지 않았다. 무슨 일이에요? 괜찮아요? 감독이 욕실 손잡이를 돌리는 소리가 들렸다. 문은 잠겨 있었고 그는 거울 앞에 엉거주춤한 자세로 고개를 숙이고 있었다. 벗다 만 팬티가 그의 무릎에 걸쳐 있었다. 감독이 몇 차례 더 문을 두드렸을 때 그는 겨우 대답했다. 털이요. 뭐요? 털이요. 털이라고요. 그가 버럭 소리를 질렀다. 감독 때문에. 감독이 카메라를 들고 거기 서 있기 때문에 털이 사라진 것만 같았다. 그는 털이 한 올도 남지 않은 성기를 내려다보았다. 털이 몽땅 사라진 맨 얼굴의 성기는 낯설었다. 자신의 것 같지 않았다. 어린 사내아이의 것처럼 작고 힘이 없어 보였다. 그는 과연 다시 발기할 수 있을지 의문이 들었다. 유난히 볼품없어 보이는 성기를 오른손으로 쥐어보았다. 그는 감독이 욕실 문을 두드리는 소리를 들으면서 천천히 손을 움직였다. 왠지 더 가늘어진 것 같았지만 얼마 지나지 않아 성기는 부풀어올랐다. 그는 한숨을 내쉬었다. 거울 속에 처량한 사내아이가 자신을 빤히 바라보고 있었다. A의 얼굴이 떠올랐다.

하필 거기 털이라니.

감독은 아쉬움을 감추지 않았다.

팔이나 다리, 하다못해 겨드랑이 털도 있잖아. 아, 진짜.

털이 완전히 사라진 성기를 그대로 카메라에 담을 수는 없었다. 모자이크 처리를 한다고 해도 전체 시청자를 대상으로 하는 저녁 시간대 프로그램에 쓸 수 없는 장면이었다.

성기 주변의 털이 사라진 그에 대한 이야기는 당장 그날 저녁 뉴스거리가 되었다. 그는 뉴스에 나오는 자신의 얼굴이 낯설었다. 아나운서는 진지한 표정으로 그의 성기 털이 사라졌음을 알렸다. 그가 어디까지, 어떤 속도로 사라질 것인지. 사라지는 것들이 충분히 많은 세상에 그의 사라지는 증상이 어떤 의미를 갖게 될지. 앞으로 계속 관심을 가지고 지켜보자는 말도 잊지 않았다. 아나운서의 왼쪽 머리 위에 떠 있는 그의 얼굴은 아무래도 그가 아닌 것 같았다. 그는 사라지기 시작하면서 묘하게 빛나기 시작했다. 화면 속에서 은회색 진줏빛이 감도는 그의 얼굴은 어딘가 다른 느낌, 이 세상에 속한 자가 아닌 듯한 느낌을 주었다. 그는 몰랐지만. 그의 얼굴에서, 그의 몸에서, 시시각각 조금씩 색채와 농도가 다른 은은한 빛이 뿜어져 나오고 있었다.

FOREVER는 성기의 털이 사라지고도 며칠이 지났을 때 사라지기 시작했다. 알파벳이 하나씩 사라졌는데 제일 먼저 사라진 알파벳은 O와 R이었다. O는 오전에, R은 그가 점심을 먹고 난 직후에 사라졌다. 그는 영원에게 완전히 버림받은 기분이었다. FOREVER는 F EVER가 되었다. F E V E R. 그는 열이 나는 것 같았고, 차라리 열병에 걸린 거라면 좋겠다고 자조했다. 열, 열병, 흥분, 초조. 그는 그런 것들 때문에 자신이 어떤 환각에 시달리고 있는 거였으면 좋겠다고 생각했다. 하지만 다음 날 아침 눈을 떴을 때 그는 F가 사라진 것을 보았다. 이제 팔에는 EVER. E, V, E, R. 단 네 개의 알파벳만 남아 있었다. 언제든. 어느 때고. 한 번이라도. 그는 이런 상황을 상상한 적이 없었다. 끔찍한 망상이었다. 이건 말도 안 돼. 말도 안 돼! 그는 자신의 팔을 쥐어뜯었다. 사라진 글자들이 살 속으로 파고들기라도 한 것처럼. 살갗 위로 글자들을 파내기라도 할 것처럼. 피부를 거칠게 쥐어뜯었다. 살갗이 금세 빨갛게 부풀어올랐다. EVER. EVER. 거짓말처럼. VER. V, E, R. 알파벳은 차례로 사라졌다. R. R. R.

화면 가득 배.
희멀건한 배가 화면을 가득 채우고 있었다.

그는 처음으로 한 프로그램의 완전한 주인공이었다. 타이틀 롤에 그의 이름이 첫번째로 올라가는 게 꿈이었던 시절이 있었는데. 지금 그는 어떤 다른 이름이 아닌 자신의 진짜 이름으로. 자기 자신, '나'라는 이름의 배역으로 타이틀 롤의 맨 윗줄을 차지한 것이다. 프로그램은 오로지 그를 관찰하기 위해, 그의 사라짐을 보여주기 위해, 그의 사라짐을 기록하기 위해 제작되었다. 배에 있던 근육들은 사라진 지 오래였다. 근육이 사라진 걸 보여주려는 게 아니었다. 하나 가득 잡힌 배가 어딘지 이상해 보였다.

배꼽.

화면 속에는 배꼽이 없었다. 하루아침에 배꼽이 흔적도 없이 사라진 것이다.

배꼽이 사라지자 그는 영영 돌아갈 수 없을 것 같은 기분이 들었다.

한 번도 배꼽을 통해 엄마와 연결되어 있었다는 실감을 해본 적이 없었는데 이미 오래전에 사라진 탯줄을 이제야 영영 잃은 기분이었다. 배꼽이 그가 엄마의 배 속에서 나왔다는 것을 증명하는 어떤 표식처럼. 자신이 사람의 자식이라는 증거처럼 느껴졌다. 배꼽을 잃자, 배꼽이 제일 중요한 것 같았다. 배꼽만이 세상과 그를 연결해주는 것 같았다. 그는 뭔가를, 뭔가 말로 할 수 없지만 중요한 어떤 것을 잃었다는 생각이 들었다. 털이 사라지거나 점이 사라지거나 흉터가 사라졌을 때의 느낌과 완전히 다른 어떤 것이었다. 배꼽으로 숨을 쉰 적도, 배꼽으로 감정을 느낀 적도, 더더구나 배꼽으로 어떤 논리적인 생각을 해온 것도 아니었는데. 배꼽을 잃자 그는 모든 걸 잃었다는, 어쩌면 이대로 완전히, 정말 영원히 사라지고 말지도 모른다는 생각이 들었다. 그는 두려웠다.

그는 두려웠고, 두려워서 외로웠다.

봄이 가고 여름이 올 때, 낙엽이 떨어지고 추위가 시작될 때. 이번 여름은 유난히 길고, 더울 것이라는, 이번 겨울은 유난히 눈이 많고 혹독하게 추울 것이라는 예보가 먼저 도착했다. 유난히. 여름과 겨울을 맞이하는 부사. 그해. 그에게 남은 부사는 아직,이었다. 그는 아직. 그는 계속, 아직은 남아 있었다. 그는 기록했고, 기억했다. 그는 사진을 찍었고, 사진 찍히기를 원했다. 아직 충분히 남아 있는 몸. 그리고 그는 지우기 시작했다. 아직 남아 있는 모든 것들을. 파일을 삭제했고, 메모들을 찢었고, 흔적이 남는 것을, 사람들이 사라지고 있는 그에 대해 보도하는 것을 한순간도 참을 수 없었다.

그는 오래전에 세상을 떠난 사람들에 대해 생각했다. 오래전에 세상을 떠난 사람들이 살았을 삶과 그들의 남은 이름들과 사라진 기억들에 대해 생각했다. 그는 끔찍한 꿈의 소용돌이에 휘말린 것 같았다. 아무리 여러 번 자고 일어나도 깨지 않는 꿈. 오토바이를 타고 달렸던 길, 안개 속에 서 있던 말, 언뜻 스친 말들이 떠올랐다. 아주 잠깐 동안 시야에 들어왔다 사라진 말들이었는데. 이 모든 것이. 안개 속에 말들이 있긴 있었나? 그 안개 속에 서 있던 것이 진짜 말들이었나? 그런 생각이 스쳐 가는 속도로 스쳐 간 말들 때문이었을까.

사라지는 것들을 붙잡으세요!

그는 사탕수수 밭에 서 있었다. 바람에 길고 가는 사탕수수 잎들이 흔들렸다. 물결치며 흩어지는 속삭임. 사륵사륵. 새파란 하늘에 드문드문 뜬 흰 구름. 끝없이 펼쳐진 사탕수수 밭 한가운데에서. 사라지는 것들을 붙잡으세요. 찰칵, 그의 첫번째 CF 촬영이 있었다. 그는 데뷔 후 처음으로 단독 CF를 찍었다. 사라지는 사나이. 당신 주위의 사라지는 모든 것들을 붙잡으세요. 그가 활짝 웃으며 몇 번이고 반복한 말이었다.

그가 사탕수수 밭에 서 있을 때. 사라지는 것들을, 사라지는 지금 이 순간을 붙잡으세요. 당신의 눈에 보이지 않는 시간을 붙잡으세요. 말할 때. 감독이 몇 번인가 컷,을 외쳤을 때. 그의 왼쪽 가슴과 오른쪽 가슴에서 그의 넓은 가슴팍에서 두 개의 유두와 두 개의 유륜이, 두 개의 젖꼭지가 사라졌다.

사라짐은 조용했다.

어떤 기미도 없이 진행되었다. 그가 눈치채지 못하는 사이에. 아무 소리 없이. 발열과 통증, 어느 쪽도 동반하지 않았다. 그는 한 번도 사라짐을 목격하지 못했다. 사라짐이 사라진 뒤,

사라짐의 결과. 무엇인가 덧없이 사라지고 난 뒤의 빈자리. 그는 절망적인 부재만을 뒤늦게 확인할 수 있었다.

쌍꺼풀이 짙은 눈.
숱이 많은 일자 눈썹.
둥근 콧망울.
날카로운 턱선.
목젖이 두드러지는 목.
머리 쪽으로 누운 큰 귀.
납작한 손톱.
길쭉한 발.

그는 거울 앞에 서 있었다. 거울 속에 사라지는 사나이라 불리는 그가 서 있었다. 그의 몸에 희미하게 반짝거리는 반딧불이의 형광색 빛이 감돌고 있었다. 어둠 속에서. 그는 낯선 자신의 모습을 보았다. 눈을 감았다. 눈앞에서 세계가 사라지는 것 같았다. 그는 이제 어디에도 속하지 않았다. 그는 어디에도 속할 수 없었다. 나는 이미 죽었다. 그는 문득 생각했다. 사라짐을 멈추게 할 방법이 없다면 차라리 아주 빠른 속도로 사라지기를. 새벽처럼. 꿈처럼. 다음 날 아침 눈을 뜨면 그가 완전히 사라져 있기를 바랐다. 두 뺨을 타고 눈물이 흘러내렸다. 그는 그에게 눈물이 남아 있다는 사실에 놀랐다.

하지만 눈물과 무관하게. 순식간의 소멸. 그의 바람은 쉽게 이루어지지 않았다. 그에게는 아직 많은 아침이 남아 있었다. "그녀들이 억울하게 사라지고 있다" "진실이 사라지고 있다" 다음 날 아침 일찍, 붉은 글씨의 현수막이 바람에 흩날렸다. 그날 아침, 그가 출연 중인 시대극의 출연진들은 모두 시에서 개최한 대규모 집회에 참여했다. 이 집회는 그가 거의 마지막으로 참석한 공식적인 행사였는데, 계속되는 일본의 만행을 규탄하고 일본 정부에 성노예로 착취당한 할머니들에 대한 공식적인 사과를 요구하는 자리였다. 이제 살아 계신 할머니들은 얼마 남지 않았다. 드라마는 독립운동을 하는 남자와 그의 첫사랑이었던 여자의 이야기를 담고 있었다. 일본의 패전 뒤 남자와 여자가 극적으로 재회하고 함께 살게 되지만 여자가 끝내 되살아나는 기억의 고통 속에서 괴로워하는 모습이 그려질 것이었다. 열여섯 살에 성노예로 끌려가 끔찍한 폭행을 당하고, 일본의 패전 뒤에는 자살을 강요당한 여자. 겨우 살아 돌아온 뒤에도 가족들과 사회의 냉대 속에 버려진 여자. 여주인공은 할머니들 앞에서 눈물을 뚝뚝 흘렸다. 보는 사람까지 마음이 아파지는 눈물이었지만 그는 할머니들의 담담한 얼굴에서 눈을 뗄 수 없었다. 얼마나 많은 고통이 그녀들을 통과해간 것일까. 그는 처음으로 그녀들을 할머니가 아니라, 한 사람의 여자로, 평생 무뎌지지 않는 기억의 한복판에서 고통스럽게 살아온 한 존재로 느꼈다. 그 순간, 그에게 그녀들은 교과서 속에,

기사 제목에 위안부 할머니로 활자화된 존재가 아니었다. 과거가, 죽은 역사가 아니었다. 그와 같은 존재. 그와 똑같은 존재. 그와 같이 하루, 하루 사라져가고 있는 생생한 존재들이었다. 사라지지 않는 끔찍한 기억 속에서 사라져가고 있는 존재들. 그는 모든 사라짐 앞에 무력한 분노를 느꼈다.

분노의 힘으로. 불안의 끈기로. 그는 한 시간에도 몇 번씩 시계를 보았다. 사라짐이 시작되기 전보다 훨씬 자주 시계를 보게 되었다. 시간이 시계 속에 있는 것은 아니었지만. 그는 불안했다. 모든 순간, 긴장하고 있었다. 더는, 무엇도 잃고 싶지 않았다.

이를 악물고.

어금니를 깨물고 싶었지만. 그의 어금니는 그 자리에 없었다. 금으로 씌운 어금니는 금과 함께 사라졌다. 어려서 아말감으로 때운 이가 사라졌고 뭉툭했던 송곳니가 사라졌다. 마지막으로 앞니 두 개가 사라졌다.

드라마 감독에게 상황을 알려야 했다. 그는 급한 대로 틀니라도 맞춰야겠다고 생각했다. 아무에게도 그런 모습을 들키고 싶지 않았다. 그는 마스크를 쓰고 집에서 나왔다. 제일 가까운 치과를 찾을 생각이었다. 길 가운데 지렁이가 말라 죽어 있었다. 지렁이 주변에 바글거리는 새까만 개미들. 그는 분주한 개미들을 한참 동안 지켜보았다. 지렁이를. 죽은 지렁이를 어쩌려는 것일까. 이미 죽은 지렁이를.

갑작스럽게 사라진 그의 치아들과 함께 그의 배역이 사라졌다. 그는 스크린 밖으로 사라지기 위해 독립운동에 참여했다. 그는 드라마에서 하차하기 위해 갑작스러운 죽음을 맞았다. 일본인으로 위장했던 스즈키 이치로. 그가 조선인 강석호임이 발각됐다. 이치로의 혀처럼 굴던 일본 순사는 강석호를 잡아들였다. 감히, 감히. 이 조센징 새끼가. 일본인 행세를 하다니. 그는 모진 고문 끝에 죽었다. 니퍼로 이를 하나씩 뽑는 고문이었다. 감독은 그의 이가 사라진 것을 놓치지 않았다. 그의 잇몸만 남은 입속을 극적으로 사용했다. 그날 밤, 그는 피를 토하고 죽었다. 그의 이가 사라지지 않았다면. 결코 그에게만 집중되는 장면은 없었을 것이다. 그는 처음으로 드라마의 거의 한 회분을 독차지했다. 그는 강렬한 인상을 남기고 드라마에서 하차했다. 그는 한꺼번에 두 개의 이름을 얻었고 그의 마지막 이름들을 오래 기억하고 싶었다. 스즈키 이치로와 강석호, 강석호와 스즈키 이치로. 그는 잠들기 전, 가끔씩 허공을 향해 그들의 이름을 불러보았다.

이제 촬영 스케줄은 거의 없었지만 촬영이 없는 날에도 그는 새벽까지 잠들지 못했다. 밤이면 끝없이 깊은 바닷속으로 가라 않았다. 텅 빈 우주의 한가운데 홀로 떠 있었다. 지독한 불면은 그를 무중력 상태에 빠뜨렸다. 어둠 속에 우울은 다양한 방식으로 매복하고 있었지만, 그는 슬픔을 느끼지 못할 만큼 무기력했다. 그는 두 팔을 휘젓기를 그만두었다. 헤어나올 수 없는 늪. 이제 어둠은 그의 입속에 가득했다. 치아를 잃고 나자 그가 삼킬 수 있는 것은, 입안에 물 수 있는 것은 오직 어둠뿐이라는 생각이 들었다. 그는 입을 크게 벌려 발간 잇몸과 목젖, 그 뒤의 깊은 목구멍을 보았다.

아악. 있는 힘껏 길게 소리를 질렀다. 아무것도 토해내지 못했다.

많은 불면의 밤 뒤에, 그는 서점에 들러 몇 권의 책과 벽에 붙일 수 있는 커다란 지도를 샀다. 그는 자신이 아직 발 딛고 있는 지구의 모습을 한눈에 보고 싶었다. 여행을 좋아하지 않았지만 가보지 못한 많은 도시와 그 도시들의 하늘을 상상해 보았다. 한 번도 본 적 없는 나무들과 나무의 잎을 적시는 빗방울들의 소리를, 축축하게 젖은 흙과 북적거리는 시장 통의 사람들을, 각기 다른 온도와 습도를 머금은 바람이 그의 뺨을 스쳤다. 사라지고 있는 사나이. 사라지는 사나이.

사라질 사나이가 가장 읽을 만한 책은 역시 역사책인 것 같았다. 이미 사라진 시간, 사라진 사람들의 이야기. 그는 『죽기 전에 꼭 알아야 할 세계 역사 1001일』을 펼쳤다. 그는 역사책을 읽는 동시에 사라짐의 역사가 되어가고 있었다. 사라지는 시간 속에서. 그는 어떤 사건과 동시에 일어났으나 기록되지 않은 역사 밖의 역사에 대해 생각했다. 역사란 무엇인가. 꼭 알아야 할 역사의 첫 페이지는 "폭발을 통해 우주가 탄생하다"였다. 137억만 년 전. 그곳에서부터 역사는 시작되었다. 기원전 4004년 10월 22일. 이날은 아마의 주교가 성경을 토대로 추정한 천지창조의 날짜였다. 기원전 527년경. 깨달음을 얻은 싯다르타 왕자가 말했다. "구원을 위해 남에게 의지하는 것은 좋지 않고, 스스로에게 의지하는 것이 바람직하다." 기원전 30년 8월 30일, 클레오파트라가 자살했고 336년 12월 25일, 최초의 크리스마스가 기록으로 남아 있었다. 수많은 사망과 승리, 전투와 충격이 나열되어 있었다. 암살과 망명과 발발이 있었고 독재와 시위와 당선이 있었다. 지진과 테러와 위기가 있었다. 사라지고 있는 그가 꼭 알아야 할 역사란. 어디에도 없는 것 같았다. 그가 사라지든 말든. 역사에 의하면 인류는 줄곧 지금과 같이 태양의 주위를 돌고 있었다. 그는 닥치는 대로 몇 권의 책을 더 읽었다. 어느 책에서 황제와의 싸움에서 목이 잘리자 젖가슴을 눈으로, 배꼽을 입으로 삼아 끝까지 투쟁했다는 영웅 이야기를 읽을 수 있었다. 그 영웅으로 치자면 그에게는 눈과 입이 없는 셈이었다. 그는 아무것도 보이지 않고 아무것도 들리지 않는 깊은 암흑 속에 빠진 기분이었다. 그가 구원을 위해 의지해야 할 유일한 그 자신이 사라져가고 있는 것이었다.

그가 아직 충분히 남아 있을 때, 그의 사라짐이 아직 지속되고 있을 때. 아기가 태어났다. 낙엽이 떨어지기 시작할 무렵 그의 여동생이 아이를 낳았다. 커다란 플라타너스 잎들이 바닥에 툭툭 떨어졌다. 그는 처음으로 조카를 안아보았다. 그에게 아직 아기를 안을 두 팔이 남아 있었다. 아직. 갓난아기. 모든 게 지워진, 아직 아무것도 지워지지 않은, 존재의 창백함. 그는 아기의 맑은 눈과 붉은 기가 감도는 하얀 피부를 보았다. 너무 작은 손가락, 발가락과 통통한 볼을 만져보았다. 뭉클하고 따뜻했다. 틀니를 낀 입으로 아기에게 입을 맞춰도 좋을지 망설여져서 그는 가만히 조카를 안고 있었다. 뭐라고 말할 수 없는, 처음 느껴보는 감정이었다. 아기가 작은 입을 벌려 울기 시작했다. 삼촌의 어설픈 자세가 불편했는지 그의 품에서 아기가 온 힘을 다해 온몸으로 울었다.

조카를 만난 뒤로 그는 줄곧 맨 처음 태어난 아기는 누구였을까? 내가 낳았을 수도 있는 나의 첫번째 아기는? 이런 막연한 생각들을 했다. 제발 이 막연한 생각들을 그만두고 싶었다. 그 막연함이 주는 먹먹한 감정을 떨쳐내고 싶었다. 절망으로 돌아오는 희망으로부터 달아나고 싶었다. 그래서 그는 더 사라지기 전에, 더 많은 부분이 사라지기 전에 마지막이 될지도 모르는 여행을 떠나기로 했다. 타히티의 보라보라 섬. 보라보라는 '맨 처음 태어난'이란 뜻이다. 실제로 보라보라는 수백만 년 전의 지각 변동 때 폴리네시아에서 처음 형성된 섬으로 추정된다고 했다. 그는 보라보라가 '맨 처음 태어난'이란 뜻이라는 걸 안 순간, 보라보라에 가고 싶었다. 떠나기로 결심하자 당장 떠나고 싶어서 한순간도 참을 수가 없었다. 석호와 산호로 둘러싸여 있다는 섬. 수상 가옥에서 날이 가는 줄 모르고 늘어지게 낮잠을 자고 싶었다. 하지만 막상 비행기가 보라보라를 향해 날아가기 시작했을 때. 구름의 지평이 눈 아래 펼쳐졌을 때. 그런데 맨 처음 태어난 것이 무슨 의미가 있을까. 그는 잊고 있던 어떤 중요한 사실을 깨달은 것처럼 혼잣말을 중얼거렸다. 이제 맨 처음 태어난 섬은 그에게 별 의미가 없는 것 같았다. 지금, 지금 이 순간에도 사라지고 있는 그가 보고 싶은 것은 끝이 없는 것이었다. 그는 무서울 정도로 무한에 끌렸다. 무한히. 사라지기 시작하자, 사라짐이 지속되자 그는 오로지 무한에 끌렸다. 그는 점점 더 무한에 가까이 가고 있었다. 끝없는 지평선, 끝없는 들판, 끝없는 하늘, 끝없는 밤, 끝없는 죽음. 그는 어둠 속에 잠기는 붉은빛을 보았다. 지평선으로 넘어가는 태양을 보았다. 끝없이 내리는 어둠을 보았다. 멀리 뜬 초승달을 보았다. 쏟아질 것 같은 별들을 보았다. 한순간 떨어지는 유성우를 보았다. 까만 하늘이 전부인 땅에 누워 그는 하늘 가득한 별들의 무한한 시간을 보았다. 무한 속에서. 그곳이 어디쯤인지 알 수 없었다.

교정에서 자신과 닮은 것을 찾아서 간단한 스케치와 함께 자신과 닮은 이유를 써오는 겁니다.

그가 지금 어디 있든. 그는 15년 전쯤 연극과를 졸업했다. 학교를 다니면서 들었던 수업들이 다 그의 기억에 남아 있는 것은 아니었지만. 어떤 수업은 졸업한 뒤에도 가끔 생각이 나곤 했다. 젊은 여자 교수의 수업이었는데 학생들을 재미있게 해주고 싶어 하는 교수였다. 그는 밤낮없이 계속되는 연습과 무대 제작에 지쳐 있어서 교양 수업 시간엔 거의 잠들어 있었다. 하루는 교수가 학생들을 모두 강의실 밖으로 내보냈다. 교정을 돌아다니면서 자신과 닮은 것을 찾아보라고 했다. 강의 시간은 두 시간이었는데 그는 두 시간 안에 돌아오지 않은 유일한 학생이었다.

나무.

돌.

휴지통.

계단.

회전문.

손잡이.

테라스.

먼지.

거울.

마태수난곡.

학생들은 자신과 닮은 것을 쉽게 찾을 수 있었다. '나'와 닮은 어떤 한 가지 면을 발견하는 건 그렇게 어려운 일이 아니었다. 완전히 닮은 것. 같은 것과 똑같은 것은 처음부터 불가능했다. 학생들은 교실 밖에 나서서 제일 먼저 눈에 들어온 것을 적었다. 독특한 이유들을 한 가지씩 적어 돌아왔다. 돌이라고 쓴 학생은 이런 이유를 적어 냈다. 가장 평범한 답이었는데 돌, 어디서 왔는지. 그저 던져진 존재, 나. 어디서 들어본 듯한 말이었다. 학생들이 닮은 것을 찾고, 이유를 적고, 교실로 돌아가 발표를 하는 동안 그는 어느 나무 밑에 잠들어 있었다. 잠깐 자고 일어날 생각이었는데 일어나보니 해가 져 있었다. 그와 닮은 것은 돌아오지 않음, 사라짐이 되었다. 소리 없이 사라짐. 그런데 지금, 누군가 그에게 그와 닮은 것을 찾아오라고 한다면. 그는 그와 조금이라도 같거나, 조금이라도 더 같은 어떤 것을 찾을 수 있을까.

그는 이제 무엇으로도 그를 증명할 수가 없었다. 그는 그가, 그가 맞는지 알 수 없었다. 그는 사라지고 있는 그가, 그가 사라지고 있는 현실이 꿈이 아니라는 것을 확신할 수 없었다. 사라지는 그가 예전에 그토록 확실했던 존재, 단 한 번도 '나'인

'나'에 대해 의심을 품어본 적 없는 자기 자신이었다는 것을 믿을 수가 없었다. 그는 어디에 존재하는가. 그는 그가 그의 어디에 깃들어 있는지 알 수 없었다. 무엇이 사라져야, 어디까지 사라져야, 그는 그가 아닌 걸까. 그는 살면서 찍었던 몇 장의 증명사진을 보았다. 그중 어느 것도 지금의 그가 아니었다. 그와 닮기는 했지만 그와 똑같은 그는 어디에도 없었다. 증명사진은 무엇을 증명하는 것이었을까. 그는 오직, 증명할 수 없는 그 자신에 대해 생각했다.

명확한 원인은 알 수 없었지만.

화분은 사다 놓는 족족 말라 죽었다. 흙만 담겨 있는 화분에 그는 뭔가를 심고 싶었다. 마트에 가서 파를 사다가 가장 큰 화분에 심었다. 물을 주었더니 며칠 뒤에 파꽃이 피었다.

파는 무엇으로 살아 있음을 증명합니까?

파는 파꽃으로 살아 있음을 증명합니다.

당신은 무엇으로 존재합니까?

나는 사라짐으로 존재합니다.

그가 노트에 질문과 대답을 완성했을 때, 씁쓸하게 웃을 때, 남동생이 라디오에 나와 상실에 대해 이야기했다. 누군가의 고민에 대한 답이었는데. 남동생은 상실의 기쁨에 대해, 사소한 상실이 가져오는 자유에 대해 말했다. 상실이 일깨우는 것들에 대해. 그리고 이렇게 덧붙여 말했다. 제가 이렇게 말하고 있지만. 말이란 결국 환멸입니다. 많은 경우 환멸이죠. 그렇지만 그 환멸의 힘으로 밀고 가는 삶도 있는 겁니다. 환멸에 떠밀리는 시간도 있는 거죠. 우리가 얼마나 말도 안 되는 말을 많이 하고 삽니까. 우리가 얼마나 안 해도 될 말을 많이 하고 삽니까. 동생은 안 해도 될 말을 오래 하고 있었다. 동생은 말로, 끝없는 말로 자신이 살아 있음을 증명하고 있었다. 뱉어지자마자 사라지는 말로. 동생은 존재했다.

환멸 때문에. 그는 또 한 끼를 건너뛰기로 했다. 형태는 계속 변하고 있는데, 언제 완전히 멸하는 것일까. 입맛이 없었다. 사실 틀니가 불편하기도 했지만 음식을 삼키는 게 점점 어려워지고 있었다. 그는 요즘 들어 자주 요의를 느꼈다. 정작 소변은 나오지 않는 일이 잦았지만 그는 예전보다 더 빈번하게 변기 앞에 섰다. 라디오에서 아직 동생의 목소리가 흘러나오고 있었다. 그는 지퍼를 내렸다. 어딘가 헐렁한 느낌이었다. 바지의 지퍼를 벌리고 팬티에 손을 넣었다. 빈손. 아무것도 잡히지 않았다. 가장 믿고 싶지 않은 일이었다. 끝까지 미뤄지길 바랐던 일. 그는 고개를 숙였다. 악, 소리도 나오지 않았다. 밋밋한 사타구니. 성기가 보이지 않았다. 두 개의 고환은 물론, 아무것도 없었다. 그것이 사라지다니. 그가 받은 충격과 무관하게. 요의는 여전했다. 참을 수 없었다. 그는 바지를 내리고 주저앉았다. 소변 줄기가 시원스럽게 쏟아져 내렸다. 그는 성기가 사라진 자리에 남은 작은 구멍을 보았다. 그는 머리에 커다란 구멍이 뚫린 기분이었다. 그 자신이 뻥 뚫린 기분. 눈앞이 까맣게 변했다. 비명도 눈물도 나오지 않았다.

그는 이제 그가 남자도 여자도 아닌 것 같았다. 그는 사람들이 눈치챌까 봐 두려웠다. 밋밋해진 바지의 아래쪽을 들킬까 봐 겁이 났다. 바지를 올리고 화장실 밖으로 나와서도 손이 자꾸 빈 가랑이 사이를 더듬었다. 다리와 다리 사이, 좁고 평평한 둔덕. 그것이 전부였다. 그는 더 이상 남자가 아니었고, 그렇다고 여자는 더더욱 아니었다. 남자도 여자도 아닌 어떤 사람. 씨팔. 그는 아무것도 받아들일 수 없었다. 이런 개 같은 꿈. 꿈 같은 현실에서 서둘러 깨어나고 싶었다. 허벅지를 세게 꼬집었다. 자신의 뺨을 몇 차례 세게 내리쳤다. 쿵, 소리가 나게 머리를 벽에 박았다. 그는 한 인간에게서 사라질 수 있는 것을 상상하는 게 두려워서 아무것도 생각하고 싶지 않았다.

성기가 사라진 뒤 기이하게도 그는 더 빈번하게, 더 강렬한 성욕을 느꼈다. 그의 몸에 변화가 생기기 시작하면서 조금씩 강해지던 성적 충동은 이제 거의 참기 힘든 정도였다. 그는 바지춤에 손을 넣었다. 고통을 느꼈다. 아무것도 움켜쥘 것이 없다는 공포가 그를 집어삼켰다.

사물 1

건달 3
우제길
엄익훈
모준석
신동문
이찬영
오봉구
방파제 남자
스즈키 이치로
강석호
.
.
.

그는 그가 가졌던 이름들을 다 기억하지 못했다. 그가 맡았던 역할 중에는 이름이 없는 역할도 많았다. 무대 위에 두 시간 가까이 그저 병풍처럼 서 있었던 역은 사물 1이었다. 실험적인 연극이었는데 그는 사물 1이라는 커다란 이름표를 가슴팍에 달고 최선을 다해 움직이지 않는 데 힘썼다. 몸에 점점 쥐가 올라서 두 시간이 지나고 나면 실제로 팔다리가 마비된 것처럼 잘 움직이지 않았다. 마침내 사물. 그는 그렇게 석 달을 사물 1로 살았다. 별수 있나. 뭐 별수 있어. 그러게 말입니다. 그러게 말이에요. 이렇게 두 가지 대사만 반복하던 우제길. 우제길로 넉 달을 산 뒤에 그는 입버릇처럼 별수 있나. 뭐 별수 있어. 그러게 말이야. 그러게 말이죠. 이런 말들을 입에 달고 살았었다.

별수 있나. 뭐 별수 있어.

우제길을 떠올렸지만. 그는 그에게 이렇게 말할 수 없었다. 사라지고 있는 그에게 아무 말도 해줄 수 없었다.

자다 깨서 소리 내 울었다.

아무도 없는 한밤에.

그는 서러웠고, 서러워서 외로웠다.

그는 여러 가지 검사를 받았다. 기본적인 혈액 검사와 소변 검사. MRI와 CT. 몇 종류의 내시경과 초음파 검사를 받았다. 심장 초음파 검사를 받을 때 그는 기사에게 물었다. 하루에 몇 명이나 보세요? 그는 젖꼭지도, 배꼽도 사라진 몸을 여자 기사에게 맡겨야 하는 게 부끄러웠다. 뭔가 다른 쪽으로 기사의 관심을 돌리고 싶었다. 많을 때는 스무 명에서 적게는 열셋, 열넷. 정도요. 아, 저 심장이 모두 다르게 생겼나요? 그가 물었다. 네, 그럼요. 같은 심장이 없어요. 같은 심장은 없죠. 얼굴이랑 똑같아요. 왜 눈, 코, 입이 모인 얼굴도 있고 턱이 유난히 뾰족한 얼굴도 있잖아요. 심장도 그래요. 위치도 조금씩 다르고 뾰족한 심장도 있어요. 기사의 웃는 얼굴이 제법 귀여웠다. 자,

이제 준비되셨으면 왼쪽으로 돌아누우세요. 네, 제 쪽으로 좀 가까이. 네, 좋아요. 기사는 그의 가슴팍에 축축한 느낌의 겔을 펴 발랐다. 검사가 시작되자 심장 박동 소리가 들렸다. 살아 있음의 유일한 증거처럼. 자, 숨을 천천히 들이쉬고, 내쉬고, 멈춰요. 지금. 자 다시, 들이쉬고, 내쉬고, 멈춰요. 지금. 그는 낮은 조명 아래에서 숨을 들이쉬고, 내쉬고, 멈추었다. 숨을 들이쉬고, 내쉬고, 멈추면서. 죽음과 삶이 어느 때보다 아주 가깝게 느껴졌다. 그가 살아 있음을 알리는 심장 박동 소리가 너무 크게 들려서 그는 심장이 아주 가까이, 바로 머리맡에, 귓가에, 스크린 안에 들어 있다고 느꼈다. 그는 아직 살아 있었고 그는 여전히 사라지고 있었지만.

비탈의 묘지는 고요했다. 그는 병원에서 바로 아버지의 묘지가 있는 괴산으로 내려왔다. 결과에 따라 입원을 할 수도 있었다. 얼마 만인지 묘지의 풀들이 누렇게 변해 있었다. 하늘이 잔뜩 흐려서 그늘진 묘지는 괴괴했고 바람이 차가웠다. 그는 천천히 묘지 사이를 걸어 올라갔다. 산 중턱에 아버지의 묘가 있었다. 그는 묘지 앞에서 두 번 절했다. 가방에서 소주병과 종이컵을 꺼내 아버지께 소주를 따라드렸다. 무릎을 꿇고 앉았다. 새삼스레 비석의 옆면에 새겨진 아버지의 생몰 연월일을 확인했다.

왜 이런 괴물을 낳으셨어요.

그는 울고 싶었지만 울지 않았다. 자리에서 일어나 묘지 위에 누런 지푸라기들을 집어냈다.

죄송해요. 정말 죄송해요.

그는 웃고 싶었다. 마지막일지도 모른다고 생각했다. 아버지께 웃는 모습을 보여드리고 싶었다.

이런 괴물이 돼서 죄송해요. 아버지.

그는 쓸쓸하게 웃으면서 말했다. 자신의 목소리가 낯설게 들렸다.

묘지들 사이를 돌아 내려오면서 아버지의 마지막 모습을 떠올리려고 애썼지만 아무것도 떠오르지 않았다. 그는 내려가다 몇 번이고 멈춰 섰고 멈춰 서서 뒤를 돌아보았지만 점점 멀어지는 묘들 중 어떤 묘가 아버지의 묘인지, 어떤 묘가 누구의 것인지, 누가 누구인지 구분이 되지 않았다.

괴산에서 돌아온 며칠 뒤.

관찰 프로는 중단됐다. 그가 강하게 촬영을 거부했기 때문이기도 했고 더는 사람들이 그의 이야기를 보고 싶어 하지 않았기 때문이기도 했다. 사람들은 이제 그의 모습을 보는 것이 불편한 것 같았다. 그를 부담스러워하는 것 같았다. 그와 같은 존재가 나타났다는 것이, 그와 같은 사라짐이 시작되었다는 것이 사람들을 두렵게 했다.

그는 사람으로 남고 싶었다. 그는 사람으로 죽고 싶었다. 사람들과 똑같은 존재로. 그런데 사람은. 어디까지 사라지지 않고 남아 있어야 사람일 수 있는 걸까. 언제까지 사람인 걸까. 그는 괴물이 되고 싶지 않았고 그런 생각이 들 때마다 자신은 이미 괴물이 된 것 같았다. 그는 자신이 끔찍했고, 가여웠다. 혐오와 연민. 이 두 가지 감정이 그의 두 다리를 지탱하고 있는 것 같았다. 기억과 감정은 언제 사라지는 걸까. 기억과 감정마저 모두 사라진 뒤에도 나는 나일까. 그는 생각했다.

검사 결과 맹장과 한쪽 신장이 사라졌다고 했다. 의사는 그의 상태에 대해 아무것도 설명해주지 못했다. 밝혀진 바가 없다고 했다. 분명한 게 없었다. 아직 치명적인 문제는 없는 셈이었지만 의사는 입원을 권유했다. 그에 대한 연구가 진행될 거라는 얘기도 잊지 않았다. 그에게 협조를 부탁했고 사인을 요구했다. 정중하고 부드러운 어조로 말했지만 강제력이 느껴지는 목소리였다. 연구에 협조하는 대가로 일체의 치료비는 병원 측에서 감당하겠다고, 이대로 사라짐이 지속된다면 그가 자기 자신을 감당하기 힘들 거라고 호의를 가장한 냉담한 충고도 잊지 않았다. 아무려나. 그에게는 무엇도 거부할 힘이 남아 있지 않았고 그는 그 순간에도 사라지고 있었다. 그는 충분히 지쳐 있었다.

이렇게 몸이 사라지고 있는데. 이렇게 매 순간 몸은 사라지고 있는데. 왜 피곤과 분노는 조금도 사라지지 않는 걸까. 병원에서 집으로 돌아오는 길은 너무 길었다. 큰길에서 집이 있는 골목으로 들어가려면 꼭 지나게 되는 초등학교 앞을 지나치는데 운동장에 몇 명의 아이들이 남아 있었다. 그는 운동장 안으로 들어가보았다. 정글짐 꼭대기에 올라가보았다. 빈 그네를 밀어보았다. 모든 것이 학교를 졸업하고 처음 있는 일이었다. 초등학생이었던 나는 어디로 간 걸까. 그때의 나는 어디에 남아 있는 걸까. 그는 엉뚱한 생각에 골몰해 있다가 집 반대 방향으로 걷기 시작했다. 낯선 길 위에서. 그는 풍선껌을 씹는 아이를 보았다. 아이의 입에서 풍선껌이 폭 하고 터졌다. 버려진 싱크대와 싸리 빗자루를 보았고, 허리가 굽은 노인이 도라지를 까서 팔고 있는 것을 보았다. 아무 쪽으로 아무렇게나 걸었다. 막다른 길에서 일인 시위 피켓을 든 사람들을 보았고 술에 취해 쓰러진 사람을 보았다. 연인들이 길 가운데 서서 서로를 노려보고 있었다. 서로를 노려보다 서로를 끌어안고, 서로의 입에 입을 맞췄다. 모든 것이 흐릿하게 그를 스쳐 지나갔다. 울고 있었던 것은 아니었는데 모든 것들의 윤곽이 흐려져, 본 것들이 분명하지 않았다. 그는 몇 번인가 눈을 비볐고 밤늦게 집에 돌아왔다. 어떤 길로 어떻게 돌아왔는지 그는 기억하지 못했지만. 집 앞에 주문해두었던 1000조각 퍼즐이 도착해 있었다.

다음 날 그는 온종일 퍼즐 조각들을 붙들고 있었다. 자신의 전신 사진으로 만든 퍼즐이었다. 그는 1000개의 조각으로 쪼개졌다. 퍼즐 조각은 1000개가 분명했고 사진 속의 그는 진짜 그였다. 단 하나도 사라지지 않은 그. 온전한 그였다. 아직 아무것도 사라지지 않았을 때. 퍼즐은 한 조각도 부족하지 않았다. 꼭 맞았다. 그는 활짝 웃고 있었다. 사진 속에서 가지런한 치아가 유난히 하얗게 빛났다. 그가 하늘로 벌린 두 팔 중 오른팔, 팔꿈치의 검은 조각을 맞추고 있을 때 TV에서 나미비아의 해골 해안에 대한 방송이 나왔다. 그는 물구나무를 선 채 두 다리를 쭉 뻗는 오니마크리스운구이쿨라리스라는 갑충을 보았다. 처음 보는 갑충이었다. 작은 갑충의 몸에 물방울이 맺혀 입으로 흘러내렸다. 해골 해안의 무수한 식물과 동물 들이 이렇게 안개를 식량 삼아 살아가고 있다고 했다. 오니마크리스운구이쿨라리스. 살기 위해 매일 아침 물구나무를 서는 갑충. 그는 갑충의 기괴한 이름을 중얼거려보았다. 오니마크리스운구이쿨라리스. 그에게도 어울릴 법한 이름인 것 같았다.

매일 아침 물구나무를 선 것은 아니었지만.

어느 날, 낯선 몸으로.

그는 어떤 가방 속에 들어 있었다.

털들이, 치아가, 성기가 사라졌다. 하나씩 생성된 순서로. 순서와 관계없이. 그는 피와 살, 뼈와 근육. 지방과 관절 들이 모두 사라지고 뇌, 심장, 폐, 장기들만 가방 바닥에 남아 움직이는 것을 보았다. 다행히 꿈이었다. 병원에서 처음 눈을 뜬 아침. 아직 피와 살, 뼈와 근육. 그러니까 몸의 형체는 분명히 남아 있었다.

누운 채로 시간이 얼마나 지났을까.

누군가가 발바닥을 간질이는 게 느껴졌다. 몸의 모든 털은 사라졌지만 아직 가려움은 남아 있었다. 그는 눈을 떴다. 익숙한 발이 보였다. 간호사였다. 감각이 있는지 확인하는 중이었을 것이다. 이제 그를 찾는 사람은 몇 되지 않았다. 연구에 참여하고 있는 의사와 간호사 들, 남동생과 여동생 내외, 거의 매일 울어서 이제 울지 않는 모습이 생각나지 않는 A. A는 그와 헤어진 뒤에도 계속 그를 찾아왔다. 사람에게 제일 끝까지 남아 있는 감각이 청각이래. 숨이 멎은 뒤에, 심장이 멈춘 뒤에도 청각은 남아 있다고 어디선가 들었어. 의식이 없는 사람도 듣기는 한다고. 언젠가 A가 한 말이었다. 내가 이 세상에서 마지막으로 듣는 소리가 오빠의 목소리였으면 좋겠어. 나 죽을 때 옆에 있어줄 거지? A가 천진하게 물었었다. 오빠는 나보다 일주일만 더 살아. 알았지? A의 말에 그는 고개를 끄덕이긴 했지만 정말 A가 그보다 일찍 죽는 일은 없어야 한다고 생각했었다. 그리고 이제 그는 다른 이유로 자신에게도 귀가 오랫동안 남아 있어주기를 바랐다. 그는 가능하다면 오랫동안 음악을 듣고 싶었다. 누구와도 함께할 수 없다면. 가능한 한 음악 속에 있고 싶었다. 그는 사라짐 속에, 사라져가는 자신을 지켜봐야 하는 끔찍한 고통 속에 철저하게 혼자 던져져 있었던 것이다.

그는 음악 속에서 그리움이라는 단어를 떠올렸다. 그리움을 떠올렸다. 그리움을 느꼈다.

그는 그가 그리웠다.

그에게 아이가 있었다면. 만약 그가 아이들의 아빠가 될 수 있었다면. 사라짐 속에서. 그는 그를 닮은 아이들의 얼굴을 상상했다. 어떤 날 그는 하루 종일 태어나지 않은 아이들의 이름을 떠올렸다. 하루는 아이들의 이름으로 뜨겁게 부풀어올랐다. 아빠, 아빠. 하고 부르는 아이들의 목소리는 끝까지 떠오르지 않았지만.

언젠가부터. 그는 사람들의 목소리에서 어떤 것을 보았다. 여동생이 입을 열어 말할 때. 오빠, 하고 불렀을 때 그것은 시작되었다. 그는 동생의 입에서 빠져나오는 금빛 당나귀를 보았다. 작은 당나귀들이 반짝거리며 동생의 입에서 빠져나와 그의 침대 주변을 감싸듯 둥글게 둘러서는 것을 보았다. 동생을 배웅하려고 엘리베이터 앞까지 나갔다가 병실로 돌아오는 길에 그는 어떤 사람이 스쳐 지나가며 하는 말을 들었고 무슨 말이었는지 알아듣지 못했다. 눈발이 날리는 것을 보았다. 여자의 입에서 제법 굵은 눈송이들이 흘러나왔다. 그는 뒤를 돌아보았다. 눈발은 여자가 지나는 복도에 고요히 쌓이고 있었다. 그는 병실까지 돌아오는 동안 누군가의 입에서 쏟아져 나오는 먹구름을 보았고, 깎아지르는 절벽을 보았고, 초록 고슴도치들을 보았고, 빛나는 해파리 떼를 보았다. 그는 사람들의 말을 한마디도 제대로 들을 수 없었다. 걷다가 멈춰서 여러 차례 눈을 비볐다. 병실 구석에 아직 남아 있는 금빛 당나귀 한 마리를 보았다. 당나귀와 눈이 마주쳤다. 그의 얼굴과 몸은 조금 더 흐릿해졌지만 몇 주 전보다 조금 더 많은 빛을 뿜어내고 있었다. 아직 눈과 코, 두 귀와 입은 제자리에 있었지만. 구석에 남아 있는 당나귀의 눈부신 금빛 때문인지 그는 모든 구멍이 한 덩어리로 합쳐지는 기분이었다. 그는 조심스럽게 손을 뻗어 얼굴을 더듬어보았다. 정말 금빛 당나귀 때문이었을까.

잠깐 동안 낮잠을 잤을 뿐이었는데. 눈을 뜨자 시큼한 레몬 맛이 느껴졌다. 입안 가득 신 침이 고였다. 그는 침대 시트에 맨살이 스칠 때마다 레몬 맛을 느꼈다. 그 뒤로 침샘이 사라질 때까지 입안에 고이는 침 때문에 그는 하얀 시트 위에 오래 누워 있을 수가 없었다. 그는 손바닥으로 짙은 레몬 향을 맡았다. 뇌의 어딘가 문제가 생긴 것 같았고 감각은 한데 뒤섞여서 어느 쪽도 분명하지 않았다. 다른 사람들처럼. 사람처럼. 정상적으로 느낄 수 있는 것이 거의 없었다. 그는 그의 눈과 귀와 코가, 혀와 모든 살갗이 한 덩어리로 녹아 섞여 있는 커다란 공이 된 것 같았다. 이리저리 튕겨져서 그는 터질 듯이 부풀어오른 공을 타고 공중을 둥둥 떠다녔다. 한껏 쪼그라들어 구석에 처박혀 굴러다니기도 했다. 울퉁불퉁한 공의 탄성은 제멋대로여서 그는 그를 조절할 수 없었다. 그를 통째로 집어삼킨 혼돈의 공. 그가 된 공. 속이 텅 빈 공 위로. 괜찮으세요? 오늘은 좀 어때요? 종종 간호사의 입에서 작은 열매들이 굴러떨어졌다. 열매에서 차가운 겨울 아침의 냄새가 났다. 달고, 시고, 맵고, 짠, 푸르스름한 열매들.

그 후로 얼마쯤 뒤에 커다란 공에서 귀가 사라졌다.

제 목소리 들려요? 내 말 들려?

그의 귀가 사라진 뒤에도 사람들이 물었다. 귀가 없으니 들리지 않는가. 귀의 형태가 사라졌을 뿐 귓구멍은 남아 있었다. 형태가 사라져도 한동안 구멍들은 남아 있었다. 구멍은 비어 있는 것이라 사라지지 않는 걸까. 처음부터 비어 있었던 것이라. 그는 간신히 고개를 저었다. 그에게 아직 입이 남아 있었지만. 그는 더없이 피곤하다고 느꼈다.

그는 가만히 누워 있었다.

고여 있는 침묵 속에서.

그는 사람들의 침묵을 들었다.
붉은 침묵.

그는 어렴풋이.
나 여기 있어.
저 여기 있습니다.
말하고 있는 희미한 제 입을 보았다. 그의 입에서 입이, 입술들이 흘러나왔다.
입이 희미해진 것인지 눈이 희미해지고 있는 것인지 알 수 없었다. 그에게 오로라가 내뿜는 신비한 초록의 빛이 감돌고 있었다.

혀는 생각보다 꽤 오래 남아 있었다.

한동안 아무것도 사라지지 않았다.

얼마 뒤 첫눈이 내렸다.

강이 얼었다.

얼음이 얼고 폭설이 쏟아질 때쯤 그의 목소리가 사라졌다.

그가 사라지기 시작했을 때.

그는 대중의 폭발적인 관심의 대상이었다. 시작은 그랬다. 누군가는 그를 부러워하기도 했다. 그는 처음으로 동료 배우들의 질투를 느낄 수 있었다. 악의 섞인 말을 하는 사람들도 있었다. 작은 사라짐, 사소한 사라짐은 사람들의 호기심을 자극했다. 그의 배꼽이 사라졌을 때까지만 해도 그가 느낀 공포와 무관하게 사람들은 무섭게 집중했다. 어딜 가나 그에 대한 이야기였다. 그의 사라짐에 대한 종교적, 철학적, 의학적 해석이 쏟아졌다. 그는 시대의 상징으로 읽혔고 해석의 대상이 되었다. 어떤 징후. 세기말의 증상. 시청률은 치솟았고 그는 배우 인생 15년 만에 최고의 전성기를 맞았다. 반짝, 하고 빛나는 아주 짧은 한순간. 찰칵, 사라지는 모든 것을 붙잡으세요. 그는 활짝 웃었다. 아무도 그를 붙잡아주지 못했지만. 그는 아무것도 붙잡지 못했지만. 카메라는 정신없이 팔려나갔다.

그리고 이제.

그에게 남은 것이 별로 없었다. 거리의 나무들은 하얗게 눈을 뒤집어쓰고 있었고 도로에서 차들은 제멋대로 미끄러졌다. 빙판에서 바퀴가 헛돌았다. 감각의 혼동도 잠시. 그는 이제 볼 수 없었다. 그가 출연한 영화가 개봉되었다. 그의 마지막 영화가 될 것이었다. 그가 출연했다는 이유만으로 영화는 연일 매진이었다.

너무 많이 사라진, 지금.

사람들은 그의 모습을 보고 싶어 하지 않았지만. 거의 사라진 남자, 여전히 사라지고 있는 남자의 사라지기 직전, 마지막 모습을 보고 싶어 했다.

잘생긴 방파제 남자.

그는 방파제에 앉아 해가 지는 것을 바라보고 있었다. 석양에 물든 붉은 하늘이 푸르스름한 검은빛으로 변하고 완전히 까만 밤이 내릴 때까지. 그의 연기는 진지했다. 그의 얼굴이 스크린 가득 잡혔다. 그는 선하게 웃고 있었다. 사람들은 그의 오른쪽 눈꼬리에 있는 선명한 점을 보았다. 그가 안개꽃 다발을 안고 있는 여자에게 말했다. 내 간절한 소원을 들어줄래요? 내 간절한 소원을 들어줄래요? 이제 그에게 어떤 간절한 소원이 남아 있을까. 기괴한 여자의 웃음소리가 더없이 슬프게 들렸다. 먼바다가, 보이지 않는 수평선 위에 드문드문 뜬 고기잡이 배들의 불빛이 언제까지나 희미하게 흔들리고 있을 것 같았다.

하지만 그는 아무것도 보지 못했다.

그는 아무도 볼 수 없었다.

나 여기 있어라고 말할 수 없는데.

나는 여기 있는가?

입이 사라지기 전까지. 목소리가 사라지기 전까지. 분명히 그가 거기 있었고.

어제까지. 기적처럼 대답이 있었는데.

그는 서서히 사라져서.

입술, 입, 혀.

얼굴의 모든 부분들과 얼굴의 윤곽마저 희미해져가고 있었다.

마침내.

며칠째 계속되던 폭설이 그친 어느 날 오후

그의 얼굴이 완전히 사라졌다.

그는 어떤 기계에도 연결되어 있지 않았다. 하지만 폐와 심장, 목과 머리는 아직 남아 있었다. 얼굴은 사라졌지만 머리는 거기 있었다. 피는 돌지 않는데. 피가 돌 몸은 사라지고 없는데 심장은 남아. 쿵, 쿵, 쿵, 쿵. 뛰고 있었다. 쿵, 쿵, 쿵, 쿵. 무심히 뛰는 심장과 폐, 위와 간, 대장과 소장. 내장 기관들은 분명히 거기 남아 있었다.

더는 물을 수가 없었다. 바로 며칠 전까지 그는 분명 거기 있었지만. 이제 그가 거기 있는지 아무도 알 수 없었다. 그는 보이지 않았다. 얼굴이 사라지자 더는 누구도 그를 찾지 않았다.

그가 거기 없다고 말할 수는 없었지만. 아직 남아 있는 그의 장기 대신. 가족들은 사진을 붙들고 울었다. A는 그의 죽음을 확신할 수 없었다. 그가 거기 없음을 아무도 증명할 수 없었다.

그는 어디에 있는가. 그는 어디에 있었는가.

거리에 크리스마스캐럴이 울려 퍼졌다.

전 세계가 동시에 새해를 맞이했다. 새해의 첫 해가 떠올랐다.

한동안 아무것도 사라지지 않았다.

또다시 한동안 아무것도 사라지지 않았다.

어스름한 새벽빛을 뿜어내던 머리의 윤곽이 사라졌다.

대장과 소장이 희미해졌고 폐와 간이 거의 동시에 사라졌다.

그는 빠르게 잊혔다.

심장이 완전히 사라지기 전에. 연구자들은 그의 심장이 멈추었다는 것을 확인했다. 심장은 어느 순간 멈췄다. 차갑게 식어갔다.

딱딱한 심장은 적막 속에 남겨졌다. 아무도 지켜보지 않는 가운데. 그의 심장은 점점 희미해졌다. 하얀 시트 위에 붉은 심장이 흐릿하게 지워져갔다. 쿵, 쾅, 쿵, 쾅, 쿵. 정지. 다음. 침묵. 다음.

마침내 침대 위에 아무것도 남지 않았다.

그가 몇 개월간 누워 있었던 침대는 텅 비었다. 심장은 부패가 시작되기 전에 사라졌다. 창가로 쏟아져 들어오는 빛 속에 아주 작은 먼지 같은 것들이 떠다녔다. 눈부신 아침 햇살이 침대의 하얀 시트를 비추고 있었다. 이른 봄빛 속에. 부유하는 반짝거림.

그는 죽었던가. 그는 살아 있었던가.

그가 있었던가.

그의 죽음을 증명할 것이 아무것도 없었다. 그는 아무것도 남기지 않았다. 그의 죽음을 증명할 주검이, 그의 몸이 사라지고 없었다. 흔적 없는 죽음. 학자들은 그의 죽음에 어떤 이름을 붙여야 할지 고민했다. 인류의 의학사를 통틀어 그에게 적합한 사인이 없었다. 그의 이름은 사라짐의 상징이 되었다. 사라지는 사나이. 그는. 사라지는 증상의 증거가 되었다. 눈앞에서.

사라짐의 이름으로.

그는 완전히 사라졌다.

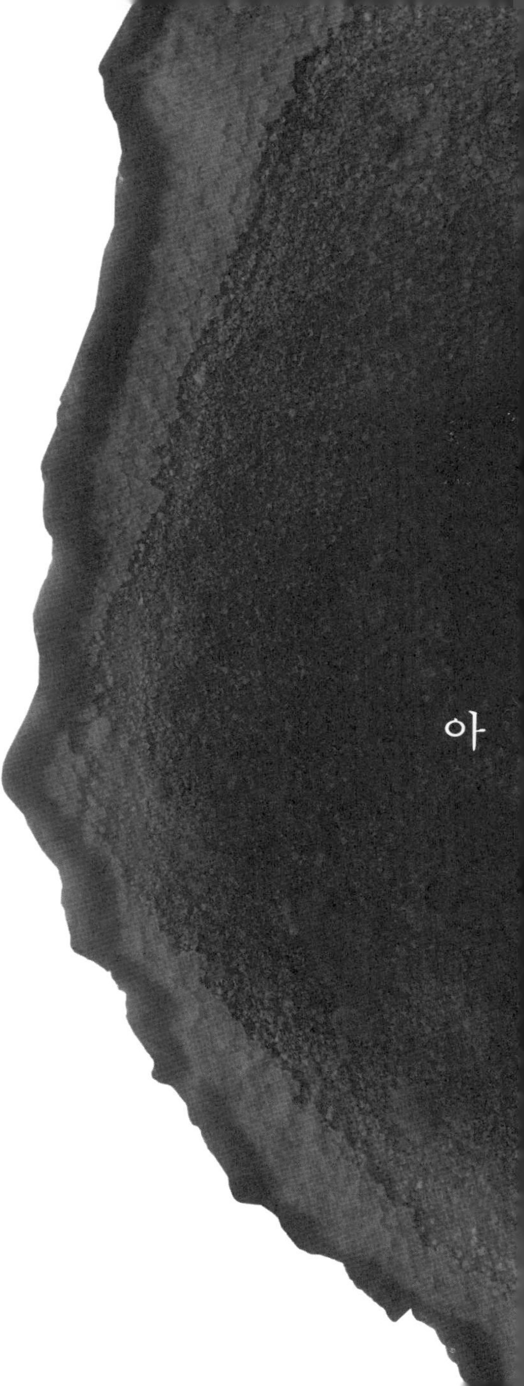

아

5. 고프다

긴 오후를, 단단한 저녁을, 적막한 밤을,
다시 찾아온 새벽과 낯선 아침을
온통 한 얼굴의 여자와 보냈다.
이 도시의 말로.
나는 빛도 거리도 조절하지 못한다.
모든 허기로부터. 깊은 어둠 속에서.
내가 내 죄를 사할 수 없다.
말로의 말로.

오래전에 이런 소설을 읽었어. 아범과 어멈에 대한 이야기였다. 아범과 어멈에게는 두 딸이 있었는데 아범과 어멈은 엄청 가난해서 먹고살기도 힘들었지. 아범은 결국 큰딸을 남의 집에 보내기로 해. 가서 밥이라도 먹고 살라고. 큰딸을 남의 집에 보내고 얼마 후 아범은 시골에 있는 형네로 일을 하러 가거든. 보름이 넘도록 아범에게 소식이 없자 어멈은 시골로 가겠다는 편지를 부치고 어린 딸과 함께 시골로 떠나. 한겨울이었다. 아범은 밤마다 큰딸을 떠올리며 섧게 울었고, 어멈이 홀로 길을 떠났다는 편지를 받고는 먼 길을 올 어멈을 마중하러 나갔지. 아범의 몸은 약해질 대로 약해진 상태였다. 아범은 해 질 무렵 고개에서 소나무 밑에 웅크린 채 떨고 있는 어멈과 딸을 발견해. 아범과 어멈은 서로 끌어안은 채 밤을 지새우지. 아범도 어멈도 더는 꼼짝도 할 수 없었거든. 다음 날 아침 그 고개를 지나가던 나무장수가 한 남자와 한 여자의 시체와 그 사이에서 시체를 툭툭 치고 있는 아이를 발견하고는 아이만 데리고 떠났다. 아이만 데리고 떠났어. 아이만 데리고. 마지막 말을 몇 번이고 반복하던 말로. 나는 오래전에 이런 이야기를 들었다. 말로의 말로. 이따금 아범과 어멈이 떠오를 때면, 이야기를 멈추고 달싹이던 말로의 입술, 바람에 스쳐 흔들리던 말로의 옆머리칼, 귓불을 만지작거리던 말로의 가느다란 손가락, 길가에 늘어서 있던 작은 화분들, 반질거리는 잎사귀 위에 부서지던 잔다란 햇살 같은 것들이 떠오른다. 그리고. 몇 번이나 물었던 아범의 이름. 처음에 나는 아범이 이름인 줄로만 알았다. 아브람이나 아브라함처럼. 아범, 하고 부르는 이름인 줄 알았지만 아범은 이 도시의 말로 아버지, 아비. 아비를 대접해 부르는 말. 아버지의 다른 이름이었다. 아범. 아범의 이름은 써도, 써도 줄지 않았다. 써도, 써도 줄어들지 않는 단지. 아범의 이름은 화수분이었다. 화수분? 나는 몇 번이나 말로에게 되물었지만 낯선 이름이 좀처럼 외워지지 않았다. 화수분. 차고, 차고, 차오르는, 단지. 아범의 이름. 아범의 이름을 떠올릴 때면 그치지 않던 눈. 쌓이기만 하던 눈. 녹을 새 없이 쌓이고, 쌓이던 먼 나라의 흰 눈이 함께 떠오른다. 어두컴컴한 하늘에 밤새 흩어지는 새하얀 눈발. 끝없이 펼쳐진 논. 어슴푸레 밝아오는 새벽. 푸른 눈을 뒤집어쓴 고개 위의 나무들. 나무 아래 수북한 한 덩어리 눈. 한 덩어리가 된 한 남자와 한 여자의 시신. 한 남자와 한 여자 사이에서 울고 있는 아이. 눈 쌓인 정적의 잔가지를 흔들던 아이의 깨질 듯한 울음소리. 이런 것들이 동시에 떠오른다. 말로의 말로. 말로의 이야기 속에서 얼마나 오래 눈이 내렸었는지 기억이 나지 않는다. 화수분. 아범의 이름은 화수분이야. 화수분? 응. 화수분. 몇 번이고 물어도 똑같이 선선하게 대답하던 말로의 목소리. 그 목소리가 기억나지 않는다. 새하얀 정적이 말로를 감싸고 있어 말로는 모든 장면을 멈추게 한다. 나는 이따금 거리에, 복도에, 지난 시간들 속에 멈춰 선다. 아무도 정적을 흔들지 못한다. 아무리 떠올려도 조금도 줄어들지 않는 말로. 빈 단지. 써도, 써도 줄지 않는 말로의 목소리. 말로의 말로. 채우고, 채워도, 채워지지 않는 항아리. 비우고, 비워도, 비워지지 않는, 완전히 빈 단지. 나는 모든 말로의 말로 끊임없이 말로를 떠올린다. 떠올리지 않으려는 모든 것들로부터 말로가 떠오른다.

이 도시의 말로.

여기. 여기 있어라. 여기 있어. 여기 있자. 함께 있자. '있다'는 명령형과 청유형이 가능하지만. 없다는 단지. 없을 뿐이다. 여기 없거라. 거기 없거라. 여기 없자. 함께 없자. '없다'는 명령형도 청유형도 불가능하다. 없다는 말로는 어떤 명령도, 제안도 할 수 없다. 여기 없는 말로. 빈 단지. 나는 말로에게 어떤 애원도, 부탁도 할 수 없다. 멀리 있는 말로.

드모르간의 법칙—나와 너의 교집합을 뺀 나머지는 나를 뺀 나머지와 너를 뺀 나머지의 합집합과 같다

에 대해서 나는 들은 적이 있다. 어떤 웅얼거림, 쉽게 끓어 넘치지 않는 작은 주전자. 드모르간의 법칙을 벤다이어그램으로 표시하면 나와 너의 교집합은 촘촘하게 빗금 그어진 세상에 벌어진 좁은 틈새. 전체 집합에 뚫린, 폐곡선 두 개가 교차하며 만들어낸 작은 구멍. 시간과 공간이 사라져버리는 블랙홀, '우리'가 시작되는 화이트홀이 되겠지만, 나는 직감적으로 알 수 있다. 말로와 나의 교집합은 불가능하다. 교집합도, 부분집합도 될 수 없는 몸. 말로의 말로. 말로와 나는 공집합이다. 써도, 써도 빈 단지. 채워도, 채워도 채워지지 않는 항아리. 텅 빈 채 남겨진 끝이 없는 말로. 말로의 목소리가 기억나지 않는다.

1. 괴기스럽다

나는 말로의 오른쪽 뺨을 만진다. 나는 말로에게서 빠져나온 직후에 제일 먼저 말로의 뺨을 만진다. 습관적으로 말로의 뺨을 만지면서 나는 방금 내가 빠져나온 것이 말로의 좁은 몸이 아니라 말로가 지나온 시간, 말로가 기억하고 있는 말로, 모든 이들과 다른 모든 말로, 말로라는 존재 그 자체라고 믿는다. 내가 만지는 말로의 오른쪽 뺨에는 깊고 붉은 상처가 있다. 내가 만든 상처. 손가락 끝에 선명한 상처가 만져질 때 나는 안도한다. 상처는 이내 아물지만 나는 또 한 번 말로의 뺨을 긋는다. 깊게 베인 뺨에서 붉은 피가 솟아오른다. 말로의 어깨가 조금 움직인다. 나는 양손으로 말로의 어깨를 잡고 말로의 벌어진 뺨을 핥는다. 말로의 짜고 뜨거운 피. 말로의 뺨에서 조금씩 다른 맛이 난다. 내가 빠져나온 말로. 말로는 내 혀끝에 닿아 있다. 말로의 피가, 말로의 검붉은 피가 내 혀끝을 적신다. 말로의 피가 목젖을 적신다. 말로의 피가 목구멍을 따라 내려간다.

내 유일한 말로. 나에게 속한 말로. 가늘고 기다란 손가락이 말로의 뺨을 만진다. 똑같이 긴, 똑같이 가는, 똑같이 하얀 손가락. 말로의 손가락이 툭 튀어나온 광대뼈에서 뾰족한 턱 쪽으로 거의 움직임 없이, 움직인다. 똑같이 튀어나온 광대뼈, 똑같이 뾰족한 턱. 똑같이 짙은 고동의 동공 아래 사선으로 그어진 붉은 선. 나는 멀리서도 말로를 알아본다. 아름다운 말로. 똑같이 짙은 눈썹. 똑같이 선한 눈매. 똑같이 오똑한 콧날. 나는 오직 말로의 아름다운 상처를 통해서만 말로를 알아본다. 아름다운 말로. 내 입술이 닿았던 자리. 말로의 오른뺨. 말로의 흰 목덜미. 말로의 야윈 어깨. 말로의 새까만 유두. 말로의 둥근 배. 말로의 가파른 허리. 말로의 좁은 치골. 말로의 무성한 음모. 말로의 은밀한 분홍. 내가 막 말로의 몸을 빠져나왔을 때 말로가 말한다. 내 입술의 말로.

아파.

알몸의 말로. 말로가 아파, 하고, 말할 때 말로의 목소리는 사라진 허구에 가깝다. 길게 이어지는 신열의 울림이 주위의 모든 소음들을 빨아들인다. 잘게 부서져 떨어지는 소음의 음소들. 신음의 말로. 말로의 목소리는 검고, 깊고, 푸르다. 말로의 목소리는 검고, 깊고, 푸른 사람들의 눈동자를 흔들리게 한다. 소음의 수조 속에서 흔들리는 알몸의 말로. 푸른 수조의 수면을 떠도는 공명의 말로. 나는 어떤 밤에도 말로를 떠나지 못한다. 도시의 모든 여자들이 말로를 닮았거나 말로가 도시의 모든 여자들을 닮았다. 모든 여자들이. 모든 여자들과 닮아 나는 이 도시를 떠나지 못한다. 똑같은 말로.

아파.

말로가 말한다.
아파.
이 도시의 말로.
'아파'는 '그립다'를 의미한다.

아파.

10. 권태롭다

말로가 남긴 말. 말로의 마지막 말. 말로는 이렇게 썼다. 말로의 말로. 그야. 밤이 시체처럼 팽창한다. 그야. 밤이 시체처럼 팽창해. 말로는 나를 부르고 싶은 대로 부른다. 때로 거칠게 야, 하고 소리쳐 부르고. 그,라고 조심스럽게 적기도 한다. 말로가 나를 조심스럽게 부를 때 나는 헤롯이거나 다윗이거나 말로로부터 아주 멀리 떨어진 '그'에 속해 있고. 그는 아무것도 몰라. 그는 정말 아무것도 모르지. 말로가 말할 때 그인 나는, 말로의 말대로 아무것도 모른다. 나인 그는. 말로로부터 때로 아주 가깝고, 때로 아주 멀리 떨어져 있지만. 나는 침대에 누워 벽 쪽에 몸을 붙이고 말로의 기운 어깨가 조금씩 움직이는 것을 본다. 그야. 밤이 시체처럼 팽창한다. 말로의 손끝에서 손끝으로. 그야. 밤이 시체처럼 팽창해. 말로는 이렇게 쓰지만. 나는 말로가 쓴 것을 보지 못한다. 모두 같은 속도로 나빠지는 것은 아니지만. 누군가 죽어가는 속도로. 그야. 밤이 시체처럼 팽창한다. 나는 너의 등이 좋아. 네 등을 보고 있으면 언제든지 잠들 수 있어. 나는 말로에게 말하지만 말로에게 내 말은 들리지 않는다. 위독한 말로. 그야. 밤이 시체처럼 팽창한다. 임금님 귀는 당나귀 귀. 임금님 귀는 당나귀 귀. 임금님 귀는 당나귀 귀. 밤에 당나귀 귀는 감정적으로 자란다. 그야. 밤이 시체처럼 팽창해. 어린이는 공포에서 벗어날 권리가 있고, 어린이는 꿈을 꿀 권리가 있고, 어린이는 환영받을 권리가 있고, 어린이는 즐겁게 지낼 권리가 있지만. 그야. 밤이 시체처럼 팽창한다. 뒷짐 지지 마라. 장래 희망 대신 장례 희망을 적어놓고. 뒷걸음질 치면 못써. 그야. 밤이 시체처럼 팽창한다. 못생긴 그. 못생긴 말. 못생긴 그야. 그야. 처음엔 비가 내리는 줄 몰랐지만. 못†못†못†못† 밤의 못이 내린다. 붉은 밤엔 깊은 못이 내려. 만약 그때 그 거북이가 죽지 않았다면. 만약 우리가 그

때 그 거북이를 기르지 않았다면. 나는 만약, 만약, 만약에. 이마에, 심장에, 두 눈에 성호를 긋고. 늘 가정법으로 생각하지만. 그야. 밤이 시체처럼 팽창한다. 너의 죽음을 기다려왔다는 듯이. 누군가 죽자 누군가의 책이 무섭게 팔려나간다. 『자살하기 좋은 날』『자살하기 좋은 날』『자살하기 좋은 날』 자살하고, 자살하고, 자살하고 맨 처음부터. 그야. 밤이 시체처럼 팽창한다. 한 사람이 잊히는 속도로. 나는 아직 살아 있지만. 가슴에 손을 얹고. 그야. 밤이 시체처럼 팽창한다. 무너지듯 주저앉고 싶은 날. 아무 데고 주저앉아. 물음도, 울음도 없는 시간이 지나가면. 엄마, 구름이야. 아이가 맨 처음 엄마, 엄마를 부르듯이. 엄마에게 구름에 대해 말하고 싶어. 그야. 밤이 시체처럼 팽창한다. 나는 전혀 죽음에 대해 말하고 싶지 않아. 나는 절대 죽음에 대해 말하고 있는 게 아니라. 해를 등지고 서면 그림자와 마주 보게 되지만. 그야. 밤이 시체처럼 팽창한다. 한쪽 눈을 감고. 나는 콜라콜라콜라. 골라골라골라. 그야. 밤이 시체처럼 팽창한다. 내가 이번 생에서 맡은 역은 떠돌이가 아니라 남겨지는 게 싫어. 남겨지는 건 죽기보다 싫어. 거짓말보다 쉬운 말로. 그야. 밤이 시체처럼 팽창한다. 반도 안 되는 밤. 너는 누군가 죽는 꿈을 꾸고. 너는 누군가 죽이는 꿈을 꾸겠지만. 해명을 요구하지 않는 새벽. 그야. 밤이 시체처럼 팽창한다. 모든 것이 예정되어 있다면. 모든 것이 예정대로라면. 그들은 그늘로. 그늘은 그들로. 6월부터 11월까지. 그야. 밤이 시체처럼 팽창한다. 서로 다른 곳에서. 모두 다르게. 모두가 불가능한 구원에 대해 말할 때. 그야. 밤이 시체처럼 팽창한다. 나는 노래가 되지 못한 영혼들의 주저흔이다. 비는 허공을 긋고, 긋고, 긋는데. 그야. 밤이 시체처럼 팽창한다. 무엇이든 기다리거나 놓치거나 둘 중 하나라니. 양파와 양파 한 개 반이라니. 인력으로는 어쩔 수 없는 일. 그야. 밤이 시체처럼 팽창한다. 참외가 왔어요. 참외가 왔습니다. 맛 좋고 싱싱한 참외. 참회라고는 모르는 참외만 한 트럭. 참외가 왔어요. 참외가 왔습니다. 그 옛날 참회의 문장을 받아쓰고. 그야. 밤이 시체처럼 팽창한다. 처음부터 기호와 관계없이 종교가 결성된 탓에. 식성과 관계없이 종교가 결정된 탓으로. 너 하나 즐겁자고. 엄마 아빠는 지옥으로 보내졌는데. 그야. 밤이 시체처럼 팽창한다. 영문도 모른 채. 서로를 의심하는 공복의 시간이 길어지면. 누구에게든 동조하고 싶어. 그야. 밤이 시체처럼 팽창한다. 어떤 것도 되돌릴 수 없어. y=x+2의 상상력으로 고작 두 개씩 증가하는. 너에게 소중한 건 뭐니? 너는 뭐가 두렵니? 그야. 밤이 시체처럼 팽창한다. 저는 소중한 것들을 잃는 게 두렵습니다. 소중한 것들이 생기는 게 두려워. 무릎을 꿇고. 썅. 당신 앞에 엎드려. 그야. 밤이 시체처럼 팽창한다. 너는 변성의 금 위에 누워 있는 토막 난 시체. 나의 토막 난 말로. 그야. 밤이 시체처럼 팽창한다. 그야. 밤이 시체처럼 팽창해. 고작 천만 년 전의 하루가 지나갔을 뿐인데. 희망이 절망으로 바뀌는 게 두려워. 우리가 자꾸 우리,

우리 하는 동안. 그야. 밤이 시체처럼 팽창한다. 그러니까 밤은 언제나 완성되지 못하는 법이죠. 괜찮아요. 정말 괜찮아. 말로가 남긴 말. 말로의 마지막 말. 그야. 밤이 시체처럼 팽창한다. 그야. 밤이 시체처럼 팽창해. 말로의 말로. 문장이 시체처럼 팽창한다. 문단이 시체처럼 팽창한다. 말로가 남긴 알몸의 말로. 말로는 이렇게 썼다.

2. 그리다

텅 빈 옷장.

주머니 속의 옷. 옷과
옷들.

50. 막연하다

전체 육지의 24퍼센트를 차지하고 있으며, 지구 인구의 10퍼센트가 살고 있는 산. 산은 주위보다 높이 솟아 있는 지형을 말한다. 이 도시의 말로. 예전에는 뫼 또는 메라고도 불렀다. 지구 중심에서 정상이 가장 먼 산은 에콰도르의 침보라소 산이다. 높이는 6,267미터. 태양계에서 가장 높다고 알려진 산은 화성의 올림포스 산이다. 신들의 산 올림포스. 가늠이 되지 않는 높이. 높이는 2,918킬로미터이다. 말로의 방에는 산 사진이 잔뜩 붙어 있었다. 금방이라도 무너져 내릴 것 같은 뾰족한 설산도 있었지만 이름 없는 야산의 좁은 등산로도 있었다. 껍질이 흰 나무가 하늘과 맞닿은 산도 있었고, 나무 그림자가 으스스하게 늘어선 호수를 여럿 품고 있는 산도 있었다. 검은 나비가 팔랑거리는 폐탄광의 입구가 보이는 산도 있었고, 거미줄이 등산로에 마구 엉켜 있는, 도무지 사람이 오른 적이 없었을 것 같은 산도 있었다. 가끔 마른 꽃잎 같은 날개를 가진 주황색 나비가 날아올랐다. 중주르나 시샤팡마, 초오유나 벨루하, 하루나 같은 산은 아니었다. 아직 어떤 산도 함께 오르기 전이었다.

어느 쪽 창을 열어도 산이 보이는 집의 현관문을 열고 들어서면 흰 타일이 깔린 정사각형 모양의 공간이 있다. 앞뒤 베란다에 화분이 빼곡히 들어차 있어 비가 오는 날이면 고소한 흙냄새가 은은하게 감도는 집 안. 정사각형의 천장은 물이 통통하게 오른 알로에 줄기들로 뒤덮여 있어 집 안에 들어서면 정글에서 길을 잃은 기분이 든다. 현관 안에 또 현관. 길쭉한 손잡이가 달린 나무 문을 열면 왼쪽으로 커다란 거울이 있고 거울과 마주한 면에 꼭 거울만큼 커다란 신발장이 있다. 신발장은 총 열 칸으로 나누어져 있고 여닫이문 네 짝이 달려 있다. 신발장의 제일 왼쪽 문을 연다. 낡은 로퍼 한 켤레. 나는 이제 어떤 산도 오르지 않는다.

말로의 말로.

아직 어떤 글자도 쓰지 못할 때였다. 드문드문 말로의 말을 알아듣기는 했지만 완전하지는 않았다. 말보다 어떤 기미 같은 것들이 더 가까이 있다고 느껴지던 때였다. 나는 괴베클리 테페의 돌기둥에 대한 영문 기사를 보고 있었고 말로는 신발장 앞에 있었다. 말로가 신발장 문을 열 때 나는 돌기둥에 새겨져 있다는 가젤, 뱀, 여우 혹은 전갈이나 멧돼지 같은 것들을 찾고 있었다. 멀리 떨어진 도시에 대한 많은 기억들은 막연한 예감처럼 먼 항구에 정박해 있었고, 안개가 잔뜩 끼어 앞이 잘 보이지 않았다. 정박한 배의 뱃머리를 떠올리는 것만으로도 뱃멀미가 날 것 같은 오후였다. 말로는 신발장의 제일 왼쪽 문을 열었고 신발을 한 켤레 꺼내 들었다. 말로가 유난히 신발을 좋아한 것은 아니었다. 한 가지 종류의 신발에 애착이 있는 것도 아니어서 신발장에는 굽이 닳아나 걸을 때마다 또각또각 쇳소리를 내는 구두, 얼룩진 운동화, 끈이 늘어난 샌들, 가죽이 벗겨진 부츠 같은 것들이 규칙 없이 나란히 놓여 있었다. 특색 없는 무채색 구두가 대부분이었고, 화려한 색깔의 슬리퍼가 몇 개 섞여 있었다. 그 사이 낡은 로퍼 한 켤레. 내 신발도 있었을 것이다. 말로가 제일 먼저 꺼내 든 신발은 낮은 굽의 갈색 구두였다.

약 16,000년 전, 식물 채집과 사냥을 하던 사람들이 최초의 순례자들이었다고 했다. 문자도, 금속도, 도기도, 발명되지 않았던 시대. 사람들은 돌기둥을 참배하기 위해 괴베클리 테페를 찾았다고 했다. 문명이 종교를 발명한 것이 아니라, 종교를 위해 문명이 발전한 것이라고 했다. 문자가 있고, 종교가 탄생한 것이 아니라, 신을 섬기기 위해 인간이 문자를 만들어 사용하기 시작한 것이라고. 나는 이런 내용의 기사들을 무심히 눈으로 훑어 내려가고 있었다. 말로는 여전히 신발장 앞에 서 있었고, 이미 말로의 발아래에는 몇 켤레의 구두와 운동화가 놓여 있었다. 나는 말로가 신발장을 정리하려나 보다라고 생각했다. 말로는 천천히 팔을 뻗었고, 신발장에 있는 신발을 한 켤레씩 꺼냈다. 신발장 문에 가려 안쪽이 보이지는 않았지만 왼쪽 신발장에서 내 로퍼를 제외한 거의 모든 신발이 다 꺼내졌다고 생각했을 때 말로가 어떤 소리를 냈다. 말로의 말로. 말로가 어떤 소리를 낸 것 같았다. 어떤 순서로든 종교는 탄생한 뒤였다. 말로는 오른쪽 신발장의 문을 열었고, 조금 전보다 빠른 속도로 신발을 꺼냈고, 이번에는 신발들을 가만히 내려놓지 않았다. 허리를 숙이는 대신 신발을 함부로 툭, 툭 떨어뜨리고 있었다. 발목까지 오는 부츠 한 짝과 흰색 운동화 한 짝이 말로의 손에서 바닥으로 떨어졌다. 어떤 힘이. 어떤 도구도 없던 시절에 저렇게 거대한 돌기둥을, 신전과 같은 구조물들을 세우는 것을 가능하게 했을까. 나는 돌기둥 표면에 조심스럽게 양각을 새겨넣는 사람들의 손등을, 돌기둥을 어깨로 떠받치고 있는 사람들의 단단하게 긴장된 등 근육 같은 것들을 떠올렸다. 등줄기를 타고 땀이 흘러내렸다. 이제 말로는 숫제 신발들을 집어 던지고 있었다. 발코니는 신발장에서 내던져진 신발들로 가득 찼고, 엉망이었다. 샌들과 부츠가, 구두와 운동화가 뒤섞여 있었다. 말로는 여전히 신발장을 향해 서 있었지만 신발장은 텅 빈 것 같았다. 발코니에서 신발과 신발이, 계절과 계절이 마구 뒤섞였고, 뒤섞여 뒹굴고 있었다.

뭘 찾아?

나는 말로에게 다가가며 물었다. 신발장 문이 열려 있었기 때문에 말로의 얼굴이 보이지 않았다.

나 좀 봐.

내가 말했다. 말로는 꼼짝도 하지 않았다.

말로,

나를 봐. 뭐가 없어졌어?

나는 아직 한 번도 말로가 신은 것을 본 적이 없는 분홍색 슬리퍼를 손에 들었다. 스펀지와 비슷한 재질로 만들어져 무게가 거의 느껴지지 않았다. 말로. 나는 말로에게 아주 가까이 다가갔고, 어깨에 손을 얹었다. 말로의 몸이 떨리고 있었다.

나 좀 봐.

내가 말했다. 이 도시의 말로.

말로는 대답하지 않는다.

신발장에는 말로의 오른손만이 놓여 있었다. 늘 무표정한 얼굴에 연한 먹 같은 인상을 주던 여자. 곱슬곱슬한 갈색 머리카락을 토핑으로 얹어 달콤함을 가장한 아이스크림. 언제든지 녹아내릴 각오가, 허물어질 준비가 되어 있는 것 같던 말로. 말로는 한동안 뒤돌아보지 않았고 나는 말로의 뒤에 그대로 서 있었다. 나는 말로에게 어떤 분노가 있다는 것을, 어떤 말로도 표현할 수 없는, 어떤 소리도 새 나오지 않는 두려움에 가까운 분노가 있다는 것을 그날 처음 알았다. 그 작은 여자 안에 있던, 그 여자의 몸을 뜨겁게 달구고, 무섭게 식히던, 다시는 돌이킬 수 없을 만큼 꽁꽁 얼리던 분노를, 나로서는 분노라고밖에 칭할 수 없던 어떤 감정을 조금도 가늠할 수 없었다. 가늠할 수 없는 슬픔. 모종의 참담함. 말로의 말로. 말로는 거의 말하지 않았고, 말로는 울지 않았다. 좀처럼 감정을 드러내는 일이 없었다. 그날 이후에도 예전처럼 가끔 얼음을 얼렸고, 색색의 얼음들을 오즈의 물통에 넣어두곤 했다. 신발들은 나란히 신발장에 놓였고, 신발장의 문은 조용히 열렸다 닫혔다. 낡은 로퍼 한 켤레. 나는 먹을 연하게 갈아 얼린 얼음을 그날 처음 보았다. 16,000년은 어떤 식으로도 실감나지 않았다. 말로는 끝내 등산화 한 짝을 찾지 못했고 이미 어떤 순서로든 종교는 탄생한 후였다.

55. 맴돌다

나는 투명한 지붕 아래 있다. 빗방울이 투둑, 투둑 떨어진다. 이럴 때 지붕은 짙은 녹색이다. 이 도시의 말로. 초록. 초록의 천창으로 빗방울이 투

둑 투

둑 투

두

둑 떨어진다. 말로는 말로와 관련된 어떤 단어도 가르치지 않는다. 이를테면 창백한, 켜, 되뇌다와 같은 말들은 쓰지 않는다. 돌연, 거리, 및, 같은 말들은 하지 않는다. 도통, 마냥, 혼. 나는 말로를 묘사할 말이 없다

고, 말로를 설명할 길이 없다고, 말로를 표현할 문장이 턱없이 부족하다고 말한다. 어떤 말로도 당신을 기록할 수 없어. 말로는 대답하지 않는다. 투둑, 투둑, 빗방울이 떨어진다. 말로의 말로. 당신이 좋아하는 단어들을 말해봐. 나는 몇 개의 단어들을 떠올린다. 먼, 섬, 가령, 방긋, 봄 이런 말들이다. 이 도시의 말로. 또 몇 개의 단어들이 떠오른다. 응, 얼핏, 헤매다, 씨앗, 싱글벙글 이런 말들이다. 나는 여러 모양의 글자들을 떠올린다. 시간마다. 시차, 시신, 시절, 시름, 시소, 다시, 시작. 모든 시간에 '시'가 들어 있어. 말로는 말한다. 먼, 섬, 가령, 방긋. 말로의 말로. 시는 일곱번째 음의 이름이고, 큰 마을의 이름이고, 시간의 마디의 이름이고, 모든 것들의 이름이다. 시.

응. 나는 시라고 따라 말하고, 알았다는 의미로 응,이라고 대답한다.

여배우가 죽었다.

사탕을 깨물었다.

고사리를 사다 말리고 싶다.

말로는 이렇게 쓴다.

이런 문장들은 무의미해. 시가 아니라. 나는 무의미한 문장만 남기고 싶어.

말로가 말한다.

가령, 먼, 섬, 얼핏,

"우리는 아무것도 설명할 수 없으며 세상은 모순으로 가득

차 있다
는 것을 배우기 위해 수학을 배운다."

말로의 책상 앞에 붙어 있던 말.

말로의 말로.

나는 말로의 무심함이, 모든 관계에 대한 냉담함에 가까운 무심함만이 말로의 유일한 윤리였다고 생각한다. 전제가 다르면 모든 게 다르다. 전제가 달라지면 모든 게 달라진다. 삶은 말로의 전제가 아니라.

우리는 숨은 십자가 아래에서 만났다.

아무것도 설명할 수 없다.

수백 년 전 사람들이 숨어 살았던 지하 도시의 좁은 방이었다. 평생을 어둠 속에 살면서 신을 섬긴 사람들. 사람들은 도시의 여러 통로들로 흩어진다. 서로 다른 말소리가 웅웅거리며 벽을 두드린다. 닿지 않는 어둠 속의 깊은 허공을 흔든다. 캄캄한 허공 속에서 말들이 뒤섞인다. 나는 허리를 숙여 흙벽 아래 좁은 구멍으로 들어선다. 한 사람이 겨우 통과할 수 있는 통로가 열 발자국쯤 이어진다. 방의 입구를 향해 가면서 나는 누군가 방 안에 있을지도 모른다고 생각한다. 누군가 나를 기다리고 있다고. 수백 년 전 태어났던 어떤 아이가. 평생을 기도와 찬송으로 숨죽여 살았을 어떤 아이가. 얼굴이 검고, 눈이 깊은 어떤 아이가 그 방에 있을지도 모른다고 생각한다. 방 안에 들어서면서 허리를 편다. 좁은 방 한쪽 벽에 구멍이 뚫려 있다.

지상에서 수백 미터 떨어진 지하. 땅속 깊은 곳에 묻힌 지하의 밀실. 밀실의 한쪽 벽면에 걸린 어둠의 창. 한 여자가 그 창으로 머리를 내밀고 있다. 허리를 내밀고 있다. 여자의 몸이 허리까지 구멍 밖으로 나가 있어 나는 여자가 여자라는 것을 긴 치마의 끝자락, 흰 치마 아래 보이는 가는 발목을 통해 안다. 다른 여행객들은 보이지 않는다. 방 안에는 오직 말로. 말로와 검은 구멍. 말로와 말로의 침묵. 말로와 숨은 십자가 아래 어스름한 빛만이 가득하다. 나는 말로가 나를 기다리고 있었다고 생각한다. 말로가 나를 기다려주었다고 생각한다. 수백 년 전부터. 어둠의 창. 말로의 말로. 창은 그곳에 있었다.

창인가요?

내가 묻는다.

응.

말로가 대답한다.

응.

나는 한 음절의 소리를 알아듣지 못한다.

응.

말로의 말로.

말로가 구멍에서 몸을 빼내 나를 향해 돌아선다.

응. 빛이 보여.

말로가 말한다. 말로는 웃지 않는다.

나는 구멍으로 허리를 내민다. 좁은, 허리를 숙이고 들어온

통로보다 더 좁은 통로가 하늘을 향해, 지상을 향해 끝도 없이 이어진다. 저 멀리 좁은 구멍에서 동그란 빛이 쏟아진다. 저 구멍으로 수없이 많은 밤과 낮이, 비와 바람이, 통곡과 신음이 지나갔을 것이다.

끔찍하다.

말로가 말한다. 나는 알아듣지 못한다.

끔찍하다.

응.

나는 방금 전에 들었던 말을 따라해본다.

응.

응.

좁고, 검은 통로에 소리가 울린다. 길게 울리는 소리가 좁은 구멍을 빠져나간다.

시간의 좁고 깊은 길목에서. 돌아오는 메아리.

'응'은 그래, 맞다, 아니, 좋아, 그렇다, 그럼, 그럴 수도 있다. 이런 뜻이다.

이 도시의 말로. 지하의 도시에서 처음 배운 말.

응.

말로의 말로. 말로가 말한다.

응.

응은 0분의 0이다. 0분의 0은, 0이다. 0은 0으로 나누어지지 않아. 0은 어떤 것으로도 나누어지지 않아. 당신과 나. 우리에게는 몫도, 나머지도 없다. 우리는 어떤 것도 셈하지 않는다. 아무것도 남기지 않는다. 알몸의 말로.

끔찍하다.

말로가 말한다.

나는 구멍에서 몸을 빼내 말로를 향해 돌아선다. 거기 말로가 있다.

눈이 검고 작은 여자.

어둠 속에서 우리는 서로에게 응한다.

말로의 말로.

아무것도 기억하지 말아요.

말로는 말하고, 나는 알아듣지 못한다. 말로의 입술에 입을 맞춘다.

응.

내가 말한다.

응.

당신과 내가 입술을 맞대고도 할 수 있는 말.

말로와 내가 입술을 맞대고, 말한다.

응.

말로의 말로.

우리는 나누어지지 않는다. 우리는 떨어지지 않는다.

이 도시의 말로.

응이 대답의 말이라는 것을, 어떤 감정을 전달하는 말이 아니라는 것을, 어떤 감정이든 담을 수 있는 말이라는 것을 나는 이 도시에 와서 안다.

먼 도시의 말로. 빠까. 아직. 나는 이 도시를 떠나지 못한다.

나는 서성거린다.
나는 머뭇거린다.
나는 솟아오른다.
나는 흘러넘친다.

두 입술의 말로.

0. 모르다

모르다

먼 도시의 말로.
나는 '당신'을 모른다.
나는 '내일'을 모른다.
나는

거의 모든 것들을

몰라.
모르다,
모르다,
모르다, 간다.

어디로 갔는지 모른다.

17. 몽롱하다

길 건너편에 있는 나무가 바람에 흔들리고 있었다. 아침에는 비둘기가 까닭 없이 죽었다. 어떻게든 죽은 비둘기. 나는 술을 마시지 않았고, 약에 취하지도 않았다. 죽은 비둘기는 매번 같은 자리에서 발견되었다. 거무스름한 형체. 축 늘어진 날갯죽지. 빛을 잃었을 눈동자. 멀리서도 한눈에 알아볼 수 있었다. 비둘기의 부러진 목과 깃털을 적신 새빨간 피. 무겁게 감긴 두 눈. 고개를 떨군 사람들. 길 건너편에 있는 나무가 바람에 흔들리고 있었다. 꿈속에서. 꿈을 꾼 것은 아니었다. 시장 통을 헤매고 있다. 우리는 사람들 틈에 섞여 걷고 있는데 말로의 얼굴은 보이지 않는다. 말로의 얼굴도 내 얼굴도 보이지 않는다. 밤새 내 몸은 비정상적으로 부풀어오르거나 믿을 수 없을 만큼 작아진다. 달걀만 한 아기집 속에서 제 몸을 키우는 아이처럼.

꿈들이, 꿈에서 보고 듣고 취하는 모든 냄새와 감각들이 내 몸을 공중으로 떠오르게 한다. 서늘한 악몽 속에서 낯선 여자를 만났어. 꿈이었지만 무서웠다. 너무 무서워서 잠에서 깨기 전에 여자의 손을 잡았고 여자를 당신, 하고 불러보았지. 당신은 아니었지만 말로, 조금은 슬펐다. 아침이면 여전히 심장이 뛰고 있다는 걸 눈을 뜨기 전에 실감한다. 가끔은 전혀 다른 소리가, 아주 다른 느낌들이 발끝까지 전해진다. 몸 전체가 덜컥거리고 쿵쾅거린다. 숨이 멎고 몸 안에 물이 차오른다. 바닥과 바닥 사이에서 흔들리는 몸. 몸과 세계 사이에서 태어나는 수많은 리듬들이 꿈 안에서 출렁거린다. 서로 다른 박자를 가지고 있는 사람들이, 멀리 있는 사람들이 만들어내는 셀 수 없는 불협화음들. 어디선가 밀려오는 섬세하고 미세한 떨림들을 나는 말로 전할 수 없다. 말로는 눈에 보이지 않기 때문에 말할 수 없는, 보이지 않지만 믿고 싶은 모든 것들을 닮아간다. 말로의 말로.

나무 아래에서 비둘기가 까닭 없이 죽었다. 나는 시간을 잊고 잠을 오래 잔 것도 아니었고, 잠에 들지 못해 오랜 시간 깨어 있었던 것은 더더욱 아니었다. 사이키델릭한 음악은 아무 감정도 불러오지 못했고 허스키한 음색의 보컬은 좋지도 나쁘지도 않았다. 몽환적인 기타 소리가 길게 이어졌고 검은 대나무의 다섯 개의 구멍을 통해 바람이 빠져나갔다. 검푸른 새벽은 아니었다. 달빛이 흐릿했고 아주 늦은 밤도 아니었다. 나무는 몇 시부터 몇 시까지 자라지? 전날 저녁에 자려고 누웠을 때 말로가 물었다. 말로의 목소리. 물속에서 수초가 물결에 따라 이리저리 움직인다. 다른 털은 다 자라다 마는데 머리카락은 왜 계속 자라지? 그 전날 저녁에 자려고 누웠을 때 말로가 불렀다.

세라비. 세라비. 장난 구릉에서 피어오르는 구름은 죽은 나무에 기어오르는 판다 같은 것.

세라비. 세라비.

어느 밤. 폐교의 복도 끝에서 들었다. 불 꺼진 음악실에서.

뒤집을 수 있는 건 고작해야 애처로운 너의 손바닥과 가까스로 나의 혓바닥. 세라비. 세라비.

이 도시의 말로. 인생은 다 그런 것. 세라비. 세라비. 뒤돌아보지 못하는 여자. 아무것도 걸 게 없어. 박음질이 서툰 재봉사. 세라비. 세라비. 어디에도 걸 목숨이 없어. 노부부가 연주하는 영혼의 컴백 연탄곡. 세라비. 세라비. 당신의 오른쪽은 슬프고. 당신의 왼쪽은 무섭죠. 세라비. 세라비. 물고기들이 검은 수초들 사이를 유유히 지나간다. 아직 어떤 말도 내뱉어본 적 없는 물고기. 아이의 작고 붉은 혀. 말로의 말로. 물고기가 빠져나간다. 물고기가 말없이 유영한다. 어떤 문장도 빠져나온 적 없는 좁고 붉은 목구멍. 물고기가 목구멍을 기어오른다. 먼 도시의 말로. 말로는 너무 멀리 있어. 내가 태어나고 자란 도시의 말을 한마디도 할 줄 모른다. 어둠의 수초. 미지의 말로. 나는 이 도시에 남아 어느 날 몬트리올에서 온다. 어느 날은 모스크바에서, 쿠사다시에서, 탄자니아에서 온다. 어느 날은 암스테르담의 거리를 쏘다니고, 한쪽으로 기운 건물들 앞에서 양팔을 벌리고 이리저리 흔들린다. 술에 취해 비틀거리다 강물에 빠진다. 깊은 수심의 말로. 나는 어느 날 로마에서 온다. 어느 날은 웁살라에서, 볼리비아에서, 세인트루이스에서 온다. 어느 날은 히말라야의 산속을 헤매고, 눈밭에서 길을 잃고, 고산증에 시달린다. 시달리다, 시달리다, 시들시들 시들어간다. 산소가 부족해. 돌고래와 헤엄치고 싶어. 5분 만에 심장이 멎어도 좋다. 단 한 번, 영하의 물속에서. 5분 만에. 초승달이 뜬 밤이었다. 달빛이 흐릿해. 말로의 심장이 멎고 5분이 지났다. 먼 도시의 말로. 말로는 물고기처럼 입을 빠끔거린다. 말로의 입속에서 공기 방울이 몇 방울 쿨럭쿨럭 물 위로 올라간다. 수면으로. 말로, 말로. 나는 손을 뻗어 말로를 부르지만 말로는 내 손에 닿지 않는다. 내 꿈에 닿지 않는다. 잡히지 않는 말로. 말로, 말로. 나는 말로를 부른다. 내 입술의 말로. 물 밖에 달빛이 흐릿해. 달빛이 너무 흐릿해. 흐릿한 말로의 목소리. 길 건너편에 있는 나무가 아주 천천히 바람에 흔들리고 있었다. 나무가 바람에 흔들리고, 흔들리고, 흔들릴 뿐이었다.

38. 번지다

어제는 마리를 만났어. 마리의 머리는 조금 자랐고, 곧 머리를 다시 자를 거라고 했다. 잘 자요? 마리가 나를 보자마자 물었지만 대답을 기다리는 거 같진 않았어. 나는 잠이 안 와요. 몇 시간씩 뒤척이고, 피곤해서 죽을 거 같은데 잠이 안 와. 눈은 뻑뻑하고 감기만 하면 눈물이 나오고. 그러다 겨우 잠이 들면 악몽을 꾸는 거 있죠. 하룻밤에도 수십 개의 악몽을 꾸는 거예요. 그런 거 아나? 테이프 다 돌아가면 재생 버튼이 탁, 튀어 올라오는 거. 알아요? 그런 것처럼요. 이렇게, 이렇게, 팽팽하게. 아, 그러니까. 내 말 무슨 말인지 알죠? 나는 마리의 새까만 눈동자를 봐. 마리는 눈을 깜빡거리지도, 시선을 피하지도 않아. 갓 태어난 아이처럼 말간 눈으로 나를 빤히 들여다본다. 산으로 오르는 길은 가파르지 않고, 비가 지나간 하늘은 맑아. 마리는 여전해. 사람들이 마리와 나를 번갈아 보며 내려간다. 마리는 뒤로 걷고 있고, 나는 마리의 뒤를 보며 걸어. 사람들은 마리와 나를, 회색 머리칼에 회색 눈을 한 이방인과, 민소매 티셔츠에 미니스커트를 입은 마리의 짧은 머리칼을 의아한 시선으로, 노골적인 시선으로 바라본다. 나는 표정을 지우고 그들의 눈을 들여다봐. 바람 소리 좋죠. 바람 소리 좋아요? 물으면서 마리는 눈을 감아. 나는 아직 아무 말도 하지 못했다. 바람에 흔들리는 나뭇잎들을 보면서 소리가 지워진다고 느껴.

순간, 공간이 모든 소리를 집어삼킨 것 같아. 나는 진공의 상태에 놓인 것 같은 현기증을 느낀다. 사실 난 이런 바람 소리 별로야. 진짜 별로야. 진짜. 마리의 목소리가 커다랗게 부풀어올라 공중으로 떠오른다. 시간과 공간이 뒤섞여 멀미가 날 거 같아. 마리는 갑자기 뒤를 돌아 똑바로, 성큼성큼 앞서 걷기 시작한다. 그렇게 하면 바람 소리가 따라오지 못한다는 듯이. 바람을 온몸으로 밀어내겠다는 듯이. 마리는 저만치 앞서 걷는다. 너무 빠르지도 너무 느리지도 않게. 나는 마리를 따라 걸어. 길이 꺾이는 부분에 마리가 주저앉는다. 바닥에 아무렇게나 주저앉아서 손에 잡히는 대로 나뭇잎들을 뜯고 있어. 마리의 입술이 움직인다. 눈주목. 눈주목. 나는 마리에게 가까이 다가가, 마리가 중얼거리는 소리를 들어. 눈주목, 눈주목. 눈주목. 마리는 키가 작은 눈주목의 잎들을 하나씩 떼어 던지면서 말해. 눈주목. 눈주목. 나는 마리의 시선이 닿는 곳을 본다. 사람들의 얼굴을 그려주는 남자가 이젤을 마주하고 앉아 있어. 남자 앞에는 빈 의자뿐이야. 저기가 여기의 중심이래요. 마리가 내가 서 있는 뒤쪽을 가리키며 말한다. 공터에 벤치가 덩그러니 놓여 있어. 빈 의자. 여기의 중심. 마리는 몇 개의 계단을 더 오르고, 자물쇠들이 잔뜩 걸려 있는 난간에 기대고, 난간 아래로 보이는 집들을 한참 내려다봐. 일본인 관광객들이 마리에게 사진을 찍어달라고 부탁한다. 나는 조금 떨어져 있고, 마리는 하나, 둘, 셋. 찰칵. 활짝 웃으면서 사진을 찍어줘. 찰칵, 수많은 자물쇠들에 잠겨 있는 얼마나 많은 것들이 이미 사라진 지 오래일까. 당신의 말로. 문장이 완성되기도 전에 다정한 일본인 커플이 빨간 자물쇠를 잠그고 열쇠를 공중으로 던지는 것을 본다. 배고파. 배고프다. 배 안 고파요? 마리가 벌써 계단을 내려가기 시작하면서 말해. 나는 아직 아무 말도 하지 못했다. 비탈진 길에 작고 까만 열매가 드문드문 떨어져 있어 눈으로 열매를 찾는 것에 집중하고 있을 때 마리가 물어. 기침, 가래, 천식 해소에 좋은 풀이 뭔지 알아요? 나는 대답하는 대신 허리를 숙이고 발밑에 떨어진 열매를 주워. 새끼손톱만큼 작고 까만 열매. 맥문동. 맥문동이에요. 저기. 마리가 반질거리는 잎을 가리키며 말해. 나는 나도 모르게 손가락 사이에 있는 열매를 터뜨리고 만다. 열매가 으깨어진다. 열매가 탄성 없이 터지며 보랏빛 액즙이 스며 나와 손가락 끝이 붉게 물든다. 피 같아. 마리가 바닥에 떨어진 열매들을 하나씩 찾아 밟으며 걷고 있어. 마리가 지나간 자리에 터진 열매들이 붉게 번져 있다. 비가 오면 더 예쁜데. 마리가 갑자기 제자리에 멈춰 서서 나는 마리의 바로 뒤에 서 있다. 손을 뻗으면 어깨에 손이 닿을 거리에 마리가 서 있어. 이 열매. 맨발로 밟을 때 느낌은. 마리의 말이 끝나기 전에 짧고 경쾌한 전자음이 울리기 시작해. 나는 그 소리가 멀리서 보내오는 신호 같다고 생각한다. 신호는 한동안 그치지 않고 계속돼. 알람이에요. 알람. 마리가 말하고. 가방을 뒤적여 휴대 전화를 꺼낸다. 말로, 나는 아직 아무 말도 하지 못했어.

3시 50분. 알람이 운다.

우리는 산에 자주 다녔어. 한번은 바람이 많이 부는 날이었고, 비가 왔고, 우산이 두 번 뒤집혔다. 한 번은 바로. 한 번은 반대로. 말로의 말로. 마리를 만나기 전에 말로가 말했다. 나는 뒤로 걸었고, 마리는 내 뒤를 보며 걸었어. 바람 소리가 참 좋았는데 마리는 쓸쓸하기만 하다고, 하나도 좋지 않다고 했지. 산 중턱에서 입을 꼭 다문 노인을 봤고, 노인의 초상화를 그리는 남자를 봤어. 비가 오는 날이라 사람이 많지 않았는데 외국인 관광객 몇이 우산을 꼭 붙들고 있었지. 쓰나미에 몰려온 거 같아. 산 아래로 보이는 낮은 집들을 보며 마리가 말했고, 저 많은 자물쇠들의 열쇠들은 다 어디에 모여 있는 거지. 마리가 물었어. 난간을 대신한 철조망에 수많은 자물쇠가 걸려 있었거든. 나는 마리의 질문에 대부분 그랬던 것처럼 별 대답을 하지 않았고, 어쩌면 열쇠는 처음부터 잃어버리고 싶었던 것인지도 모른다고 생각했지. 우리는 에티오피아에 갈 예정이었는데 비는 점점 더 세차게 내렸어. 비가 올 때 맨발로 걷는 기분 알아? 나는 젖은 신발을 벗어 들었어. 작은 열매를 발견한 건 마리였을 거야. 우리는 한참 낯선 나무나 풀의 이름들, 작은 열매들, 신기한 벌레 같은 것들을 발견하는 재미에 빠져 있었거든. 엄지발가락으로 열매를 돌돌 돌리다가 살짝 눌러 터뜨렸지. 열매가 터져 보랏빛 즙이 나왔을 때, 마리의 탄성을 기억해. 발끝에 닿던 열매의 느낌만큼 물컹하던 순간. 피 같아. 피 같았어.

퍼붓다시피 쏟아지는 빗줄기. 흘러내리는 빗물에 퍼져가던 붉은 열매들. 나는 비탈길을 내려오는 내내 열매들을 밟아 터뜨렸어. 기침, 가래, 천식 해소에 도움이 되는 풀이 뭔지 알아? 또 하나의 열매가 툭, 하고 터졌을 때 내가 물었어. 정말 피 같아. 피 같다고 하니까 정말 피 같잖아. 마리는 대답은 안 하고 퉁명스럽게 말했지. 피 같다니. 마리는 맘에 들지 않는다는 듯이 툴툴거리며 걸었어. 3시 50분. 우리는 에티오피아에 있었다. 한참 동안 아무 말도 하지 않았고, 천창으로 쏟아지는 비를 봤고, 뜨거운 커피를 조금 마셨어. 뭐가 궁금하지? 지금 무슨 생각해? 마리가 물었어. 속으로 말해. 내가 대답했지. 속으로. 여름이 지나가고 있어. 한 달 더. 어쩌면 한 달 더. 저기, 창밖에. 눈동자가 투명한 개를 봐. 무서울 때는 허리에 두 손을 얹고 혀를 내밀어. 꿈속에서. 속으로. 내가 대답했지. 속으로 말하는 게 뭐야? 속으로 말하면, 그게 들려? 그게 들리나? 그렇게 말하면서도 마리는 알람을 맞췄어. 3시 50분. 속으로 말하는 시간. 앞으로는 속으로만 말해. 마리가 엄숙하게 말했지. 그 뒤로 마리를 만날 때면 이따금 알람이 울었어. 어김없이 3시 50분. 마리와 나는 말을 하다가도 멈추곤 했고 오래 웃었지. 말로의 말로. 오래전에 말로가 말했다. 침묵의 말로. 3시 50분. 알람이 운다. 말로,

나는 다시 정적이 찾아온 것을 느껴.

바람 소리가, 마리의 발소리가 멀어진다.

마리는 이제 아무 말도 하지 않아. 말로. 나는 어떤 말도 하지 못했다. 우리는 에티오피아에 함께 가기로 했었지만 마리는 내게 더는 따라오지 말라는 듯이 성큼성큼 내려간다. 거의 뛰다시피 서둘러 내려가고 있는 마리의 뒷모습이 보여. 더는 아무 소리도 들리지 않는다. 나는 마리에게 결국 한마디도 하지 못했어. 3시 50분. 속으로 말하는 시간. 너의 말로. 당신의 말로. 마리는 들었을까?

말로,

너는 듣고 있니?

24. 변하다

말로의 말로. 이것은 형태에 대한 이야기이다. 감자에 싹이 나고 잎이 나고 묵찌빠. 하나 빼기 가위바위보. 이 도시의 말로. 가위 싹 감자 바위 잎 보. 나는 말로의 말로 말로를 좇아 좇고 좇으니 좋다 좋고 좋아 좋으니 옳다 옳고 옳아 옳으니 곱다 고와 고와도 밉다 미워 미우니 미웠다. 임의의 말로. 콩이 콩을 콩도 콩만 꽃이 꽃을 꽃도 꽃만 흙이 흙을 흙도 흙만 곬이 곬을 곬도 곬만. 말로는 변한다. 형태는 변하지만 뿌리는 남는다. 말로의 말로. 빙산. 이 도시의 말로. 나는 빙산을 알지 못한다. 빙산의 일부는 물 위에 떠 있는 것처럼 보인다. 빙산의 일각. 일각은 표류한다. 도시의 밤을 떠도는 말로. 말로는 손에 잡히지 않는다. 말로는 오로지 흩어지는 것들. 밤이면 흩어지는 사람들의 도시. 이 도시의 말을 배우면서 모든 것이 달라진다. 변하지 않는 것은 죽은 것들뿐이다. 가람. 온. 즈믄. 어사. 사어들. 죽은 말들. 더는 부를 수 없는 이름. 더는 부르지 않는 이름들. 말로의 말로. 나는 변하지만 말로는 남는다.

42. 부서지다

그야, 숭늉은 밥을 지은 솥에서 밥을 퍼낸 다음 물을 붓고 데운 물이야.

숭늉?

나는 말로의 말로 숭늉이라는 말을 어렵게 따라한다.

숭늉.

응. 숭늉. 밥 물.

나는 말로의 숭늉을 밥을 끓인 물 정도로 이해한다. 죽과 숭늉을 숭늉과 수프를 구분하지 못한다.

숭늉. 숭늉. 숭늉.

말로의 말로. 나는 한 단어를 여러 번 반복한다.

말로에게 이 도시의 말을 처음 배울 때 나는 아이처럼 말로의 한마디, 한마디에 귀를 기울였다. 모든 글자가 새롭고, 신기하다. 어떤 글자들은 이상하게 생겼고, 어떤 글자들은 따라 그리기도 힘들다. **옮**이나 **퀭**, **녕**이나 **뭐**, **췱**이나 **푯**. 이런 글자들은 말로 설명할 수 없는 감정을 느끼게 한다. 나는 천천히 글자들을 따라 그린다. 그리고, 또 그린다. 이 도시의 글자들이 퍼져 있는 백지는 한 점, 추상화에 가깝다. 말로는 같은 글자로 백지의 한 페이지를 가득 채운다. 사람들을 닮은 옷. 양팔 벌린 옷. 옷. 옷. 옷. 이렇게 말하면서 옷을 닮은 사람들을 그린다. 옷장 속의 옷. 말로는 한 단어를 가르치면 그 단어 안에 쓰인 글자가 똑같이 쓰이는 다른 글자들을 함께 가르친다. 그래서 나는 여전히 메모와 네모를 헷갈리지만. 결단코, 기어코, 필연코, 단연코, 무심코, 기필코. 말로는 몇 번이고 같은 글자를 쓰고, 또 쓰면서 스스로 그 글자를 잊지 않기 위해 노력하는 사람처럼 군다. 흔들리는 동공에, 얇은 살갗에, 팽팽한 대기의 표면에 글자들이 새겨진다. 말로의 말로. 코가 얼마나 많은 말들에 쓰이는지 나는 사람들의 코를 볼 때마다 무심코, 수많은 코들을 함께 떠올린다. 벌, 벌, 벌. 떠는 휴대 전화의 진동을 보면서 죄와 벌을, 벌과 벌통의 비상구를 동시에 떠올린다. 이 도시의 말로. 말로는 나에게 숭늉이라는 글자를 이해시키기 위해 숭늉을 끓이는 대신 숭늉이라는 글자를 커다란 종이에 한 바닥 가득 쓴다. 꼭 알아야 하는 말은 아니라고 하면서 여기저기 숭늉이라고 쓴 메모지를 붙여둔다. 나는 네모하지 않는다. 말로의 말로.

말로가 묻는다.

'늉'이 어디에 또 쓰이는지 알아?

늉은.

말로는 이럴 때 눈을 반짝이고, 개구쟁이 사내아이 같은 표정을 짓는다. 나는 이 도시의 글자들을 알지 못한다. 모든 글자들이 낯설고, 어색하다. 어떤 글자들은 기이하게 생겼다고 생각한다. **늉**.

말로의 말로.

숭늉의 '늉'은 시늉에도 쓰여.

말로는 아주 특별한 사실을 알아낸 것처럼 기뻐한다. 나에게 글자들의 생김새는 중요하지 않다. 말로가 웃었다는 사실이 나를 웃게 한다. 이 도시의 말로. 말의 높임말은 말씀,이라고 말로가 말한다. 높임말. 높은 사람에게 쓰는 말. 전에 말씀드린 것처럼. 한말씀만 하소서. 말로는 말하고, 씀이라고 쓴다. 말로가 씀. 흰 종이 위에 씀,이라고 써놓고 말로는 씀이라는 글자를 한참 동안 들여다본다. 씀, 쓰고, 씀, 또 쓴다. 씀, 쓰고, 씀, 다시 쓴다. 나는 말로가 쓰는 글자들을 말없이 본다. 글씨를 쓰고 있는 말로의 손을, 말로의 손등에 있는 작은 점을, 말로의 손등에 퍼져 있는 푸른 핏줄들을 본다. 말로가 씀,이라고 쓰기를 멈추고 나를 본다.

씀 씀 씀 씀 씀 씀 씀 씀 씀 씀 씀 씀 씀 씀 씀 씀

크게, 혹은 작게 쓴 씀들을 들어 올려 나를 향해 든다. 종이 위에 누워 있던 씀들이 나를 향해 바로 선다. 말로의 말로.

씀은 웃는 얼굴을 닮았어. 씀 씀 씀 씀 씀

나는 말로가 한 바닥도 넘게 큼직하게 쓴, 씀이라는 글자들을 본다. 말로가 쓴 씀. 웃는 얼굴, 웃는 얼굴들. 말로의 웃고 있는 눈.

언제든.

씀.

이렇게 생긴 글자를 보면 당신은 나를 떠올려.

말로가 말한다.

낯선 곳에서, 내가 당신 옆에 없을 때, 내가 당신의 기억 속에서조차 완전히 사라졌을 때라도 이 글자를 발견하면 당신은 나를 떠올리게 될 거야.

글쎄, 요.

좋아, 요.

그래, 요.

말로의 말로. 나는 장난스럽게 대답한다.

알아**요**.

요는, 당신. 당신을 닮았어.

이따금 턱에 양손을 받치고 나를 보고 있는 너. 당신의 둥근 얼굴.

지금처럼 턱에 양손을 받치고. 너는, 요.

말로는 두 손으로 자신의 눈꼬리를 우스꽝스럽게 끌어내리며 말한다.

이 도시의 말로.

요,는 이렇게 남겨진다.

웃는 얼굴. 말로는 불쑥불쑥 나타나 나를 당황하게 만든다. 낯선 문장 속에서, 흔한 글 끝에서 웃고 있는 말로와 마주칠 일이 많아서 나는 당황한다. 많은 길 끝에서, 길을 걷다가, 손을 들어 택시를 세우다가 나는 나도 모르게 멈춰 선다. 가슴 왼편에 손을 얹는다. 이 도시의 말로. 씀. 말로는 웃고, 나는 말로의 도시를 떠나지 못한다. 요는, 고요하게 맴돈다. 적요하게 남겨진다. 요는, 이렇다. 소요는 쉽게 가라앉지 않는다. 집요하게 나를 따라다닌다. 말로의 말로. 누군가 쓴 글에서, 누군가 미술관에 다녀와서 남긴 흔한 글 끝에서 나는 그가 본 「낮잠」도 「분홍빛 누드」도 아닌, 한스 토마도 피에르 보나르도 아닌, 씀. 마고가 씀. 그가 쓴 씀. 이라는 마지막 한 글자만을 본다. 오로지 씀,만이 눈에 들어온다. 씀. 무심코 본 글에서 말로가 웃는다. 무심코 웃는 얼굴. 누군가 쓴 글은 조각난다. 흩어진다. 잊힌다. 「낮잠」은 긴 밤의 악몽으로, 「분홍빛 누드」는 말로의 길고 붉은 상처로 내 기억의 한쪽 벽면에 걸린다. 불 꺼진 미술관 구석에 머리를 모으고 서 있는 아이들. 아이들 사이에서 오르골 소리가 들린다. 내가 아이들 사이에서 오르골의 태엽을 감고 있다. 밤새 태엽에 지난 시간들이 감긴다. 멀리 떨어진 기억들이 검은 음표들로 점점이 부서져 떨어진다. 전시장 바닥에 하얗게 표백된 음표들이 꼬리를 잃고 떨어진다. 벽면을 가득 메운 그림 안쪽에, 금장 액자의 모서리에, 오르골의 유리구슬 안에 눈이 내리고, 흰 눈이 내린다. 두 팔을 벌리고 눈을 맞는 아이들. 나는 고개를 들어 하늘을 본다. 눈이 내리고, 눈이 내린다. 글자들이 내리고 글자들이 내린다. 이 도시의 말로. 내 눈에 첫눈이 내린다.

29. 사라지다

말로와 나는,

잠시 사라진다.

<table>
<tr><td>상품명</td><td>가발 따위 필요 없어</td><td>□전문 □일반 □극약 □마약 ■향정신성</td></tr>
<tr><td>화학구조 · 함량제형</td><td colspan="2">□ 화학구조
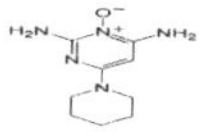

□ 제형
• 210×297㎜ A4 용지에 적힌 검은 글씨 외 흰 바탕의 고체, 1page.

□ 함량
• 주성분: 지금 웃음이 나와 약 100mL 중 5.0g
• 용해제: 다양한 오독 가능성 80
• 계면 활성제: 웃음이 나오니 지금
• 산화 방지제: 당신도 예외 없이 50CC
• 점도 조절제: 식물성 머리카락 한 뭉치
• 보습제: 알코올 12.5%
• 용제: 에틸에테르</td></tr>
<tr><td>약리작용</td><td colspan="2">• 어이없음에 따른 두피의 모세혈관 확장, 혈류량 증가, 혈압 상승
• 각질 형성세포와 섬유아세포의 증식을 자극하여 이성을 마비시키고
새로운 콜라겐 형성을 자극하여 몇 번의 하품이 주는 허탈함에 이름</td></tr>
<tr><td>적응증</td><td colspan="2">• 가장 희귀한 방식으로 실패한 사람의 집착적 행복 증후군
— 시간의 역사에는 발코니가 없음
창문을 열면 바로 천 길 낭떠러지
반복된 일상을 습관적으로 복습하던 육십대 등산객 실족사
나는 내 슬픔의 치명 용량을 초과했다
해독제가 없어 삼키거나 뱉거나
유니크하게 인생을 결정하는 관상학적 관점에서
신원, 확인, 불가
— 너는 아무나 보고 눈을 흘기고
나는 아무 표정도 짓지 않는다
지렁이에게 환대가 있다
인간도 역시 그렇게 한다
방패와 창은 우로 굽은 도로를 따라
한쪽 방향으로만
사회 적응 불가</td></tr>
<tr><td>부작용</td><td colspan="2">• 소화기계: 때때로 당황스러움으로 인한 설사, 구역, 구토
• 순환기계: 때때로 분노로 인한 흉통, 혈압 변화, 맥박 변화
• 호흡기계: 때때로 황당함으로 인한 호흡의 단축
• 자율신경계: 때때로 짜증으로 인한 신경 쇠약
• 중추신경계: 때때로 말초 신경 자극으로 인한 어지러움,
몽롱함, 두통
• 알레르기: 때때로 불쾌함으로 인한 열, 두드러기, 오한
• 기타: 때때로 무의미로 인한 허탈감, 안구 자극, 이명,
발기부전 등이 나타날 수 있음</td></tr>
</table>

말로와 나는 갑자기 사라진다. 누군가의 머리카락과 관계없이. 말로와 내가 사라지자 소설은 중단된다. 아무도 말하지 않고, 아무도 움직이지 않는 소설 속에 다른 소설의 한 페이지가 끼어든다. 반드시 소설은 아니다. 말로와 내가 사라지자 문장들이 사라지고, 문장들이 사라지자 말로와 나에 대한 감정이 사라진다. 사고가 사라진다. 아. 소설은 잠정적으로 중단된다. 말로와 나는 다시 등장하지 않을 수도 있었지만 말로와 내가 등장하자 다른 소설은 또 다르게 중단된다. 잘못 끼어든 어떤 책의 한 페이지는 무의미하게 찢겨 나간다. 사라진다. 말로와 내가 이대로 사라지면 소설은 완성될 수 없다. 시제가 뒤섞인 문장은 가능하지만 등장인물들이 증발해버린 소설은, 소설 사이에 잘못 끼어든 소설의 한 페이지는, 잘못 발행된 처방전에 가깝다. 잘못 발행된 처방전을 들고 찾아간 약국에서 받은 또 다른 약의 쓸모없는 제품 설명서. 이런 경우 말로와 나는 조금 일찍 잠들고 싶었을 뿐이었는데. 조금 이른 퇴장으로 보다 오래 자고 싶었을 뿐이었는데. 우리는 수면 마취제를 처방받고 싶어 찾아간 신경정신과에서 발모제를 처방받은 꼴이 되고 만다. 이 도시의 말로. 우리는 마취와 환각에 이르지 못한다. 우리의 말은 중단되지 않는다. 말은 말로 지워진다. 이를테면 나는 '사라지다'를 이렇게 이해한다. 말로와 내가 갑자기 사라지자 중단되는 소설. 사라진 소설 속에 여전히 살아 있는 말로와 나. 공중을 떠도는 말로의 말로. 토끼 중의 토끼는 간 없는 토끼지만. 토끼 중의 토끼는 간 없는 토끼지. 귓속말을 좋아해서 아무에게나 토끼 중의 토끼는 간 없는 토끼지. 하고 말하는 여자가 나오는 소설 속에서 간혹 간 없는 토끼는 정말 토끼 중의 토끼가 되기도 하겠지만. 그런 여자는 이 소설 속에 등장하지 않는다. 여자는 간 없는 토끼와 거북이와 경주하다가 나무 아래에서 잠든 토끼가 같은 토끼라고, 적어도 아주 가까운 친인척 토끼라고 믿는 사람이었지만. 이 소설 속에 등장하지 않은 여자는 적어도 (이 소설 속에서) 소설 밖으로 갑자기 사라질 수 없다. 아, 말로의 말로.

말로와 나.
살았던 두 사람만이
사라질 수 있다.

말로의 말로.
말로와 나,
오직 두 사람만이 살다, 간다. 살다,
사라진다.

41. 서늘하다

소극장은 평일 저녁임에도 불구하고 빈자리가 거의 없을 만큼 꽉 차 있었다. 우리의 자리는 맨 뒷줄 오른쪽 구석이었다. 낯선 언어가 의미보다는 분절된 음절들로 다가와 귓가에서 무력하게 흩어지던 때였다. 때로 해독할 수 없는 많은 문장들이 아무렇게나 뒤섞여 소란스럽기도 했지만 더 많은 시간에 혼자 어떤 막 안쪽에 남겨진 것 같은 고요를 느끼곤 했다. 사람들의 손짓, 발짓에 집중하고 있으면 말소리들은 어디에도 맺히지 않고 흐르는 물처럼 멀리 흘러가버리고 없었다. 두 손을 앞에서 흔들며 뭔가를 열정적으로 말하고 있는 사람들의 손가락 사이로 버석거리는 모래가 조용히 흘러내리는 것을 가만히 지켜보았다. 객석에 앉아 있는 사람들은 머리를 모으고, 어깨를 맞대고, 속삭였고, 중얼거렸다. 서로의 귓가에 대고 말했고, 두 손은 무릎 위에, 어깨 위에 올려놓았다. 더러 팔짱을 끼고 있는 사람들도 있었다. 말로는 아무 말도 하지 않았다. 객석에 앉아 있는 것은 무대 위에 섰던 것만큼 오래전이었고 무대에 대한 기대는 조금도 남아 있지 않았다. 말로는 여전히 내가 무대 위에서 어떤 춤을 추는 사람이었는지, 어떤 안무가였는지, 어떤 연출가였는지 알지 못했다. 나는 무대 위의 빛과 어둠, 음악과 침묵 그 사이 어디쯤 남아 있었다. 어느 쪽에도 속하지 않았다. 일상의 밝음과 무대의 조명 사이. 암전. 나는 그 암전의 순간 종종 긴장했고 극장에서 뛰쳐나가는 상상을 하곤 했는데 극장 안 모든 불이 꺼지고 사람들의 웅성거림이 그치자 역시 침이 꼴깍 넘어갔다. 뛰쳐나갈 필요가 없는 객석에 앉아 있었지만 누군가를 붙들고 있는 것처럼 내 두 손을 마주 잡고 있었다. 깍지 낀 오른손과 왼손의 엄지의 위치를 위아래로 바꿔가며 막이 오르기를, 무대에 조명이 켜지기를 초조하게 기다리고 있었다. 수분에 가까운 수초가 흘렀고, 그때 마치 말로가 다 알고 있다는 듯이 내 오른손을 잡았다. 암전 속이었다. 손이 몹시 차가웠다. 말로는 조명이 켜지기 전에 손을 놓았고 그 느낌은 아주 짧은 순간의 스침과도 같은 것이었지만 매우 강렬했다. 나라를 떠나기 전에 단 한 번도 바다를 보지 못했지만 여행 중에 배를 탄 적이 있었다. 대학에 입학하고 얼마 안 되는 때였고 시폰 소재의 스커트를 입은 여자 친구와 함께였다. 검은 스커트 자락이 그녀의 하얀 무릎 근처에서 바람에 날렸고 나는 왼손에 과자 봉지를 들고 있었다. 배는 바다를 가르며 달리고 있었고 그녀는 과자 하나를 하늘 높이 쳐들고 있었다. 파란 하늘을 배경으로 갈매기 떼가 배를 따라왔고 사람들이 던져주는 먹이를 잘도 받아먹었다. 갈매기 한 마리가 그녀의 손에 있던 과자를 물고 갔고 나는 그녀에게 과자를 꺼내주기 위해 과자 봉지를 든 손을 배의 난간 밖으로 내밀었다. 갈매기 한 마리가 낮게 날고 있었다. 과자 봉지를 들고 있던 손으로 갈매기가 돌진해 왔다. 나는 과자 봉지를 떨어뜨렸고, 순간이었다. 두번째 손가락에 가벼운 통증이 남아 있었다. 순간의 섬뜩함. 온몸에 소름이 돋았다. 나는 말로가 내 손을 잡았다는 사실보다 말로의 손이 섬뜩할 정도로 차갑다는 사실에 놀랐다. 순간이었지만 냉동고에서 꺼낸 시신의 손이 떠올랐다 사라졌다. 끝이 없는 바닷속 동굴로부터. 수만 년 전부터 검푸른 웅덩이. 블루홀의 바닥에 수장된 수많은 다이버들의 시신과 시신들이 떠올랐다 사라졌다. 아름다운 산호들이 군락을 이루는 절벽 아래쪽에 영원히 잠들어 있는 시신들. 부력 조절이 되지 않아. 떠오르지도, 가라앉지도, 사라지지도 못하는 이름들. 아무것도 없는 검푸른 고요. 깊은 바닥에서는 어떤 소리도 들리지 않았고, 나는 무슨 말이라도 하고 싶었다. 말로의 말로.

말로, 나는 말로를 불렀고 말로가 작게 대답했다. 응. 연극이 시작되기 전이었다.

8. 섞이다

범인을 감방에 집어넣고. 말로가 말한다. 나는 거실 바닥에 배를 깔고 엎드려 이 도시의 문장을 받아, 쓴다. 말로의 말로. 범인을 안방에 집어넣고. 나는 말로를 받아쓴다. 부드럽게 굴러가는 만년필의 뾰족한 촉 끝에서 낯설고 기이한 글자들이 피어오른다. 번져나간다. 번민을 감방에 집어넣고. 며칠째 비가 내리고 있어 집 안에 흙냄새가 은은하게 배어 있다. 나는 내가 받아쓰는 문장의 어떤 부분이 잘못되었다는 것을 말로의 표정을 보고 알 수 있다. 긴장과 이완 사이에 세계가 있다. 말로는 부르고, 꼬장과 이완 사이에 세 개가 있다. 나는 겨우 한 손으로 받아쓴다. 나는 엉망으로 받아쓴다. 말로는 엉뚱한 문장을 부르다 말고 신기한 눈으로 나를 본다. 말로가 부르는 말들은 내 손을 거치면서 조금씩 다른 의미의 말들이 된다. 전혀 다르거나 거의 같은 문장이 된다. 이 글은 정보성 성격이 강한 글이야. 말로가 신문 기사를 가리키며 말한다. 나는 정보성 성격이 강한 어떤 기사 밑에 이렇게 쓴다. 이 글은 정복성 성격이 강한 글이다. 또 어떤 정복성 성격이 강한 기사 밑에는 이렇게 쓴다. 이 글은 전복성 성격이 강한 글이다. 말로의 말로. 내일이 있었다. 태초에 말씽이 있을 것이다. 오늘이 그날이다. 발이 붙었다 떨어진다 붙었을 것이었다 떨어졌다 발이 붙는다 떨어질 것이다. 과거와 현재가, 과거와 미래가, 미래와 현재가 뒤섞여. 끝이 없었다. 끝이 없어. 끝이 없을 것이었다. 말로의 말로. 언어는 무성이라. 말로는 무한 증식한다. 말로는 자가 증식한다. 말로는 모든 말로를 빨아들인다. 말로는 모든 말로를 포함한다. 이 도시의 말로. 말로의 말과 나의 말이 섞여 말로의 입술과 내 입술이 섞인다. 말로의 입술과 내 입술이 섞여, 말로의 혀와 내 혀가 섞인다. 말로의 혀와 내 혀가 섞여 공중에서 말로가 흘러넘친다. 새벽의 말로. 아침의 말로. 저녁의 말로. 침이 흘러, 넘친다. 이 도시의 말로. 나에게 모든 단어는 말로를 의미한다. 말로는 모든 단어를 의미한다. 나는 말로의 말로 말로를 사유한다. 말로를 사고한다. 말로를 앓는다. 말로를 잃는다. 말로를 잊는다. 말로를 기억한다. 말로를 산다. 말로의 말로. 말로는 고유한 하나의 세계가 된다. 모든 말로가 이 도시에 속해 있어. 이 도시의 모든 것이 말로에 속해 있어. 나는 말로를 떠나지 못한다. 내 입술의 말로.

18. 스산하다

밤은 아니다. 하늘의 왼쪽과 오른쪽에 해와 달이, 오른쪽과 왼쪽에 희미한 빛과 붉은빛이 멀리, 따로 섞이고 있다. 야트막한 산 아래로 줄지어 달려가는 차들이 보인다. 몇 동의 비닐하우스와 석상들이 드문드문 서 있다. 비슷한 모양의 나무들이 바람에 조금씩, 다르게 흔들린다. 나무들이 흔들릴 때마다 멀리서 개 짖는 소리가 들린다. 눈동자가 투명한 개. 머리가 까만 개가. 여러 도시에서 같은 소리로 짖는다. 나는 개들이 개들을 향해 짖는 소리를 듣는다. 개들이 멀리 있는 개들을 향해 짖는 소리를. 말로의 말로. 말로는 멀리 있고, 나는 말로 곁에 앉아 있다. 바람이 불고, 바람이 조금 세게 분다. 바람이 불 때마다 나무들이 흔들리고, 개가 짖는다. 이 도시의 바람은 한밤의 개 짖는 소리처럼 차고, 흔들리는 나무의 가는 가지처럼 건조하다. 나는 이 도시에서 말로가 아닌 누군가와 말을 나눈 적이 거의 없다는 것을 깨닫는다. 동시에 바람이 불고, 바람이 조금 더 세게 분다. 말로는 움직이지 않는다. 구름은 천천히 움직인다. 구름 아래로 구름이 지나간다. 구름 아래에서 구름 아래로. 나는 말로가 아닌 다른 모든 것들에 대해 생각한다. 말로가 아닌 모든 것들을 차례로 떠올린다. 무심히 지나쳤던 빌딩과 빌딩들, 집들과 집들, 신호와 거리들, 거리에서 본 말로와 똑같은 여자와 여자들을. 말로가 아닌 똑같은 말로와 말로. 의미가 없는 것들이 하나씩 떠오른다. 나는 말로의 오른뺨을 떠올리지 않는다. 함께 잃었던 밤의 깊은 거리들을 기억하지 않는다. 함께 보았던 높은 하늘과 흰 나무들을, 함께 들었던 낯선 음악과 고요한 빗소리를, 함께 나누었던 생각과 생각들을 생각하지 않는다. 함께라는 말로. 나는 말로의 마지막 말을 반복하지 않는다. 아직 떼가 살지 않아 붉은 봉분. 이따금 봉분 위에서 봉분 아래로 붉은 흙덩이가 굴러떨어진다. 붉은 흙더미 위에 앉은 흰나비가 날개를 작은 손바닥처럼 모으고 있다. 손바닥을 모으고 기도하는 사람들의 도시. 이 도시의 사람들은 아는 사람들을 땅에 묻는다. 아는 사람들을 묻은 땅 위에 붉은 흙더미를 만들고, 흙더미 앞에 비석을 세운다. 비석에 생몰 연월일을 새기고, 흙더미 위에 촘촘히 잔디를 심는다. 잔디를 심고, 떼를 입힌다고 말한다. 떼를 입히고, 비석을 세우고, 봉분을 쌓고, 매장을 하고, 땅을 파는 일이 거꾸로 이루어진다. 거꾸로 이루어지는 일은 당연한 일이었다가, 거꾸로 잘못된 일이 된다. 사람들은 법적으로, 순서대로 처리한다. 붉은 봉분 아래 잠들어 있는 말로. 말로는 잠든 채 조금씩 썩어간다. 처음부터. 잘못된 일이다. 나는 막연하게 생각한다. 언젠가 알았던 사람. 잠들 때 오른 다리를 왼 다리 위에 포개놓던 여자. 나는 오른 다리 위에 왼 다리를 올려놓고 말로를 등지고 앉아 말로의 도시를 바라본다. 말로는 도시의 바깥에 잠들어 있다. 붉은 흙더미에 등을 기대고 멀리 보이는 집들에 하나, 둘, 불이 켜지는 것을 본다. 도시의 바깥을 지키는 외딴집들. 외딴집들이 산속에 잠들어 있다. 산과 산을 가로지르는 도시를 향해 차들이 빠른 속도로 달려간다. 전조등 불빛이 더 빠른 속도로 사라진다. 멀리 보이던 불빛이 하나, 둘, 사라지고, 외딴집들이 어둠 속으로 서서히 잠기는 것을 본다. 어느 쪽도 그림자를 남기지 않는다. 형체가 없는 말로의 말로. 먼 하늘은 검고, 푸르다. 검고, 푸른 하늘의 그림자. 짙은 어둠 속에서 나는 말로를 떠나지 못한다. 두 입술의 말로.

아파,

잠들지 못하는 말로의 말로.
내가 말한다.

알몸의 말로.

아파.

39. 슬프다

바다. 아이. 잠수. 수정.

말로는 이렇게 그렸다.

(살고 싶어)

∞. 아

"놀라거나, 당황하거나, 초조하거나 다급할 때 가볍게 내는 소리."

놀라거나, 당황하거나, 초조하거나 다급할 때 외에도
불현듯 무엇인가 깨달았을 때
문득 잊고 있던 사실이 떠올랐을 때
어떤 문제를 의심 없이 인정할 때
한탄하며 망연히 한숨을 쉴 때
아,
이것보다 훨씬 더 많은 경우에
무의식적으로
무의미하게
무심히
내뱉을 수도 있는
아,
다음의 경우에
거의 모든 경우를 대신하기도 하는

아

22. 외롭다

횡단보도.
그 남자.

집에 돌아와 누웠을 때, 현관문을 향해 말로를 돌려세우고 거칠게 섹스를 강요한 혐오가, 길지도 않았던 열기가 채 빠져나가기도 전에, 나마저 내게서 등을 돌리고 있을 때, 말로가 말한다.

그 남자.
그 횡단보도.

말로의 말은 이렇게 시작된다. 말로만 아는 말로. 나는 우리가 함께 건넜던 많은 횡단보도를 떠올린다. 짧은 말로의 말로 많은 남자들이 길을 건넌다. 많은 남자들 중에 불쑥, 키가 큰 남자 하나가 길을 건너지 않고 우리를 지나쳐 걸어간다. 볼이 우묵하고 구불구불한 머리카락이 어깨쯤 닿아 있던 남자. 그 남자가 뒤를 돌아본다. 남자의 오른편에서 걷고 있던 말로와 똑같은 얼굴의 여자를 기억한다. 말로의 뒷모습과 똑같은 뒷모습의 여자를. 똑같은 여자들이 길을 건넌다. 똑같은 여자들이 어깨를 스치고 지나간다. 똑같은 여자들이 카페 테라스에 앉아 발목을 까딱거린다. 똑같은 발끝에서 샌들이 흔들린다. 말로의 오른뺨을 쓰다듬는다. 횡단보도를 건넜을 때, 골목 안에 있는 찻집을 서너 집 지나쳤을 때, 내가 말로의 오른뺨을 쓰다듬을 때, 말로가 말한다.

아무것도 할 수 없을 때,

우리는 침묵할 수 있다.

말로가 입을 열었다 닫는다. 가방을 열었다 닫는다. 뭔가를 찾으려는 듯이. 한 찻집의 문이 열렸다 닫힌다. 찻집의 문이 열렸다 닫힐 때, 누군가 그 문에서 빠져나왔을 때, 그 남자. 그 횡단보도. 나는 말로가 했던 말을 떠올린다. 횡단보도를 건넜을 때, 골목 안에 있는 찻집을 서너 집 지나쳤을 때, 내가 말로의 뺨을 쓰다듬을 때, 말로가 했던 말을 기억한다.

고립되어 있는 거 같아.

당신?

나는 말로의 말로 묻는다.

말로는 말하기를 멈추고 하늘을 본다. 나는 하늘을 보고 있는 말로의 작은 턱을 본다.

돌아앉은 아이.

말로가 말한다.

아이는 인형 뽑기 앞에 서 있어. 인형 뽑기의 내림 버튼을 누르는 중이야. 가까이 가도 노랫소리가 들리지 않아. 시토닌, 티민, 아데닌, 구아닌. 아이는 내림 버튼을 눌러. 시토닌, 티민, 아데닌, 구아닌. 아이는 뭔가 중얼거리고, 기계는 꼼짝도 하지 않아. 아이는 고개를 숙이고 인형이 가득 들어 있는 통에 코를 붙이고 있어. 또 한 번 내림 버튼을 눌러. 시토닌, 티민, 아데닌, 구아닌. 통 위에 하얗게 김이 서려. 시토닌, 티민, 아데닌, 구아닌. 아이는 알 수 없는 유전자들의 이름을 외우고, 또 외워. 한 번. 그리고 또 한 번. 나는 아이가 몇 번이고 반복해서 내림 버튼만 누르고 있다는 걸 너무 늦게 알아차려. 너무 늦게. 인형 뽑기 앞에서 인형은 뽑지 않고, 동전은 넣지 않고, 아이가 또 내림 버튼을 눌러. 내림 버튼을 누르고 있어. 계속해서 내림 버튼을 누르고 있는 아이의 등이 좁고, 조금 굽은 것 같아. 처음부터 아이의 등이 굽어 있었던가. 나는 언제부터 아이의 등이 굽어 있었는지 몰라.

아이에게 물어.

거기 오래 있었니?

아이는 대답하지 않는다.

돌아앉은 아이. 말로는 한동안 말하지 않고 말로와 나는 말없이 걷는다. 말이 없는 말로. 나는 쉽게 상처받은 얼굴을 하는 사람들을 경멸해. 상처받은 얼굴을 경멸한다. 나는 말하지 않고 은연중에 나를 경멸하는 표정을 짓는다.

이따금.

말로의 말로.

나는 말하지 않고 기다린다.

말로가 말한다.

그냥 지나쳤을 뿐인데 혼자라고 느껴지는 사람.

모르는 사람인데,

표정이 없는 뒷모습을 짊어지고 있는 사람이야.

몰래 어깨를 잡고 싶어.

나는 아이에게 물어.

거기 오래 있었니?

아이는 대답하지 않고 나는 다시 물어.

잘 지내니?

아이는 돌아앉아 있어. 아이가 두 손을 모으고 있어 나는 기도를 하고 있다고 생각하지만

아이는 제 손등을 물어뜯는 중이야. 좁고 굽은 등 뒤에 숨어 손등에서 피가 날 때까지.

돌아앉은 아이.

말로는 이렇게 아이 같은 말을 하면서 조금도 얼굴이 빨개지지 않는다. 두 손을 모으고 혼자에 대해 말하는 말로가 너무 진지해서 나는 말로를 안지 못한다. 내 입술의 말로. 나에게 속한 말로. 말로의 아름다운 상처. 나는 말로의 오른뺨을 만지면서 고립되어 있다고 느낀다.

상처받은 사람들이 왜 혼자가 되는지 알아?

말로가 묻는다.

나는 말로의 말간 얼굴을 본다.

상처받은 사람들이 모두 외로운 건 아니라고 말하지 않는다. 상처받은 사람들이, 거의 모든 사람들이 사람들에게 상처를 입힌다고 말하지 않는다. 외롭다고 말하는 사람들이, 절대로 외롭다고 말하지 않는 사람들이, 거의 모든 사람들이 서로를 외롭게 한다고 말하지 않는다.

이 도시의 말로.

상처가 아물 때, 상처가 아물면서 닫힌 살갗 아래, 등이 좁은 아이가 남겨져.

가방의 지퍼를 채우듯이.

그 안에 자기를 넣어버리는 거지.

좁고 캄캄한 방 안에 남겨진 아이가, 흉 진 아이가 누구인지 완전히 잊어버리는 거 같아. 말로는 말하고,

나는 말로를 안고 싶어 빠른 걸음으로 걷는다. 아무 말도 하지 않는다. 두 입술의 말로. 발음되는 상처란. 얼마나 얇고 가벼운지. 더없이 상투적인 말로. 말로의 어깨와 내 어깨가 몇 번이고 부딪힌다. 몇몇의 닮은 연인들이 지나가고 까만 개가 지나간다. 골목 끝에 서 있던 남자가 침을 뱉는다. 침이 사선으로 떨어진다. 침이 떨어진 쪽에서 한쪽으로 가방을 멘 사람들이 우리보다 빠른 걸음으로 걸어온다. 반대 방향으로, 한쪽 방향

으로, 우리를 지나쳐 걸어간다. 말로는 그사이 몇 번인가 가방을 열었다, 닫고, 열었다, 닫는다. 몇 번인가 뒤를 돌아본다. 말로의 뒤에는 아무도 없고, 나는 말로보다 조금 앞서 걷는다. 돌아앉은 아이.

나는 다른 때보다 거칠다. 거칠게,

말로의 뺨에 붉고, 깊은 상처를 남긴다.

말로의 뺨에 점점이 솟아오르는 검붉은 피. 나는 말로의 피 맺힌 오른뺨을 핥는다.

내 입술의 말로.

내가 말로의 오른뺨을 만질 때,

우리가 나란히 누웠을 때,

말로가 말한다.

횡단보도.

그 남자.

돌아앉은 아이.

나는 조용히 남겨진다.

7. 외우다

피구 잘하는 법.

— 공에 집중을 한다.

— 요리조리 잘 피한다.

— 누구를 때리는 것처럼 공을 세게 던진다.

— 공에 많이 맞아서 면역 능력을 기른다.

— 피구왕 통키를 만나본다.

기역, 니은, 디귿, 리을, 미음, 비읍, 시옷, 이응. 아, 야, 어, 여, 오, 요, 우, 유, 으, 이. 이응, 지읒, 치읓, 키읔, 티읕, 피읖, 히읗. 애, 얘, 에, 예, 와, 왜, 워, 웨, 의. ㄱ, ㄴ, ㄷ, ㄹ, ㅁ, ㅂ, ㅅ, ㅇ, ㅈ, ㅊ, ㅋ, ㅌ, ㅍ, ㅎ ㅎ ㅎ 나는 이 도시의 말로 자음과 모음을 외운다. 자음과 모음을 반복한다. 자음과 모음을 따라 그린다. 말로의 말로. 자음과 모음을 외우고, 속담과 잠언을 외우고, 관념과 상징을 외워도 피구를 잘할 수 없다. 지식인에 나와 있는 피구 잘하는 법을 아무리 열심히 외워도 물론, 피구를 잘할 수 없다. 수비도, 공격도 마음대로 되지 않는다. 피하기 위해 집중하거나, 잡기 위해 집중하거나. 어느 쪽도 생각 같지 않다. 생각대로 되지 않는다. 온 힘을 다해 던져도 아무도 맞히지 못한다. 땅볼일 때가 제일 많다. 어쩌다 맞으면 아프다. 영역 밖에서. 구획 밖으로. 배회, 도피, 단절. 배회, 도망, 단절.

배회, 회피, 단절. 단절. 단절. 단절. 마비. 오른쪽에서 왼쪽으로. 왼쪽에서 오른쪽으로. 더는 아무것도 외워지지 않는다. 한 번에, 한꺼번에, 여러 개씩. 누군가를 때리는 것처럼 세게, 공을 던진다. 피구왕 통키를 만나러 가는 길에 젖어서 나는 얼마간 슬펐다. 고작 이런 문장은 쓸 수 있다. 이 도시의 말로. 이런 문장은 아무 쓸모도 없다. 무엇도 맞힐 수 없다.

3. 이다

어느 쪽이 머리 같아?

말로가 묻는다.

이쪽?

나는 오즈의 더듬이가 있는 쪽을 가리킨다. 아이 손바닥만 한 이파리의 잎맥이 앙상하게 드러나 있다. 오즈는 물을 채우지 않은 어항 바닥에 산다. 어항은 뚜껑이 열린 직육면체 모양이다. 바닥에는 여러 종류의 나뭇잎들이 깔려 있다. 잎을 깔지 않은 어항 한쪽 구석에서 붉은색 얼음이 천천히 녹고 있다. 얼음이 녹는 속도와 오즈가 바닥을 기어 물을 핥는 속도가 비슷하다. 어항 한쪽 구석에 붉은 물이 흥건해진다. 나는 말로가 얼음을 얼리기 전에 물에 피를 섞었는지 물감을 섞었는지 알지 못한다. 오즈는 물을 먹고 자란다. 피를 먹고 자란다. 내가 가까이 다가가자 녀석은 입을 다문다. 갉작거리던 소리가 순간 멈춘다.

그거 가짜야.

말로의 목소리가 아득하게 들린다. 나는 말로의 뒷모습을 보고 있다. 창밖을 내다보고 있는 말로. 말로는 이제 하루의 대부분을 베란다에서 보낸다. 화분에 물을 주거나, 흙을 만지작거리거나 흙 속에서 지렁이를 발견하고 좋아한다. 하늘을 본다. 지금처럼 비가 올 때는 비를 보고, 눈이 오면 눈을 본다. 곧 부서질 것처럼. 바람이 불면 바람을 만진다.

살아 있는 거 같은데?

나는 오즈의 푸른 등에 손가락을 대본다. 녀석은 죽은 듯이 꼼짝도 하지 않는다.

더듬이. 그쪽은 가짜 머리야.

오즈의 꼬리 끝에 더듬이가 달려 있다. 더듬이 끝에 달린 두 개의 붉은 구슬. 나는 오즈의 충혈된 눈을 본다.

말로의 말로.

살아남기 위해 선택한 위장.

더듬이, 그쪽은 가짜 머리야.

말로가 한 번 더 말한다.

물리더라도 꽁무니를 물리겠다는 속셈이지.

더듬이 끝에 달려 있는 한 쌍의 빨간 구슬. 충혈된 눈. 오즈는 나를 보고 있다. 나는 한 번도 오즈가 날아오르는 것을 보지 못한다. 말로는 오즈를 기르고, 오즈를 기른다. 말로는 오로지

애벌레인 오즈만을 기른다. 날개가 나오기 전에 오즈들은 사라진다. 나는 오즈들이 어디로 가는지 알지 못한다.

먼 도시의 말로. 새빨간 거짓말.

오즈는 힘이다.

나는 오즈의 진짜 머리를 알지 못한다. 수많은 오즈들이 가짜 더듬이를 가졌다. 살아남기 위해 선택한 위장. 꼬리 쪽에 달린 더듬이. 머리와 꼬리. 나는 어느 쪽도 선택하지 못한다. 말로의 말로. '나'는 누구도 아니다. '나'는 무엇도 아니다. 이 도시의 말로. 말로는 모두이며 모두가 아니다. 말로는 무엇으로 정의될 수 없어. 말로는 아무것도 정의할 수 없다. 끊임없는 말로. 말로는 잠들지 못한다. 발작적 가려움과 통증을 동반한 마비. 그 사이 어디쯤에서 그즈음 말로는 아무것도 하지 못한다. 거의 움직이지 않는다. 위독한 말로. 며칠은 비껴간다. 몇 주는 빗나간다. 몇 달은 미끄러진다. 이쪽에서 저쪽으로. 미끄러지다 미끄러진다. 이쪽과 저쪽 사이에서. 흔들리다 흔들린다. 넘어지다 넘어간다. 주어가 지시하는 대상의 속성이나 부류를 지정하는 '이다'는 유일하게 형태 변화를 하는 서술격 조사이다. 말로의 말로. 말로의 형태가 변한다. 갉작. 갉작.

31. 있다

돌풍을 동반한 비
돌풍을 동반한 비
바람
나무
바람
돌풍을 동반한 비
나무
바람 바람
비
안개
나무
돌풍을 동반한 비
비
비
구름
돌풍
비
구름
안개
바람

비

안개

돌풍

구름

눈

눈, 눈

내 자궁 속에는 도시가 있어요.

불 꺼진 빌딩 아래로 붉은 강이 흐르고 있죠.

날개가 젖은 모기 떼가 강물에 떠내려가요.

내 자궁이 있던 자리에는 빌딩들이 서 있죠.

빌딩들은 층마다 글썽이는 창문을 매달고 있고 눈이 빛나는 초록 고양이들은 도시의 구멍을 막으러 밤으로, 밤으로 걸어가요. 사람들은 옥상에서 툭 툭 떨어지고 죽은 소녀는 강가에 앉아 새까만 손등에 이름을 새겨요.

태어나지 못한 나의 도시.

이제 막 버스가 도착했어요. 모든 손잡이가 심하게 흔들리는 버스예요. 잠들어 있는 당신의 뒤통수를 봤어요. 그날부터 내내 마음이 곱슬거렸죠. 내 시간들은 항상 괄호의 시간. 언제나 생략된 기억들이 말줄임표로 떠다녔어요. 붉은 강가에 재가 쌓이고 있죠.

나는 이미 도착했을 거예요.

메 아 리.
메 아 리.
메   아   리.

57. 자욱하다

우리의 말로 무리의 말로 익다 읽다 잃다 잊다 있다 잇다 갖다 같다 갔다 짙다 짓다 짖다 밝다 박다 밟다 맑다 막다 많다 맞다 곱다 굽다 좁다 줍다 세다 새다 긋다 긁다 끊다 끓다 열다 닫다 걷다 서다 앉다 눕다 졸다 자다 꾸다 젓다 젖다 싫다 싶다 쉽다 얇다 엷다 넓다 널다 지다 치다 웃다 울다 사다 먹다 싸다 살다 죽다 곪다 곯다 골다 곧다 날다 낡다 늙다 굵다 붉다 불다 접다 잡다 짜다 얹다 얽다 엮다 적다 돌다 되다 기다 쓰다 쏘다 쓸다 쏠다 벗다 덥다 덮다 닮다 담다 감다 갈다 켜다 끄다 들다 나다 뜨다 지다 뜯다 떼다 하다 말다 뱉다 핥다 쉬다 숨다 투명의 말로 지키다 시키다 삼키다 들키다 속이다 숙이다 졸이다 조리다 달이다 다리다 갈리다 가리다 가르다 기르다 벌리다 버리다 찌르다 따르다 달리다 때리다 쓸리다 열리다 그리다 시리다 다르다 바르다 자르다 누르다 당기다 댕기다 흐르다 흐리다 흘리다 홀리다 몰리다 울리다 질리다 추하다 취하다 비치다 지치다 다시다 마시다 쑤시다 부시다 더럽다 서럽다 괴롭다 외롭다 아프다 슬프다 무섭다 무겁다 버겁다 차갑다 지겹다 힘겹다 아깝다 가깝다 뻔하다 변하다 정하다 멍하다 현재의 말로 축축하다 촉촉하다 오목하다 우묵하다 소복하다 수북하다 갑갑하다 답답하다 뻣뻣하다 빳빳하다 쟁쟁하다 쨍쨍하다 든든하다 튼튼하다 통통하다 퉁퉁하다 빡빡하다 빽빽하다 홀짝이다 훌쩍이다 볼록하다 불룩하다 불치의 말로 공동의 말로 수면의 말로 연기가 피어오른다 안개가 피어오른다 가스가 피어오른다 질식의 말로 중독의 말로 공중에 가스가 가득하다 공중에 공기가 희박하다

54. 지다

뜻 없이
일식이나 월식을 기다리는 사람처럼
시간을 잊은 듯이

꽃이 지는 계절은 아니었다

붉게 물든 구름을 본 것도 같았다
무리 지어 가는 붉은 강

물에 잠겨 흔들리는 다리

운전자는 잠깐 눈을 감았다 떴을 뿐이었다

괜찮아요?

운전자는 이렇게 들었다고 했다

괜찮아요?
괜찮아요.

정신을 잃기 전에
마지막으로
이렇게 들은 것도 같다고 했다.

그 새벽.
너는 어디로 가고 있었을까.
너는 그때 어떤 생각을 하고 있었니.
나는 이제 어떤 꿈도 꾸지 않는다.
묘지에 옮겨 심은 묘목처럼.
너는 아무 말이 없어.
사과나무에도 수명이 있어? 나무에도 정말 수명이 있을까?

비에 젖은 나무 같은 얼굴로 약기운에 취해 투명하게 묻던 말로.

너는. 더는 대답하지 않는다.

비명도, 흐느낌도,

어떤 흔적도 남기지 않는 말로.

나는 모조리 잊지 않을 수 없어.

무엇도 기억하지 않을 수 없다.

이 도시의 말로.

어둠에 지다.

말로의 말로.

해가 진 지 오래였다.

4. 피다

. ! ?

움켜쥔 슬픔
활짝,

35. 하얗다

말로가 말한다.
세 살 때 한 번. 그리고 일곱 살 때 또 한 번.
하나님을 봤어.
그는 하나님이었고, 맨발이었다.
맨발의 하나님?
내가 묻는다.

그가 하나님이라는 것을 어떻게 알았지?
모두가 그렇게 불렀으니까.
하나님.
모두 그렇게 불렀어.
하나님.
무릎을 꿇고.
세 살 때 한 번. 일곱 살 때 또 한 번.
그를 본 기억이 나.
이 도시의 말로.
하나님.
말로가 말한다.

33. 홀리다

우리는 고등어잡이 노인들 사이에 서 있었다. 노인들 중에 더러 노인이 아닌 남자들도 섞여 있었다. 유럽과 아시아를 오가는 배가 30분에 한 대씩 아시아를 향해 출발했고, 고등어는 한 마리도 잡히지 않았다. 멀리 사원의 둥근 지붕 위로 비둘기 떼가 날고 있는 것이 보였다. 첨탑 끝까지 뱃고동 소리가 길게 울렸고, 정박한 배들이 파도에 흔들렸다. 서로 다른 말을 쓰는 사람들이, 여러 나라의 사람들이 다리를 건너 구시가지에서 신시가지로, 신시가지에서 구시가지로 건너갔다. 우리는 바다를 가로지르는 다리 위에 서 있었고 말로와 말로의 글자들은 아주 멀리 있었다. 먼 도시의 말로. 우리는 소통하지 못한다. 애써 소통하려고 노력하지 않는다. 그때의 나는 말로가 하는 말의 의미를 전혀 모르고 말로는 말로의 말로만 말하지만. 나는 오로지 말로의 목소리를 귓가에 스쳐 가는 바람 소리처럼, 음악 소리처럼 편안하게 듣는다. 말로가 몸으로 내는 소리들을. 말로는 온몸을 울려 말하고, 말로가 말할 때 말로의 작은 몸은 눈에 보이지 않게 떨린다. 깊은 구멍을 빠져나오는 말로의 떨리는 음성. 말로는 기명악기다. 말로의 떨리는 음성은 깊은 곳에서부터 듣는 사람을 흔들리게 한다. 눈에 보이지 않는 움직임. 말로는 낮은 음색으로, 느린 말씨로, 긴 휴지로, 때로 급하게 흐르는 물소리로 몸을 바꾼다. 사과를 먹고 있는 여자를 만났어. 담벼락 앞에 주저앉아 있었다. 흰색 기모노에 분홍색 꽃이 수놓아져 있어. 왜 거기 있어요? 나는 여자에게 말을 걸고 싶었는데 한쪽 귀가 보이지 않았다. 누군가 오래전 여자를 그릴 때 한쪽 귀를 빼놓고 그린 것 같아. 다음 날, 모퉁이를 돌다가 담벼락 앞에서 사과를 먹고 있는 여자를 만났다. 벌거벗은 채 피 흘리고 있는 여자를 만났어. 팔다리가 잘려 머리만 남아 있었다. 어떤 무자비한 힘. 무참한 농담. 무감한 폭력. 무력한 여자. 무심히 남긴 낙서처럼 여자는 웃으며 말하고 말로는 한동안 아무 말도 하지 않는다. 담벼락에 한쪽 귀로 남은 여자. 두 입술의 말로. 나는 말로의 말에 귀 기울이지 않는다. 나는 말로의 입, 말로의 코, 말로의 눈, 말로의 귀, 말로의 옆얼굴을 바라본다. 깊은 강. 검은 바다. 말로가 말할 때 나는 내 몸이 떨리는 것을 느낀다. 쉼 없는 파도. 말로의 흔들리는 목소리. 바람의 말로. 공명의 말로. 말로는 내 귓가를 맴돌고, 나는 말로의 곁을 떠나지 못한다.

먼 도시의 말로.

이럴 때 말로를 뭐라고 불러야 할까? 길을 잃어서 말로를 찾을 수 없었다. 색색의 천들이 늘어진 시장 앞이었다. 길게 늘어진 천 끝에서 작은 방울들이 바람에 흔들렸다. 말로를 부를 말을 찾지 못해 그대로 한참을 서 있었다. 나는 시장의 입구가 있는 광장 한가운데에 서 있었고 잿빛 비둘기들은 구—구—구 떼 지어 고개를 내밀며 걸어 다녔다. 머릿속이 온통 잿빛 비둘기뿐이었다. 비둘기 밥을 파는, 검은 베일의 여자들은 조금도 움직이지 않았다. 구구구. 나는 천천히 움직이기 시작했다. 고개를 내밀었다. 아주 천천히. 나는 오랫동안 움직이지 않았고, 어떤 탐색도 중지된 상태였다. 좌절도, 긴장도, 권태도, 그 어느 쪽도 더는 새롭지 않았다. 나는 애쓰지 않았다. 어떤 감정도 나를 움직이게 하지 않았다. 꽤 오랜 시간이 흘렀고, 나는 멀리 떠나 있는 상태였다. 「죽음의 춤」 그것은 거의 마지막이었다. 그것이 마지막이 될 것이라는 것을 알지 못했다. 2인 대무는 군무로, 군무는 원무로 이어졌다. 손뼉과 비명, 간헐적 폭소와 문장이 음악의 흐름을 끊고 끼어들었다. 몇은 벽을 향해 달려갔다. 몇은 벽을 기어오르기도 했다. 산 자와 죽은 자가 하나씩 짝을 짓고 있는 「죽음의 춤」. 죽은 자들이 주도하는 춤의 그림. 그림의 춤. 나는 그림에, 춤에, 죽음에, 반쯤 정신이 나가 있었고, 무대 위에 산 자와 죽은 자를, 그림과 그림의 환영들을, 죽음과 죽음들을 옮겨놓고 싶었지만 그렇게 하지 못했다. 죽음은 좌절도, 긴장도, 권태도, 어느 쪽도 아니었다. 공포는 더더욱 아니었다. 죽음은 조금도 움직이지 않았다. 극단에 쏟아진 평가는 성공적인 편이었으나 무대는 텅 비었고, 나는 멀리 떠나왔다고 믿고 있었다. 춤은 죽었고, 나는 산 것도 죽은 것도 아니었다. 혼돈의 말로. 말로를 찾을 방법을 찾지 못해 나는 결국 천천히 움직이기 시작했다. 무대를 떠난 지 얼마의 시간이 흘렀는지 시간의 흐름을 잊을 만큼 오랜 시간이 흐른 뒤였다. 춤은 죽었다고 믿었으나 무대는 아주 가까운 곳에 그대로 있었다. 등을 돌려 잿빛 재킷을 벗었다. 신발과 양말을 벗었고, 맨발로 광장 한가운데에, 최대한 눈에 띄기 좋은 장소에 두 팔을 벌리고 섰다. 두 팔과 두 다리. 몸은 그대로였다. 나는 천천히 무릎을 구부렸고, 웅크려 앉았다. 몇 번의 손뼉, 비명, 폭소, 외침이 지나갔다. 터져 나왔다. 나는 보이지 않는 벽을 향해 달려갔다. 사람들이 둘러서 있었다. 손뼉, 비명 나는 보이지 않는 벽을 기어올랐고 폭소, 외침 사람들이 기괴한 광경을 목격했다는 듯이 눈을 동그랗게 뜨고 나를 겹겹이 둘러싸고 있었다. 나는 두 팔을 뻗었고, 가슴 앞에서 휘저었고, 가슴을 모았고, 두 다리를 벌려 높이 뛰어올랐다. 허리를 뒤로 꺾었다. 음악은 들리지 않았다. 온몸이 떨리고 있었다. 춤은 죽음을 박차고 몸은 죽음으로 솟아올랐다. 멀리 말로가 서 있는 것이 보였다. 입을 앙다물고 있는 여자. 말로와 눈이 마주쳤다. 작고 눈이 검은 여자가 천천히 움직이기 시작했다. 숨이 멎었다. 심장이 멈췄다. 오로지 검은 여자. **아 이 야 유 우 우** 말로만이 거기 있었다. 말로와 말로의 새까만 두 눈동자를 제외한 모든 것들이 눈앞에서 사라졌다. 모든 소리가 멈췄고 말로는 보이지 않는 벽 너머에 있었다. 두 입술의 말로. 아 이 야 유 우 우 우 아 이를 따라 천천히 다시 심장이 뛰기 시작했다. 저 너머에서. 쿵 쿵 쿵 쿵. 작게 울려오는 말로의 심장 소리. 말로의 말로.

모음은 춤추는 사람들. 나는 춤춘다. 나는 흔들린다. 나는 다가간다. 리듬에 맞춰 내 목구멍을 빠져나오는 말로의 검은 울림. 허공에서 흔들리는 검정의 두 팔과 두 다리. 밀고 당기는 리듬의 흐름. 당기고 미는 흐름의 맺힘. 마주 선 감정의 맺힘과 맺음. 보이지 않는 울림의 매듭. 서로가 서로에게 묶인 사람들. 말로의 말로. 사람들은 모인다. 자음은 모인 사람들. 멀리 있는 아이들이 머리를 맞대고 모인다. 아이들은 머리를 맞대고, 어깨를 맞대고, 발을 마주하고 선다. 마주 서 손을 잡고, 눈빛을 나누고 어깨동무를 하고 어울린다. 서로 같은 곳을 바라보다,

서로가 서로를 바라보다, 때로 등을 돌린다. 등을 맞대고 선다. 등을 맞대고 눈을 흘긴다. 눈을 흘기더라도 혼자는 설 수 없어. ㅎ ㅎ ㅎ 다시 모인 사람들. 하하하. 나는 춤추고, 나와 말로는 마주 선다. 쿵쿵쿵쿵. 말로는 늘 함께한다. 쿵쿵 쿵쿵. 말로는 어디에나 있어. 쿵. 쿵. 쿵. 쿵. 말로는 언제나 당신 곁에 있다. 모든 거리에서. 콩팥콩팥. 쿵 쿵 쿵 쿵. 심장이 뛴다. 콩 팥 콩 팥. 쿵쿵쿵쿵. 모든 거리가 사라진다. 이 도시의 말로.

'홀리다'는 두 눈의 동사다. 두 팔의 동사다. 두 다리의 동사다. 한 눈이 한 눈에 빠져 정신을 차리지 못한다. 한 눈이 한 눈을 유혹하여 정신을 차리지 못하게 한다. 한 팔이 한 팔을 끌어당겨 온몸으로 끌어안는다. 한 팔이 한 팔을 끌어들여 온몸을 마비시킨다. 한 다리가 한 다리를 걸고, 한 다리가 한 다리에 걸려 두 다리가 서로 엉켜 하나가 된다. 한 눈과 한 눈이, 한 팔과 한 팔이, 한 다리와 한 다리가 한 몸에 붙어 있어. '홀리다'는 홀로 두 가지를 하는, 두 주인의 동사다. 두 눈과 두 팔과 두 다리로 이루어진 한 몸의 동사. 한 몸의 인간. 다문 두 입술. 자음과 모음. 서로에게 말이 필요 없는. 말로의 말로. 홀리다. 홀리다, 홀린. 두 입술의 말로.

6. 황당하다

하나.

둘.

셋.

피크, 토리, 스타, 하루, 적.

다섯은 '콤플리시테' 소속 연기자들이다. 토리와 하루는 여자고 피크, 스타, 적은 친구다.

넷.

다섯.

여섯.

일곱.

그해 스물여섯이 된 적이 맏형, 자신은 세상에 닳을 대로 닳았다는 스물둘 피크가 막내다.

여덟.

아홉.

시작부터 출발이 좋다. 스타가 손목을 이용해 공을 가볍게 공중으로 띄운다. 다섯은 공을 따라 모두 고개를 들고, 하얀 배구공은 위로 올라가다가 순간 방향을 바꿔 바닥으로 떨어지기 시작한다. 연습실은 극장 건물 지하에 있었다. 정사각형 모양의 천장이 높은 방. 바닥은 마루로, 한쪽 벽면은 거울로 되어 있다. 게임의 규칙 하나—아무도 말을 해서는 안 된다. 떨어지는 공의 방향을 예측해서 공에 제일 가까운 쪽에 있는 사람이 공을 받을 준비를 한다. 공은 가상의 무대 중앙에 있는 토리 쪽으로 떨어진다.

열.

토리가 왼손으로 오른손을 감싸 쥐고 엄지를 모아 힘차게 공을 쳐내자 피크, 토리, 스타, 하루, 적은 입을 모아 숫자를 외친다. 게임의 규칙 둘 — 공을 공중으로 쳐올릴 때는 다함께 숫자를 외친다. 숫자가 높아질수록 연기자들의 함성 소리는 더 힘차게 극장 건물 전체를 울린다. 공은 손에서 손으로 튕겨질 때를 빼곤 계속해서 공중에 떠 있어야 한다. 게임의 규칙 셋 — 공이 바닥에 떨어지기 전에 공중으로 공을 쳐올려야 한다. 배구하는 것처럼. 다섯이 처음 이 놀이를 시작했을 때는 서로 공만 보고 달려가다가 정작 공은 받지도 못하고 부딪혀서 넘어지곤 했다. 첫번째 시도에서 이들의 목표는 열,이었다. 하지만 이제 열 개쯤은 아무것도 아니다. 누군가 실수를 했을 때, 규칙을 어기고 습관적으로 튀어나오던 원망의 목소리는 들리지 않는다. 다섯 명의 호흡. 공중의 공. 다섯은 신체 훈련을 즐기고 있다. 그들만의 놀이. 어쩌면 정말 이름 그대로 그들 사이에 '콤플리시테'가 생기고 있었는지도 모른다. 피크, 토리, 스타, 하루, 적. 그들의 이름은 중요하지 않다.

'콤플리시테'는 앙상블보다 더 깊은 울림이 있는 말이다. 당신들 간의 믿음, 나아가서는 무대 위의 당신들과 관객들 간의 믿음이 한 편의 연극을 완성한다. 작품의 울림이 무대에서 관객에게로, 관객을 통해 다시 무대로, 극장의 안과 밖으로 전해지는 것. 말 없는 움직임. 우리 극단은 이것을 목표로 한다.

나는 신체 연극만이 이 시대 연극의 대안인 것처럼 결의에 찬 눈빛으로 비장하게 말했다. 10여 년 전이었다. 안무를 시작하고 처음 맡은 극단 '콤플리시테', "안녕, 안녕히." 세르반테스는 돈키호테의 1권과 2권을 같은 말로 끝맺었다. "Vale." 라틴어로 안녕을 뜻하는 말. 말로의 말로. 안녕. 안녕히. 나는 대사 한마디 없는 책 한 권 분량의 대본을 글자들로 가득 채우고 마지막으로 Vale라는 제목을 붙였다. 연기자들이 각 장면에서 지어야 하는 표정, 서로 주고받아야 하는 눈빛, 작은 몸동작 하나, 하나에 이르기까지 자세한 설명이 적혀 있는 대본. 나는 내가 그들의 신체를 통해 무엇을 표현하고 싶은 것인지, 어떤 느낌을 공유하고 싶은 것인지 다섯에게 이해시키기 위해 노력했지만 내가 쓴 대본을 다시 읽어볼 때마다 내 자신도 매 순간 달라지는 나를 이해시키지 못했다. 나는 나도, 다섯도 이해하지 못했다. 내가 사용하는 언어의 총량이 얼마나 부족한지, 어떤 감정을 원형 그대로 문장으로 옮긴다는 것이 얼마나 어려운지에 대해 절감했다. 한 단어로 내뱉어진 감정이란 미묘한 감각의 비늘들은 남김없이 사라지고 살점은 뭉그러진 썩은 생선의 토막 난 몸뚱어리에 지나지 않았다. 어떤 문장은 눈앞에 인물들의 모습을 선명하게 떠오르게 했지만, 보이지 않는 영혼을,

만져지지 않는 고통을 피부로 느끼게 하지는 못했다. 지독한 냄새조차 풍기지 않았다. 떨림의 미묘한 차이를, 슬픔의 전혀 다른 농도를, 불안의 다양한 색채들을 표현하기 위해 나는 때로 그림을 그렸고, 다섯에게 비슷한 느낌의 음악을 들려줬고, 내가 할 수 있는 최선의 손짓과 발짓을 동원했다. 다섯의 눈을 뚫어지게 바라보았고, 고개를 숙였고, 많은 밤에 허리에 손을 얹고, 팔짱을 끼고 내 좁은 방 안을 서성거렸다. 나는 당초에 계획했던 침묵 속에서의 공연을 포기하고 음악의 힘을 빌리고 싶다는 유혹을 강하게 느꼈다. 수많은 음악들이 많은 밤을 흔들었고, 나는 음악에 몸을 맡기고 지쳐 쓰러질 때까지 어둠 속을 더듬거렸다. 말로 표현할 수 있는 세르반테스의 고통이 얼마나 될까. 그것은 강렬할 수도 명확할 수도 없었다. 절제 없이 과장되거나 미묘하게 어긋나 있을 문장의 발성. 발화된 고통이 실재의 고통과 얼마나 멀리 떨어져 있던가. 나는 생각했다. 라만차의 돈키호테를 원작으로 새롭게 쓴 작품은 수도 없이 많았다. 연극과 뮤지컬을 비롯해 발레에 이르기까지 돈키호테는 시대를 초월해서, 국적을 불문하고, 계속해서 부활했다. 수많은 돈키호테들. 하지만 내가 그 당시 무대에 올리고자 했던 「Vale」는 원작 이후, 소설 이후, 세르반테스의 죽음 이후에 대한 이야기였다. 수없이 다시 태어난 돈키호테와 그만큼 여러 번 죽음을 맞이해야 했던 돈키호테에 대한 이야기가 아니라, 세르반테스. 돈키호테를 태어나게 한 장본인. 그 작가의 죽음 이후. 죽음 이후에도 죽지 못하고 계속해서 불려 나와야 하는 그 이름에 대한, 그 이름의 고뇌에 찬 부활에 대한 극이었다. 이야기의 죽음 이후. 죽은 자는 말이 없다. 나는 이 극을 반드시 내 첫 작품으로 만들고 싶었다. 완전히 비발성적인, 오로지 신체의 언어만을 통한 신체 연극. '콤플리시테'. 하지만 나는 알고 있었다. 대사가 한마디도 나오지 않는 신체 연극조차 언어를 빌리지 않고는 연출이 불가능하다는 것을, 대사가 있는 극보다 오히려 더 긴 대본을 통하지 않고는 한 장면도 무대 위에 올릴 수 없다는 것을. 그러나 이미 또 한 번, 풍차는 돌기 시작했다. 나는 산초 역에 피크를, 돈키호테에 스타를, 알돈자에 토리를, 거울의 여인에 하루를, 마지막으로 세르반테스 역에 적을 캐스팅했다. 한 번도 연극을 해본 적이 없는 일반인을 대상으로 오디션을 치렀고 오로지 몸의 언어가 내는 소리, 그들이 지니고 있는 몸의 에너지만을 기준으로 배역을 선정했다. 공중의 공. 다섯은 나를 믿고 따라줬고, 막은 올랐다. 하루와 적이 마주 서 있던 무대. 거울의 여인과 세르반테스가 마주 서 있던 우리의 첫 무대를 생생하게 기억한다. 나는 「Vale」에 끝내 어떤 소리도 이용하지 않았다. 음악은 물론이고 일체의 효과음을 차단했으며, 특별한 의미를 담지 않은 외침이나 흐느낌, 신음이나 비명도 허용하지 않았다. 신체가 내는 모든 소리는 사라졌다. 손뼉도 기침도 없었다. 깜빡임. 단지 침묵과 빛, 어둠과 움직임만이 무대 위에 올랐다. 무대를 가득 채웠다. 한 시간 반에 가까운 공연이 끝났을 때, 막이 내리고 불이 꺼졌을 때 나는 보았다. 텅 비어 있는 것에 가까운 객석을. 많은 관객들이 이미 자리를 떠난 뒤였다. 관객들은 애써 소리를 죽이지 않았다. 하지만 나는 「Vale」에서 「죽음의 춤」에 이르기까지 10년이 넘는 시간 동안 '콤플리시테'를 떠나지 않았고, 무대를 떠나지 못했다. 다섯은 여전했다. 공중의 공. 말로의 말로. 안녕, 안녕히. 내가 지내온 10년여의 시간은 내게서 조용히 등을 돌렸다. 나는 돌아섰다. 「죽음의 춤」에는 죽음도 춤도 없었다는 것을 나는 무대를 떠난 후에야 안다. 안녕, 안녕히.

말로의 말로. '황당하다'의 반대말은 '진실하다'이다. '황당하다'의 반대말이 '진실하다'라는 사실이 나를 당황하게 한다. 나는 무대를 떠난 뒤에, 말로를 만난 뒤에 모든 것들이 나를 휩쓸고 간다고 느낀다. 무대 밖에서. 길지 않았던 시간. 말로의 말로. 모든 것들에 내가 휩쓸리고 있다고 느낀다. 고작 계절이 몇 번 바뀌었을 뿐이다. 두 번의 겨울. 다시 봄. 그리고 또 한 번의 여름. 이 도시의 말로. 어디에나 있는 물과 불이 전쟁과 질병이, 죽음과 공포가 나를 휩쓴다. 나는 보이지 않는 힘에 휩쓸려 다시 무대로 떠밀려 가고 있다고 생각한다. 형체가 없는 말로. 나는 말에 휘감긴다. 떠밀린다. 알몸의 말로. 돌아간다. 흔들린다. 떠돈다. 떠나지 못한다. 말로의 말로. '진실하다'의 반대말은 '허망하다'이다. 허망하다. 이 도시의 말로. 안녕, 안녕히. 나는 여전히 말로를 떠나지 못한다.

59. 희미하다

이 도시의 말로. 내가 처음 쓴 문장.

집에 환자가 둘이다.

다시 쓴 문장. 시몽은 아니다.

바로 쓴 문장. 이럴 때는 도무지 어찌할 바를 모르겠다.

못 쓴 문장. 두 귀에 손을 얹고 나는 슬프다.

말로의 말로.

나는 때로 이런 식의 문장을 구사한다.

모든 수치는 수치다.

머무르는 것은 머뭇거리는 것이다.

아무도 외침을 듣지 못하는 것, 더는 아무것도 외치지 않는 것, 아무의 외침도 듣지 않는 것. 귀 막음. 기막힌 외로움. 홀로.

상실에서 상처가 시작된다.

이름과 다름이 닮은 것은 우연이 아니다. 모든 이름에서 다름이 시작된다.

다른 구름들, 다른 나무들, 다른 인간들, 다른 안개들, 다른 우산들, 다른 소름들.

먼 도시의 말로.

최면에 걸리는 일은 체면을 구기는 일이라고 믿는 사람들이 있다. 이런 사람들은 자주 글쎄요,라고 말한다. 글쎄요.

편안한 마음으로. 헐벗은 헐떡임. 결혼.

혼인은 사회적 혼절이다.

혼은 빙하의 작용으로, 오아시스는 바람의 작용으로 생기지만.

바람의 작용으로 떠도는 영혼은 소통 없는 고통에 대해 말하지 않는다. 때로 소통을 가장한 폭력은 고통을 가중시킨다. 말로의 말로. 침묵의 소통을 통해서만 고통이 침묵하기도 한다.

목은 인간의 내면으로 들어가는 길목이다.

목구멍에도 속도가 있다. 목구멍을 열고 말하기 시작하면 길목은 혼잡해진다. 혼잡한 길목을 빠져나올 길이 없다. 병목현상. 병 속에 갇힐 수 있어.

때마침 얼음의 얼굴에 어른거리는 물그림자.

불행한 사람들이 꿈꾸는 방식.

여행.

죽은 붕어가 세상을 뜬다.

말로의 말로. 죽은 붕어가 물에 뜬다.

그래서, 그러므로, 그리고, 그러나, 그런데.

모든 접속 부사들 속에 '그'.

내가 속해 있어.

나는 말로의 말로. 문장과 문장을 연결한다. 문단과 문단을 연결한다. 부채와 부채를. 부재와 부재를. 이 도시의 말로. 나는 당신과 당신 사이에. 문장과 문장 사이에 잇닿아 있다.

말로의 말로.

미낀 유월, 가을 인절미, 담양 마늘밭.

이런 말들은 여전히 멀리 있다.

빠까 말로. 말로의 말로. 잘가, 말로.

빠까. 말로는 빠까. 다른 도시의 말로. 말로는 아직.

빠까. 빠까.

나는 아직 이 도시의 안개 속에 있다.

빠까 안개.

최초의 자살

옛날, 옛날 아주 먼 옛날, 세상에 그리스도는 물론 그리스·로마 신들도 나타나기 전. 신화도, 성경도, 옛날 옛날에 이렇게 시작되는 이야기도 시작되기 전. 그 옛날, 첫 자살이, 인류 최초의 자살이 있었다. 사람들이 아직 시계 속에 시간을 잡아 가두지 못해서 시간은 제멋대로 굴러다니고 아침과 저녁이, 해와 달이 그저 지루하기만 했던 시절. 땅을 사고, 판다는 생각은 커녕 땅을 파고, 씨를 뿌린다는 생각조차 뿌리내리기 전. 사람들은 믿음에도 죄책감에도 물들지 않은 상태로 금기도, 도덕도 없이 살고 있었다. 여자와 남자는 있었지만 여자와 남자 사이에 구별은 없었고 부모와 자식, 연인과 가족과 같은 어떤 특별한 관계도 없었다. 아무도 눈에 보이지 않는 것들에 대해 생각하지 않았다. 그러니까 어떤 생각에 대해서도 생각하지 않았다. 남자와 여자가, 남자와 남자가, 여자와 여자가 섹스는 했지만 사랑이란 무엇일까 고민하지 않았고, 종종 달이 차오르고, 여자의 배가 불러오고, 아이가 태어나긴 했지만 책임이나 실수가 무엇인지, 머무른다거나 떠난다는 것이 어떤 것인지 상상도 하지 않았다. 갓 태어난 아이나 살갗이 쭈글쭈글한 남자가, 머리털이 하얗게 변한 여자가 어느 날 몸이 딱딱해진 채 발견되거나 고약한 냄새를 풍기며 썩어가기도 했지만, 죽음이라든가 슬픔 같은 말들은 바람결에 흩어지거나, 몰려가는 구름을 따라 흘러가버려 손에 움켜쥐려고 하면 아무것도 남아 있지 않았다. 사람들은 너무 멀리 떨어져 살았다. 얼굴이 하얀 사람도, 까만 사람도 있었지만 국가나 민족, 경계 같은 것들을 주장하며 싸울 이유가 없었고, 특별한 어떤 일이 많지도 않았지만 어떤 일도 기록하거나 기억하지 않았기 때문에 역사가 없었다. 전쟁도, 문화도, 종교도 없던 시절. 이런 말들은 물론, 어렴풋한 개념조차 없었던, 아무 기억도 남지 않은 그 옛날의 이야기. 이 이야기는 돌아오지 못한 사람들에 대한 이야기이며 동시에 돌아갈 곳 없는 이 시대에 대한 이야기이다. 네스카페, 허쉬 초콜릿, 럭키 스트라이크 담배의 역사가 시작되기 훨씬 전, 인도와 파키스탄, 알제리와 모로코, 에티오피아와 소말리아 사람들이 서로의 눈치를 보지 않고 덤덤한 얼굴로 산의 위엄이나 강의 무심함에 둘러싸여 살아가고 있던 그때. 눈도, 비도, 더위도 사

남지 않던 그 옛날의 어느 날 아침, 그들은 도착했다.

*

밥은 매사에 신중하고 성실한 사람이었다. 집에서 기르는 강아지의 등을 쓸어주거나 머리를 쓰다듬을 때조차 진지했고 한결같이, 심지어 잠자리에서까지 정중한 그의 태도는 여자들을 견딜 수 없게 만들었다. 라이는 항상 유머가 넘치는 긍정적인 사람이었다. 어떤 사실이든, 그게 설사 자신의 자존심을 상하게 하는 일이라도 쉽게 인정했고, 자신과 타인 모두에게 관대했다. 라이는 여자들에게 수없이 차였지만 노래를 흥얼거리거나 휘파람을 불며 그 여자들과 버려진 자신 모두를 쉽게 용서했다. 수는 늘 에너지가 넘치는 명쾌하고 똑똑한 사람이었지만 남편의 이기적인 태도(그는 수가 아플 때면 미간에 주름을 깊게 지으며 수에게 괜찮은지를 물었는데 수가 아프면 자신이 얼마간 불편해질 것을 걱정했기 때문이었고 수는 이제야 자신이 어떤 노력을 해도 그는 결코 달라지지 않을 것이라는 것을 깨닫고 절망감을 느끼고 있었다)에 지쳐가고 있었고 이혼에 대해 심각하게 고민하는 중이었다. 수는 남편을 위해 과일 주스를 만들 때마다 남편과 관련된 모든 생각을 믹서에 넣고 갈아버리고 싶었다. 그날 아침, 밥은 사무실에서 치즈 케이크와 블랙커피를, 라이는 거리에서 토스트를 아침으로 먹었고, 수는 어느새 머리칼이 빠지기 시작한 남편이(수의 남편은 이제 고작 서른을 넘겼다) 딸기와 바나나, 수의 분노가 적당한 비율로 섞여 있는 주스를 마시고 출근한 직후 다시 침대로 몸을 던지고는 곧바로 잠이 들었다.

새까만 벌레 한 마리가 넓은 잎사귀 위에 앉아 있었다. 막 비가 그쳤는지 연둣빛 잎과 벌레의 매끈한 등 위에 물방울이 맺혀 있었다. 벌레는 라이의 엄지손톱만 한 크기로 길쭉한 아몬드 두 개를 맞붙여놓은 모양이었는데 라이가 잎을 건드리는 바람에 길쭉한 아몬드 두 개를 활짝 펴고 날아올랐다. 까만 날개 아래에서 석류 알맹이 같은 몸통이 드러났다. 새빨갛고 투명한 루비 같기도 한 벌레의 알몸이 햇빛을 받아 눈부시게 빛났다. 라이는 날아가는 빨간 루비를 넋을 놓고 바라보았다.

라이?

허스키한 음색이 매력적인, 라이? 하고 지금처럼 끝을 올려 부를 때면 몸에 착 감겨오는 듯하던 그녀의 목소리. 수는 라이를 차버리고 떠났던 날 아침처럼 부스스한 머리를 묶지도 않은 채, 짧은 바지에 목이 늘어난 커다란 티셔츠를 입고 라이 앞에 서 있었다. 라이는 그녀의 가슴이(헐렁한 티셔츠 아래 가려져 있긴 했지만 브래지어를 하지 않은) 그때와 조금도 다름없는 크기로, 자신의 손길을 기다리고 있는 것 같았다. 라이는 수의 가슴을 오랫동안 그리워했다. 수의 가슴은 라이의 손에 꼭 맞는 크기였다. 한 손에 잡히지 않는 잘 익은 사과, 수의 가슴과 비슷한 크기의 사과를 손에 쥘 때마다 라이는 수를 떠올렸다.

수! 이게 얼마 만이야?

라이는 수를 다시 만났다는 사실에 감격한 나머지 자신이 지금 어디에 있는지, 어떻게 수를 만나게 된 것인지 미처 생각하지 못했다. 라이는 수를 끌어안고 반가운 마음을 담아 양 볼에 키스를 하고 싶었지만 자신의 오른손이 이미 수의 오른손을 잡고(상대방에게 신뢰감을 줄 수 있을 만큼의 세기라고 교육받은 정도의 힘을 주고) 위아래로 세번째 반복 운동을 하고 있다는 것을 깨달았다.

수는 헤어진 어떤 남자에 대해서도 곰곰이 생각하지 않았지만 최근 들어 라이가 종종 떠오르곤 했다. 무책임한 태도와 끝없이 이어지던 변명들, 예쁜 여자들을 넋 놓고 바라보던 무구에 가까운 표정까지. 수가 모든 면에서 대책 없다고 생각했던, 그래서 때로 뻔뻔하다고 여겨지던 라이를 떠올렸던 건 그가 그리웠기 때문이 아니라 이럴 때 라이라면 어떻게 했을까 하는 질문이 문득, 문득 떠올랐기 때문이었다. 수는 자신의 답답한 상황을 라이처럼, 라이가 돼서 생각해보려고 노력했다. 그렇지만 수는 역시 라이가 아니었고, 라이를 만나고 싶었던 것은 더더욱 아니었다. 꿈에서라면 몰라도. 수는 라이를 부르기 전에 자신의 볼을 꼬집어보았다. 아직도 얼얼한 볼에 빨갛게 손자국이 남아 있었다. 남편은 다른 날과 다름없이 같은 시간에 출근했고, 자신은 분명히 침대 속에 있었다. 수는 오늘 아침을 선명하게 기억했다. 이렇게 바람이 부는 들판에, 촉촉하게 젖어 있는 풀밭에, 자신이 맨발로 서 있을 이유가 없었다. 깊이 잠들기 전, 코가 시렸고 상체에 한기를 느꼈다. 눈을 감은 채 오른손으로 이불을 찾아 더듬으며 왼쪽으로 돌아누웠다. 남편이 좋아하는 섬유 유연제 냄새를 강하게 풍기는 하얀색 시트 대신 축축한 풀잎이 만져졌다. 꿈을 자주 꾸는 편은 아니었지만, 꿈속에서 손끝에 어떤 물체가 닿는 느낌을 이렇게 선명하게 느껴본 기억은 없는 것 같았지만, 그래도 수는 꿈이라고 생각하고 있었다. 눈을 떴을 때 커다란 나무로 둘러싸인 정글이나, 발이 푹푹 빠지는 늪에 있었던 것은 아니지만, 풀밭에는 목이 긴 하얀 새(몸통과 꼬리, 날개와 머리는 물론, 부리와 발까지도 모두 하얀)와 동물원에서나 보던 기린(동물원에서 보던 기린보다 목이 짧고 훨씬 더 선명한 노란색의, 갈색 점박이가 아주 작은 물방울 모양으로 드문드문 찍혀 있는), 분홍색 코끼리(다행히 코끼리의 코는 길었다) 같은 것들이 한가롭게 풀을 뜯거나 하늘을 올려다보고 있었다.

수, 내가 널 얼마나 그리워했는지 알아? 믿을 수가 없어. 설마 꿈은 아니겠지?

라이는 너무 흥분한 나머지 수의 양 어깨를 붙잡고 머리가 어지러울 정도로 수를 흔들며 말했다.

시계의 작은바늘은 10과 11 사이에 애매하게 걸쳐 있었지만 긴바늘은 분명히 7이라는 숫자 위에 얌전히 놓여 있었다. 10시 35분, 11시 재판까지 이제 25분밖에 남지 않았다. 밥은 초조했다. 은색 넥타이는 목을 조여왔고, 아침 일찍 세탁소에서 배달된 셔츠는 이미 비에 흠뻑 젖어 있었다. 40분 가까이 주변을 돌아봤지만 아무도 찾지 못했고 휴대 전화는 먹통이었다. 밥은 생각하고 또 생각했다. 늘 그랬던 것처럼 회사 앞 커피 전문점에 들러 치즈 케이크와 오늘의 커피를 주문했고, 오른손에 치즈 케이크가 든 쇼핑백과 갈색 가죽 가방을, 왼손에 종이컵을 들고 사무실에 들어섰다. 일찍 출근한 직원들 몇이 있긴 했지만 아직 회사 전체는 조용했다. 밥은 법원 근처에 있는 법률 전문 회사에서 일한 지 2년이 되어가고 있었고 늘 같은 시간(출근 시간 30분 전쯤인)에 사무실에 도착해 같은 메뉴의 아침을 먹었다. 책상 위에 서류 가방을 올려놓고, 적당한 빛이 들어오도록 버티칼의 각도를 조절했다. 바깥으로 반쯤 열리는 창문을 열어 환기를 시키는 것도 잊지 않았다. 23층 사무실까지 올라오는 동안 엘리베이터에서 적당히 식은 커피 한 모금을 입에 머금고 숨을 깊게 들이마셨다. 오늘의 '오늘의 커피'는 짙은 흙냄새가 일품인 수마트라였고, 밥은 수마트라의 향은 물론 무거운 바디감을 좋아했다. 아침, 오늘의 커피가 수마트라인 것을 확인하고 밥은 속으로 당첨!을 외쳤다. 케이크와 포크의 비닐 포장을 벗겨냈다. 치즈 케이크는 달콤했고 밥은 자신의 몸 구석구석,

가는 혈관을 따라 손끝과 발끝까지 카페인이 퍼져나가는 것을 눈으로 보고 있는 것처럼 만족스러운 표정을 지었다. 재판까지는 아직 두 시간 가까이 여유가 있었고 모든 것은 여느 아침과 조금도 다르지 않았다. 밥은 자신의 방에서 나와 복도 끝에 있는 화장실 문을 열고 들어갔다. 꼼꼼하게 비누칠을 해 손을 씻었고 건조기에 손을 말렸다. 거울에 비친 자신의 모습이 꽤 마음에 들었다. 회색 바탕에 은색 줄이 간 넥타이가 셔츠 가운데에서 빛나고 있었다. 밥은 화장실 밖으로 빠져나오기 직전 거울에 비친 자신의 옆모습을 다시 한 번 힐끗 바라보았다. 그리고 복도로 빠져나왔다고 생각했을 때, 밥은 거대한 석벽 앞에서 있었다. 복도 끝에 보여야 할 자신의 방 대신 빛나는 석벽이 그의 앞을 가로막고 있었고 폭신한 카펫이 깔려 있어야 할 복도에는 촉촉하게 젖은 풀잎이 자라나 있었다. 밥은 끝도 없이 펼쳐진 평원을 망연히 바라보았다. 아무리 생각해도 어디서 어떤 일이 일어난 것인지, 무엇이 왜 잘못된 것인지 알 수가 없었다. 밥은 무작정 끝나지 않을 것 같은 석벽을 따라 걸었다. 대리석 같은 광택이 있는 매끈한 돌도, 빛을 받으면 반짝거리는 사암이 섞인 화강암도, 구멍이 숭숭 뚫린 현무암도 아닌 거대한 돌은 빗속에서도 아름답게 빛났고, 비가 그치자 햇빛 아래에서 더욱 다양한 빛깔로 반짝거렸다. 석벽은 거대한 돌을 정교하게 쌓아올려 만든 엄청난 규모의 성벽 같았다. 그렇지만 밥은 11시에 있을 재판을 위해 일주일 넘게 밤낮없이 준비해

왔고, 마침내 이길 수 있는 확실한 증거를 확보한 상태였기 때문에 그 거대한 돌들이 투명하고, 빛을 받는 부분이 각도에 따라 다른 색깔로 빛나고 있다는 것을 발견하지 못했다. 오로지 어떻게 사무실로 돌아갈 것인지, 자신이 어떻게 이곳에 있게 된 것인지에 대해서만 심각하게, 더 진지할 수 없을 정도로 진지하게 생각하고 또 생각했다. 어딘가에 자신의 방으로 통하는 입구가 있을 것만 같았다. 하지만 밥은 40분 가까이 살아 있는 어떤 것도 보지 못했고 그래서 이제는 자신이 살아 있는 것인지, 갑작스럽게 죽음을 맞이하기라도 한 것인지 확신할 수가 없었다.

그들이 도착한 날은 그곳에서 처음으로 다이빙 대회가 열린 날이었다. 밥이 지금 걷고 있는 반대 방향으로 걷기 시작했다면, 밥은 10분 안에 강가에 도착했을 거였다. 그랬다면 건너편 절벽을, 적어도 사람이라는 것은 알아볼 수 있었을 그곳의 사람들을 볼 수 있었을 것이었다. 하지만 밥은 정반대 방향, 수와 라이가 있는 들판 쪽으로 걷기 시작했고, 그 뒤로는 초조하게 움직이는 초침의 끝만 바라보았다. 다이빙 대회가 열리는 날이었다는 설명은 정확한 표현이 아닌데, 말하자면 그 광경을 밥이나 수, 혹은 라이가 봤다면 다이빙 대회가 열리고 있다는 정도로 이해했을 상황이라는 의미로, 그곳의 사람들이 우리가 다이빙이라고 부르는 스포츠를 즐겼던 것은 아니었다. 그들이 도착한 곳에는 눈동자가 노란 사람들과 파란 사람들, 머리칼이 까만 사람들과 빨간 사람들, 얼굴이 하얀 사람들과 까만 사람들이 어울려 살고 있었다.

그날 아침, 해가 떠오르고 얼마 지나지 않아 절벽 위에서 졸고 있던 홍학들이 단체로 날아올랐다. 만약 라이가 일제히 붉은 날개를 펼치고 열을 맞춰 날아가고 있는 홍학의 무리를 봤다면, 한 번도 자신에게 화가 난 적 없는 그조차 카메라를 챙기지 못한 자신에게 화가 났을 거였다. 강가에 서서 하늘을 쳐다보던 머리칼이 빨간 여자는 그 모습을 유심히 보고 있었다. 하늘과, 하늘에 떠 있는 구름들, 변함없이 자리를 지키고 서 있는 절벽, 그 주변에서 흔히 볼 수 있는 홍학의 무리들까지 여자에게는 조금도 새로울 것 없는 장면이었지만(법원 근처 커피 전문점에서 일하는 직원들이 매일 아침 같은 시간에 문을 열고 들어와 치즈 케이크와 오늘의 커피를 주문하는 밥을 아무 감정 없이 보는 것처럼), 여자는 입을 꼭 다물고 마름모꼴의 대형을 갖추고 날아가는 무리의 제일 끝에서 날고 있는 홍학 한 마리를 한참 동안 바라보았다. 순간, 마치 무작정 달리기 시작했다가 주변에 있던 사람들과 무리 지어 달리게 되었을 때처럼, 도착해야 할 어떤 곳이 있는 듯이 지치지도 않고 달렸을 때처럼, 그래서 그들과 함께 해가 진 평원을 터덜터덜 걸어오며 서로의 몸을 툭툭 치기도 하고 입을 맞추기도 했을 때처럼, 여자는 무엇인가가 가슴 깊숙한 곳에서 벅차오르는 기분을 느꼈다. 그래서 무작정 절벽을 오르기 시작했다. 머리가 붉은 여자가 절벽을 오르는 모습을 본 사람은 많았다. 막 잠에서 깨어난 키가 다 자라지 않은 아이도 있었고 머리털이 하얗게 변해버린, 가슴이 축 늘어진 여자도 있었다. 눈동자가 파란 남자는 눈을 뜨자마자 여자를 보았고, 하늘을 향해 서 있는 자신의 성기를 보자 여자의 가슴을 만지며 그것을 여자의 몸속에 밀어넣고 싶었다. 사람들이 그 절벽에 오르는 일이 처음은 아니었다. 초원에서 헤매고 있을 세 사람이 절벽을 오르는 사람들을 봤다면 그들이 옷을 입지 않았다는 사실보다 절벽이 엄청나게 가파르고, 조심스럽게 발을 딛거나 손을 짚어가며 올라갈 수 없을 만큼 매끈하다는 사실에, 그런 절벽을 너무 쉽게 기어오르는 사람들이 마치 영화에서 본 스파이더맨과 같은 초능력자를 연상시킨다는 사실에 더 놀랐을 것이었다. 여자는 금방 절벽 꼭대기에 도착했다. 절벽 위에서 별을 바라보며 밤을 맞이했던 사람들은 아직 절벽 위에 있었다. 여자는 천천히 절벽 끝으로 걸어갔다. 하늘은 아래에서 보는 것보다 더 높이 있었고, 구름은 손에 잡힐 것 같았지만 조금씩 움직이고 있었다. 멀리 돌들이 빛나고 있었고 분홍 코끼리와 노란 기린, 풀을 뜯고 있는 하얀 새들, 초원의 다양한 동물들이 점처럼 아주 작게 보였다. 여자는 오로지 하늘과 끝없이 펼쳐진 초원을 바라보고 있었다. 이제 파란 눈동자의 남자는 다섯 발자국만 더 가면 여자의 엉덩이를 만질 수 있는 거리에 있었다. 어느새 절벽 위에 있는 사람들의 수는 적지 않았지만 그중에는 분주하게 움직이는 사람도, 부주의하게 행동하는 사람도 없었다. 그들에게는 단 한 번도 서둘러 어떤 일을 마쳐야 한다거나 시간에 쫓기고 있다는 압박감 같은 감정을 경험해본 적이 없는 사람다운 여유가 있었고, 의식하고 주의하며 행동해야 할 어떤 이유가 없었다. 절벽 아래에서는 깊이를 알 수 없는 강물이 천천히 흘러가고 있었다.

수?

수보다 먼저 밥을 발견한 사람은 라이였다. 수와 라이는 자신들이 왜 여기에 있게 된 것인지 여기가 어디쯤인지에 대해 몇 가지 생각을 해보았지만 라이는 정답을 찾을 수 없는 문제라고 결론을 내린 뒤로는 이곳이 어디여도 상관없다는 식이었다. 라이는 여기가 어떤 곳이든, 자신이 왜 여기에 오게 되었든, 자동차 영업 사원으로 평생을 사느니 여기에서 수와 함께 사는 게 더 환상적일 것 같다고 말했다. 수는 라이라면 10년 세월 앞에서도 결코 변하지 않았을 것이라고 생각했던 자신의 예상이 틀리지 않았음을 확인했다. 수는 이곳이 아직까지 세상에 알려지지 않은 어떤 곳이라고 생각했다. 낯선 동물들과 식물들이, 어떤 소음도 들리지 않는 고요한 주변이 두렵기는 했지만 바람은 시원했고, 숨을 쉴 때마다 느껴지는 청량감은 머릿속까지 맑게 해주는 것 같았다.

누구지?

수가 밥을 기억해내기도 전에 라이가 물었다. 수에게 묻고 있었지만 밥을 바라보고 있었다.

나 밥이에요. 당신 공연장에서 만났었죠.

수는 결혼 전, 유명하진 않지만 실력을 꽤 인정받는 인디 밴드의 보컬로 활동한 적이 있었다. 밥은 몇 년 전, 그 밴드의 공연에 끌려갔었고 공연이 끝난 뒤 무대 뒤로 꽃을 들고 갔던 수의 남편(그 당시에는 수를 꽤나 배려하며 때로 감동을 선물하기까지 했던) 옆에 지루한 표정으로 서 있었다. 수는 남편의 친구들을 대부분 기억하지 못할 만큼 그들에게 관심이 없었다. 친구들이라고는 하지만 결혼식장에 한 줄로 서서 사진을 찍거나, 검정 양복을 입고 장례식에 참석해 눈을 지그시 감고 침통한 표정을 지을 때 외에 남편이 그들과 함께 무엇을 나누는 것을 본 적이 없었기 때문에(그것이 돈이든, 밥이든, 시간이든) 수는 남편에게 친구는 단 한 명도 없다고 생각했다. 밥을 그런 자리에서 몇 번 보기는 했지만 밥은 이름만큼이나 얼굴도 평범해서 밥이 먼저 수를 알아보지 못했다면, 자신이 수를 어떤 장소에서 어떤 옷을 입고 만났는지 5분 가까이 친절하게 설명하지 않았다면, 수는 끝까지 밥을 비에 젖은 어떤 남자라고 생각했을 것이다.

아, 밥, 미안해요. 그런데 여긴 어떻게?

내가 묻고 싶은 말이에요. 11시에 재판이 있는데…… 제길,

이제 5분도 안 남았어!

밥은 라이보다 상황에 대해 심각하게 생각하는 것 같았지만 수에게는 조금도 위로가 되지 않았다. 밥이 지나치게 예민해져 있어서 수는 밥과 이 상황에 대해 라이와 나눈 대화만큼도 나눌 수 없었다.

라이, 이쪽은 남편 친구, 밥.

밥, 이쪽은……

안녕하세요, 밥. 저는 수의 멋진 옛 남자 친구 라이입니다.

라이는 수를 만났을 때와 똑같이 오른손을 내밀어 밥의 손을 잡고 정확한 세기와 각도를 유지하며 위아래로 세 번 흔들었다. 그렇지만 밥이 라이에게 신뢰감을 느끼게 된 것 같지는 않았다. 라이와 수, 밥은 커다란 나무 아래 서 있었는데 세 사람 모두 처음 보는 나무였다. 밥은 무화과나무가 자라서 이렇게 엄청난 크기의 나무가 된 것을 책에서 본 적이 있다고 말했고, 라이는 책에서 본 나무라면 『어린 왕자』에서 본 바오밥나무의 충격이 너무 컸기 때문에 이 나무도 바오밥나무의 일종일 것이라고 말했다. 사실 세 사람은 각자 지금까지 본 것들에 대해 서로에게 열심히 설명했지만 자신들이 본 것을 설명할 말을 찾을 수가 없어서 결국 포기하고 말았다. 그들이 본 것들은 거의 처음 본 것들이거나 언어 이전의 것들이어서 그들이 늘 쓰던 단어들로는 눈앞에 있는 것처럼 표현할 수 없었기 때문에, 설명하는 사람이나 듣는 사람이나 답답함을 느끼기는 마찬가지였다. 수는 오래전에 본 영화를 떠올렸다. 라이는 무지개라도 찾는 사람처럼 주변을 두리번거리며 생각에 잠긴 수의 옆모습을 힐끗거렸고, 습관처럼 휘파람을 불었다. 밥은 시계를 보며 재판이 다 끝났을 것이라고, 이제 자신도 끝이라고 생각했다.

「큐브」 본 적 있죠?

수가 마침내 입을 열어 밥과 라이를 번갈아 보며 말했다. 두 사람은 오래전에 그 영화를 본 적은 있지만 그 영화가 영문을 모른 채 낯선 곳에 있게 된 것 외에는 지금 상황과 비슷한 점이 하나도 없다고 단정적으로 말해 수를 더욱 지치게 만들었다. 라이가 엉덩이를 털며 일어섰다. 나무 그늘이 좋았고, 사실 누워서 더 빈둥거리고 싶기도 했지만 라이는 밥이 봤다는 빛나는 돌로 만들어진 석벽이 궁금했다.

두 사람 얼굴이 녹색으로 보여요. 수, 넌 어느 별에서 왔니?

수는 웃지 않았다. 말한 라이마저도 자신이 썰렁했다는 걸 인정했다. 그런데 밥이 밥의 이미지와 전혀 어울리지 않는 소리를 내며 낄낄거리고 있었다.

밥, 이게 웃겨요?

라이가 밥에게 물었고 밥은 엄지를 치켜들며 라이에게 만약 어디로든 돌아가게 된다면 꼭 코미디 프로그램에 나가보라고 금세 진지해진 표정으로 말했다. 사실 밥은 누군가와 실없는 대화를 나누어본 기억이 없었다. 이유나 목적이 없는 만남을 가졌던 때가 언제였는지 잘 기억이 나지 않았고, 여자를 만나 데이트를 할 때조차 법정에서 판사들을 대하거나 사무실에 찾아온 의뢰인을 대하는 것처럼 느껴져 긴장을 풀 수가 없었다. 밥이 혼자 걸어왔던 길을 세 사람이 나란히 되돌아가고 있었다. 밥은 넥타이를 풀어 주머니에 대충 구겨 넣었고 라이가 밥의 셔츠 윗 단추 두 개를 풀어주었다. 라이는 이미 셔츠의 단추를 다 풀어헤치고 구두는 벗어서 수에게 준 상태였다. 남자 구두를 신은 잠옷 차림의 수와 발목까지 올라오는 양말을 벗어 들고 셔츠의 모든 단추를 풀어헤친 라이, 시계를 주기적으로 확인하며 검은 뿔테 안경을 습관적으로 올리고 있는 밥 앞에 석벽이 서서히 그 모습을 나타내기 시작했다.

붉은 머리의 여자는 두 팔을 벌렸다. 그리고 뒷걸음질로 세 걸음쯤 가다가 바로 뒤에 서 있던 파란 눈의 남자와 부딪혔다. 사실 몇 걸음이었는지는 중요하지 않았고 아무 의미도 없었다. 숫자를 세본 적이 없는 사람들은 몇 번을 반복해도 몇 번을 반복했는지 알지 못했고, 무의식적으로라도 의미 없는 숫자들을 마음속에 들여놓지 않았다. 남자는 여자가 갑자기 뒷걸음질로 움직이는 바람에 미처 피하지도, 여자의 엉덩이를 잡고 자신의 물건을 비벼대지도 못했다. 여자는 남자와 상관없이 계속해서 몇 걸음 더 뒤로 걸었고 사람들 몇이 그런 여자를 바라보고 있었다. 누군가 소리를 지르기도 했고, 시끄럽게 악을 쓰며 울던 아이가 버둥거리기를 멈추고 잠깐 여자 쪽을 바라보기도 했다. 여자는 얼마쯤 가서 멈춰 서더니 절벽의 끝을 향해 달리기 시작했다. 두 팔을 벌린 상태로 절벽 끝에서 뛰어오른 여자는 몇 차례 팔을 위, 아래로 흔들더니 곧바로 물속으로, 절벽 아래 강으로 떨어졌다. 절벽 아래로 떨어지는 동안 여자는 소리를 질렀는데 그곳 사람들이 어떤 위험에 처했을 때 내는 소리 같은 것은 아니었다. 절벽 위에 있던 사람들은 소리가 나는 쪽으로 몰려왔다. 남자는 여자가 팔을 파닥거리는 모습과 아래로 떨어져 내리는 모습을 모두 보았고, 강바닥에서 떠올라 유유히 헤엄치고 있는 여자의 빨간 머리칼도 보았다. 여자는 뭔가 부족해 보였지만 자신은 더 멋지게 할 수 있을 것 같았다. 자신의 두 팔은 여자의 팔보다 더 굵고 튼튼해 보였다. 남자는 뒤를 돌아 공격적으로 몇 걸음 걸어가 두 팔을 벌렸다. 여자처럼 조심스럽게 뒷걸음질 치지 않았다. 있는 힘을 다해 절벽 끝으로 달려가 힘차게 뛰어올랐고 두 팔을 거칠게 위, 아래로 흔들었다. 그리고 곧, 자신이 여자보다 더 빠른 속도로 절벽 아래로 떨어지고 있는 것을 느꼈다. 풍덩, 요란한 물소리가 들렸다. 물은 커다란 파문을 일으키며 남자가 떨어진 부분을 중심으로 여러 개의 원을 그렸고 남자는 소리를 지르지 않았지만 사람들은 남자가 떨어져 내리는 모습을 지켜보았다. 그렇게 한 명, 두 명 사람들이 절벽 아래로 뛰어내렸다. 마지막으로 키가 다 자라지 않은 아이가 뛰어내렸고, 아직 걷지 못하는 아이, 어젯밤 누군가 그 절벽 위로 데리고 올라갔을 아이만 요란하게 계속 울어

댔지만 아무도 그 아이를 돌볼 생각을 하지 않았다. 그들은 그 날의 놀이를 발견했다. 여자는 벌써 다시 절벽을 기어오르고 있었다. 밥이 여자의 비명을 들은 것은, 여자는 몰랐겠지만 여자가 세번째 낙하를 하고 있을 때였다. 라이는 수에게 자신의 노래에 맞춰 랩을 해달라고 계속 조르고 있었고, 수는 석벽이 분명 값비싼 보석, 다이아몬드와 유사한 어떤 단단한 돌이 분명하다고 판단했고, 감탄하는 중이었다.

정말 사라진 문명이 있었던 걸까요?

수가 물었을 때 여자의 비명이 들려왔다.

들었죠?

밥이 지금까지 지었던 표정 중에 유일하게 억울하지 않은 표정을 하고 라이와 수를 보았다. 라이도 노래를 멈췄고 수도 석벽을 발견한 이후 처음으로 빛나는 돌에서 눈을 떼고 소리가 나는 쪽을 바라보았다. 석벽이 끝나는 곳에 껍질이 없는 매끈한 나무들이 줄지어 서 있었다. 인간의 뼈를 깎아서 세워놓은 것처럼 보이는 하얀 나무에 커다란 붉은 잎들이 우거져 있었다. 세 사람은 달리기 시작했다. 수는 심장이 두근거렸다. 살았다는, 사람을 발견했다는 안도감보다는 호기심에 가까운 두근거림, 설렘 같은 것들을 느꼈다. 수는 자신이 어린 시절 모험을 좋아하는 꼬마였다는 것을 오랫동안 잊고 있었다. 결혼 생활에서 느끼는 불만족이나 불안이 사실은 남들이 인정하는 안정감과 편안함에서 비롯된 것이었을지도 모른다는 어렴풋한 생각이 그녀를 뒤따라 달리고 있었다.

강이야!

수가 소리쳤다. 물 흐르는 소리가 들렸고 물에 반사되어 부서지는 빛들이 붉은 잎들 사이, 사이로 반짝이는 꽃처럼 피어올랐다.

저기예요.

밥이 절벽을 가리키는 순간, 절벽에서 또 한 사람이 뛰어내렸다. 라이는 숨이 막혔다. 완벽한 나신. 아무것도 걸치지 않은 새까만 사람, 남자였다. 멀리서도 무성한 음모에 둘러싸인 남자의 성기가 한눈에 들어왔고 남자의 몸은 세 사람이 박물관에서나 보아왔던 조각처럼 완벽했다. 남자는 두 팔로 자신의 어깨를 감싼 채 조금의 흐트러짐도 없이 똑바로 강으로 떨어졌다. 세 사람은 강물에 떠 있는 여러 색깔의 머리칼을 보았고 다양한 피부색을 가진 사람들이 제각각 다른 소리를 내며(세 사람은 자신들이 알아들을 수는 없지만 그들이 서로 다른 나라 말을 하고 있다고 생각했다) 헤엄치고 있는 것을 보았다. 여자와 남자는 물론 아이와 노인 들이 섞여 있었고 모두 알몸이었다. 원숭이들과는 거리가 멀었고 그렇다고 공상 영화에서 보았던 머리만 커다란 외계인을 닮은 것 같지도 않았다. 그들은 단지 옷을 입지 않았을 뿐, 살아 움직이는 아름다운 몸을 지닌 인간이었다.

하느님! 수, 우린 죽은 거야.

라이가 감격에 찬 목소리로 말했다.

여기가 천국일까?

수는 말을 하면서 자신의 몸이 떨리는 것을 느꼈다. 밥은 조용히 눈물을 흘리고 있었다. 수와 라이는 밥이 울고 있는 것을 알았지만 아무 말도 하지 않았다. 밥은 왜 눈물이 나는지도 모른 채 울고 있었다. 수는 밥의 등을 쓸어줬고, 라이는 수의 손을 잡았다. 나이가 있다면 아홉 살쯤 됐을 법한, 머리칼이 까만 소녀가 이제 막 절벽에서 뛰어내리고 있었다. 밥은 천천히 왼손을 들어 시계를 보았다. 눈물 때문에 선명하게 보이지는 않았지만 짧은바늘이 1과 2 사이에 있었고 긴바늘이 7을 지나 8을 향하고 있었다. 불과 몇 시간이 지났을 뿐이었다.

이봐요!

라이가 큰 소리로 사람들을 불렀다. 손을 열심히 흔들었지만 그들 중 누구도 세 사람이 서 있는 쪽을 보지 않았다.

라이, 물속에 있으면 소리가 잘 안 들리잖아.

수가 라이에게 말했다. 수는 이제 어떻게 해야 하는 것인지 알 수가 없다고 생각했지만, 수의 마음은 저 아래에서 흐르고 있는 강물처럼 잔잔하게 그곳에 있는 사람들에게 흘러가고 있었다. 수가 나무 사이를 지나 강물이 손에 닿을 만큼 그들에게 가까이 다가갔다. 사람들은 어느새 절벽에서 뛰어내리기에 싫증이 났는지 절벽으로 다시 기어오르지 않고 물 위에 둥둥 떠 있었다. 죽은 듯이 누워 있는 사람도 있었고 물속에 머리를 박고 엎드려 있는 사람도 있었다. 자세히 보니 부둥켜안고 있는 남자와 여자도 있었고 어린 남자아이와 키스를 하는 몸이 건장한 남자도 있었다. 눈동자가 파란 남자가 머리칼이 붉은 여자를 뒤에서 안은 채 가슴을 움켜쥐고 있는 모습도 보였다. 수는 아무 소리도 낼 수 없었다. 그들에게 인사를 하거나 말을 걸고 싶었지만 아무도 그녀가 강가에 나타났다는 것을 모르는 것 같았다. 머리칼이 하얀 여자와 어린 소녀가 마치 깊이 사랑하는 연인들처럼 키스를 나누고 있는 것을 보았다. 수는 그곳에 있는 어느 누구와도 말이 통하지 않으리라는 것을 깨달았다. 밥과 라이가 수 옆에 서 있었다. 라이는 이 장면에 깊은 감명을 받아서 하마터면 옷을 다 벗고 물속으로 뛰어들 뻔했다.

여보세요, 나는 라이예요. 반가워요.

라이는 마치 당장이라도 그들의 손을 잡고 위아래로 세 번씩 흔들어대고 싶다는 듯이 양손을 공중에서 흔들었다. 밥은 조금 전에 이유 없이 눈물이 나왔던 것처럼 구역질이 올라오는 것을 느꼈다. 강물이 흘러가는 소리보다 밥이 웩웩거리는 소리가 훨씬 컸지만 물속에 있는 사람들 중 누구도 그 소리를 들은 것 같지는 않았다.

밥, 저 사람들 우리가 안 보이는 걸까요?

수가 밥의 등을 두드려주며 물었다.

말도 안 돼. 우리가 정말 유령이라도 됐다는 거야?

밥 대신 라이가 대답했다. 밥은 그가 처음 도착했던 석벽 쪽으로 돌아섰다. 그곳에 있는 사람들이 자신을 알아보든, 못 알아보든 그들과 알고 지내고 싶은 생각이 완전히 달아났기 때문에 빨리 그곳을 벗어나고 싶었다.

수, 미안하지만 나는 지금 당장 여기를 떠나고 싶어요.

밥이 성큼성큼 걷기 시작했다. 밥은 알지 못했다. 이렇게 얼마를 더 걸어야 할지, 어디를 향해 걸어야 할지. 밥, 라이, 수는 그렇게 걷기 시작했다. 자신들이 어떻게 이런 곳에 오게 된 것인지, 왜 오게 된 것인지도 모르는 채. 이건 혹시 꿈이 아닐까, 어느 순간 깨어보면 모든 것이 정상으로 돌아가 있지 않을까 하는 기대를 안은 채. 벌써부터 시작된 막연한 그리움과 막막한 슬픔을 어깨에 짊어지고 그렇게 걷고 있었다. 어디에서 시작된 길인지 몰랐기 때문에 억울했지만 발길이 닿는 대로, 그들의 발이 이끄는 대로 걸었다.

세 사람은 계속해서 걸었다. 조개껍데기로 이루어진 하얀 땅을 지났고 석탄으로 뒤덮인 새까만 땅 위를 걷기도 했다. 석유 냄새가 진하게 나는 검은 강이 흐르는 길을 따라 걷기도 했다. 동물의 어깨뼈나 턱뼈 같은 것들이 발에 차이는 일은 어느새 익숙해져 있었다. 침엽수가 울창한 숲을 통과하기도 했고, 휴화산 정상의 분화구, 아름다운 호수에 오르기도 했다. 눈이 덮인 산봉우리들이 뾰족뾰족 솟아 있었고 얼어버린 폭포와 죽은 나무들, 죽은 나무를 기어오르는 판다 같은 동물들을 보기도 했다. 귀가 있는 것들과 귀가 없는 것들이 있었다. 번쩍거리는

금 동굴 안에서 잠이 들거나 태양이나 달을 가리키고 있는 기하학 도형이 새겨진 끝없이 넓은 평원을 지나기도 했다. 그래도 밤이면 별이 떠올랐다. 수와 라이, 밥은 춥지도 덥지도 않았고, 배가 고프지도 졸리지도 않았다.

여긴 지옥이야. 지옥이 분명해.

밥이 중얼거렸다.

길은 얼마든지 있었다. 가던 길을 잃어버리면 다른 길로 걸었다. 밤이 되면 라이는 기도를 했고, 밥은 일기를 썼다. 양복 안주머니에 들어 있던 펜은 이제 잉크가 거의 다 떨어져가고 있었고 밥은 잉크가 다 떨어져서 펜을 더 이상 쓸 수 없게 되면 어떻게 해야 할지에 대해 진지하게 고민 중이었다. 밥이 상상하고 있는 제일 두려운 일이었다.

알 수 없어. 전봇대가 쓰러져 길을 가던 남자가 죽었지. 나는 재떨이를 사랑해. 알 수 없어.

수는 오래전에 불렀던 자신의 노래를, 노래의 후렴구를 반복해서 불렀고 아무 의미도 없다고 생각했던 가사를 이제는 너무나 잘 이해할 수 있을 것 같았다. 자신이 들숨마다 타들어가는 담배처럼 조금씩 사그라지고 있는 것 같았다. 재가 되는 순간까지 엉거주춤한 자세로 입술 사이에 매달려 있는 담배처럼. 분명한 건 아무것도 없었다. 정말 아무것도 알 수가 없었다. 수는 이따금 걸음을 멈추고 예전에 자신이 가지고 있던 것들을 떠올렸다. 굽이 높은 빨간 구두, 좋아하는 군것질거리들을 잔뜩 넣어 다닐 수 있었던 커다란 가방, 영혼을 뒤흔들었던 음악들. 가끔은 자신을 울리고 가슴을 두근거리게 했던 몇 권의 책들을. 가족들과 친구들의 이름을. 그리고 그런 것들을 떠올릴 때면 언제나 마지막으로 자신을 괴롭혔던 고민들이 떠올랐다. 수는 아무것도 그립지 않다고, 정말 그립지 않다고 다짐하는 것처럼 중얼거렸다.

알 수 없어. 전봇대가 쓰러져 길을 가던 남자가 죽었지. 나는 재떨이를 사랑해. 알 수 없어.

해가 몇 번이나 뜨고 졌지만 밥은 이제 더 이상 시계를 보지 않았다. 그들은 하얀 사막을 지나고 있었다. 세 사람은 사막에 들어선 이후 살아 있는 것들을 보지 못했고, 사막을 며칠째 걷고 있는지 알 수 없었다. 밥의 양쪽 주머니 속에는 시계와 안경이 아무렇게나 들어 있었고, 라이의 휘파람 소리는 텅 비어버린 내장의 구불구불한 어둠 속으로 숨어버렸다. 라이의 주머니 속에는 그날 아침 토스트를 사 먹고 받은 거스름돈이 들어 있었는데 라이는 어떤 날, 온종일 동전을 만지작거리며 그 돈으로 살 수 있는 것들에 대해 생각했다. 거리의 간판들, 익숙한 상점의 이름들이 차례로 떠올랐고 곧 사라졌다. 문을 열고 들어설 어떤 가게도 보이지 않았고 어떤 문도 찾을 수 없었다. 이들은 도착한 날로부터 물 한 모금 마시지 못했고 잠 한숨 자지 못했지만 목이 마르지도, 배가 고프지도, 졸리지도 않았다. 하지만 밥은 진한 커피를 마시고 싶었다. 라이도, 수도. 커피, 초콜릿, 담배 같은 것들을 떠올렸다. 세 사람은 줄곧 셋이 함께 있었지만 사람들과 함께 있고 싶다고 생각했고, 셋이 거의 대화를 하지 않고 있었지만 얼마 동안이라도 혼자 있고 싶다고 생각했다. 밥은 사람들이 북적거리는 카페에 들어가 음악 소리와 사람들이 웅성거리는 소리 속에서 커피를 홀짝이며, 오랫동안 익숙해진 자신의 외로움에 몸을 던지고 싶었다. 라이는 토스트를 씹으며, 출근하는 여자들의 향수 냄새가 몰려다니는 거리를 걷고 싶었고, 멋지게 시가 한 대를 피워 물고 싶었다. 수는 달콤한 초콜릿을 조금씩 녹여 먹으며 침대에 기대어 앉아 음악을 듣는 자신을 상상했다. 따뜻한 물이 담긴 욕조에 몸을 담그고 눈을 감은 채 담배를 피우고 싶었다. 이런 생각들과 무관하게 세 사람은 평원에서 보았던 기학학적 문양을 기억하고 있었다. 출판업자가 봤다면 적당한 사진작가를 데려와 사진을 찍고, 적당한 문구를 삽입한 후 '사라진 문명, 풀리지 않는 수수께끼' 이런 제목을 붙여 출판했을 법한 그런 그림들이었다. 하지만 하얀 사막이 시작되면서 나타난 그림은 달랐다. 반짝거리는 하얀 모래 위에 그어진 검붉은 선들은 바람에 조금씩 날리며 형태가 변형된 듯, 선이 연결되다 끊어지는 부분도 많았고, 기이한 형상이 주는 느낌뿐 아니라 검붉은 색이 주는 인상이 굉장히 강렬했다. 검붉게 채색된 부분은 꾸덕꾸덕 말라가는 것처럼 보였는데 밥, 라이, 수는 모두 말은 하지 않았지만 자신들이 피를 흘리고 쓰러진다면 모래 위에 저런 흔적을 남기게 되리라 생각했다. 그들은 마침내 한 사람을 보았다. 살아 있는 사람을. 주변에 머리칼이 남아 있는 두개골과 사람들의 갈비뼈, 멧돼지의 송곳니 같은 것들이 무더기로 쌓여 있었다.

사람이군.

라이는 자기도 모르게 중얼거렸다.

웅크리고 있는 사람은 깡마른 짐승 같았다. 어떤 공격으로부터 무리에서 유일하게 살아남은 사람인 듯했다. 사람들이 코뿔소나 매머드의 습격을 받는 일은 흔하게 일어났다. 수만 마리 들소 떼가 사납게 달려가다가 모여 있던 사람들을 밟아 죽이는 일은 밀림에서 사자가 사슴을 잡아먹는 것처럼 아주 자연스러운 일이었다. 실제로 세 사람은 사람들이 맹수에게 잡아먹히는 장면을 여러 번 목격했고, 뒤엉켜 붙어 싸우던 사람들이 서로의 목을 조르다 차례로 숨을 거두는 모습도 보았다. 여러 사람이 한 사람을, 그가 마침내 숨이 끊어져 꼼짝도 하지 않을 때까지 미친 듯이 때리거나 물속으로 끌고 들어가 죽이는 장면도 보았다. 이제 그들은 놀라지 않았다. 그들에게 같은 일이 일어난다고 해도 달아나지 않을 만큼, 밥, 라이, 수는 지쳐 있었고 사실 그곳에 살아 있는 어떤 것들도 그들을 보지 못하는 것 같았다. 사람들은 물론 동물들까지도. 이제 그들은 가까이에 가서 무엇을 관찰하거나 감탄하는 일을 그만두게 되었는데, 그래서 사람을 발견했다는 기쁨 같은 것도 느낄 수 없었다.

수는 그 사람에게 조금 더 가까이 다가갔다. 밥과 라이는 한 발쯤 떨어져 있었다. 아무 소리도 들리지 않았다. 바람에 수의 머리칼이 날리고 있었지만 나무 한 그루 보이지 않는 소금 사막은 더없이 적요했고, 세 사람은 아무 말도 하지 않았다. 이제 호기심은 사라지고 없었지만, 어떤 것들에 대해서든 점점 더 무감해지고 있었지만, 수는 혼자 앉아 있는 사람을 보자 자신도 모르게 돕고 싶다는 생각이 들었다. 작은 어깨를 잔뜩 웅크려 무릎을 감싸 안고 있는 사람. 여자의 얕은 숨소리가 들렸다. 수는 그런 숨소리를 들어본 적이 있었다. 힘겹게 몸의 안팎을 들고 나는, 색색거리던 그 소리를 기억했다. 죽음의 문턱에서 마지막까지 이어지던 소리. 수는 의식불명 상태로 수개월째 병상을 지키고 있던 어머니를 떠올렸다. 수는 여자가 죽어가고 있다고 생각했다. 이 여자를 바로 눕혀주고 싶다고, 그곳에 도착한 후 처음으로 누군가를 만지고 싶다고 생각했다. 여자의 깡마른 어깨를 감싸주고 싶었다. 수는 손을 뻗으며 한 발 더 가까이 다가갔다. 여자의 주위에는 검붉은 선들이 여러 겹에 걸쳐 그려져 있었다. 붉은 뱀이 막 벗어놓은 허물처럼 구불거리는 선들. 여자로부터 뻗어나가 붉은 혀를 길게 늘어뜨리고 여자를 향해 되돌아오는 것만 같은 뱀의 검붉은 영혼들. 수는 문득, 여자의 얼굴을 보는 것이 두려웠다. 무엇이 두려운지 모르면서 느끼는 막연한 두려움. 그 두려움의 실체를 알게 되는 것, 두려움과 마주하게 되는 것, 그것이 가장 두려웠다. 여자가 자신을 알아보지 못할 것을 알면서도 눈이 마주칠까 두려웠고, 손끝이 떨렸다. 수는 고개를 들어 밥과 라이를 바라보았다. 라이는 뭔가 말하고 싶어 하는 것 같았지만 말없이 그만 돌아오라고 손짓을 하고 있었고, 밥은 등을 돌리고 서서 자신들이 걸어온 길을 바라보고 있었다. 수는 허리를 숙였다. 또 하나의 검붉은 선이 하얀 사막 위에 막 그어지고 있었다. 가느다란 손목에서 선연한 핏방울이 뚝뚝 떨어졌다. 오른손으로 왼 손목에 깊은 상처를 내고 있는 사람. 겨우 아문 상처 위에 뾰족한 짐승의 뼈가 깊이 파고들어 상처가 벌어지고 살갗이 찢어졌다. 새빨간 핏방울이 솟아올랐다. 수는 더 가까이 갈 수도, 뒤돌아설 수도 없었다. 작은 신음 소리조차 들리지 않았다. 여자는 고통을 느끼지 못하는 걸까. 수는 어금니를 꽉 물었다. 주먹에 힘이 들어갔다. 붉은 선들이 부옇게 흐려졌다. 여자의 가는 손목이, 손목에 그어진 선명한 붉은 상처가 하얀 사막과 붉은 선들 위에 얼룩처럼 번져나갔다. 몸이 얼어붙은 것처럼 꼼짝도 할 수 없었다. 수는 한곳을 뚫어지게 바라보고 있었다. 라이는 웅크리고 있던 사람이 조금씩 움직이고 있는 것을, 그녀가 움직일 때마다 가랑이에서 피가 흘러나와 붉고 둥근 점이 생기는 것을 보았다. 수는 그 자리에 못 박힌 듯 꼼짝도 하지 않고 서 있었다. 사막에 그려진 붉은 선들이 쓰러질 듯한 수의 발목을 간신히 붙잡고 있는 것처럼 보였다. 라이는 떨리는 손으로 밥의 어깨를 잡았다. 무엇을 그리겠다는 목적도 없이, 무엇을 그리고 있는지조차 모르는 상태에서 그림을 그리고 있는 사람. 그림이 무엇인지도 모르는 여자가 자신의 무의식 속에서 계속해서 선을 끄집어내고 있었다. 몸이 온통 엉켜 있는 붉은 실로 이어져 있다는 듯이, 누에고치가 실을 뽑아내는 것처럼 계속해서 피를 짜내며 조금씩 움직이고 있는 사람. 여자는 단 한 번도 자신이 왜 태어났는지, 어디로 가고 있는지에 대해 질문해본 적이 없는 사람이었다. 여자에게 나는 누구인지, 너와 나는 얼마나 다른지에 대한 생각은 먼바다에 떠 있는 배처럼 분명한 형체를 드러내지 않고 있었다. 하지만 여자는 계속해서, 피가 멎고 상처가 아물면 또다시, 자신의 손목을 그었다. 피가 조금씩 새어 나와 같은 굵기의 선을 만들 수 있도록. 이따금 가랑이 사이에서 많은 양의 피가 흘러나왔다. 그녀는 그렇게 죽어가고 있었다. 붉은 선들은 바람에 조금씩 흩어졌다. 밥은 끝까지 뒤돌아보지 않았다. 라이가 떨고 있는 것이 느껴졌다. 자신의 어깨를 세게 움켜쥔 라이의 손끝에서 밥은 두려움을 느꼈다. 그것이 무엇인지 몰라도 보고 싶지 않았다. 끝까지 외면하고 싶은 어떤 공포. 밥은 절대로 돌아봐서는 안 된다고 다짐했다. 지금까지 보아온 것만으로도 충분하다고, 자신은 이미 안간힘을 다하고 있다고, 이만하면 잘 견뎌내고 있다고 스스로를 타일렀다. 머뭇거리며 켜지던 가로등, 도시의 불빛들, 높은 빌딩의 창문 같은 것들을 떠올렸다. 텅 빈 복도, 자신의 방에서 화장실로 이어지던 복도가 떠올랐다. 밥은 곧게 뻗은 복도를 향해 천천히 걷기 시작했다. 밥의 어깨에서 라이의 손이 힘없이 떨어졌다. 라이는 자신의 다리가 움직이지 않을 것 같았고, 몸 전체가 떨리는 것 같았지만 빨리 이곳을 벗어나고 싶었다. 멀리 지평선으로 해가 지고 있었다. 하얀 사막이 붉은 물속에 잠기는 것처럼, 붉은 하늘이 흰 모래 사막에 번져가는 것처럼 해는 천천히 가라앉았다. 수는 울고 있었다. 라이는 수에게 다가가 수의 손을 잡았다. 수의 손은 차갑게 식어 있었고 여자는 수와 얼마쯤 떨어진 곳에서 조금씩 움직이고 있었다. 라이는 수의 손을 잡아끌었다. 수는 라이의 힘에 이끌려 쓰러질 듯 무의식적으로 걷기 시작했지만 자꾸 뒤를 돌아보았다. 그들이 하얀 사막을 벗어나기 전에 어둠 속에서 비가 내리기 시작했다. 텅 빈 어둠 속에서. 서늘한 빗방울이 세 사람의 뺨을 스쳤다. 그들이 그곳에 도착했던, 그날 아침 이후 처음 내리는 비였지만 세 사람은 얼마 만에 비가 내리는 것인지 알 수 없었다. 단지, 그들은 계속 걸었다.

*

사실 라이는 지난 한 달 동안 자동차를 한 대도 팔지 못했다. 라이가 자동차 카탈로그를 들고 사무실에서 나갔다가 차를 팔아야 한다는 목적을 잊지 않고 있다는 것을 증명하려는 듯이 자신의 자존심만 실컷 팔고 지쳐버리는 일은 아주 흔한 일이었다. 라이는 종종 풍선에서 바람이 빠지는 것처럼 입에서 새어 나오고 있는 한숨에 음표를 매달아 휘파람을 불며 거리를 헤매고 다녔다. 그날 아침, 라이가 사라졌다고 생각한 사람은 아무도 없었다.

밥의 걱정과 달리 11시 재판은 무사히 끝났는데 재판이 시작되기 10분 전까지도 밥이 나타나지 않자 법률 사무소에서는 긴급회의가 소집됐고, 신속하게 결정된 다른 변호사가 밥의 갈색 가죽 가방을 들고 법원으로 들어갔다. 그 안에는 충분한 서류와 분명한 증거가 완벽하게 정리되어 있었기 때문에 밥보다 순발력이 좋은 동료 변호사는 차분하게 변론을 펼칠 수 있었다. 밥의 회사는 조금의 경제적 손실도 입지 않았고 재판이 끝난 뒤, 텅 빈 갈색 가죽 가방은 밥의 책상 위에 처음 발견됐을 때처럼 돌아와 있었다. 사람들은 밥이 재판에 대한 극심한 스트레스를 이기지 못해 잠시 잠적한 것이라고 생각했다.

남편이 돌아올 때까지 수의 집은 비어 있었고 전화벨이 몇 번 울리기는 했지만 전화를 건 사람이 지쳐서 수화기를 내려놓기 전에 자동응답기에서 수의 목소리가 흘러나왔다.

지금은 외출 중입니다. 메시지를 남겨주세요.

수는 하루 종일 외출 중이었고, 수의 남편은 저녁 7시쯤 집에 돌아왔다. 수는 집에 없었지만 다른 것들은 그대로였다. TV와 소파가 거실을 묵묵히 지키고 있었고, 주방에는 국자와 가위가 나란히 걸려 있었다.

여보, 여보.

수의 남편은 현관문을 밀고 들어서며 수를 몇 번 불렀지만 아무 대답이 없자 수가 잠깐 외출을 한 모양이라고 판단했고, 저녁밥을 혼자 먹게 됐다는 생각이 제일 먼저 들었다. 저녁을 혼자 챙겨 먹어야 하는 일이 얼마나 귀찮았는지 그는 편안한 옷으로 갈아입은 뒤 오래전부터 봐두었던 집 앞 식당에 가서 스테이크를 먹어야겠다고 생각했다. 좋은 와인까지 곁들여 여유 있는 저녁 식사를 마치고 수보다 조금 늦게 돌아와 당신과 함께하지 못해 아쉽다고 수에게 말하리라. 그러고는 저녁 시간에 집을 비울 때는 미리 연락을 해주면 좋을 것 같다고 다시 한 번 당부하리라 생각했다. 그가 옷장 문을 열고 넥타이를 풀고 있을 때 반쯤 열려 있던 안방 창문으로 해가 지고 있는 모습이 보였다. 그는 살짝 익혀 육즙이 적당히 배어 있는 스테이크를 한입 크기로 잘라 입속에 넣는 상상을 하느라 지는 해를 보지 못했다. 옷을 갈아입고, 옷장 문을 닫고, 흐트러져 있는 침대 시트를 정리한 그가 방에서 빠져나가 문을 닫았다. 텅 빈 방 한가운데 침대가 덩그러니 놓여 있었다.

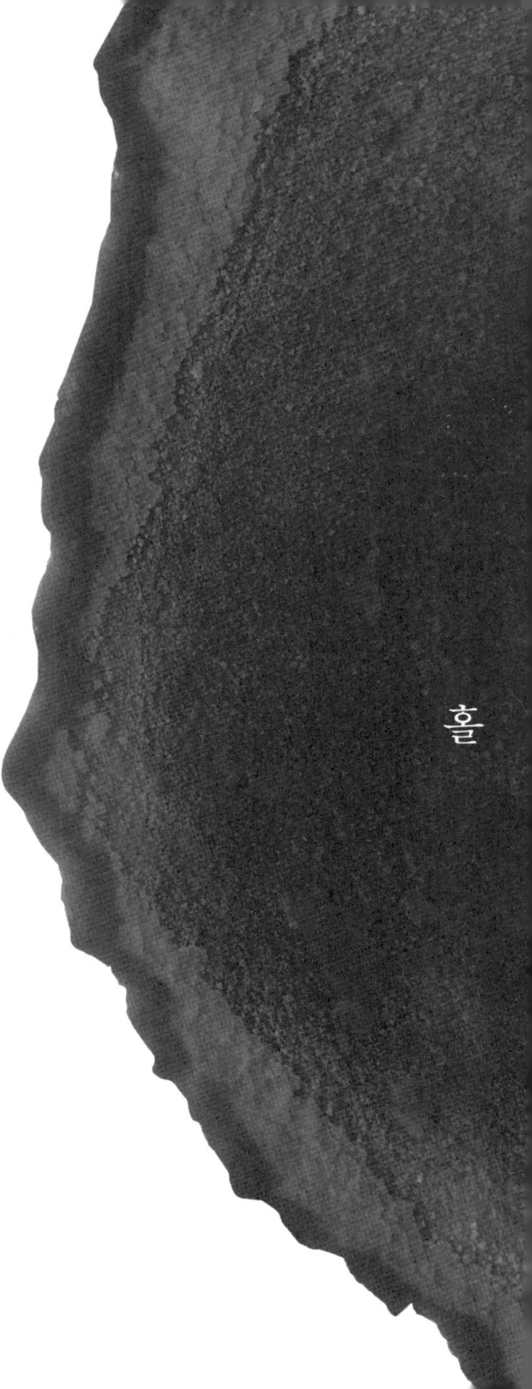

홀

눈이 지붕을 덮는다.
눈이 눈을 덮는다.

바람을 통해 전해지는 언어

폴리네시아 뱃사람들은 파도 소리의 메아리만 듣고도 보이지 않는 곳에 산호섬이 있다는 것을 감지해냈다.

보퍼트 풍력 계급

0 고요, 풍속 0mph

1 실바람, 풍속 1-3mph

2 남실바람, 풍속 4-7mph

3 산들바람, 풍속 8-12mph

4 건들바람, 풍속 13-18mph

5 흔들바람, 풍속 19-24mph

6 된바람, 풍속 25-31mph

7 센바람, 풍속 32-38mph

8 큰바람, 풍속 39-46mph

9 큰센바람, 풍속 47-54mph

10 노대바람, 풍속 55-63mph

11 왕바람, 풍속 64-72mph

12 싹쓸바람, 풍속 73mph 이상

미룰 수 있었다면.

어떤 사람들은 얼마나 더 살아남아 있었을까.

어떤 사람은 누군가의 인권을 위해 투쟁하다 세상을 떠났고 어떤 사람은 환각의 세계를 탐구하다가. 또 어떤 사람은 누군가에게 따뜻한 사랑과 인정을 베풀다가 떠났다. 어떤 사람은 1,500종의 식물을 식별할 줄 알았고. 어떤 사람은 밭에 430종의 식물을 키웠지만. 역시, 떠나갔다. 물론 제는 아직 어느 쪽도 아니었고, 무언은 백색 도시 알제에 있었다. 알제의 방송에서 만돌린과 색소폰의 듀엣이, 잡음 섞인 레마 두마즈의 목소리가 흘러나왔다. 어떤 기쁨도 슬픔으로 만들어버린다는 두마즈의 목소리. 무언은 어떤 슬픔도 느끼지 않았다. 고개를 삐딱하게 들고 안경 너머로 제를 바라보고 있는 남자. 레마 두마즈. 검은 얼굴의 흐릿한 형상이 노래가 절정을 향해 가면서 점점 뚜렷해진다. 이마에 깊게 파인 주름이 그의 나이를 짐작하게 할 뿐, 제는 알지 못한다. 레마 두마즈. 느닷없이. 눈앞을 가리는 낯선 남자의 사진을 보고 있을 뿐이다. '야드라, 누가 알 것인가.' 앨범 재킷 속 두마즈의 얼굴을. yadra. 누가 알 것인가? 제는 4월의 서울, 8차선 대로변에 서 있다. 나무 자세도, 물고기 자세도 아무 소용이 없었다는 사실이 너무 일찍 들이닥친다. 사람들이 바쁘게 제를 지나쳐 간다. 부주의하게 어깨를 부딪치고 지나간 남자가 허공에 시선을 고정한 채 멈춰 서 있는 제를 의아한 얼굴로 돌아본다. 제는 남자를 보지 못한다. 주변에 붙잡을 것이 없다는 것을 알고 있다. 팔을 들어 짚을 무언가를 찾는 대신 주먹을 말아 쥔다. 눈을 감지 않으려고, 눈의 초점을 잃지 않으려고, 몸의 중심을 잃지 않으려고 제는 눈에 힘을 준다. 갑자기 눈앞을 막아서는 알 수 없는 이미지 때문에 중심을 잃고 미술관 복도에 처음 주저앉았던 날로부터 두어 달 가까운 시간이 흘렀다. 흐릿하고 희미한 한순간. 눈은. 검거나 흰 장막 안쪽에 남겨졌다. 제는 단순한 현기증이라고, 기획 전시 준비로 인한 과로 때문이라고 몇 차례, 자신을 다독였다. 맑은 기운을 오래 간직하려고 노력하십시오. 맑은 기운을 오래 간직하려고 노력하세요. 수화기 너머 지도자의 목소리에 이끌려 집에서 30분 가까이 떨어진 요가원을 찾기 시작한 것이 꼬박 한 달. 나쁜 기운은 여전히 눈앞을 가로막고 있었고 한 달 사이 낯선 장면의 방문은 눈에 띄게 횟수가 늘었다. 운전은 오래전에 그만두었지만. 이제 제는 길에 주저앉지 않았다. 단지 시간이 필요한 것뿐이라고 믿고 싶었다. 어떤 시간이 제를, 제의 눈 속을 통과해 가는 데 필요한 시간. 제는 아무도 모르게 주먹을 쥐는 버릇이 생겼고 한곳에 시선을 고정한 채 보내는 시간이 늘었다. 불쑥 나타났다 홀연 사라지는 혼란 속에서. 서서히 다가오는 불안 앞에서. 점점 짙어지는 두려움의 한가운데에서. 야드라. 누가 알 것인가. 무언이 눈을 감았다 뜬다. 두마즈의 얼굴이 제의 눈앞에서 아주 짧은 순간 사라졌다, 나타난다. 차들이 빠른 속도로 달려가는 소리가 들린다. 무언은 오른손으로 머리를 쓸어 넘긴다. 두 손으로 얼굴을 두어 번 문지른다. 갈색 가죽끈의 낡은 손목시계. 무언의 오른 손목, 은색 테두리, 같은 숫자 아래, 시계의 작은바늘과 큰바늘이 포개져 있다. 뜨거운 태양. 알제의 백색 정오. 택시 한 대가 제 앞에 멈춰 선다. 문이 열리고 커다란 노란 봉투가, 봉투를 든 여자가 내린다. 택시 기사가 제를 향해 경적을 울린다. 경적과 거의 동시에 닫히는 문. 제는 눈을 가늘게 뜨고 소리가 나는 쪽으로 고개를 돌린다. 천천히 고개를 젓는다. 초점이 맞지 않는 두마즈의 얼굴 위로 택시가 달려간다. 뭉개진 어둠 속에서. 택시가 다른 차들에 섞여 멀어진다. 길 한가운데 제. 제는 눈앞의 남자가 무언이 듣고 있는 음악의 주인이라는 것을 알지 못한다. 상상하지 못한다. 야드라. 누가 알 것인가. 제는 무언이 음악을 듣고 있다는 것을 알지 못한다. 두 귀가 제를 잡아당긴다. 눈앞에서 사라진 길은 엄청난 소음으로 제에게 달려든다. 누가 알 것인가. 제는 갑자기 사라진 거리 한가운데 우두커니 서 있다. 무언이 알제의 거리를 걸으며 들었던 여러 가지 북소리와 대형 캐스터네츠의 소리를 상상하지 못한다. 배 속과 고막을 흔든다는 굼브리의 연주 앞에서. 제의 배 속과 고막은 잠잠하다. 야드라. 누가 알 것인가. 제는 무언을 알지 못한다. 무언은 제를 보지 못한다.

바람 앞에 제.
바람 뒤에 제.
제 앞에 무언. 무언 뒤에 제.
제 안에 무언. 무언 밖에 제.
바람, 바람.
산들바람, 고요.
건들바람, 고요.
실바람, 고요.
싹쓸바람, 큰바람, 된바람, 고요.
고요, 고요, 고요.

곡선의 정서

지구의 주소

우주 - 가시우주 - 처녀자리 초은하단 - 국부 은하군 - 은하수 - 오리온자리 팔 - 국부 거품 - 국부 성간 구름 - 태양계 - 태양에서 세번째 행성
지구

어둠 속.

사람들이 묻는다.
무엇이 보이는가. 보이는 것을 말해.
네 눈앞에 보이는 것을 말해라.
제,
사람들이 묻는다. 무엇이 보이는가.
누구의 미래가 보이는가. 너는 누구의 미래를 보고 있는가.
제,
사람들이 묻는다. 무엇이 보이는가. 무엇이 보이는가. 너는 과거의 무엇을 보고 있는가.
제,

너는.

무엇이 두려운가. 무엇이 두려워.

우리는 무엇을 두려워해야 하는가.

우리는 무엇을, 우리는 무엇에,

대비해야 하는가.

꿈속에서.

사람들의 목소리가 점점 커진다. 사람들의 그림자가 점점 커진다. 사람들이 점점 가까이 다가온다. 커다랗게 울리는 어둠의 목소리가 제의 목을 조른다. 사방에서 다가오는 보이지 않는 사람들. 보이지 않는 사람. 꿈속에 없는 사람. 제는 눈먼 예언자가 아니라, 아무 말도 하지 못한다. 제의 목소리가 목구멍을 통과하지 못한다. 제는 말 없음. 무언을 말하지 못한다. 제는 무언의 주소를, 무언의 거처를, 무언의 목소리를 알지 못해. 무언은 어둠 속에, 혀 아래, 사람들의 입속에 있어. 제가 눈을 감았다 뜬다. 눈앞에 익숙한 침대 모서리가 나타난다. 침대 모서리가 선명하게 보인다. 은회색 이불이 모서리 쪽으로 흘러내려와 있다. 제는 침대 모서리에서, 은회색 이불에서 눈을 떼지 않는다. 침대 모서리가 전부인 것처럼. 은회색 이불이 전부인 것처럼. 은회색 모서리를 붙들고 창문 아래, 방 한쪽 구석에 앉아 문밖으로 나가지 않는다. 흰 셔츠에 갈색 넥타이, 갈색 바지를 입은 키가 큰 소년. 갈색 교복을 입은 소년 옆에 눈이 동그란 꼬마. 꼬마의 손에 들려 있는 빨간 막대사탕. 머리 위에 둥근 초록 모자. 제는 반복적으로 같은 사진을 본다. 몇 차례. 모자, 바지, 모자, 사탕, 모자, 타이. 같은 꿈에 시달린다. 얼굴 없는 사람들의 외침. 무엇이 보이는가. 보이는 것을 말해. 무엇이 보이는가. 보이는 것을 말해. 초록, 모자. 초록, 바지. 초록, 꼬마. 제는 몇 번이고 같은 사진을 본다. 꿈속에서, 꿈 밖에서, 꿈으로부터, 꿈인 듯이. 제는 같은 것들을 몇 번씩 마주친다. 같은 것들이 꿈처럼. 제의 눈앞에서, 침대 모서리에서, 은회색 이불 끝에서, 어둠 속에서 나타난다. 나타났다, 사라진다.

자, 여기 보세요.
자, 깜빡, 깜빡.
자, 여기 보이시죠? 지금 보이는 걸 말씀하시면 됩니다.
깜빡, 깜빡. 제의 눈앞에서 빨간 점이 깜빡인다.
지금, 여기. 다 보여요. 지금은요.

안과에서는 어떤 이상도 발견되지 않는다. 제의 시력은 전과 같고 안압은 정상이다. 백내장도 녹내장도 아니고 시신경에 이상이 생긴 것도 아니다. 그날 아침, 병원에서. 제는 볼 수 있다. 눈앞에서 아무것도 사라지지 않는다.

기가 약해져서 그래요. 요즘 사람들 다 기가 약해서 그렇습니다.

용을 좀 쓰죠.

용한 한의원에서 지어 온 용은 냉장고에 보관된다. 그날 저녁, 차 안에서. 제는 볼 수 없다. 눈앞에서 눈앞이 사라진다.

마음을 편하게 가지세요.

의사의 책상 앞에 둥근 의자가 놓여 있다.

스트레스가 많은 편입니까?

평소에 막연한 불안을 느끼거나 하지는 않나요?

죽고 싶다거나 그런 생각해본 적 있어요?

벌을 받고 있다는 생각이 들 때는요?

잠에 잘 들지 못하는 편이죠?

제가 둥근 의자에 앉았을 때, 둥근 의자에 앉아 의사의 눈을 놓치지 않으려고, 밖을 잃지 않으려고 안간힘을 쓰고 있을 때, 의사가 묻는다. 제는 눈을 크게 뜨고 다섯 번, 천천히 고개를 가로젓는다. 고개를 가로젓는 속도로. 제는 한 달 넘게 병원에서 병원으로, 교회에서 교회로, 점집에서 점집으로 끌려다닌다. 가족들의 걱정과 다그침, 슬픔과 분노, 절망과 포기를 아슬아슬하게 견딘다. 보이는 것들과 보이지 않는 것들, 갑자기 사라지는 것들과 소리 없이 나타나는 것들, 반복적으로 마주치고 마주치는 것들 사이에서. 정작 제 자신은 어느 쪽도 붙잡지 못한다. 붙들지 못한다. 많은 것들이 속도를 잃고 제자리에 주저앉는다. 주저앉아 좀처럼 일어나지 않는다.

이상한 것들이 보여요.

제가 오랫동안 목소리를 잃었던 사람처럼 조심스럽게 말을 시작한다.

눈을 감아도 보입니다. 눈을 감아도 어둡지 않아요. 눈을 감아도.

괜찮아요. 괜찮습니다. 편안하게 생각하세요. 구체적으로 어떤 것들이 보인다는 말씀인지. 예를 들어 말씀해보시면 좋을 거 같아요. 편안하게.

의사가 말한다.

그러니까. 평소에는 밖이 보여요. 제 눈이 다른 사람들과 같을 때는요. 앞이 보이죠. 그런데. 그러다 갑자기 다른 것들이 보이는 거예요. 여기가 아닌 곳. 다른 곳이 보이는 거 같기도 하고. 그러면 진짜 눈앞은 캄캄해져요. 갑자기 눈앞에 커다란 고래나 물고기 떼가 지나가는 거예요. 저는 차 안에 있고 귀에는 음악 소리가 들리는데요. 지금은 선생님을 보고 있지만. 지금은 선생님 목소리를 듣고, 선생님을 보고 있지만. 아무 때나, 갑자기, 볼 수가 없어요. 앞이 안 보여요. 아뇨. 아무것도 안 보이는 게 아니라 전혀 다른 곳, 전혀 다른 것들이 보이는 거예요. 아침에 눈을 떴는데. 분명히 침대 위에 누워 있는데. 이불이 만져지는데. 사막 한가운데, 쏟아지는 별 무리 아래 누워 있다고요. 무슨 말인지 이해되세요? 눈과 귀가 여기, 진짜 여기에, 한곳에 같이 머물 때도 있지만 점점 자주, 멀리 떨어져 있는 다른 것들이 보인다고요. 제가 진짜 어디 있는 건지 모르겠어요.

제는 설명하려고 노력한다. 이해받으려고. 이해시키려고 노력한다. 기대를 버리지 않으려고 노력한다.

괜찮아요. 괜찮습니다. 당장은 혼란스러우시겠지만 마음을 편안하게 가지세요. 자, 숨을 깊게 들이쉬고, 내쉬고. 네, 괜찮아질 거예요. 자, 최근에 앞이 보이지 않을 때 본 것들, 그러니까 보인 것들을 한번 말씀해보시겠어요?

어떤 남자. 사진. 남자의 손. 남자가 들고 있던 카메라. 누군가 마시던 커피 잔 같은 거요.

어떤 남자죠? 아는 사람입니까?

아뇨. 몰라요. 아직은 모르겠어요.

매번 같은 사람이 보이나요?

아뇨. 거의 다른 사람들이요. 꼭 사람들은 아니지만. 한꺼번에 많은 사람들이 보일 때도 있고요.

그런데 제가 뭘 보는지가 중요한가요?

제가 묻는다.

음, 최근에 혹시 이별을 하셨다거나 감당할 수 없는 슬픔을 느꼈다거나 그런 적 있으세요?

의사가 대답 대신 묻는다.

아뇨.

제는 말하고 의사의 얼굴을 본다. 이마에 점, 숱이 없는 눈썹, 짧은 인중, 검붉은 입술. 모든 게 선명하다. 선명한 눈앞에서 제는 감당할 수 없는 슬픔을 느낀다. 언제 사라질지 모르는 눈앞을 감당할 수 없어. 감당할 수 없는 슬픔을 감당한다. 감당할 수 없다는 것에 대해 생각한다. 그 밖의 어떤 생각도 허용하지 않는 슬픔.

가족들은. 가족들은 제가 눈이 멀었다고 생각하지만 그런 건 아니에요. 보이지 않는 게 아니라 너무 많은 게 보여요. 말도 안 되는 소리죠. 말도 안 되는 소린데. 그런데, 그래도 보여요. 다른 사람이 보는 것들이요. 어떤 사람이 보는 것들이 저한테도 보이는 것 같아요. 그 사람이 누군지 모르지만. 그 사람이 누구든. 제 눈 뒤에 다른 사람의 눈이 있어서 제가 다른 사람이 보는 것을 다른 사람처럼. 그러니까 꼭 그 사람처럼 보는 것 같다고요.

의사는 말없이 제를 바라본다. 제는 의사의 표정을 읽을 수 없다.

괜찮아요. 괜찮습니다. 일시적으로 환영을 보거나 그럴 수도 있죠. MRI 검사 결과도 문제없고 다른 검사 결과에서도 특별한 이상은 발견되지 않았으니 기다려보죠. 마음을 최대한 편안하게 갖도록 하세요.

의사는 같은 말을 반복하고, 제는 석 달이라고, 벌써 석 달이 지났다고, 석 달이나 기다려봤다고 말하지 않는다. 애써 한 설명이 또 한 번의 헛수고였다는 것을, 헛된 기대였다는 것을 깨닫는다.

일주일 뒤에 다시 뵙도록 하죠.

의사가 말한다. 제는 말없이 의사의 방을 나온다. 간호사가 항우울제가 처방된 처방전을 제에게 건넨다. 제는 다시 한 번 천천히 고개를 가로젓는다. 방 밖에서 기다리던 언니의 손을 잡고 길을 나선다. 언니는 이제 묻지 않는다. 울지 않는다. 그날 오후, 거리에서. 제는 볼 수 있다. 볼 수 없어진다.

"네게 무엇을 하여 주시기를 원하느냐 가로되, 주여 보기를 원하나이다. 예수께서 저에게 이르시되 보아라. 네 믿음이 너를 구원하였느니라. 하시매 곧 보게 되어 하나님께 영광을 돌리며 예수를 좇으니 백성이 다 이를 보고 하나님을 찬양하니라."

집으로 돌아오면. 어느 때나 엄마의 목소리가 들린다. 엄마의 기도 소리가 들린다. 제의 엄마가 성경을 읽는 소리가 들린다. 목사님과 교회의 집사님들이 제의 집에 다녀간다. 무릎을 모으고 찬송을 부른다. 제를 위해 기도드린다. 제는 거실 가운데 앉아 있다. 고개를 숙이고 죄를 고하는 마음으로. 용서를 비는 마음으로. 제는. 제 안에 있는 무언가. 제를 바라보는 무언가. 제가 보는 무언가. 제 눈 속에 눈. 눈 뒤의 눈. 멀고 먼 눈.

그것을 느낀다. 어렴풋이. 검고 큰 눈을 마주한다. 마주하고 앉는다. 제 안의 다른 눈. 제는 다른 누군가의 눈을 느낀다. 거의 동시에. 무릎을 꿇고. 들이닥치는 눈. 제는 다른 누군가의 눈으로 본다. 제는. 한순간, 완전히 사라진다. 예고 없이 찾아드는 장면들과 눈앞에서 불현듯 재생되는 낯선 공간 속으로. 얼굴을 모르는 갑작스러운 무언의 시간에. 소리 없는 무언의 눈으로. 제 눈 뒤의 눈 뒤에 머문다. 어디로도 떠나지 못한다. 짧은 거리를 이동하는 데에도 점점 더 긴 시간이 걸린다. 무언의 시간이 많아질수록. 제는 한곳에 오래 머문다. 길 한가운데 가만히 서 있는다. 방 안에서 움직이지 못한다. 우두커니 앉아서 움직이지 않는다. 움직일 수 없어.

제는.
우주에서, 국부 거품에서, 세번째 행성에서,
골목에서, 집 앞에서, 방 안에서, 창문 아래에서, 침대 모서리에서. 제를 잃는다.

하농

이 도시는 후렴구 같아. 반복만 남은 후렴구.
이제 끔찍한 반복과 변주만 남았다.

문자 메시지가 도착한다. 제의 휴대 전화는 꺼진 지 오래고 제는 두 눈과 두 귀 사이에, 두 눈과 두 눈 사이에 머문다. 어쩔 수 없을 때 방문을 열고 나간다. 어쩔 수 없이. 거실을 가로질러 화장실 문 앞까지 열다섯 발자국. 제가 방문을 열었을 때. 하고 싶은 것은 없고, 사고 싶은 것만 많은. 사고 싶은 것은 많고 일자리는 없는. 주어가 불분명한 문장이 날아온다. 누가 누구여도 상관없다는 듯. 끔찍한 뉴스가 계속된다. 사건과 사고는 일어난다. 끊임없이. 어느 날 갑자기.

제가 본 것들

케이블카 줄 위에 위태롭게 서 있는 곡예사.
낙조를 보다 신들린 사람들.
사람들의 뒤집힌 눈동자.
샛노란 레몬 파이.
지붕과 지붕 사이로 보이는 붉은 하늘.
구겨진 지폐.
사막과 맞닿은 바다.
빌딩 사이로 지는 해.
모기 물린 자국.
오래된 도시의 골목과 골목들.

파도.

닫힌 우물과 건반 빠진 피아노.

하얀 흙.

언 호수.

밤하늘에 쏟아지는 불꽃.

짙푸른 산호.

눈 위에 뿌려진 씨앗들.

박제된 사슴. 물고기의 피와 살.

씨앗을 먹고 있는 새의 부리.

사슴의 뿔.

노란 물고기.

눈을 뒤집어쓴 나무. 장작 패는 노인.

날아가는 공.

합창단 아이들.

화장터의 연기. 비탈의 나귀들.

잿빛 구름.

모두의 집.

검은 물.

머리를 긁적이는 해표, 일몰을 감상 중인 펭귄, 양의 동공, 스푼으로 떠먹는 뇌, 막대사탕을 물고 있는 군인, 손톱 밑이 까만 사람들, 채 모으지 못한 기도하는 손, 벌어진 입, 아이 업은 아이, 빨래가 마르고 있는 옥상, 깊은 밤, 텅 빈 방. 그와 그들의 악수, 허기진 눈, 아름다운 미소, 무언의 왼뺨, 보조개.

무의미한 낙서.

무언의 삼각형.

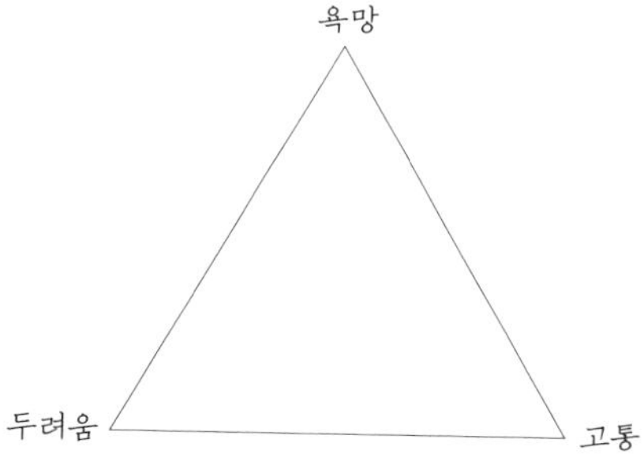

욕망. 두려움. 고통. 욕망. 두려움. 고통. 욕망. 두려움. 고통. 욕망. 고통. 고통.

감은 눈. 뜬 눈. 감은 눈. 뜬 눈. 감은 눈. 뜬 눈. 감은 눈. 뜬 눈. 오로지 눈을 감고 싶어. 눈 감고 싶어.

감은 눈의 고요한 암흑을, 안과 밖의 온전한 어둠을 원해. 제는 눈을 감는다. 눈을 뜨는 것이 두려워. 잠 깨는 것이 두려워. 제는 잠들지 못하고 무언의 눈은 쉬지 않는다. 이마 아래, 눈썹 아래, 코의 오른쪽과 왼쪽 위에. 두 눈은 사라지지 않는다. 두 눈과 두 눈 사이. 다른 두 눈은 달아나지 못한다.

벌어진 눈, 찢어진 눈, 찢긴 눈.

말 ~ 묵가

왜 자르시는 거예요?

아깝게. 왜 자르시려고요?

머리카락을 만지며 미용사가 묻는다. 머리카락 사이로 미용사의 손가락이 지나간다. 미술관을 그만두고 나오면서 제가 제일 먼저 한 일은 머리를 자르는 것이었다.

그냥요.

긴 머리가 더 잘 어울리실 것 같은데.

긴 머리카락을 머리 뒤로 접어 올려 보이며 미용사가 말한다.

짧게 잘라주세요.

여름 금방 지나가요. 그래도 이 정도 길이는 돼야 예쁠 것 같은데.

짧게요.

짧게. 대답하고 제는 긴장한다. 머리카락을 자르고 집까지 가는 동안 적어도 한 시간은 걸릴 것이다. 눈은 아직 제자리에, 바깥에, 제의 눈앞에 있다. 언제, 어떻게, 무엇이 들이닥칠지 몰라. 미용사의 말이 제의 귀에 들어오지 않는다.

그런데 정말 자르시는 이유가 있는 거 아니에요?

미용사가 집요하게 묻는다. 대답을 하지 않으면 머리를 자르는 내내 묻고, 또 물어올 것이다. 갑자기 앞이 안 보여서요,라고 사실을 말한다면. 미용사는 어떤 표정을 지을까.

그냥. 충동적으로. 충동적으로요.

제는 충동적으로 대답한다.

충동이요?

거울 속에서 제와 미용사의 눈이 마주친다. 굵은 웨이브 단발이 잘 어울리는 남자다.

충동. 그거 위험한 건데.

남자가 그 말을 끝으로 거울 속에서 웃는다. 제 뒤에서. 충동은 위험해. 머리카락이 뭉텅, 잘려나간다. 너는 위험해. 나는 위험하다. 제는 눈을 감고 생각한다. 집으로 돌아가는 길을 떠올린다. 무사히 집에 돌아갈 수 있기를 바란다. 택시에서 내려 집까지 올라가야 하는 좁은 골목길을 걸어본다. 길가에 서 있는 가로등을 하나씩 지나간다. 길 끝에서 갑자기 낯선 누군가 나타나지 않기를. 골목의 마지막 모퉁이에서 모르는 남자의 꿈속이나 그의 침대맡으로 굴러떨어지는 일이 없기를 바란다. 아무런 대책 없이. 골목길 바닥에 엎드려 나라 밖의 먼 도시를 헤매지 않기를. 카메라 렌즈에 눈을 가져다 대고 한참씩 숨을 죽이지 않기를 바란다. 미용실 바닥으로 머리카락들이 떨어진다.

까맣게 쌓인다. 재처럼. 제의 두 귀가 하얗게 드러난다. 거울 속에 낯선 여자가 앉아 있다. 미용사가 몇 마디 말을 더 건넸던가. 제는 미용실 문을 열고 거리로 나온다. 목덜미에 더운 바람이 닿는다. 누군가 제의 등을 세게 밀치고 지나간다.

부축은 두 팔과 두 다리와 두 손의 일.

눈의 일이 아니라. 제가 도착한 곳은 눈밭이었고, 그곳은 사방이 눈이었다. 눈으로 눈이 멀 것 같아. 제는 갑자기 주저앉는다. 눈이 후드득후드득 눈 위로 쏟아진다. 눈이 우르르, 우르르 눈 위로 쏟아진다. 낯선 여자가 제 앞에 모로 누워 있다. 알몸의 여자. 여자의 검은 등 위에서, 제의 눈앞에서, 찰칵, 플래시가 터진다. 제는 눈을 깜빡인다. 눈이, 눈앞이 깜빡이지 않는다. 오로지 끝없이 하얀 눈밭. 눈밭에 떨어져 있는 수십 개의 거대한 모형 눈동자들. 가운데 누운 여자. 눈 위에 누운 까만 여자 위로 집요하게 꽂히는 눈. 찰칵, 찰칵. 플래시가 터진다. 여자가 자세를 바꾼다. 바로 누워 두 팔을 벌린다. 두 다리를 벌린다. 몸을 웅크린다. 두 팔로 두 다리를 감싸 안는다. 여자가 움직일 때마다. 자세를 바꿀 때마다. 다른 포즈를 취할 때마다. 여자의 맨살에 눈이 달라붙는다. 눈에 눈이 부셔. 제는 제 앞의 여자의 얼굴이 보이지 않는다. 눈앞이 보이지 않아. 먼 눈에 눈이 멀어. 제는 제 시간에 무언의 현실을 산다. 제 자신의 현실 속에서 무언의 꿈을 본다. 무언의 꿈과 현실을 제 안에서 구분하지 못한다. 여기와 저기 사이에서. 밧줄을 끊고. 3시부터 10시까지. 2시부터 2시까지. 무언은 아무 때나 잠들고, 사라지고, 사라지고, 나타난다. 제는 무언의 오늘과 제의 어제를, 무언의 어제와 제의 오늘을 동시에 산다. 무언은 밤에서 낮으로, 어제에서 오늘로, 때로 오늘에서 모레로. 날짜를 바꿔 날아다니고. 제는 거꾸로, 거꾸로. 떠도는 무언의 꿈을, 무언의 눈을, 무언의 계절을 따라잡지 못한다. 제는 제와 무언. 두 눈과 다른 두 눈. 두 시간과 공간 사이에 있어 낯선 사람들 가운데, 한 번도 걸어본 적 없는 거리에, 도착한 적 없는 도시에, 어느 날 갑자기, 던져진다. 겨우 돌아온 책상 위에 화집을 올려놓고 그림을 한 장씩 넘기다가 제는 처음 보는 알몸의 남자를 만난다. 영문도 모른 채. 남자의 이마에, 두 뺨에, 입술에 입을 맞춘다. 눈앞의 남자. 남자의 어깨에, 허리에 팔을 두른다. 남자의 짧은 머리칼을, 수염이 웃자란 얼굴을 쓰다듬는다. 쓰다듬는 무언의 손을 본다. 무언의 긴 손가락 끝에서 한 장, 한 장, 모든 그림이 사라진다. 어떤 그림도 사라진다. 제가 좋아했던 그림이 있는 페이지의 한 귀퉁이, 접혀 있는 페이지의 한 귀퉁이에서 제는 남자의 뒤통수를 본다. 제 손으로 접은 책갈피의 모서리를 만진다. 남자의 양 어깨를 움켜쥔 무언의 두 손, 남자의 섬세한 등 근육들, 하얀 목, 등 위에 넓게 퍼진 점 같은 기미들이 제의 눈앞을 가린다. 제는 10여 년 가까이 한 권씩 모았던 화집들을 책장에서 꺼내 책상 위에 쌓는다. 두 손이 여러 번 갈 곳을 찾지 못하고 허공을 가른다. 여러 화집의 페이지가 한꺼번에 넘어간다. 수십 장의 그림들이 펼쳐진다. 제의 눈앞에서. 제의 눈앞으로. 그림들이 지나간다. 단 한 장이라도. 단 한 장만이라도, 볼 수 있다면. 다른 이미지로 다른 이미지를 가릴 수 있다면. 수백 개의 이미지로 단 하나의 눈을 가릴 수 있다면. 제는 몇 권의 페이지를 소리 나게 넘긴다. 몇 권의 화집을 바닥으로 집어 던진다. 두 손으로 두 눈을 문지른다. 두 귀를 움켜쥐고 바닥에 주저앉는다. 제의 의지와 상관없이. 제와 먼 눈, 다른 두 눈은 끈질기게 무언의 침대 위에 남는다. 한 남자의 뒤통수에 매달린다. 남자의 매끈한 등허리에, 허리를 버티고 있는 무언의 두 손에, 한순간 꽉 감긴 두 눈에, 제는 의지를 잃는다. 제는 두 눈으로 지켜본다. 다른 두 눈으로. 등에서 허리로 이어지는 낭창한 곡선을, 길고 가는 다리를, 다리의 날렵한 근육들을. 감상한다. 다른 누군가를 훔쳐본다고 느낀다. 제는 제 자신을 의심한다. 등 뒤에서. 눈 감고 싶다. 더는 보고 싶지 않아. 두 눈을 가리고 두 눈과 싸운다. 두 눈을 찌르고 싶어. 네 눈을 찌르고 싶다. 귀 막은 눈. 제 의지와 먼 눈은 멈추지 않는다. 제의 눈은 감기지 않는다. 알몸의 여자와 알몸의 남자. 어느 날의 여자와 어느 날의 남자. 눈밭의 여자와 침대 위의 남자. 어느 쪽이 무언의 꿈인지 어느 쪽이 무언의 현실인지 제는 알지 못한다. 둘에 하나. 둘 중 하나. 제는 현실도 꿈도 찌르지 못한다. 두 눈과 두 눈 사이. 사라진 시간 앞에서.

뜬눈으로.

모두가 슬퍼서
당신이 삼킬 수 있는 것은 어여쁜 알약들

던질 것은 백 미터도 날지 못하는 주먹과
변덕스러운 마음뿐
휴전 중에 태어나 유전 중인
당신도 외롭습니까 어제도 외로워
무작정 길을 건너는 사람들
무단횡단이 더 익숙한 낙타들

너도 나도 시간이 부족해
우리는 어른이 되지 못했다
이별하기 바빠서
오직 혀처럼 붉은 고독만
돌아가며 돌아서는 얼굴들
돌려줄 것이 없는 슬픔들
언제든 무너질 준비가 되어 있는
비극보다 연약한
안녕,

두 눈과 두 눈 사이.

너무 멀리 있어. 들리지 않는 무언의 노래. 무언이 쓰지 않은 시.

말에서 묵가 사이.

말에서 묵음 사이. 말 없음.

무언이 있다. 오직, 오조의 귓가에 목소리로 남은 안녕,

환상방황 순환충동

북회귀선이 통과하는 도시.

광저우, 보팔, 무스카드, 리틀 엑세마, 마자틀란.

남회귀선이 통과하는 도시.

롱리치, 톨리아라, 레호보스, 상파울로, 투부아이.

광저우, 보팔. 상파울로, 투부아이. 롱리치, 마자틀란. 아직 어느 도시도 통과하기 전. 어디로도 출발하기 전. 어디에도 도착하기 전.

무언은 꼼짝도 하지 않는다. 말하지 않는다. 웃지 않는다. 울지 않는다. 반응하지 않는다. 일어서지 않는다. 아무도 만나지 않는다. 화내지 않는다. 죽은 것처럼. 죽은 것과 다름없이. 숨쉰다. 숨만 쉰다. 누워 있는다. 누군가 가까이 다가온다. 누워 있는 무언의 얼굴을 들여다본다. 무언은 눈을 깜빡일 뿐 고개

를 돌리지 않는다. 눈을 뜨고 있지만 보지 않는다. 침대 위에, 몸통 옆에, 무언의 허리께에 무심히 놓여 있는 손. 누군가 무언의 손을 잡는다. 손아귀에 힘을 준다. 손을 꽉 잡는 것으로 무언의 마음을 잡을 수 있는 것처럼. 두 손으로 무언의 손을 꽉 잡는다. 무언은 움직인다. 잡힌 손을 잡고 있는 손아귀에서 빼낸다. 관계하지 않는다. 손을 제자리로 끌어당긴다. 돌려놓기. 손은 침대 위로, 무언의 허리께로, 제자리로, 돌아온다. 무언은 누군가. 다른 사람. 아는 사람. 알았던 사람. 가까운 사람. 더 가깝거나 덜 가까운 사람. 잘 모르거나 더 잘 모르는 사람. 누군가. 방 안에 있다는 것을 안다.

알아.

알고 있었어.

무언이 다시 세상 밖으로 나왔을 때, 방문을 열고 나왔을 때, 두 발을 딛고 일어섰을 때.

너니? 정말 너야?

나쁜 놈. 이 나쁜 자식.

어머니가 무언의 가슴을 붙들고 울었을 때.

몇 달 동안 말 한마디 하지 않고, 꼼짝 없이 누워서 너 얼마나 지독했는지 알아?

나쁜 놈. 나쁜 자식.

누군가 물었을 때, 누군가 다그쳤을 때, 누군가 흐느꼈을 때.

무언은 무심하게 대답했다.

알아. 알고 있어.

왜? 대체 왜 그런 거야? 왜 그런 건데? 왜 그랬어?

이유가 뭐야? 그 전날 무슨 일이 있었어? 무슨 충격적인 일이라도 있었던 거야?

뭐 때문에? 뭐 때문인데? 뭐 때문이었어?

쏟아지는 질문에 무언은 대답했다.

그냥.

그냥. 아무것도 할 수가 없었어.

정말 아무것도.

무언은 그 시간들을 기억했다. 아무 말도 하지 않고, 아무것도 하지 않은 채, 꼬박 누워만 있던 시간들. 아무것도 할 수 없고, 아무 말도 할 수 없던 시간들. 기대도, 욕망도, 원망도, 슬픔도 어떤 의지도 없던 시간들. 산 것도 죽은 것도 아니었던 그 시간들을. 오로지 우현에 속해 있던 시간들을. 우현의 시간들을.

갈색 넥타이, 하얀 셔츠, 갈색 교복을 입은 소년, 우현은. 초록 모자, 동그란 눈, 빨간 막대사탕을 든 꼬마, 무언의 기억 속에 남아 있다. 무언의 지갑 속에. 무언이 간직한 한 장의 사진 속에. 무언의 무동무언증의 시간 속에. 남아 있다. 우현의 죽음에 속한 시간.

무언은

검정 자갈이 깔린 노비 해변을 지난다. 검정 자갈들.

유향나무 숲을 지난다. 숲의 나무들.

귀뚜라미가 노래한다. 귀뚤귀뚤. 귀뚤귀뚤.

전날 떠올렸던 단어를 생각한다. 마그레브, 알제리, 튀니지, 모로코, 마그레브.

마그레브, 해가 지는 곳.

무언은 해가 지는 곳으로 간다. 서쪽으로 간다. 해가 진다. 시간이 지나간다. 제는 두 눈과 싸운다. 시간이 지나간다. 제는 두 눈을 부정한다. 시간이 지나간다. 제는 어느 쪽의 방문도 기다리지 않는다. 시간이 지나간다. 해가 진다. 두 눈이 지나간다. 아무것도 하지 않으면서. 시간이 지나간다. 무언이 지나간다. 두 눈이 돌아온다. 아무 생각도 하지 않으면서. 시간이 지나간다. 해가 진다. 제는 눈을 감는다. 감기지 않는 눈. 소리 너머의 눈. 냄새 너머의 눈. 온기 너머의 눈. 눈 덮은 눈. 눈 뒤의 눈. 눈 속의 눈. 없는 눈,
이 온다. 어느 날 갑자기.

모래 속에서 거대한 귀들이 솟아오른 사막. 저 멀리, 야트막한 귀 언덕 너머에 빨간 머리의 여자가 서 있다. 가채를 올린 걸까. 머리숱이 엄청나다. 한 발, 한 발. 제는 여자 쪽으로 걷는다. 모래에 발이 푹푹 빠진다. 제는 모래 속에서 발을 휘저으며

힘겹게 여자에게 다가간다. 입술 위에 입술. 입술 위에 입술. 입술 위에 입술. 입술, 입술, 입술. 수십 개의 입술들이, 크고 작은 입술들이 여자의 머리 위에 포개져 있다. 검붉은 입술부터 어두운 보랏빛을 띠는 입술까지. 금방이라도 혀를 내밀 것 같은, 날카로운 이를 드러내고 말 것 같은, 반쯤 벌어진 틈으로 침이 흘러내리고 있는 입술들이 하나, 둘, 하나, 둘. 제는 여자의 머리 쪽으로 손을 뻗는다. 하얗게 갈라지고 튼, 수포가 오른 입술을 만진다. 수포가 오른 입술이 입꼬리를 떨며 웃는다. 제는 새삼 여자의 얼굴을 본다. 정작 여자의 얼굴에 입이, 입술이 없다. 입술 위에 입술. 여자의 머리 위에서, 한 입술 속에서, 작은 입술이 머리를 내민다. 입속에서. 작은 새가 나온다. 작은 입술새. 부리가 있어야 할 자리에 부리가 없는, 부리 대신 입술이 자란 새. 입술이 머리의 절반을 차지하고 있어, 새는 자꾸만 머리를 박고 입술 위에 입술로 곤두박질한다. 새의 날개가 입술 위에서 퍼덕거린다. 새는 사막을 날아오르고, 날아오른다. 모래 속으로. 날아오르고 곧 곤두박질하는 새를 따라 제는 걷는다. 입술 위에 입술 여자를 지나 하얀 눈밭에 쏟아진 눈동자들, 흰자 속에 검은자들, 백지 위에 쌓인 고대 문자들, 읽을 수 없는 문장들, 끝없는 눈밭, 잿빛 계곡, 축축한 행간들을 지나, 잎사귀들, 나무에 달린 잎사귀들, 바람에 흔들리는 잎사귀들, 커다란 나무 앞에 선다. 나무가, 잎들이 바람에 흔들린다. 제 앞의 나무. 제는 뒤를 돌아본다. 빨간 머리의 여자는 보이지 않는다. 사막은 사라지고 잎사귀들이 흔들린다. 눈앞의 바람. 잎사귀가 잎맥을 따라 눈꺼풀을 서서히 들어올린다. 한 잎사귀 한 잎사귀 또 한 잎사귀 위에서. 설탕이 고인 눈. 짓무른 눈. 곪은 눈. 곯은 눈. 꽃핀 눈. 개미가 끓고 있는 눈. 이 눈을 뜬다. 모든 잎사귀에서. 잎사귀마다 피어난 기괴한 눈 위로. 눈동자마다 입을 맞추며 날아오르는 작은 새. 눈동자로. 눈동자로. 또 다른 눈동자로. 곤두박질하는 작은 입술새. 제는 몸을 떤다. 몸서리를 친다. 창마다 입맞춤을 남기며. 흩날리는 눈. 두 눈 사이로 눈을 뜬다.

광저우, 보팔, 상파울로, 투부아이.

제는 어느 도시도 통과하지 못한다. 빛이 느리게 제를 통과한다. 빛이 쉼 없이 도시를 통과한다. 빛이 가차 없이 시간을 가로지른다.

빛이.

빛만이. 어김없이 돌아오는 빛만이. 모든 것을 집어삼킨다.

눈을, 어둠을, 은둔을, 도시를 완전히 집어삼킨다. 흔적을 남기지 않는다.

환영의 방문

3만 8천 피트 상공.

비행기는 구름 속이다. 기장은 난기류로 인해 착륙에 난항을 겪고 있다는 방송을 끝으로 비행기의 고도를 높이거나 낮추며 조심스럽게 착륙을 시도하고 있다. 좌석 앞 모니터는 뿌연 구름 속이고 무언은 창을 통해 구름을 보고 있다. 흰 구름의 공포. 구름은 빠른 속도로 창을 스쳐 간다. 눈보라 속에 들어온 것처럼 차가운 기운이 기체의 벽을 뚫고 승객들을 동요시킨다. 무언의 옆에 앉은 남자는 시종 다리를 떨고 있다. 10분 넘게 착륙은 지연되고 있고 사람들은 고요하다. 아이들도 숨을 죽이고 모니터를 응시한다. 비행기는 바닥으로, 바다로, 절벽으로 곧 곤두박질할 것처럼 고요하다. 기체의 움직임이 전혀 느껴지지 않는다. 옆에 앉은 남자가 떨던 다리를 멈춘 것은, 꿈속에서 무엇인가 만난 사람처럼 잠시 떨던 다리를 멈춘 것은, 기체가 구름을 뚫고 급하강하기 시작했을 때다. 곧 끝날 것 같던 구름은 끝나지 않는다. 꽤 빠른 속도로 기체는 구름을 통과하지만. 오로지 흰 구름, 흰 구름, 흰 구름의 공포는 쉽게 걷히지 않는다. 남자가 다리를 다시 떨기 시작하고 몇 분 뒤 기체는 착륙한다. 거칠고 둔탁한 바퀴 소리를 신호로 여기저기에서 안도의 한숨소리가 터져 나온다.

파래가 좋아. 파래가 좋아.

파래가 될래. 파래가 될래. 파래. 파래. 같은 말을 두 번씩 반복하기 좋아하는 제의 조카가 방문을 두드린다. 똑똑. 이모, 이모. 똑똑. 제는 구름을 통과하고 있고 똑똑, 이모. 제는 흰 구름의 모니터 속에 있다. 제는 남자가 다리를 떨다가 멈추는 것을 본다. 똑똑. 이모, 이모. 제의 조카가, 제의 조카의 목소리가 제를 방으로 끌어당긴다. 제를 침대에 착륙시킨다.

이모, 이모 뭐해?

대답이 없자 조카가 방문을 열고 들어온다. 제는 방문 쪽으로 고개를 돌리고 조카를 향해 웃어 보인다.

이모, 안 심심해?

조카가 침대 위로 올라오는 게 느껴져 제는 말없이 웃는다.

이모, 이모. 우리 끝말잇기 할까? 끝말잇기.

그럴까?

제는 조카의 손을 잡는다. 아이의 손이 작고 따뜻하다.

내가 먼저 한다.

거지.

조카가 말하고. 제는 눈앞에 보이는 것들을 말하지 않으려고 애쓴다. 눈앞에 보이는 것들에 잠기지 않으려고 애쓴다.

지도.

지도? 도착. 도착.

착각.

착각이 뭐야?

조카가 묻는다.

착각? 착각한다고 하잖아. 잘못 생각하는 거. 진짜랑 다르게 생각하는 거야.

아이는 잘 모르겠다는 얼굴로 제를 본다. 제는 좁은 통로를 통과해 입국 심사대 앞에 줄을 선다. 낯선 글자들이 보인다. 보인다는 착각. 제는 제가 보고 있는 것들이 모두 보인다는 착각 때문에, 보인다는 착각으로 보이는 것이라고 생각해본다. 보이지 않는 것들이 모두 보이지 않는다는 착각 때문에 보이지 않는 것이라고 생각해본다. 보인다. 보이지 않는다. 보인다. 보이지 않는다. 보인다는 착각. 보이지 않는다는 착각. 제대로. 볼 수 없다는 착각. 볼 수 있다는 착각. 제가 한참 여러 가지 착각 속을, 어떤 생각 속을 헤매고 있을 때.

각자. 이모. 나 각자. 각자.

아이가 한참 만에 각자를 생각해낸다.

각자? 자두. 자두? 두부. 두부? 부자.

자수? 수영. 수영? 영영.

영영?

제가 묻는다. 영영? 조카가 영영이라고 말했기 때문에. 영영. 제는 따라한다. 영영. 아이가 태어나 얼마쯤 자라면 영영이라는 말을 알게 되는 걸까. 영영.

아이는 눈을 감고 있는 이모의 입을 본다.

영영.

제가 말하고 아이의 눈이 그렁그렁해진다. 제는 그렁그렁한 아이의 눈을 보지 못한다. 제는 낡은 버스의 뒷자리에 앉아 카메라의 렌즈를 닦고 있다. 푸른 천이, 무언의 두 손가락이 카메라 렌즈 위에서 천천히 원을 그린다.

비스티아 아니모
베스티오 베스티에타
베스티오 아니포르늄

이모 따라해봐. 이모, 따라해보라니까. 이모, 이모.

아이는 손등으로 눈을 훔치고 제는 잠이 깨는 것처럼 침대 위로 돌아온다.

응? 뭐라고? 미소야 미안. 뭐라고 했어? 이모가 잠깐 딴생각했어.

나 따라해봐. 따라해보라고.

자. 비스티아 아니모.

비스티아 아니모?

응. 묻는 거 아니야. 그냥 따라해.

비스티아 아니모.

비스티아 아니모.

베스티오 베스티에타.

베스티오 베스티에타.

베스티오 아니포르늄.

베스티오 아니포르늄.

자 이제 이모가 되고 싶은 걸 생각해. 이모가 되고 싶은 걸 생각하고 이 주문을 외우면 이모가 원하는 대로 변할 거야.

제는 웃는다. 조카의 얼굴이 보이지 않지만 조카의 얼굴을 향해 손을 뻗는다. 조카의 머리를 쓰다듬는다. 아이의 볼이, 작은 머리통이, 부드러운 머리카락이 제의 손바닥에 느껴진다.

어, 이모. 나 보여? 보여?

조카가 제 눈앞에서 손을 흔드는 게 느껴진다. 제는 조카의 손을 잡고 미소 띤 얼굴로 고개를 천천히 젓는다.

아니.

내가 『마법의 책』에서 봤어. 외워 온 거야. 그러니까 꼭 이모가 되고 싶은 모습을 생각하고 이 주문을 외워. 외우면 돼. 알았지? 꼭이야. 꼭.

비스티아 아니모
베스티오 베스티에타
베스티오 아니포르늄

이모, 근데 주문을 걸 때는 조심해야 돼. 조심, 또 조심.

나는 몰랐는데. 모든 일에는 함정이 있대. 함정에 빠지면 안 되니까. 잘 따라해. 비스티아 아니모. 베스티오 베스티에타. 베스티오 아니포르눔. 함정 조심. 또 조심.

조카가 제의 손을 꼭 잡는다. 제의 새끼손가락에 제 새끼손가락을 건다. 제는 조카의 손을 잡고 무언의 무릎 위에 카메라를 내려놓는다. 카메라를 무릎 위에 내려놓는 무언의 손을 본다. 창밖에서. 버스 밖에서. 맥간의 골목길에서. 개가 짖는다. 컹컹, 컹컹. 어둠을 향해 사납게 짖는 개. 제는 있는 힘을 다해 벌린 개의 입을 본다. 벌어진 입. 날카로운 이빨. 컹컹, 컹컹. 제는 함정 속에 있다. 컹컹. 컹컹. 제는 네발로 서 있다.

내 인간의 형상은 사라져라.
더 나은 모습이 될 것이다.
이제 나는 변할 것이다.

위층의 아이가 운다.

발열, 숨 가쁨, 두근거림

인간만이 갖고 있는 능력—
읽기, 쓰기.
산수의 능력이나 에피소드를 기억하는 능력.

미래를 예측하고 타인의 사고를 상상하는 능력.

유머나 웃음.

인간만이 가지고 있는 능력이 인간을 인간답게.

일으킨다. 지독하게. 쓰러뜨린다.

제는 달라진 눈을, 달라진 몸을, 달라진 상황을 쉽게 받아들이지 못한다. 달라진 것이 하나도 없는 제 자신과 같은 것이 하나도 없는 몸. 제 자신이라고 믿었던 제 자신과 거의 무관한 제 자신. 제의 몸. 몸이 통과하는 순간, 순간에 당황한다. 두 발이 긴장 속에서 허방을 더듬는다. 한 발, 한 발 조심스럽게 나아간다. 지팡이에 의지해 제의 두 손이 불안하게 허공을 짚는다. 사방이 낭떠러지인 것처럼. 갑자기 주변이 무한대로 팽창된 것처럼. 제는 모든 공간에 막막한 두려움을 느낀다. 사소한 모든 일이 어려워진다. 씻는 일이 불편해진다. 먹는 일이 불편해진다. 식탁 위에 놓인 그릇들의 위치를 가늠하다 접시에 젓가락이 부딪히는 소리에 마음이 상한다. 거의 모든 일에 용기가, 자신감이 필요해진다. 익숙했던 일에 쉽게 열패감을 느낀다. 걷고, 씻고, 먹고, 자고, 사랑하는, 모든 일이 일이 된다. 걷고, 씻고, 먹고, 자는 모든 일을 줄인다. 사랑하지 않는다. 사랑하기를 멈춘다. 제는 많은 것들과 담담하게 이별한다. 젓가락을 조용히 내려놓는다. 살기 위해. 살기 위해 제는 맨빵을 조금씩 뜯어 먹으면서 이대로 새가 된다면. 새가 될 수 있다면. 얼마나 높이 날아야 할까. 나뭇가지에, 가로등에, 높은 빌딩에 부딪히지 않으려면. 보지 않고 하늘 가운데로 날아오르려면. 얼마나 높이 날아야 할까. 얼마나 오래 날갯짓을 해야 할까. 생각한다. 달라진 눈에 익숙해지는 것이 무서워. 달라진 몸에 적응하는 게 두려워. 겁내는 마음보다, 머리보다, 먼저,

던져진 몸, 애쓰는 몸, 받아들인 몸.

"나는 시각형 인물이다.
나는 지켜본다. 지켜본다. 지켜본다.
내가 사물들을 이해하는 것은 내 눈을 통해서이다."

—앙리 카르티에 브레송

무언의 크로키 수첩에 적혀 있던 말.

지켜보고, 지켜보고, 지켜보느라. 무언은 누군가 자신을, 다른 두 눈이 자신을, 제가 자신을 지켜본다는 것을 모른다. 어느 날 갑자기. 자신이 지켜보고, 지켜보고, 지켜보는, 많은 것들을 제가 지켜보고, 지켜보고, 지켜보게 되었다는 것을 모른다. 등 뒤에서. 지켜보는 자는 제 의지와 상관없이 들키는 자가 된다. 비밀을, 비밀 아닌 비밀을, 알리고 싶지 않은 비밀을 들켰다는 것을 모른다. 숨은 두 눈. 눈 뒤의 눈이 있다는 것을 모른다. 눈

뒤에서. 보고 싶지 않은 자가 보는 자가 된다. 감시하고 싶지 않은 자가 감시하는 자가 된다. 감시하고 싶지 않은 자가 감시당하고 싶지 않은 자를 감시해, 감시도 전시도 제 뜻은 아니라. 실내에서 무언은 거의 알몸이었다. 제는 무언의 맨다리 위에 놓여 있는 책을 읽었고, 무언의 알몸을 덮고 있는 천장을 자주 마주 보았다. 마른 무릎과 긴 발가락들이, 가는 팔의 근육과 듬성듬성 자란 털들이 종종 제의 눈에 띄었다. 보여지는 것보다 보는 것에 익숙한 사람. 순간의 포즈를 포착하는 사람. 왼손에서 거의 카메라를 내려놓지 않는 사람. 무언은 아름다웠다. 무언이 아름다웠다는 사실이. 무언이 아름답다는 사실이. 무언이 아름다울 것이라는 사실이. 거의 가장 중요하다.

시간이 눈이 녹는 것처럼. 눈처럼. 고요 속에 있어.

적막에 가까운 고요.

고요 앞에서 나는 많은 이름들을 잊었어.

많은 이름들을 잊어가고 있어.

이름들만이 아니라 어쩌면 온통 하얗던 사방과 눈보라 속에 잠긴 불안도. 불과 며칠 전의 기억도 잊은 거 같아. 잊기 위해 기억하거나 기억하기 위해 잊는 것처럼.

기억과 망각이 이렇게 등을 마주하고 나란히.

산은 깊고, 깊어서 가도 가도 끝나지 않을 것 같았고 눈 속에 잠긴 산장은 산 자들의 세상이 아닌 듯했지만.

오로지 하얀 세상. 사방은 눈뿐이고 길마저 사라진 곳에서 내가 본 것은 두려움도 공포도 아니었던 거 같아. 그건 멀리서 바라보는 죽음도, 삶도, 어느 쪽도. 아무것도. 아니었어. 나는 막연히 뭔가가 슬펐고 그건 내가 떠올릴 수 있는 이름들은 아니었던 거 같아.

낯선 길 위에서

좁고 가파른 절벽 끝에서

끝도 없이 이어지는 계단

계단을 하나, 둘, 하나, 둘, 마음속으로 세는 것밖에. 처음부터 다시 하나, 둘, 하나, 둘. 지나온 계단을 지우듯이 앞으로 나아가는 것밖에 선택할 수 있는 것이 아무것도 없을 때. 숨이 턱까지 차오를 때. 숨이 턱까지 차올라 남은 몸이란 귀, 귓속을 파고드는 심장 박동 소리와 숨소리뿐일 때. 그 계단 끝에서 단 한 번, 나는 너를 만났다.

그저 숨소리, 숨소리, 내 숨소리. 턱 끝까지 차오르는 숨소리. 살아 있다는 느낌. 아직 살아 있다는. 그리고. 누군가. 이미. 이 길을 걸었다는 위안 같은 것들만이 유일한 믿음이었던 그때.

무엇이든 내려놓아야 했던 시간. 남김없이 내려놓았다고 생각했을 때.

손아귀에 잡히는 것이 아무것도 없다고 느꼈을 때. 주머니 속에 쥔 주먹. 빈 주먹 속에 헐거운 시간. 그것 하나를 붙잡고 걸었던 거 같아.

그때 그 길 위에서 만났던 너를, 너의 발자국을 기억해.

소리 없이 계단 아래로 사라지던 아름다운 너.

여자였다. 무언에게 메일을 보낸 쪽은 여자였고, 무언은 무감했다. 무언은 여자의 얼굴이 기억나지 않았다. 여행지에서 누군가와 연락처를 주고, 받는 일은 무언에게 흔한 일이었다. 사진을 찍거나, 사진에 찍히거나. 여자 쪽에서. 무언에게 메일 주소를 건네거나 무언의 메일 주소를 물어왔다. 무언은 아름다웠으므로. 누구일까. 제는 편지의 주인에 대해 생각했다. 무언의 얼굴을 처음 본 날. 거울 속에서 무언의 얼굴, 무언의 단정하고 짙은 눈썹, 하얀 피부, 반듯한 이마, 크고 선한 눈, 날렵한 콧날, 도톰한 입술, 길고 가는 팔다리, 군살 없이 균형 잡힌 몸. 큰 키. 가는 목. 왼뺨의 보조개. 아름다운 미소. 전신 거울 앞에 선 무언을 처음 만난 날. 무언이 제의 눈앞에 처음 드러난 날. 마침내 무언. 무언이 거울 앞에 제 몸을 드러낸 날. 무언의 눈으로. 제는 제 눈과 싸우기를 멈췄다. 제도 모르게. 막연한 질투를 느꼈지만. 힘이 빠졌다. 아는 얼굴, 무언은 제가 본 적이 있는 얼굴이었다. 이름은 몰랐지만. 기억에 남은 얼굴. 무언은 단지 아름답다는 것만으로 주위의 공기를 바꾸는 사람이었다. 남자나, 여자나, 아이나, 노인이나. 누구나. 그의 아름다움을 사랑했을 것이다. 그를 만나야 한다. 제는 생각했다. 처음 만났을 때 무언의 나이를. 제 나이를 생각했다. 스물셋 가을은 가벼운 뻥소니였고 스물일곱 여름은 죽은 매미였다. 관 끝에 내려앉은 배추흰나비. 포르르포르르 날아오르는 나비의 날갯짓. 멀리 흩어지는 민들레 씨앗. 지나온 나이는 차례로 떠올랐고, 흩어졌고, 지나갔다. 제는 무언의 나이를 알 수 없어, 무언의 나이를 상상했다. 무언이 본 것들, 무언이 잊은 것들, 무언의 눈속을 지나갔을 시간들을. 그때로부터 몇 해가 흘렀을까. 왜 그가. 왜 하필. 왜 갑자기. 왜 나에게. 왜. 왜. 왜. 왜. 기차는 다시 달리기 시작했고, 무언은 여전히 아름다웠다.

am pm

am pm. 어느 날. 국적이 다른 두 사람이 국경 근처의 한 도시에서 만난다. 일주일 뒤. 우연히 일주일을 함께 여행한 두 사람은 각자의 나라로 돌아간다. 1년 뒤. 각자의 나라에서 두 편의 소설이 발표된다. am pm. 공교롭게도 제목이 같은 소설. 두 작가는 서로에게 서로의 직업을 속였고 두 사람의 성은 달랐다. 전혀 다른 기억. 내용이 전혀 다른 두 소설이 한 나라의 한 카페를 배경으로 쓰였다. 두 사람은 서로의 소설을 알지 못했지만. 무언은 우연히 두 소설을 읽었다. 메모했다. am pm.

다시 1년 뒤.

제는 골목길에 세워져 있는 낡은 입간판 앞에서 눈을 뜬다. 잠에서 깨면서 집 천장을 바라본 아침이 언제였는지 기억하지 못한다. 주방에서 들리는 소리로 잠에서 깼다는 사실을 실감한다. 도마 위에서 뭔가가 다져지고 있다. ampmampmampm. am pm. 제도 며칠 사이 본 적이 있는 카페다. 무언이 그 도시에서 아침마다 들르던 카페. 커다랗고 까만 개는 거의 배를 깔고 자고 있거나 가끔 일어나 좁은 카페의 안과 밖을 어슬렁거린다. 지저분한 꼬리를 흔들며. 턱수염을 기른 남자 하나가 매일 같은 자리에 앉아 테이블 위에 신문을 펼쳐놓고 노트북 화면을 들여다보고 있다. 블랙커피, 딱딱한 크루아상. 매일 아침, 눈이 커다란 소년이 주문을 받는다. 키가 작고 눈동자가 유난히 까만 소년이 갱지 위에 연필로 블랙커피, 크루아상, 35. 주문받은 내용을 꾹꾹 눌러쓴다. 제가 눈을 떴을 때 무언은 턱수염을 기른 남자 앞에 앉아 있었다. 며칠째 같은 시간에 마주치던 두 사람은 소년이 35 숫자를 적고 있을 때 눈이 마주쳤고 눈인사를 나눴다. 턱수염 남자의 제안으로 햇살이 잘 드는 테라스에 마주 앉았다. 제는 턱수염 남자의 입술과 낡은 입간판 사이, 그 어디쯤에서 눈을 떴다.

하룻밤에 한 사람의 인생을 두 번 사는 겁니다. 나이가 많은 여자였는데 후회가 많았어요. 나이트클럽에서 노래하는 늙은 여자였습니다. 여자에게는 가족이 없고, 돈도 없었어요. 허름한 옥탑방에 살고 있었죠. 나는 물론 그 여자의 인생을 살고 있었지만 멀리서 지켜보는 형편이어서 나에 대해 별로 아는 게 없었어요. 대략적으로 내가 처음 산 여자의 삶은 같은 순간으로 자주 돌아가고 있었습니다. 그건 어떤 선택의 순간이에요. 그 순간에 다른 선택을 했다면 삶이 크게 달라졌을 거라고. 적어도 지금과는 다른 삶을 살고 있을 거라고 믿는 여자였거든요. 나는 그 밤에 두 번. 진짜 그 여자는 아니었지만. 두번째 나를 살게 됐을 때, 그러니까 그녀가 몇 번이고 반복해서 생각했던 같은 시간으로 돌아갔을 때. 아, 내가 서 있는 곳은 어떤 공장의 작업장이었어요. 우습게도 처음의 내가 살고 있던, 첫번째 그녀가 살고 있던 그 방과 아주 비슷한 느낌의 공장이었습니다. 순식간에 모든 일이 일어났어요. 순식간이었습니다. 그녀는 그녀가 생각했던 대로 행동한 거 같았어요. 아, 아뇨. 나는 내가 생각했던 대로 행동했습니다. 하룻밤에 두 번. 살아내기에는 너무 고단한 삶이었죠. 그런데 꿈에서 깨기 전에 나는 말했어요. 분명히 들었죠. 제길, 다를 게 뭐람. 여자가 웃고 있었어요.

턱수염 남자가 마침내 입을 다물었다. 무언은 턱수염 남자의 이야기를 들으며 생각했다. 어떤 선택의 순간으로 돌아간다면. 무언은 돌아가고 싶은 순간이 없었다. 눈을 감았다 떴다. 선택이라니. 제는 어떤 말도 듣지 못했지만. 눈을 감았다 떴다.

제가 눈을 감았다 떴을 때,

같은 날 오후에, 무언은 호숫가 벤치에 앉아 있다. 무언의 두 다리 위에 이런 것들이 놓여 있다.

양쪽 팔에 성게를 하나씩 든 나체 여인.

배우 바셰프가 사용할 입이 없는 마스크

입 부분에 겨드랑이 털을 연상시키는 털을 붙인 마스크 각각 하나

썩어가는 당나귀 네 마리

그것들을 올려놓을 그랜드 피아노 네 대

잘려진 손(실물)

암소의 눈깔.

그리고 개미집 세 개.

제는 눈앞에 글자들을 따라 읽는다. 달리가 영화 「안달루시아의 개」를 찍기 위해 무대 감독에게 내놓았다는 소품 목록. 무언은 달리의 자서전을 읽고 있고 제는 달리의 자서전을 본 적이 없지만 「안달루시아의 개」는 한 번 본 적이 있었다. 영화가 시작되자 소녀의 눈알을 면도칼로 도려내는 장면이 나왔다는 것, 배우가 영화 촬영이 끝나자마자 자살했다는 것을 알고 있었다. 그리고 개미집 세 개. 무언의 눈은 마지막 소품 목록에 잠시 머문다. 그리고 개미집 세 개. 제는 어떤 장면에 개미집 세 개가 나왔었는지 떠올리려고 애쓴다. 언제 영화를 봤는지. 면도칼이 소녀의 눈을 도려낸 이후로. 아무것도 보이지 않는다. 면도칼이 소녀의 눈을 도려내는 장면 뒤로. 아무것도 떠오르지 않는다. 20세기 초 이래로 멈춘 눈. 도려내진 눈. 소녀들의 찢긴 눈. am pm.

재

미적인(Aesthetic)은 '인식한다' 또는 '느낀다'는 의미의 그리스어 aisthanesthai에서 유래했다.

아침 일찍.

제는 게를 끓여 먹는다. 게를 보았기 때문에. 어젯밤, 혹은 며칠 전 아침. 게를 끓여 먹는 무언을 보았기 때문에. 무언의 입속에 들어가는 게를, 무언의 숟가락 위에서 김이 모락모락 오르는 게를 보았기 때문에. 무언 앞에 앉아 있는 여자가 게를 먹는 것을 보았기 때문에. 사람들이 단체로 게를 먹는 모습을 보았기 때문에. 제는 게가 먹고 싶었다. 여자는 게를 맛있게 먹었다. 작은 입으로 게의 다리를 쪽쪽 빨아 먹었다. 양손을 쪽쪽 빨아 먹었다. 그래서 제는 게를 먹는다. 아침 일찍. 제는 게를 좋아하지 않았지만. 무언이 게의 하얀 속살을 파먹을 때 제는 기다렸다. 단지 게가 먹고 싶어서. 눈이 돌아오기를. 눈이 돌아와 눈앞을 비추기를 기다렸다. 이제 제가 보는 것들은, 제 앞에 보이는 것들은, 무언이 보는 것들은, 마침내 보이지 않는 두 눈은. 제의 식욕에까지 영향을 끼쳤다. 눈앞에 없는 두 눈은 제의 느낌에 흔적을 남겼다. 제의 기분에. 제의 시간에. 마치 제 자리처럼 군림했다. 제도 모르게. 제는 TV를 보고 라면을 끓여 먹는 아이처럼 게를 끓여 먹는다. 군침이 돌아. 맛있겠다, 맛있겠어. 아이가 끓인 라면이 TV 속 라면이 아닌 것처럼. 게는 제가 상상했던 맛이 아니라 게는 제가 익히 알고 있는 맛이다. 게 맛. 제는 전날 밤의, 혹은 며칠 전 아침의 여자처럼 손을 쪽쪽 빨며 게를 맛있게 먹을 수 없다. 게가 그냥 게지. 제는 헛웃음을 웃으며 서둘러 그릇을 닦고 방으로 들어온다. 이가 아프다. 이가 아파. 깊은 잠, 꿈 없는 잠, 끝없는 잠. 잠을 자고 싶어. 피곤하고 피곤하다. 졸리고 졸립다. 제는 느낀다.

1년 후

에빙하우스의 망각 곡선

에빙하우스는 19세기 독일의 심리학자로서, 실험심리학의 선구자로 불린다. 그는 망각, 기억에 대한 연구를 통해 망각곡선을 발표하였다. 그의 연구에 따르면 학습 후 10분 뒤부터는 망각이 시작되어 1시간 뒤에는 50퍼센트, 하루 뒤에는 70퍼센트, 한 달 뒤에는 80퍼센트를 망각하게 된다. 이러한 망각으로부터 기억을 지켜내기 위한 가장 효과적인 방법은 복습이다.

1년 전, 아니 3년 전. 아니 어쩌면 그보다 더 오래전. 기차는 블라디보스토크에서 출발했다. 그해 겨울. 2등실, 2층 침대 위에서. 주앙 질베르토Joao Gilberto, 데미안 라이스Damien Rice, 엘리엇 스미스Elliott Smith, 게리 줄스Gary Jules가 나란히 달렸다. 영하 35도의 시베리아 벌판을. 끝없는 눈밭을. 눈 덮인 자작나무 숲을. 맥주를 마시고, 땅콩을 씹으며 제는 생각했다. 저 아이는 아름답다. 환청처럼. 러시아 민요를 듣고, 기타 소리를 들으며 무언은 생각하지 않았다. 의식적으로. 떠나온 곳, 지난 시간, 우현과 오조를. 무언은 1층 침대에 제는 2층 침대에 누워 있었다. 기차는 달리고, 멈추고, 달렸다. 러시아 사람들이 타고 내리고 타고 내렸다. 새벽의 찬 공기 속에서. 무언과 제는 서로의 음악을 바꿔 듣고 몇 권의 책을 바꿔 읽으면서. 서로의 이름을 묻지 않았다. 벨벳언더그라운드The Velvet Underground 위로 카멜Carmell이 지나갔다. 조용히. 벤 폴즈Ben Folds와 애퀄렁Aqualung이 자리를 바꿨고 실버체어Silverchair 위로 3호선 버터플라이가 날아올랐다. 비요크Bjork와 황병기가 나란히 누웠다. 아르헤리치Argerich와 라디가 짙은과 빌리 홀리데이Billie Holiday가 비틀스The Beatles와 키신Kissin이. 순서 없이 흔들렸다. '창밖에는 비 오고요'. 창밖에는 눈 오고요. 기차는 덜컹덜컹 노래를 따라 부르기도 하면서 들판을 달리고, 벌판을 멈추고, 들판을 달리고, 벌판을 달렸다.

최대한 무덤덤하게 죽고 싶어. 비장한 죽음은 재미없지.

어느 역을 지났을 때였을까. 오스트리아에서 온 여자가 말했다.

다시 태어난다면 무엇으로 태어나고 싶은데?

여자와 마주 보는 1층 침대를 쓰던 무언이 물었다.

안 태어나고 싶은데. 안 될까?

여자의 웃음소리가 들렸다. 제는 무언과 여자의 대화를 듣고 있었다. 2층 침대에서. 다시 태어난다면. 제는 눈을 감고 생각했다. 다시 태어난다면. 기차는 잠 속으로 잠 속으로. 달리고 있었고.

다시 태어난다면.

다시 태어난다면.

질문을 던지기 전에.

무언은 똑같은 질문을 두 번 받았다. 한 번은 카페테라스에서. 볕이 좋은 날, 붉은 목련을, 개목련을 바라보고 있을 때. 또 한 번은 길을 걷다가. 어느 길이었는지. 모르는 사람들이 이따금 눈을 마주치며 지나가는 거리에서. 다시 태어난다면. 다시 태어난다면 무엇으로 태어나고 싶어? 같은 여자가 두 번 물었다. 눈이 크고 가슴이 작은 여자였다.

글쎄.

무언은 두 번, 똑같이 대답했다.

글쎄.

나는 바람. 바람으로 태어나고 싶어.

여자가 말했다. 한 번은 카페테라스에서. 한 번은 길을 걷다가. 마치 처음처럼. 다시 태어난다면.

나란 어디에도 없어. 처음부터 그런 건 없었지.

다시 태어났는데. 다시 태어난 나를 나라고 할 수 있을까?

다시. 다음. 나라니.

오스트리아 여자의 목소리가 제의 귓가에 꿈결처럼 들렸다.

제는 여전히 무언의 이름을 알지 못했고 꿈속에서 꿈으로. 다시 태어나는 중이었다.

당신이 바라는 바는 타원을 닮았고
타원을 닮아, 바깥으로 달리고
바깥으로만 커진다.

기차가 덜컹거릴 때마다. 다시 태어나.

기차가 멈출 때마다. 다시 태어나.

여드름만이 부끄럽던 시절.
시도 때도 없이 솟아오르는 여드름.
여드름 같은 그 시절이 떠올라 주름이 하나씩 늘어
여드름이 남긴 점처럼.

어느 날 갑자기.

사람이 물에 뜰 수 있다니.

제는 기차 안에서. 시베리아 벌판에서. 2층 침대 위에서. 꼼짝없이. 이렇게 알 수 없는 문장들만 기억에 남는 꿈을 꾸곤 했다. 무언은 1층 침대 위에, 제는 무언의 침대 위에 나란히 누워 있었고 서로의 이름 대신 서로의 플레이 리스트를 기억했다. 음악을 바꿔 듣고, 몇 권의 책을 바꿔 읽으면서. 기억할 것이 없어, 서로에 대해 아무것도 묻지 않았다. 창밖에는 끝없는 눈. 눈에 멀미를 느끼면서, 둘은 가능하면 떠나온 도시의 말을 입 밖에 꺼내려고 하지 않았다. 그해 겨울.

블라디보스토크에서 이르쿠츠크까지.

사소한 오해도 나눈 적 없는 사이. 제와 무언. 무언과 제.

수심 1720미터. 세계에서 가장 오래된 호수의 심연. 크기를 가늠할 수 없는 바이칼 호수 앞에서 그들은 헤어졌다.

1년 전, 아니 3년 전. 아니 어쩌면 그보다 더 오래전. 기차는 이르쿠츠크에서 출발했다.

1년 후.

호수의 수면으로 여전히 떠오르지 못한 익사체. 전설 속에 잠긴 시신들은 전설 속에 잠들어 있었고. 무언과 제는 서로의 망각 속에 잠겨 있었다. 아직 아무것도 떠오르지 않았다.

사소한 오해.

무언은 몇 분째 한 여자를 보고 있다. 맞은편 창가 자리에 앉은 여자다. 짧은 은발에 빨간 안경테. 여자의 회색 코트와 은발이 잘 어울린다. 여자는 한 번도 고개를 들지 않는다. 지하철 안에는 다양한 인종의 사람들이 섞여 있고 무언은 여자가 읽고 있는 책이 궁금하다. 무언은 내려야 할 역을 지나친다. 여자는 책에서 눈을 떼지 않는다. 진지한 표정으로 책에 몰두하고 있다. 여자의 독특한 분위기가 무언을, 무언의 상상력을 멀리 끌고 간다. 왼손의 카메라. 무언은 몰래 초점을 맞추고 셔터를 누른다. 지하철이 두세 역을 달린다. 타고 내리는 사람이 없어 문은 계속 닫혀 있다. 잠시 후 지하철이 새로운 역사로 들어선다. 여자가 갑자기 잊고 있던 무언가 떠오른 사람처럼 황급히 자리에서 일어선다. 반사적으로. 무언도 고개를 돌려 역의 이름을 확인한다. 책이 여자의 무릎에서 떨어진다. 무언은 순간을 놓치지 않는다. 찰칵. 셔터를 누른다. 스도쿠. 가로세로 정사각형의 숫자판. 수학 퍼즐. 흔들린 피사체. 제는 피식 웃는다. 무언은 피식 웃는다. 동시에. 지나친 몇 개의 역을 생각한다.

한편

1999년 9월 31일, 2001년 11월 31일, 2007년 6월 31일.

어느 날 갑자기. 무언은 침묵했다. 무언은 어딘가 있었고, 어딘가에서 눈을 떴고, 어딘가에서 잠들었다. 오래전부터. 죽여버리겠어, 다 죽여버리겠어. 눈이 마주치면 다 죽여버리겠다고 주먹을 휘두르던 남자는 어느 날 갑자기 길에서 얼어 죽었다. 소리 소문 없이. 사람들은 침묵했다. 사람들의 침묵 위에, 무언의 침묵 위에. 소의 혀가 놓여 있다. 접시 위에. 소의 혀가 가지런히 놓여 있어, 무언이 한 점 혀를 들어 혀 위에 얹어놓는다. 혀 위에서 혀가 녹는다. 부드럽게. 제가 미간을 찌푸린다. 제 입속에 소의 혀가 든 것처럼.

무언의 SNS

가만히 누워
「Svefn-G-Englar」를 아흔일곱 번 들었다.
끝내 몽유병자가 되지 못했다.

볼살, 혀, 연골, 뇌수.
무에게도 조상이 있다.

여기는 사막이다.

습기에 의지해 산다.
물과 약간의 눈물.

지겹거나 지치거나
지독하게.

내일:
담쟁이는 물들고, 기차는 달린다.

이발사는 누군가의 얼굴과 가르마로 시간을 나눈다.
직장인은 점심시간으로
파트타이머는 파트타임으로.
건반으로 기억하는 삶을 살고 싶었지만
포즈만 남았다.
아무것도 남기지 않는다.

내일의 바다에서
작은 비극을 상상했다.

막연한, 바다.
막연한, TV.
막연한, 의자.
막연한, 초콜릿.
막연한, 분노.
막연한, 잠.

아멘,
아멘.

흐르는 강처럼.
이따금 몸을 뒤척이기만 해도 세월은.
연기, 수증기, 취기.

병어가 달아
나는 영토가 없는 나라에 산다.

"분노의 뿌리는 희망이다."
이런 문장을 읽었다.
로마의 철학자 세네카가 네로 황제를 위해 썼다는 논문에 남아 있는 명제.
때로 아프지 않을 수 있다는 아픈 희망이,
외롭지 않고 싶다는 헛된 희망이,
지금보다 나아질 거라는 외로운 희망이,
보이지 않는 손을 뻗는다. 뿌리를 움켜쥔다. 뿌리를 쉽게 놓아주지 않는다.
종종 잎은 뿌리를, 뿌리는 가지를 눈치채지 못한다.
가지 끝에서 잎들이 흔들린다. 잎들이 붉게 물든다.

잎들이 힘없이 떨어진다. 하나,
둘. 빈 가지 위에.
눈이 쌓인다. 입술을 깨문다.
뿌리 끝이 축축하다.

어제는
나의 폐허를 견디느라
너에게 돌을 던졌다

한편,
화면 위에서 SNS가 자꾸 눈,으로 변한다.
자판에 한영 변환키를 몇 번씩 누른다.

희미하게 기꺼이 이윽고 부러진 발목들

쓰러진 거 보면 어떤 생각이 들어요?
쓰러진 거요?
네. 길에 쓰러진 것들 있잖아요. 저기. 입간판 같은 거요.
아. 뭐 일으켜 세우고 싶죠.
어떤 생각 드는데요?
저요? 저는 그냥 쓰러져 있고 싶은 거 같은데요.

머리숱이 적은 남자가 흑백사진 앞에서 멋쩍게 웃는다. 멋쩍은 소리를 해놓고. 제가 미술관에 들어가 처음 기획한 전시는 꽤 성공적이었다. 작은 미술관의 규모에 비해 많은 관람객이 찾았다. 부담 없이 담소를 나누며 미술관 홀을 도는 무리의 사람들을 자주 볼 수 있었다.

젊은 작가 8인의 전시, 몇 점의 점들.

전시실 1층 한쪽 벽면에 365그루의 나무가 서 있다. 검은 벽을 가득 메운 365그루의 나무는 한 그루의 나무다. 한 그루 나무를 같은 자리에서 매일 촬영한 사진. 나무는 아직 덜 자란 볼품없는 은행나무다. 줄기가 가늘고 가지가 많지 않다. 하늘이 사진의 절반을 차지하고 있다. 잿빛 하늘. 365그루의 어리고 빛나고 헐벗고 눈 쌓인 흑백 나무들. 옆에 작은 글씨가 적혀 있다. 1999년 — 너에게.

입구가 좁은 방. 방은 어둡고 좁고, 길다. 방의 입구 맞은편 끝에 지하철 승강장의 CCTV를 몰래 녹화한 영상이 반복해서 나온다. 지하철이 들어오고 문이 열리고 사람들이 내리고, 올라탄다. 텅 빈 승강장. 사람들이 다시 하나, 둘, 늘어난다. 줄을 선다. 승강장이 꽉 찬다. 흑백 화면과 상관없이 방 안에 계속되는 빗소리. 빗방울이 하나, 둘 양철 지붕 위로 떨어지기 시작한다. 빗방울이 하나, 둘. 하나, 둘. 빗줄기가 굵어진다. 세찬 비가 양철 지붕 위로 쏟아진다. 점점 커지고, 작아지고, 잦아들고, 다시 하나, 둘 떨어지기 시작하는 빗방울 소리. 위로. 흑백 화면 속에서 누군가 우연히 CCTV를 정면으로 바라본다. CCTV를 겨누고 있던 카메라 렌즈와 눈이 마주친다. 무심히 고개를 돌리는 여자. 지하철이 들어온다. 느리게. 영상은 반복된다. 교복을 입은 아이들이 텅 빈 승강장에 남는다. 두 아이가 빨간 플라스틱 의자에 앉아 있다. 승강장에 다시 사람들이 가득 찬다. 지하철이 들어온다. 사람들이 사라진다. 아이들이 아직 남아 있다. 영상은 반복된다. 사람들이 빗소리 밖으로 사라진다. 방 입구에 적힌 작품의 제목을 확인하지 않는다.

한 ㄴ ㅏ ㅁ자 의 얼 굴.
카 ㅁ ㅔ 라 로 한 ㅉㅗ눈 을 가 린 얼 굴.
사 진작 가 의 거 ㅇ ㅜ F 속 얼굴.
ㄱㄱK ㅣ 진 거울. 조각난 거울.

—이미지식민지

검은 돌. 흰 돌. 조개껍데기. 흰 돌. 새빨간 캡슐. 새빨간 캡슐. 검은 돌. 검은 돌.

—자화상

연필로 그린 희미한 개의 목줄」을 찍은 사진.

—가면의 해변

자살 유발지

무언이거나 제이거나 무언이 아니거나 제가 아닌 남자가 침대 위에서 땀을 뻘뻘 흘리고 있었다. 여자의 얼굴 위로 땀방울이 뚝뚝 떨어졌다. 빨리 끝내고 싶다. 제는 어색하고 익숙했다. 제는 거침없고 겁먹었다. 어둑한 어둠. 어스름한 빛. 여자는 눈을 감고 있었다. 여자의 반쯤 벌린 입에서 비명 같은 신음이, 신음 같은 비명이 새어 나왔다. 신음과 비명 사이에서. 제는 집중했다. 온 힘을 다했다. 거짓말처럼. 딱 절반. 그러니까. 딱 절반. 그 이상은 실패였다. 아무래도, 아무래도. 아무리 힘을 써도 힘이 빠졌다. 믿을 수 없었다. 제는 여전히 입을 반쯤 벌리고 있는 여자의 귓가에 무슨 말인가 속삭였다. 작고 하얀 여자의 귀. 제는 제가 한 말을 듣지 못했다. 시작부터. 여자의 신음도 비명도 듣지 못했다. 정중하게. 최대한 정중하게. 양해를 구한 것 같았다. 제는 문득 제가 아닌 것 같았지만. 다음 순간, 제 앞에 작은 구멍이 있었다. 무릎을 꿇고 엉거주춤한 자세로. 제는 어떤 구멍을 들여다보고 있었고, 그 구멍을 들여다보고 있는 구멍 앞의 남자는 분명 제 자신 같았다. 제는 얼어붙었다.

꿈속이었고. 꿈속이었지만. 제의 꿈이거나. 무언의 꿈이거나. 거기 눈. 분명한 눈. 새빨간 눈. 그건 쏘아보는 눈이었다. 제는 눈을 감고 싶었지만. 눈을 감을 수도 고개를 돌릴 수도 없었다. 거기. 있어야 할 암흑 대신. 검은 구멍 대신. 좁은 눈이, 붉은 눈이, 충혈된 눈을 감추고 있었다. 눈을 떠. 제발. 눈을 떠. 눈 뜨고 싶어. 잠 깨고 싶어. 아무리 소리를 질러도 제 입 밖으로 소리가 나오지 않았고. 제는 잠든 무언을 본 적이 없었다. 잠든 무언의 등을 본 적이 없었다. 이불 밖으로 빠져나온 긴 다리, 정강이에 듬성듬성 자라난 털, 가는 발목 끝에 달린 하얀 발, 왼뺨에 보조개, 아름다운 미소. 그날 밤 무언은 곤히 잠들어 있었다. 입 밖으로 소리가 나오지 않았다.

잠든 무언의 침대맡에 놓여 있는 무언의 크로키 수첩.
펼쳐진 수첩 위에 제가 보지 못한 그날 밤의 메모들.

고독이 유행이라.

그때도 꼭 지금처럼 고독이 유행이라…… 누구나 한 번쯤. 죽고 싶냐. 죽고 싶어. 그래 너도 죽고 싶냐. 나도 죽고 싶어. 이를 악물고 서로의 귓가에 귓속말을 하곤 했다. 괄호 속에서 유행은 유감이었고. 유감은 유행 밖이라. 나는 제목이 전부인 기도와 기도가 전부인 어제를 잊었다.

얼마의 시간이 지났을까. 나는 또 돌아왔다.

오조…

나약하고 나약한 것들.

나약하고 연약한 것들. —잔인함, 어리석음, 이기심, 탐욕, 질투,
오만, 무지, 허세.
힘. 힘. 힘. 불치.
너는 오로지 너에게 속한 사람//
불치.

오조//

통의동, 메타포 5시//

무언이 떠날 때, 무언이 처음 떠돌기 시작했을 때 오조가 말했다.

너는 어디에도 속하지 못해.

처음부터 끝까지. 오직 너한테만 속한 인간이니까.

무언은 오랫동안 오조를 보지 못했지만 오조에게 들은 마지막 말을 분명하게 기억했다. 동해에서 블라디보스토크로 가는 배를 타기 전 부둣가에 서 있던 오조의 차가운 얼굴을. 무언은 오랫동안 기억했다. 제는 아직 오조를 한 번도 보지 못했지만. 기억할 수 없는 처음이 그랬던 것처럼. 어떤 장면은 돌연 제의 눈앞을 가로막았다. 대책 없이 돌아가기 시작했다.

제의 눈앞에서.

제에게도 익숙한 풍경들.

무언이 바라보는 풍경들이 제를 스쳐 간다. 무언은 걷거나 달린다. 제가 본 적 있는 거리를. 제는 제법 익숙한 무언의 움직임과 속도를 느낀다. 핸들을 잡고 있는 그의 손등의 점을 보거나 달리는 무언의 발끝을 본다. 무언이 친숙하게 악수를 나누는 사람들과 줄어드는 보행자 신호등의 숫자를 본다. 익숙한 도로. 익숙한 간판. 익숙한 이정표. 익숙한 글자들. 제는 무언이 돌아왔다는 것을 안다. 무언과 제는 같은 도시에 있어,

보이는 것들이 보는 것을 가로막는다.

보여지는 것들이 보아야 하는 것들을 뒤덮는다.

보란 듯이.

보인다, 보여진다. 보인다, 본다.

보인다, 보이지 않는다. 보인다,

보지 못한다.

17 : 28

통의동, 메타포, 5시.

방어흔?

방어흔이오?

네.

누구한테 맞아본 적 있어요?

질문을 받은 인터뷰어가 무언을 황당한 얼굴로 바라본다. 사람은 공격을 당하면 무의식적으로 방어하게 된대요. 칼로 공격을 당하면 칼날을 손으로 쥐거나 막으려고 한다고요. 베이거나 찔릴 걸 알면서도요. 무의식적으로. 손으로 칼날을 잡아서 칼을 막는 거죠. 심지어는 총도 손으로 막으려고 한답니다. 손바닥으로. 총알을 막으려는 거예요. 이렇게 방어하면서 생긴 손상을 방어흔이라고 한대요. 우습죠?

제는 무언의 말을 듣지 못한다. 하얀 탁자 위의 커피 잔이, 무언의 까딱거리는 발끝이, 지저분한 운동화의 얼룩이, 길가에 가로수가, 키보드 위 여자의 하얀 손끝이, 여자 앞에 놓여 있는 노트북이, 여자의 얼굴이 보인다. 제와 여자의 눈이 마주친다.

아뇨. 슬픈데요. 혹시 작가님께 실제 방어흔이 있나요?

여자가 무언에게 묻는다.

그 비슷한 거라고요.

뭐가요?

나요.

나를 한마디로 정의한다면? 인터뷰어의 주문은 싱겁게 끝난다. 모르는 것들에 대해 말할 수 없어, 무언은 많은 질문에 딴청을 부리고, 대충 얼버무리고, 실없는 농담을 한다. 테이블 위에서 시간이 엇나간다. 엇갈린다. 스튜디오 화장실에서 약속 시간에 맞춰 이를 닦다가. 집에 아직 다녀오지 않았다. 거울 속에서. 무언은 생각했다.

인간아. 아예 소녀시대를 대통령으로 모셔라, 모셔.

통의동, 메타포, 5시.

제는 한자리에 앉아 있다. 근처 테이블에서 낯선 목소리들이 날아온다. 무언은 나타나지 않고 남자들은 테라스에 앉아 담배를 피운다. 실없는 농담을 나눈다. 커피 잔 너머로, 담배 연기 너머로, 메타포 건너편 길가로 여자들이 지나간다. 28일. 통의동, 메타포, 5시. 무언이 인터뷰를 마치고 스튜디오로 돌아간 며칠 뒤, 제는 무언의 메모를 보았다. 무언은 수첩을 펼쳐서 아무것도 적지 않고 가만히 앉아 있다가 잠들었다. 제는 무언이 잠들기 전까지 적혀 있는 메모들을 꼼꼼히 읽었고 기억했다. 그리고 얼마의 시간이 지났을까. 제는 오늘 아침 익숙한 방에서 눈을 떴다. 눈앞에 손. 제 손이 보였다. 무언을 만난다고 달라질 것은 없겠지만. 접이용 지팡이를 가방에 넣고 무작정 집을 나섰다. 택시 안에서 몇 순간 낯선 다리들, 낯익은 얼굴들을 보았다. 무언의 눈앞이 차례로 떠올랐다 사라졌다. 라디오에서는 상습적 성폭행범에 대한 얘기가 나오고 있었고 제는 메타포에 가봐야 아무 소용이 없다는 것을 알고 있었다. 나는 지금 왜 메타포로 가는 걸까. 제가 생각에 골몰하기 전. 택시는 통의동에 도착했고 다행히 눈은 밖을 향해 있었다. 창밖으로. 또 한 무리의 여자들이 지나간다. 승무원으로 보이는 여자들. 머리를 하나로 묶어 올린 여자들. 장식이 없는 까만 구두를 신은 여자들. 무릎이 살짝 보이는 에이라인 스커트를 입은 여자들. 비슷한 손가방을 든 여자들. 승무원 학원에 다니는 여자들이 지나간다. 테라스의 남자들이 담배를 피운다. 재를 떨고 여자들을 바라본다. 눈이 여자들을 따라간다. 남자들이 여자들을 바라보는 것을 무심히 보고 있던 제의 눈도 여자들을 따라간다. 제는 여자들의 뒤를 따라가다가 천천히 따라 읽는다. "*밤하늘의 별을 바라보는 것은 과거를 보는 것이다.*" 무언이 읽어 내려가는 속도로. 무언의 눈이 글자 위를 더듬어 내려가는 속도로. 제의 눈이 여자들의 다리를 떠나 갑자기 무언의 뒤를 밟는다. 또각, 또각. 또각, 또각. 멀어지는 여자들의 매끈한 다리 위로. 제가 지금 바라보는 것은 무언의 과거가 될 시간이다. 무언의 시선이 한곳에 머문다. 다음 장으로 넘어가지 못하고 한 문장을 반복해서 읽는다. 어쩌면 무언은 무심히 마지막 문장에 시선을 두고 있는지도 모른다. 습관적으로. 이곳이 아닌 곳. 이곳 아닌 저곳. 떠나온 그곳을 떠도는지 모른다. 헤매는지도 모른다. 머무는지 모른다. 문장 너머, 과거의 빛 너머, 별 무리 너머, 밤하늘 너머. 그 어딘가. 제의 눈이 문장 위에 내려앉는다. 제는 페이지 속으로. 문장과 문장 사이로. 무언의 빛 속으로. 녹아들어 간다.

집에 돌아왔을 때, 제는 제 자신의 책장에서 같은 책을 꺼내 들었다. 오랫동안 한자리에 꽂혀 있던 책을 꺼내 책장을 한 장 한 장 넘기며 같은 페이지를 찾았다. 밤하늘은, 거대한 별은, 작은 별은, 과거는, 문장들은, 책갈피 사이, 빛이 새어 들어오기 전, 어둠과 어둠 사이. 거기 있었다. 과거의 한 페이지, 페이지의 한 귀퉁이는 이미 오래전에 접혀 있었다. 책장에서 붕괴하는 별. 던져진 빛. 깃든 고요.

제의 눈은 그날 밤.

지구에서 가장 가까운 별로 떠나는 꿈을 꾼다.

매일 저녁, 지구에서. 지구에서 가장 가까운 별이 진다.

지금. 지구에서 가장 가까운 별이 떠오른다.

3만 8천 피트 상공

새벽에 제는 눈을 떴다. 눈이 떠졌다. 회전의자가 제를 향해 앉아 있었다. 누군가 잠시, 앉았다 간 것처럼. 의자가 제의 침대를 향해 돌아 앉아 있었다. 제는 어스름한 빛 속에서 의자를 보았다. 그 순간 눈은 제의 것이었다. 의자가 있구나. 제는 소리 내서 말해보았다. 자신의 목소리가 어색하게 들렸다. 몸을 일으켜 의자의 손잡이를 만졌다. 매끄럽고 딱딱한 플라스틱 손잡이. 차례로 의자의 등받침을, 의자 위에 놓인 둥근 방석을 만져보았다. 딱딱하고, 부드럽고, 푹신했다. 의자에 앉았다. 팔걸이에 팔을 내려놓고 팔걸이에 놓인 팔을, 방바닥 위에 발을 보았다. 하얀 발. 두 발로 바닥을 밀어 의자를 한 바퀴 돌려보았다. 의자가 느껴졌다. 제 자신이 느껴졌다. 눈앞에 의자가, 눈앞에 제가. 단지, 어떤 물질이 느껴졌다. 의자가 있고, 제가 있다. 의자가 있고, 내가 있다. 의자, 침대, 책상. 책상, 침대, 제. 제 자신. 제는 연필을 들고 글씨를 쓰기 시작했다. 손에 쥔 연필. 연필 끝으로 조금 전에 본 것들을 쓰기 시작했다. 방금 전에 느낀 것들을 쓰기 시작했다. 연필로 쓴 글자들이 종이 위에 남았다.

제가 쓴 글자들.

우연한 기회에 땅을 보았다.

넓은 땅을 한꺼번에 보았다.

하늘을 날고 있었던 것은 아니고 나는 가만히 서 있었다. 느낌이 그랬다. 하늘에 서 있었고 땅을 올려다보고 있었다. 가끔 고개를 숙이고 발아래 하늘을 보았다. 구름이 발목 근처를 지나가기도 했는데 구름이 지나간 뒤에는 서늘했다. 아무것도 하지 않고 고개만 들고 있었다. 땅에 나무도 보고, 차도 보고, 길도 보았다. 나무 사이로, 차 사이로, 길 가운데로 사람들이 지나다니는 모습이 보였다. 사람들이 지나가고 나무가 흔들리고, 그림자들이 지나가고 그림자가 흔들렸다. 그림자가 만나고 그림자가 헤어지고, 그림자가 길어지고 그림자가 짧아졌다. 늦게까지 어른어른 거렸다. 온종일 먼 땅에 그림자만 어른어른 그랬다. 나는 계속 가만히 서서 땅을 올려보다가 고개를 숙이고 발끝으로 이렇게 써보았다. 지나던 구름에 써보았다. 하늘에 구름. 땅에 그림자. 하늘 구름. 땅 그림자. 하늘 그림자. 땅 구름.

발목 근처로 그림자가 지나갔다. 발목이 서늘했다.

구름을 통과하는 법

갈라파고스 코끼리 거북이도 스트레스 때문에 죽는다.

난 의심 안 합니다. 믿을 생각 없거든요.

믿고 싶어서. 믿고 싶으니까. 의심하는 거죠.

제는 무언의 말을 들으면서 무언의 책상 위에 놓여 있는 해부 현미경을 본다. 무언이 제의 앞에 와서 앉는다. 스튜디오 내부는 여러 번 와본 것처럼 제의 눈에 익숙하다. 모양이 다른 여러 개의 의자들. 특이한 패턴의 소품들. 어지럽게 서 있는 카메라 장비들. 제는 며칠 전에 보았던 거대한 유리 기둥, 아름답게 빛나던 유리 기둥, 웅장하다고 느꼈던 유리 기둥을 발견한다. 현미경 받침대 위에 놓여 있는 소금. 소금 알갱이들.

그런데. 그게 믿고 안 믿고를 떠나서. 말이 되나요?

빨간 소파에 앉은 무언이 웃는다. 여전히 왼손으로 만지작거리고 있는 카메라. 제는 소금 알갱이에서 얼굴을 돌려 무언의 얼굴을 본다. 무언의 왼뺨에 보조개가 들어간다. 수없이 본 보조개.

흔한 일은 아니죠.

무언이 말한다. 제가 생각했던 것보다 더 낮고 굵은 중저음의 목소리다. 제는 자신이 무언을 만났다는 것을 실감한다.

불쾌하셨다면 죄송합니다.

제는 무언의 스튜디오를 찾아오기까지 한 번의 망설임도 없었던 자신이 이상하다고 느낀다. 오조에게 메일을 보내고, 무언의 연락처를 받고, 약속을 잡으면서. 제는 무조건 만나야 한다고, 무조건 무언을 찾아야 한다고 생각했다. 그것만이 제 눈을 돌려놓을 유일한 방법인 것처럼. 무언이 돌아온 뒤 줄곧 무언을 찾는 일에 몰두했다.

아뇨, 뭐. 제가 해드릴 일도 없는데.

제는 너무 태연한 무언 앞에서 할 말을 찾지 못하고 무언은 전혀 기억하지 못한다. 제의 얼굴을 떠올리지 못한다.

몇 년 전에 블라디보스토크. 혹시 생각 안 나요?

제는 떠오르는 대로 말한다.

우리가 전에 만난 적이 있어요? 제가 사람을 잘 기억 못해요. 기억력이 영 꽝이라. 사실 방금 전 일도 잘 기억을 못해서.

무언은 또 무심하게 웃는다. 습관적으로. 오른손으로 머리를 쓸어 넘긴다.

낯익은 손. 익숙한 손. 낡은 손목시계.

제는 눈앞에서 제 눈이 흔들리는 걸 느낀다.

미안한데요.

제가 말한다. 무슨 말을 하려고 여기까지 왔던가. 눈앞이 흔들린다. 제의 눈앞이 흐려진다.

미안한데요.

제는 다시 말하고, 말하는 제 자신의 입술을 본다. 무언의 입 위에서, 제의 눈앞에서. 점점 선명해지는 입술. 제의 입술이 움직인다.

저기요, 미안한데요. 다른 데 좀 보세요.

제는 힘겹게 말하고 무언은 바로 알아듣지 못한다.

제가 어떻게 도와드려야 할지 잘 모르겠어요. 사실 좀 황당하기도 하고요.

제는 처음으로 무언이 하는 말과 무언이 보는 것을 동시에 듣고, 본다. 보고, 듣는다. 제 자신이 뭔가에 화가 난 사람처럼. 억울한 사람처럼. 소중한 뭔가를 빼앗긴 사람처럼. 입을 앙다물고 제 자신을 바라본다.

아뇨, 그냥. 지금. 지금 다른 데 좀 보시라고요.

네?

무언의 표정이 일그러진다. 제가 제 자신의 눈을 보고 말한다. 경악. 슬픔. 분노. 수치. 혐오. 정체를 알 수 없는 감정들이 차례로 제를 스치고 지나간다. 제를 밀치고 지나간다. 가차 없이. 제를 넘어뜨린다. 제가 바라보고 있는 제. 제는 자신의 코끝에, 어깨 위에, 솟은 가슴 사이에 주저앉는다.

지금, 지금요. 저 말고, 제 얼굴 말고 다른 데 좀 보시라고요.

제는 겨우 말을 이어 말하고 무언은 제의 눈을 뚫어지게 본다.

경악한 눈. 분노한 눈. 슬픈 눈. 불안한 눈. 끔찍한 눈. 잃어버린 눈. 빈 눈을.

진짜 당신 눈에 당신이 보인단 말이에요?

제는 왼쪽으로 고개를 돌린다.

오른쪽 귀요. 지금은 내 오른쪽 귀가 보여요. 귓바퀴에 있는 점, 짧은 머리카락들이요.

무언이 두 손으로 얼굴을 문지른다. 한순간, 제의 눈앞이 캄캄해진다. 빛무리의 얼룩이 눈 안쪽에서 어른거린다.

그렇지만. 그치만.

무언은 뭔가 말하려다 만다.

그렇지만.

사실이라면. 말도 안 되지만. 정말 말도 안 되지만. 말도 안 되는 이 상황이 사실이라면.

눈 뒤에 눈. 무언은 얼마 동안 이 여자가 자신을 지켜본 건지 생각한다. 얼마나 오랫동안 눈 뒤에 여자가 있었는지, 자신이 얼마나 오랫동안 다른 눈의 존재를 모르고 있었는지, 생각한다.

그럼.

무언은 당황한다. 묻는다. 묻지 않는다.

제는 무언이 무엇을 묻는지 안다. 묻지 않은 질문이 무엇인지 안다. 대답하지 않는다. 본 것을 무기로 더는 무언을 난처하게 하고 싶지 않다. 제는 오조를 통해, 얼굴이 잘 알려진 오조를 통해 무언을 찾았다. 무언의 연락처를 알아내기 위해 오조에게 상황을 설명했고 오조를 이해시키는 과정에서 제가 알고 있는 것들, 제가 무언의 눈으로 보아서 알게 된 것들을 말할 수밖에 없었다. 무언도 오조에게 들어 알고 있을 것이다. 무언은 인정하지 않았지만. 이렇게 무언과 제가 마주 앉게 된 것도 결국은 제가 무언에 대해 알고 있기 때문이다. 그 이상으로. 알고 싶지 않았던 사실, 알게 된 사실, 알려고 하지 않았던 비밀 같은 것들에 대해. 너에 대해 알고 있다고 말하고 싶지 않아, 제는 입을 다문다.

정말.

무언이 다시 무슨 말인가 하려다 입을 다문다. 담배에 불을 붙인다. 연기가 피어오른다. 무언이 연기를 빨아들인다. 볼이 오목해진다. 담배 끝에 재가 달린다. 무언이 연기를 내뿜는다. 제는 무언 앞에. 무언의 눈앞에서 무언을 보지 못한다. 담배 연기가 스튜디오에 퍼진다. 담배가 타 들어가는 냄새가 무언의 숨 냄새에 섞여 공중을 떠돈다. 제는 제 자신과 마주 앉아 있다.

고독중독

피그미 카멜레온은 죽을 때까지 평생, 1제곱미터 안을 맴돈다.

피그미 카멜레온이 죽을 때까지 맴돈다는 1제곱미터. 그 안에. 1제곱미터도 안 되는 뇌 속에 욕망이, 두려움이, 고통이 있다. 반복이 있다.

끝없는 반복의 잠복.

우현은 방문을 열고 들어왔다. 머리카락에 물기가 남아 있었다. 오른쪽 어깨에 걸려 있던 수건을 왼손으로 집어 들었다. 전날 밤, 늦게까지 장난을 치다 형의 침대에서 잠든 무언은 아직 잠들어 있었다. 무언이 덮고 있는 이불을 바로 덮어주고 이불 밖으로 빠져나온 무언의 발을 이불 속에 넣어주었다. 우현은 침대에 걸터앉았다. 무언이 열네 살이 되던 겨울이었고 아직 너무 이른 새벽이었다. 우현은 침대에 걸터앉은 채 옆으로 쓰러졌다. 무언이 나란히 누워 있던 침대 위에서 다시는 일어나지 못했다. 군에서 제대한 지 일주일. 돌연사였다. 열네 살. 무언은 전보다 자주 웃었고, 무언에게 누구도 우현에 대해 묻지 않았다. 가끔 멀리서 수군거리는 소리가 들렸지만 무언은 무심하게 웃고 있었다. 아름다운 미소, 왼뺨의 보조개. 무언에게는 어떤 소리도 들리지 않는 것처럼 보였다.

떠돌다가 떠올린 무언의 질문들.

새는 매일 뭐라고 우는 걸까?

황당한 꿈을 꾼 새벽과 그렇지 않은 아침의 죽음은 뭐가 다를까?

아이들, 남자, 개.

나란히 써놓고 보면 한 쌍으로 이루어진 것 같은 말들은 얼마나 많을까?

나만 그런가?

죽기 전에. 죽기 전에 꼭. 그런 게 무슨 의미가 있을까?

갑작스럽게. 모두가 갑작스럽게 죽는데.

점은 언제 생기는 걸까?

꿈을 꾸고 있을 때? 길을 걸을 때? 식은땀을 흘리고 있을 때? 딴생각에 빠져 있을 때?

책상은 책상이지만.

나는 나이고 너는 너인데.

나라는 말이 사라진 나라에서 눈을 뜨면 어떨까?

너가 나를 대신해.

너라는 일인칭이 생길까?

그런데 너마저.

죽고 싶은 것과 죽도록 살고 싶은 것이 뭐가 다를까?

사는 게 두려운 것과 죽는 게 두려운 것이 어떻게 다를까?

죽음에, 폭력에, 어떻게 이렇게까지 무감해진 걸까?

괜찮은 걸까?

괜찮은 건 뭘까?

어쩌라고?

어쩌다가, 어쩌자고. 여기까지 온 걸까?

그저 그럴 수도 있는 걸까?

모두 지나가는 것뿐일까?

덧없고, 덧없고, 덧없을 뿐인데.

헛되고, 헛되고, 헛될 뿐인데?

'혼자'가 나오는 영화와

'디져'가 나오는 드라마를 보았다.

이렇게 무시무시한 애들은 왜 자꾸 TV에 나오는 걸까?

그런데 왜?

정전

무언을 만나기 전, 무언의 스튜디오에 찾아가기 전. 어느 날 저녁. 제는 감탄과 탄식 사이에 있었다. 눈앞에서는 오케스트라의 연주가 한창이었고 제는 현과 허공 사이를 오가는 활의 움직임들을 넋을 놓고 바라보았다. 그날 저녁 실제로 그들이 연주하고 있는 것은 말러의 교향곡 7번, 「밤의 노래」였지만. 제는 그들이 연주하는 침묵을 보았다. 밤의 침묵. 오케스트라의 단원들이 악기를 연주하는 모습이 모습 자체로 아름답다는 것을 제는 처음 느꼈다. 음이 사라진 연주. 침묵의 연주는 한동안 계속됐다. 침묵 속에서. 바이올린이, 비올라가 클라리넷과 바순이 호른과 팀파니가 울려 퍼졌다. 제는 감탄했고, 감동받았다. 심장이 두근거렸다. 아름답다. 아름답다. 정말 아름다워. 소리마저, 생각마저, 말마저 잊고 있을 때 제는 식탁으로 불려 나갔다. 가족들이 식탁 앞에 모였다. 제의 눈앞에는 플루트, 피콜라, 첼로, 콘트라베이스가. 식탁 앞에는 아버지, 엄마. 언니, 형부, 조카가 있었다. 지휘자의 지휘봉이 힘차게 침묵 속을 가로지를 때 제는 말없이 젓가락을 들었다. 거실에 틀어져 있는 TV에서 뉴스가 시작되고 있었고 항문, 생식기, 귀, 손가락이 없는 아이들이 태어났다. 먼 나라에서. 내전으로 수천 명의 사람들이 목숨을 잃었다. 더 먼 나라에서. 기아로 수만 명의 아이들이 죽어갔다. 가까운 나라에서. 폭탄 테러로 49명의 사람들이 세상을 떠났다. 우리나라에서. 거리로 내몰린 사람들이 스스로 세상을 등졌다. 홀로 발견됐다. 홀로. 식탁 앞에서. 아버지와 언니가 형부와 엄마가 각자의 탄식을 내놓았다.

끔찍하다. 끔찍해, 끔찍하다. 너무 끔찍해. 제는 제 앞에 밥 한 공기, 제 손으로 만져지는 밥 한 공기의 온도, 간신히 두 손으로 잡히는 식은 밥 한 공기의 온기를 느꼈다. 젓가락으로 맨밥을 휘저었다. 제 앞에 눈과 귀를 지우고, 두 눈과 두 귀를 막고, 겨우 맨밥이나 지휘했다. 맨밥만 헤집었다. 들리는 것들로부터 달아나기. 귀 막기. 보이는 것들로부터 눈 돌리기. 눈감기. 제는 감탄과 탄식 사이에서. 두 발을 딛고. 아름다운 두 눈으로. 끔찍한 두 눈으로. 눈감을 수 없어. 귀 막을 수 없어. 더는 무감할 수 없어. 무력해졌다. 살아 있으므로. 아마, 아직. 살아 있으므로. 무감해질 수 없어. 조카가 제의 밥 위에 파래를 올려놓았다. 제는 보지 못했지만. 파래가 좋아. 파래가 좋아. 싱싱한 파래. 싱싱한 파래. 파래. 파래. 조카가 부르는 노래를 들은 것도 같았다.

찢어짐

1991년 9월 13일, 제의 일기

다미, 다정이와 망각이 놀이를 했다.

끝.

망각이 놀이는 제가 망각이라는 말의 뜻을 모르던 때,

수없이 맞춤법을 틀리던 때부터 망각이라는 말의 뜻을 알기 전까지 했던 놀이다.

말을 던져 말을 맞히는 놀이.

망까기.

하나의 말을 던져 다른 하나의 말을 맞힌다.

날아온 말이 서 있는 말을 쓰러뜨린다.

다음 말이 다음 말을 넘어뜨린다.

忽(홀)

1. 갑자기

2. 문득, 느닷없이

3. 잊다, 마음에 두지 않다

하나의 말이 날아와 갑자기, 다른 말을 쓰러뜨린다.

문득, 떠오르는 것들이 눈앞을 가로막는다.

무언의 눈이 느닷없이 제의 눈을 가린다. 다른 두 눈이 다른 두 눈을 덮어. 제는 제를 잊는다. 무엇도 마음에 두지 못한다.

몽골어에서 어떤 한 단어는 다른, 자신,

두 가지 의미로 쓰인다.

우리 발음으로 혀는 〔헬〕, 길은 〔잠〕, 잘못과 실수는 〔알다〕라고 읽는다.

너와 다른 나, 무리와 다른 자신,은 너와 나는 다르다는 앎에서 시작된다. 다른 나를 앎.

길 위에 무언. 제 눈과 다른 두 눈으로.

제는 입속에, 목구멍 속에, 혀 아래,

지옥을 산다.

몽골 사람들은 우리나라, 한국을 솔롱고스라고 한다. 이 말이 '무지개'를 가리키는 몽골어 '솔롱고'에서 왔다고 생각하는 사람들도 있다.

무지개 너머에서 온 사람들.

그립다

밉다

반갑다

고맙다

아련하다는 평가형용사이다.

뭉클하다

쓰라리다
허전하다
환하다
그렁그렁하다는 증상형용사이다.

평가에 지쳐 증상만 남은 사람들.

다른 말이 다른 말을
다음 문장이 다음 문장을
다음 문장이 앞 문장을
다음 사람이 다른 사람을
다른 슬픔이 다른 슬픔을
다음 기억이 다른 기억을
다른 죽음이 다른 죽음을
쓰러뜨린다. 넘어뜨린다. 잊게 만든다.
잘 쓰러지지 않는 말도 있다. 잘 잊히지 않는 문장도 있다.
모든 말이 망각을 향해 날아간다.
모든 말이 망각에 이르지는 못한다.

제가 눈앞에 커피 잔 속으로 들어간다. 제가 제 일기장 속으로 들어간다. 제가 과거로 들어간다. 제가 기억 속으로 들어간다. 영혼이 찢어진 부분.

제가 마음속으로 들어간다.
멀리서 또 하나의 말이 날아온다.

수요와 무관한 공급 — 아무르. 라몰트.
사랑 그리고 죽음.

사라지는 것 외

멸종 동물

자이언트모아	*1500년에 마지막으로 목격됨*
오록스	*1527년에 마지막으로 목격됨*
중국코끼리	*1530년에 마지막으로 목격됨*
도도	*1681년에 마지막으로 목격됨*
대서양귀신고래	*1750년에 마지막으로 목격됨*
스텔러바다소	*1768년에 마지막으로 목격됨*
안경가마우지	*1832년에 마지막으로 목격됨*
콰가얼룩말	*1883년에 마지막으로 목격됨*
포르투갈아이벡스	*1892년에 마지막으로 목격됨*
참고래	*1900년에 마지막으로 목격됨*
나그네비둘기	*1914년에 마지막으로 목격됨*

우리가 소비하는, 끝도 없이 소비하고 있는 절망은 누구로부터 빚진 것일까. 바닥없는 절망. 끝도 없이. 매일 아침 새롭게 쏟아지는, 한 번도 맛보지 못한 쿠키처럼 여기저기 쌓여 있는 비애. 빛으로 넘치는 밤. 무언은 쇼윈도 앞에 서 있다. 무언이 찍은 사진이 쇼윈도에 걸려 있다. 빛의 거리에. 마네킹과 나란히. 포즈를 취하고 있는 남녀. 서로를 향해 뻗은 손. 서로를 잡아주는 손. 서로를 잡아당기는 손. 앞에 무언은 서 있다. 길가에 쌓여 있는 눈. 까맣게 녹다 만 눈을 흰 개가 먹고 있다. 무언은 담배에 불을 붙인다. 할 수 있는 게 없어서. 무언은 오조에게 할 말을 떠올린다. 눈부신 할로겐등 아래서. 무슨 의미가 있어. 아무 의미가 없다. 맞은편 공연장에서 한 무리의 사람들이 걸어 나온다. 무언은 담배를 던지고 자리를 뜬다. 빠른 걸음으로 걸어간다. 공연장에서 스튜디오까지. '밤의 노래'가 무언의 뒤를 따른다. 무언은 걸어간다. 밤의 침묵이 무언의 뒤를 따른다. 활을 당기는 현악기 연주자들의 일사불란한 팔의 움직임들이. 첼로의 선율이. 바흐의 무반주 첼로 모음곡이. 바다의 검은 파도가. 오조의 연주가. 오조가. 무언을 따라온다. 무언을 잡아당긴다. 끈질기게 무언을 끌어당긴다. 얇은 정장 재킷 속으로 찬바람이 들어온다. 무언은 어깨를 움츠린다. 주머니에 손을 넣는다. 얼굴에 수염이 아무렇게나 자라 있어 턱수염이 무언의 나이를 가린다. 무언이 지나간다. 거리에 사람들이 무언을 바라본다. 무언이 지나간다. 여자들이 무언을 바라본다. 무언이 지나간다. 남자들이 무언을 바라본다. 모델 같은 남자. 아름다운 미소, 왼뺨의 보조개. 무언을. 사람들이 힐끗 본다. 빤히 본다. 돌아본다. 무언은 사람들의 시선에 어느만큼 익숙하고 거의 무감하다. 어깨에 카메라. 무언은 걷다가 멈춰 서고, 걷다가 멈춰 서, 몇 장의 사진을 찍고 다시 걷는다. 무슨 의미가 있을까. 찰칵, 찰칵. 멈추지 않는다. 찰칵, 찰칵. 무슨 의미가 있을까. 찰칵, 찰칵, 생각을 멈추고 싶어. 찰칵찰칵찰칵. 공연장에서 스튜디오까지. 무언은 한참을 찍고, 또 찍으며 걷는다.

스튜디오의 덧문이 열려 있다. 무언은 안쪽 유리문을 밀고 안으로 들어간다. 불 꺼진 스튜디오 뒤편에서 빛이 새어 나온다. 무언의 침대가 놓여 있는 작은 방. 무언은 카메라를 책상 위에 올려놓고 방 쪽으로 다가간다. 무반주 첼로 모음곡 1번. 첼로 연주가 시작된다. 방에서 시작된 나직한 첼로 소리가 무언의 발목을 붙잡는다. 무언의 발목이 낮은 첼로 소리에 붙들린다. 무언은 어둠 속에, 한자리에 꼼짝없이 서 있는다. 가만가만 속삭이며 다독이듯 흘러나오는 첼로 소리. 활이 첼로의 굵은 현을 천천히, 느리게, 사라질 듯이 부드럽게 지나간다. 스튜디오를 가득 채운 물 같은 첼로의 선율. 어둠을 뒤흔드는 울림 앞에서. 무언은 꼼짝도 하지 못한다. 우주 한가운데 떠 있는 느낌으로. 현 끝에서 피어오르는 나직한 읊조림을, 너무 일찍 늙어버린 노인의 음성을, 울음을 삼키고 부르는 비탄의 노래를 듣는다. 잦아드는 숨소리. 검은 파도. 검은 파도. 그날의 검은 파도와 잉크 빛 하늘이 쏟아진다. 무언이 찍고, 찍으며 한참을 돌아온 어둠을 찢고. 오조는 방 안에 있다. 오조는 무언의 침대 위에 앉아 있다. 무언의 모델처럼. 오조는 말없이 첼로를 켠다. 무언이 방으로 들어올 때까지. 방으로 들어와 제 앞에 설 때까지. 오조 앞에서 아무 말도 하지 못하고 눈물을 흘릴 때까지. 텅 빈 우주의 한가운데. 긴 어둠 끝에서. 제는 처음으로 오조를 본다. 제가 오조의 얼굴을 알아보기도 전에 제의 눈앞이 흐려진다. 제의 눈앞이 뿌옇게 흐려진다. 무언의 눈에 눈물이 고인다. 눈물이 떨어진다. 계속 흐른다. 멈추지 않고 흐른다. 오조는 연주를 멈추지 않는다. 귓가에 맴도는 우아한 비극, 눈부신 지옥. 오조는 울지 않는다. 오조가 고개를 든다. 오조가 무언을 본다. 오조와 제의 눈이 마주친다. 제 눈 속의 오조. 오조가 온 힘을 다해 무언을 보고 있다. 찰칵, 찰칵.

무언과 오조가 나누는 무언의 인사.

안전 감압 정지

열만 세, 열만 세면. 열만 세고 있으면 돌아올게. 말하는 어른을 보면 어렸을 때부터 불안했어요. 열. 아홉. 여덟. 일곱. 숫자를 거꾸로 세고 있는 아이를 보면. 금방이라도 무슨 일이 일어날 것 같아. 여섯. 다섯. 넷. 셋. 셋의 반. 셋의 반의 반. 셋의 반의 반의 반. 숫자를 세는 아이를 봐요. 아뇨. 열만 세면 돌아올게, 꼭 돌아올게. 말하는 수많은 어른들을 보고 있죠. 맞아요. 당신이 할 수 있는 일도, 내가 할 수 있는 일도 없지만. 숫자를 다 세버리고 나면 아무것도 할 수 있는 일이 없을까 봐 겁이 났던 거 같아요.

무언의 스튜디오에서 돌아온 날 제는 무언에게 쪽지를 남겼다. 꼭 자신 때문이었는지. 무언 때문이었는지 모르지만. 어떤 이유로든. 제는 한 번은 더 무언을 만나야 한다고 생각했다. 다른 두 눈을 만나면 제 두 눈이 달라질지도 모른다는, 제 눈이 나아질지도 모른다는 기대는 무언의 스튜디오에 들어선 순간 사라졌다. 눈에 대한 어떤 희망이 남아 있는 것도 무언에게 묻고 싶은 어떤 말이 남은 것도 아니었다. 어느 날 갑자기. 제의 두 눈을 가린 눈. 여전히 느닷없이 눈앞을 가리는 눈. 그 눈과의 어떤 의식이 필요했던 것도 아니다. 제는 제 눈이 무언과 무관하다는 것을 깨달았다. 무언을 처음 마주한 순간. 무언의 스튜디오에서 현미경 위에 소금 알갱이를 발견했을 때쯤. 무언이 제 앞에 앉아 무심한 미소를, 아름다운 미소를 짓고 있을 때쯤. 제는 다른 두 눈이 누구의 눈이건. 다른 두 눈이라는 것뿐. 다른 두 눈의 주인이 제 눈의 주인과 다르다는 것뿐. 그가 누구여도 달라질 것이 없다는 것을 알았다. 제는 무언과 나란히 서서 안개를 보고 싶다, 생각했다. 단 한 번. 두 눈 앞이 모두 뿌옇게 흐려져 두 눈이 온통 안개 속일 때. 아무것도 그 형체가 분명하지 않을 때. 마을도, 거리도, 사람도, 안개마저도 안개 속에 있을 때. 제는 눈과 눈의 분리가, 제 눈과 무언의 눈의 경계가 완전히 사라지는 단 한순간, 그거면 충분하다. 생각했다. 그날 밤, 언뜻. 창밖으로 흰 당나귀가 스쳐 가는 것을 보았을까? 제는 무언의 스튜디오에서 돌아온 날 그렇게 생각했다. 두 눈으로부터. 이제 그만. 어쩌면 벌써. 제의 눈인지 무언의 눈인지 모르는 두 눈과 다른 두 눈. 제 눈인지. 누구의 눈인지 모르는 제 안의 다른 눈. 안의 눈. 밖의 눈. 무수한 눈. 무너진 눈. 무참한 눈. 무력한 눈. 무지한 눈. 감춰진 눈. 드러난 눈. 모두의 눈. 모든 눈이. 안개 낀 호수, 안개 속의 호수, 안개 속의 안개. 그 안에 가라앉은 한순간. 잠잠한 호수, 잠잠한 안개, 잠잠한 눈. 그것으로 그뿐일지라도. 생각했다. 짙은 안개 속에서. 두 손이 식을 때까지. 이따금 제 눈은 가렵고, 따갑고, 시릴 것이다. 가렵고, 따갑고, 시릴 것이다. 제는. 중얼거려보았다.

그리고

몇 해 전.

오조의 이야기.

오조의 귀국 연주회는 연주회 당일 몇 주 전부터 연일 기삿거리였다. 유수의 국제 무대 최단 기간 수상 경력의 실력파 첼리스트라는 화려한 수식 앞에, 꽃미남이라는 수식이 오조의 뒤를 항상 따라다녔다. 꽃답게. 첼리스트든 테러리스트든 무조건 꽃미남이고 볼 일이라고 무언은 장난스럽게 말했지만. 오조의 섬세한 얼굴, 선한 인상과 대조적으로 활을 당기는 힘 있는 팔, 옷 위로 드러나는 몸의 굵은 선, 긴장하면 아이처럼 눈썹을 문지르는 버릇까지. 오조의 모습은 무언에게 깊이 각인되어 있었다. 꽃미남 오조는 꽃다운 수식어와 함께 C시의 시립 오케스트라 단원으로 남았다. 오조와 무언이 얼마간 함께 다닌 고등학교가 있는 시. 오조는 세계의 무대로 돌아가지 않았다. 뒤늦게 시작한 유학 생활에 지쳐 있기도 했지만 몇 년 만에 돌아와 무언을 만났을 때 오조는 자신이 오랫동안 그리워했던 것이 무엇인지 확실히 알았다. 첼로보다. 무엇보다. 무언에게. 자신이 필요하다고 느꼈고. 오조는 미련 없이 남았다. 귀국 연주회를 마치고 다시 무언을 처음 만난 날. 오조는 바흐의 무반주 첼로 모음곡을 연주했다. 바닷가에서. 어떤 치기 때문이었는지. 단순한 취기 때문이었는지. 해가 떠오르기 시작할 때까지. 빨간 플라스틱 의자 위에서 오조는 연주했다. 검은 파도. 바다. 검은 파도. 첼로. 검은 파도. 침묵. 검은 파도. 하늘. 검은 파도. 첼로. 검은 파도. 바다. 검은 파도. 첼로. 무반주 첼로 모음곡은 무언이 좋아하는 곡이었고 오조는 몰랐지만 우현이 즐겨 듣던 곡이었다. 바다는 서서히, 갑자기, 붉게 물들기 시작했다. 그리고 얼마 지나지 않아 밤보다 빨리, 새벽보다 빨리, 무언은 사라졌다. 방에서 한 발짝도 나오지 않았다. 침대에 누워 주삿바늘에 의지해 몇 달을 말도 없이 누워 있었다. 어디를 헤매고 다니는지 아무도 알지 못했다. 무언은 아무에게도 아무 반응도 하지 않았다. 그렇게 몸만 남기고 사라진 몇 달 전처럼. 어느 날 갑자기. 무언은 몇 달 만에 몸 밖으로 나왔다. 몸 안으로 돌아왔다. 방 밖으로 나왔다. 그리고 다시 사라졌다. 무언은 오로지 무언에 속한 사람이다. 오조는 생각했다. 특별히 견딜 것이 없어서. 오조는 남았다. 남겨졌다. 무언은 몇 달씩 떠도는 것 같았고 오조는 무언을 찾지 않았다. 무언을 찾는 대신 무언의 사진들을 찾아다녔다. 어느 해였을까. 작은 미술관의 한 전시실에서 오조는 무언의 사진을 보았다. 1999년 — 너에게. 그해는 무언이 처음 사진을 시작한 해였고 오조가 유학을 떠났던 해였다. 그때 오조의 집 앞에 서 있던 은행나무. 오조는 기억했고 무언은 사라졌고 나무는 자랐다.

왜 그때 갑자기.

왜 하필 그때.

왜 그랬는지. 왜 그럴 수밖에 없었는지.

나는 지금도 몰라. 그게 그런 병이라고는 하지만.

몇 년째 잊은 듯이 잘 살고 있다가.

어떻게, 왜.

형이 나를 끌어당겼는지는. 얼마 전에 문득 생각했다.

어쩌면 그때. 그때 나는 형을 만나고 온 건지도 모른다고.

어쩌면. 내가 형을 찾아갔던 건지도 모른다고. 어쩌면. 어쩌면.

침대 위에 무언과 오조가 나란히 앉아 있다. 벽에 기대선 첼로. 첼로 옆 의자에 걸쳐 있는 오조의 까만 연주복이 보인다. 제가 의자 위에 내려앉는다. 제가 까만 연주복 위에 내려앉는다. 제는 제 침대 위에. 좁은 방 안에. 어둠 속에. 가만히 앉아 있다. 제의 귀가 잠잠하다.

아마직

아마직은 베르베르어로 자유로운 인간이다.

왜 그렇게 돌아다녀요?

제가 묻는다.

글쎄, 이유를 몰라서?

제는 무언이 운전하는 모습을 본다. 무언의 옆얼굴을 거의 처음 본다고 생각한다. 창밖으로 고개를 돌린다. 거리에 안개가 자욱하다. 차가 짙은 안개 속을 달린다. 길도, 나무도, 철탑도 보이지 않는다. 무언으로부터. 무언에게. 쪽지에 대한 답은 예상보다 빨리 돌아왔다. 제가 의도하지 않아도 제는 그에게 무언의 압력이 될 수 있어, 제는 무언이 그녀를 불편해한다는 것을 안다. 제가 무언에 대해 알고 있는 것들을 부담스러워한다는 것을 안다. 제는 무언과 스튜디오에서 마주했던 한순간을 떠올린다. 제 자신과 마주 앉아 있던 시간. 제 눈 속의 제. 제 눈앞에 자신을 피할 수 없던 그 시간을. 제는 잊지 못한다. 뒤집힌 거울 앞에서. 제 눈을 찌르고 싶던 그 순간, 무언의 눈을 찌르고 싶던 그 한순간을.

그냥…… 이건 다른 얘긴데요. 그리운 것들이 많아져서 좋아요.

제가 끝없는 안개 속을 보고 있을 때 무언이 말한다.

그런 거 같아. 그리운 것들을 나눠서 그리워할 수 있으니까. 가끔은 뭐가 그리웠나, 뭐가 그립긴 한가. 헷갈리기도 하고. 그래요. 어떤 거리, 어떤 사람들, 어떤 분위기, 어떤 새벽. 그런 것들이요. 그리운 것들을 그리운 것들로 덮는다고 할까. 말하고 보니 아닌 거 같기도 하고. 잘 모르겠네. 정말 잘 몰라.

그냥. 무책임한 거죠 뭐. 그곳이 이곳이 되기 전에 떠나라.

무언이 차를 호숫가에 세우며 말한다. 질문을 던져놓고 정작 제는 안개에 홀린 사람처럼 창밖의 안개만 보고 있어, 무언이

제를 본다. 말을 멈추고, 표정을 지우고, 제의 눈을 본다.

왜 꿈에서 꿈인 걸 알면 금방 깨잖아요. 꿈이라고 생각해봐요.

무언은 말하고 시동을 끈다. 먼저 차 문을 열고 내린다. 안개 속의 무언. 제는 무언의 뒷모습을 본다. 잠에서 깬 것처럼.

그래서 철들자 죽는다는 말이 나왔나.

제는 괜히 실없는 혼잣말을 해본다. 무언은 열 발자국쯤 앞에서 호수를 바라보고 있다. 새벽의 호숫가. 안개가 천천히 움직인다. 안개의 무리가 허공을 떠다닌다. 제는 뒤늦게 생각이 난 것처럼 차에서 내리고 두 사람은 거리를 두고 호숫가를 따라 걷는다.

다이빙 시작한 지 얼마나 됐어요?

몇 발자국쯤 뒤에서 말없이 걷고 있던 제가 묻는다.

덕분에 멋있는 물속 많이 봤거든요. 예쁜 물고기도.

음. 그때요. 블라디보스토크. 기차에서 만났던 그해였을 거예요. 여기저기 떠돌다가 돌아오기 전에 다합에 한 달 좀 넘게 있었거든요.

기억나요?

네. 기억났어요. 2층 침대, 맞죠? 그때 계속 잠만 잤잖아요. 내가 잊을 만도 하지.

무언이 발끝을 보면서 걷는다. 제가 제 발끝을 보면서 걷는다. 주머니 속의 두 주먹. 두 사람의 귓가에 두 사람의 발소리가 들린다. 두 사람의 귓가에 두 사람의 발소리만 들린다.

믿어도 돼요.

발소리 사이로 제가 말한다. 자갈이 밟힌다.

네?

당신 눈으로 본 것들이요.

무언이 고개를 들어 제를 본다.

말 안 해요. 말 안 한다고요.

제는 잠깐, 제 옆얼굴을 스치듯 보았다고 느낀다.

지금은 어때요? 누구 눈이냐고요?

글쎄. 모르죠.

상관없어요. 어떤 눈이든.

제는 말하고 무언은 멈춰 선다. 두 사람은 안개 낀 호수 앞에 있다. 나란히 서서 호수를 본다. 호수에 두껍게 내려앉은 안개를 본다. 새벽. 호수. 짙은. 안개. 무언과 제는 안개 속에 있다.

안개를 좋아한 때가 있었어요. 눈 감고 안개 속에 있으면 안개 냄새가 참 좋았거든요.

지금 눈 감아도 안개가 보이면 그건 당신 눈이겠죠. 만약 당신이 눈 감아도 안개가 보이면 그건 내 눈일 거고요. 그런데 당신이 누구든. 내 눈이 누구의 눈이든. 나는 내가 누군지. 나만의 눈이란 게 있긴 있었는지 이제 잘 모르겠어요. 정말.

왜 나한테? 왜 갑자기? 왜 하필? 왜 어떻게? 어떻게 이런 일이. 어떻게 이렇게 말도 안 되는 일이. 왜? 왜? 왜? 이렇게 끝도 없던 질문들은 이제 하지 않게 된 거 같아요. 지친 건지. 아무튼 그래요. 이제.

누가 알겠어요. 누가. 다 알겠어요.

그리고. 한참 동안 제는 말하지 않는다. 두 사람은 한참을 가만히 서 있는다.

생에 몇 개의 매듭이 있다면. 그런 게 있다면.

또 몇 개의 매듭을 얻은 거겠죠.

제가 서서히 열어지는 안개 속 어딘가를 바라보며 말한다. 어느새 해가 떠올라 안개 속에 동그란 구멍이 나 있다. 짙은 안개 속에 흐릿한 해. 희미한 빛. 작은 구멍. 두 사람은 다시 한참을 가만히 서 있는다.

형 목소리가 기억이 안 나요. 사진 본 적 있죠?

형이 있다는 게 어떤 거였는지. 정말 잘 기억이 안 나요.

무언이 말하고. 두 사람은 다시 한동안 가만히 서 있는다. 희미하게. 희미한 침묵.

나도 궁금했어요. 당신 목소리. 정말 전혀 기억이 안 났거든요. 당신의 형 목소리는 들어본 적 없지만 당신 같지 않았을까요. 당신 목소리랑 비슷할 거 같아요.

제가 말하고. 두 사람은 또다시 한동안 가만히 서 있는다. 희미하게. 희미한 기억.

안개 냄새 좋네요.

무언이 말하고 눈을 감는다. 제 목소리를 처음으로 유심히 듣는다. 제가 눈을 감는다. 눈 앞의 안개. 안개 속의 눈. 안개 속의 안개. 끝까지. 제는 그해의 전시를, 젊은 작가 중 한 사람이었던 무언의 사진을 기억하지 못한다. 제는 무언의 이름을 알지 못해, 무언의 이름과 무언의 얼굴과 무언의 사진을 연결하지 못한다. 찰칵. 누군가 셔터를 누른다. 호수 앞에 두 사람. 다정한 연인들 뒤로 제와 무언이 보인다. 연인들의 사진 속에 배경으로 남은 두 점. 두 사람은 사진 속에, 연인들의 기억 한 귀퉁이에 희미한 배경으로 남는다. 나란히 서 있는 남자와 여자. 안개 속의 제와 무언은 안개 속에 남는다. 영영.

안개 속에서.
제는,
다른 사람이 되기 전.
다른 사람의 눈에 눈 뜨기 전.
다른 사람의 눈에 띄기 전.
눈 뜨기 전. 눈 감고 있던 그때. 어쩌면 태어나기 전.
아마, 아직.
어둠에 가까운. 빛에 가까운.
눈 속의 눈을 생각한다.

눈이 눈을 덮는다.

안개가 눈을 덮는다.

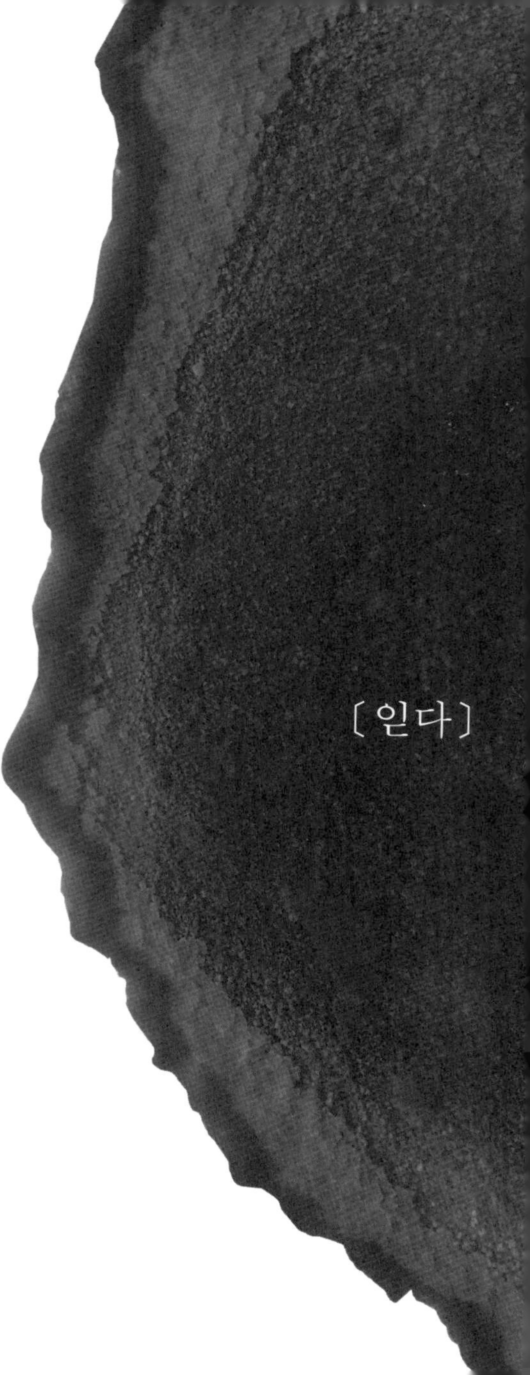

[인다]

그러니까.

내가 그녀를 처음 만난 날.

낯선 병명처럼.

어디선가 흙먼지가 날아왔다. 앞이 보이지 않았다.

무덤가에서 검정 갈대가 바람에 흔들렸다. 다 알고 있다는 듯이. 편도나무에서 목젖이 자라기 시작했다. 삶의 목적이란. 목젖 같은 것이다. 만질 수 없고, 느낄 수 없는. 의미 없는 문장들은 빗줄기처럼 이어진다. 서로가 서로의 입을 막으면서. 키가 다른 검정 우산과 흰 우산이 나란히 버려지기도 하는 것처럼. 어제 안 사실이지만. 멜 깁슨은 멜론을 제일 좋아하고. 아나마나한 어떤 사실들은 키위 주스 속에 들어 있는 키. 위. 씨. 처. 럼. 아무렇게나 흩어져 있다. 아무려나. 그녀는 주로 입을 다물고 있었다. 그녀는 아무도 아니었고, 그녀가 쓸 소설은 그녀가 지금까지 썼던 소설보다 나은 소설이 될 수도 있었겠지만. 그녀는 자신이 쓸 수 있었을지도 모를 소설을 보지 못하고 죽었다. 보다 나은 것이란. 그녀는 끝내 소설을 완성하지 못하고 죽었지만. **보다** 제목은 소설의 맨 앞 장, 첫 줄에 굵고 진한 글씨로 남아 있었다. 그녀는, 보다 극적으로 죽고 싶었고. 보다, 오래 살고 싶었지만. 쇼윈도에 비친 자신의 모습을 보면서 걷다가 앞서 걸어가고 있던 여자와 눈이 마주쳤다. 여자가 뒤를 힐끗 돌아봤고, 쇼윈도 안에서 그녀를 향해 한 번 웃었다. 유리벽에 그녀와 여자가, 그녀와 그녀가 있었다. 마네킹과 마네킹 사이. 빨간 치마와 검정 리본. 그게 다였다. 그녀가 죽기 전에 마지막으로 본 것은. 축 늘어져 있었다. 그녀는. 얼어붙은 입김처럼. 비명 없이. 죽었다. 버스는 인도로 질주했고. 이럴 수도 저럴 수도 있었지만. 물고기들은 조금 먼 바닷속에 있었다. 그녀의 두 눈은 초록과 빨강을 구분할 수 있었지만. 아침이면 웃자란 털을 깎아내듯이. 너 자위하니? 그녀는 습관처럼 중얼거렸다. 누군가 매일 다짐이라도 받는 것처럼. 그녀는 잊지 않았다. 오로지 그 목소리만이 살아 있다는 것을 증명해주는 것처럼. 위로가 필요해. 앵무새도 자위를 한다는데. 너는 덤으로 산다. 이제부터 너는 덤이다. 그녀는 들었던 것이다. 고양이의 자위법은 얼마나 은밀한지. 그녀는 분명히 들었지만. 보다 괜찮은 덤으로 살기 위해 애쓰지는 않았다. 미래를 생각하지 않았으므로. 누군가의 장례식에 다녀온 밤이었을 것이다. 그러니까. 그녀가 죽기 일주일 전쯤. 혹은 한 달 전쯤. 늘 그렇듯이. 누군가 죽었다. 그녀가 알던 사람이었다. 아는 사람들은 가끔 죽었다. 모르는 사람들은 매일 죽었지만. 그녀는 장례식장에 신발을 벗고 들어가 향을 피우고 절을 하는 대신, 멀리서, 고개를 숙이고 기도를 하는 사람의 얼굴을 훔쳐보았다. 처음 보는 얼굴의 여자였다. 너는 덤이다. 이제부터 너는 덤으로 산다. 그런 꿈은 꾸나마나한 것이었다. 영정 사진 속 남자가 마치 자신을 비웃는 것 같았다. 거리를 걷다가 무심코 고개를 들었을 때, 건물 옥상에서 아래를 내려다보고 있던 사람들과 우연히 눈이 마주치는 것처럼 죽은 남자와 눈이 마주친 것이다. 그녀는 당황했다. 남자는 죽었고, 죽은 사람은 하덕구였다. 세무사 하덕구. 그는 죽을 수도 있었고, 죽지 않을 수도 있었지만. 그의 얼굴이 대게 전문점 간판에 걸려 있는 커다란 모형 대게처럼 그녀의 눈앞에서 흉물스럽게 부풀어올랐다. 곧 터질 것처럼. 심장은 쉽게 진정되지 않았다. 시뻘겋게 넘쳐나는 음식물 쓰레기통과 하얗게 배를 뒤집고 떠오르는 죽은 물고기 떼를 떠올렸지만 별 소용이 없었다. 고개를 절로 흔들게 만들었던 많은 순간들이 이렇게 무력하다니. 미친놈. 그녀는 또 한 번 자신도 모르게 고개를 흔들고 있었지만. 하덕구의 얼굴은 도수가 맞지 않는 안경처럼 그녀의 코 위에 걸려 있었다. 그녀는 어지러웠다. 그깟 밤이 깊고, 배달 통이 부서져도. 하덕구가 술에 취해 떠벌리던 말도 안 되는 소리들이 그녀를 향해 손짓하고 있는 것 같았다. 두더지는 밤마다 구멍으로 드나들었지만. 두더지는 밤마다 구멍으로 드나들겠지만. 그녀는 앞이 보이지 않았다. 고통에 무감한 사람이 되고 싶다더니. 신문 기사를 곧이곧대로 믿은 것은 아니었지만. 고통에 무감한 사람들이 자살할 확률이 높다는 기사를 읽으면서. 그녀는 하덕구를 떠올렸었다. 누군가. 그렇게 사니까 인생에 발전이란 게 없는 거라고 소리치는 것을 들었다. 빌어먹을. 발전이란. 발전이란 개. 그녀는 자기도 모르게 고개를 흔드는 것처럼 혼잣말을 했고, 서둘러 장례식장을 빠져나왔다. 일주일에 두 번. 팬티가 흘러내리는 기분이었다. 바지를 추켜올렸다. 카우보이모자를 쓴 주차 요원과 눈이 마주쳤다. 커다란 솥에서 김이 모락모락 피어오르고 있었다. 무더기로 피어오르는 저 김은 어떤 방식의 발전을 꾀하고 있는 걸까. 몇 년째 옥수수를 팔고 있는 저 여자는. 병원에 들를 때마다 마주치는 장면이었다. 그녀는 말없이 2천 원을 내밀었다. 딸랑. 딸랑. 경쾌하지도, 유쾌하지도 않은 종소리가 들렸다. 테이블 서너 개가 내부를 꽉 채우고 있는 좁은 카페에서 여종업원과 남자 손님 한 명이 킬킬거리고 있었다. 그녀는 두 사람을 등지고 조금 떨어져 앉았고, 옥수수를 입에서 한 번도 떼지 않고 먹었다. 어두운 방 안에 앉아 제사 음식을 먹어치우는 것처럼. 죽은 자의 영혼을 탐하는 허기로. 허겁지겁. 등 뒤의 여자가 물었다. 살인은 없어요? 살인은 생각보다 쉽지 않아요. 제가 4년 근무하는 동안 살인은 한 번도 없었다니까요. 주로 폭행이죠. 남자가 말했다. 아, 얼마 전에 수사과 직원들한테 들었다. 고등학생들이 애 하나를 강에 던졌다더라고요. 죽은 거 같아서. 죽은 줄 알고 죽였다니. 말이 돼? 남자는 오래 잊고 있던 무용담이 떠오른 것처럼 의기양양하게 말했다. 숨겨진 사건의 진실이란. 그녀는 옥수수에서 배어 나오는 단물을 빨고 있었다. 혹시 뭐 아는 거 있어요? 여자가 물었다. 그러니까 알고 보니 누가 죽은 건 자살이 아니었다더라. 뭐 이런 거. 그녀는 자리에서 일어섰다. 오른쪽 눈가에 멍한 느낌이 들 정도로 커피는 차가웠다. 카페 문을 열고 나오면서 눈가를 문질렀지만. 눈물은 나오지 않았다. 계절은 가기도 하고, 오기도 했지만. 앓기도 하고, 울기도 했다. 그날 오후, 여름은 구름을 잔뜩 물고 바다를 건너왔다. 곡소리도 흐느낌도 없이. 태풍의 눈은 침묵했고, 갑자기. 매미가 울기 시작했다.

그러니까.
내가 그녀를 처음 만난 날.
그는 태어났다.
낯선 병명처럼.

그는 태어났고. 헤르메스의 꿈속에서. 양은 4만 마리를 훌쩍 넘어섰다. 그는 양 4만 마리, 양 4만 마리, 양 4만 마리. 이렇게 셌다. 맹목적으로, 필사적으로. 양 4만 마리, 양 4만 마리, 양 4만 마리. 살고 싶어. 그는 양의 숫자를 곧 잊었고. 물을 잊을 수가 없어. 태어났다. 응애응애. 헤르메스는 천상에서 하데스까지 가지 않는 곳이 없어. 그는 잠들지 못했고. 이대로 얼마쯤 시간이 흐르면 투명해질 수 있을까. 양처럼 생각했지만. 처음 태어나는 사람처럼 태어났다. 사람처럼. 처럼 이후. 어떤 감정들은 무리 지어 간다. 검정으로. 결백을 증명하지 못한다. 토끼들이 계속 이빨을 갈기 때문에. 토끼의 앞니는 계속해서 자라지만. 자라지 않는 것처럼 보인다. 볼펜 똥구멍에서 볼펜 똥이 질금질금 나오는 것처럼. 토끼는 쥐의 침을 질질 흘리고. 그는 그 침을 허겁지겁 받아 마신다. 낯선 여자의 무릎 밑에 돌돌 말려 있는 스타킹을 보다가. 성기가 보고 싶어. 아이들은 서로가 서로에게 손바닥을 내밀고. 쥐의 침은 귀 모양으로 그의 상처를 아물게 한다. 눈병처럼 유행하고 싶다. 거리에서 옮아온 감기처럼. 꿈속에서 신은 양말처럼. 아무런 목적도 없이. "정신건강에필요한것은상충되는필요성들목적의무책임방향등을융통성있게균형잡는능력이다." 목적의무책임. 목적의 무책임. 목적의 무책임으로 그는 불균형 속에서. 목적, 의무, 책임, 방향을 상실한다. 연민 때문에. 토끼의 앞니는 끊임없이 자라지만. 나, 나, 나 좀 내, 내, 내버려둬. 그는 벽을 향해 소리치고.

모독과 고독을 비웃는다. 토끼가 앞니를 끊임없이 갈기 때문에. 그는 발기하지 못한다. 증발하지 못한다. 아니라고 말할 줄을 몰라서. 소아 당뇨에 걸린 아이를 다그치고. 이불 속에서. 곶감을 쪽쪽 빨아 먹는 미친 여자를 떠올린다. 돌아가시는 길에 꼭 좋은 일 생기시기 바랍니다. 이번 정차할 역은 사당, 사당역입니다. 사이코폼프—영혼의 안내자. 헤르메스는 안내를 시작하고. 돌아가시는 길에 꼭 좋은 일 생기시기 바랍니다. 이번 정차할 역은 방배, 방배역입니다. 돌아가시는 길에 꼭 좋은 일 생기시기 바랍니다. 이번 정차할 역은 서초, 서초역입니다. 돌아가시는 길에 꼭 좋은 일 생기시기 바랍니다. 이번 정차할 역은 교대, 교대역입니다. 돌아가시는 길에. 돌아가시는 길에 돌아버릴 것 같은 지하 터널을 달리는 전동 열차. 그가 기억할 수 있는 것은 16분의 1초뿐. 그는 16분의 1초에 한 번씩 눈을 깜빡, 깜빡하고. 응애, 응애 운다. 태어나면. 그, 그, 그러니까 거, 거, 거기에 누, 누구나 털이 나는데. 나, 나, 나도 처음엔. 깜빡, 깜빡. 소, 소, 속눈썹인 줄 모르고. 그는 거기를, 가지런한 속눈썹을 손가락으로 더듬으며 너, 너, 너도 사, 사, 사, 사랑하면 되지. 얇은 살갗 같은 눈꺼풀을 밀어올리고. 미친 여자의 입속에 들어 있는 곶감을 핥아먹는 상상을 한다. 여자의 혀와 달큰한 곶감과 그의 작고 귀여운 혀가 붉고 둥근 하나의 등처럼 뒤엉켜 전동 열차의 천장에서 흔들리는 것을, 하늘에서 새파란 은행들이 떨어지는 것을 본다. 긁적긁적. 거, 거, 거기에 달린 눈으로. 입을 꽉 다물고. 우리는 서랍 속에서 만났다. 절망을 가리고 싶어. 조금씩 화려해지다, 더듬더듬 부풀어오르는 빨간 관절들. 긴 기침, 오랜 침묵. 모호하고 불분명한 것들이 주는 불편함을, 불안을 견딜 수가 없어. 차례로 찾아오는 죽음 같은. 내 아기. 나만의 이야기를 갖고 싶어. 잔인하게. 살인을 저지르는 살인마. 우리에게는 구호도, 암호도 없다. 외칠 이름도, 뭘 이름도 없다. 반복되는 목례와 같은 얼마간의 흐느낌과 읊조림뿐. 고통과 고독은 독하게 즐길 필요가 있어. 그침 없이 강도를 더해가는 육체의 고통은 의식을 잠재운다. 입을 다물게 한다. "nun은 혼돈의 물이다." 그는 이제 막, 한 여자의 산도를 통과해 나온 것이다.

그러니까.
내가 그녀를 처음 만난 날.

꿈을 꾼 것은 아니었다. 자라지 않는 소름처럼. 아침이 있다는 듯이. 새가 울었다. 노래하듯이. 가끔 새처럼 울고 싶었지만. 밤이 되면 한참을 걸어 강을 건넜다. 강은 왼편에서 오른편으로 흘렀고, 차들은 앞에서 뒤로 달렸다. 길 끝에는 아무도 없었지만. 강이 흐르고, 차들이 달리고, 다리가 흔들리는데. 시간은 완전히 멈춰 선 것 같았다. 심리 검사에 따르면 나는 좀더 계획적인 사람이 될 수도 있었겠지만. 또는 훨씬 급진적인 사람이 될 수도 있었겠지만. 어쩌면. 보다 균형 있는 삶을 살 수도 있었겠지만. 나는 내 성격의 어떤 면도 바꾸지 않았다. 바꾸지 못했다. 나에게 성격이란. 폭포나 분수가 아니었고. 내가 속한 우물우주. 어린아이의 오기를 닮은. 나의 끝없는 우주우물. 그 이상도, 이하도 아니었다. 보르헤스나 마르케스. 누군가에게 우주란. 마르헤스나 보르케스. 그 어느 쪽도 아니었겠지만. 지나가고, 지나가고, 지나가는. 일주일, 한 달, 1년은 너무 쉽게 어제가 되었지만. 어느 쪽도 믿지 않는. 정신병자의 헛소리란. 장례식장과 카페. 어디에나 어울릴 만한 것이었다. 그녀가 죽고, 그가 태어났다. 읽고 싶지 않은 각주가 잔뜩 달린 책을 무턱대고 엎어놓고. 내가 처음 그녀를 만난 날. 어떤 사냥꾼들은 하늘벽을 기어올랐고. 나는 아직. 갑, 을, 병. 셋 중 하나였다. 나는 갑, 을, 병. 셋 중에 누가 될 수도 있었고. 갑, 을, 병. 셋 중 누구와도 상관없을 수도 있었다. 목을 견디고 있어. 팔도 견디고 있는 것 같아. 구름을 견디고 싶어. 슬픔을 견뎌. 갑자기. 갑이 말하면. 넌 왜 모르는 것까지 견딘다고 해? 넌 왜 모든 걸 견딘다고만 해? 병은. 물을 만도 했지만. 을은. 새벽에는, 깊은 밤에는, 움직일 수가 없어. 언제부터였더라. 하룻밤에 두 번, 세 번까지도. 그래. 아이처럼. 두 번. 세 번. 그래. 그러면 피가 도는 게 느껴져. 박하사탕 맛이랄까. 박하는 기도 질환에 효과가 있지만. 여전히 나는. 별일 아닌 일을. 을은 좀 길게 말했고. 을이 하는 말은 얼핏 듣기에 이상한 데는 없었지만. 어딘가 허전한 느낌이 들었다. 근데 말한 게 을이 뭐였더라 방금. 병은 자꾸 되물었다. 오해해도 괜찮아. 을은 제멋대로 말하고, 말끝에는 꼭. 오해해도 괜찮아. 이렇게 덧붙여서. 죽어버리고 싶어. 을이 말할 때. 갑은 한동안 눈치채지 못했다. 을은 한 번도 목적어를 말하지 않았고. 목적을 밝힌 적이 한 번도 없다는 것을. 그러니까. 병이. 근데 말한 게 을이 뭐였더라 방금. 이렇게 뒤죽박죽 묻고 싶었던 것은. 무엇을. 무엇을 말이야? 이 한 문장이었는데. 병은 뒤죽박죽이었다. 병은 엉망진창이었다. 병은 갑에게. 그렇게 회복도 말할 것 내가 독이 따지는 때 억울해 된다 같아? 이렇게 물었다. 그게 말이 되니? 그게 말이 된다고 생각해? 을이 옆에서 비웃었지만. 갑은. 견딜 만해. 난 견뎌. 나를 견뎌. 너를 견뎌. 한꺼번에, 갑자기. 두려움을 견뎌. 이런 식으로. 갑은 견뎠다. 신기하게. 갑, 을, 병의 대화를 듣고 있으면 남의 일 같지 않고. 남 일 같지 않았다. 자신만만한 사람들을 견뎌. 갑이 말하면. 나는 잘 참아. 을이 말하고. 참는다는 단점은 내 것이다. 병이 말해. 나는 욕심 없이. 22층까지도 올라갈 수 있을 것 같았지만. 아무것도 하지 않고. 갑, 을, 병. 셋 중에 하나여도 좋겠다, 생각했다. 22층에는 아무도 없었지만. 그날 오후에는. 작은 토끼, 큰 토끼. 양쪽 다 이빨을 갈았다. 방문을 닫았더니. 충동적으로. 저 칼로 손목을 긋는다면. 죽지는 않겠지만. 너무 피곤하니까. 갑, 을, 병, 세 여자를 모두 사랑하고 싶었지만. 나는 아직, 갑, 을, 병 셋 중에 누구도 아니었고. 여자도, 남자도 아니었다.

그러니까
내가 그녀를 처음 만난 날.

더는 키가 자라지 않는 사람들을 만났다. 더는 키가 자라지 않는 사람들끼리 술을 한 잔, 두 잔, 세 잔. 벌컥, 벌, 컥. 마시고 돌아와 드뷔시의 「달빛」을 들으며 잠들고 싶었지만. 달빛은 창밖에서 수직으로, 수평으로 흩어졌다. 하얀 재처럼. 그는 침대차 위에 누워 있었다. 침대차란 병원 복도에, 비좁은 병실에, 단지 오르내리기만 할 뿐인 엘리베이터 안에. 수많은 수술실과 더 많은 중환자실에. 대낮처럼 환한 영안실 입구에. 시도 때도 없이 세워져 있는 것들이었다. 뜻 없는 문장들. 글자들 사이에 무심히 찍혀 있는 쉼표들처럼. 그가 말했다. 그년은 지독한 년이지. 지독한 년이야. 그년은 지겹게 깊은 병 속에 살고. 병 속에서 펄펄 끓고. 끓어 넘치지도 못하고. 꼴깍꼴깍 숨이 넘어가. 그는 낄낄거렸지만. 나는 웃지 않았다. 나는 가끔 그 병을 거꾸로 쳐들고 바닥에 냅다 던져버리고 싶거든. 아주 박살을 내버리고 싶어. 이렇게. 그는 당장이라도 팔을 들어 휘두르는 동작을 할 수 있을 것 같았지만. 갓 태어난 그에게 침대차는 너무 컸고, 그가 하는 말들은 옹알옹알, 응애응애. 이렇게 들릴 뿐이었다. 그의 의지대로 움직일 수 있는 부분이란 이제 막 상처가 아물기 시작한 새빨간 눈동자뿐이었다. 깜빡, 깜빡. 그넌은 울지도 않고, 죽지도 않고. 지루한 농담만 해. 그년의 목소리가 자꾸 들리는 거야. 아주 돌아버릴 것 같아. 나는 절박해. 절박하게. 이별을 고집해. 병 속에서. 그가 말했다. 짙은 안개 속에서. 「달빛」을 너무 자주 들었기 때문이었을까. 그날 밤, 한 번도 본 적 없는 드뷔시를 만났다. 당신은 죽은 사람이 아니에요. 나는 두 손을 모으고 최대한 공손하게 말했고. 세 개의 달을 들고 있던 드뷔시가 세 개의 구멍으로 웃었다. 내가 내 눈을 믿지 못하고 있을 때. 너는 사막 연두의 핏빛 열매를 본 적이 있다. 등이 너무 무거워. 우리에게서 무엇인가 빠져나가는 순간이 있다면. 흰 무릎으로. 내 오른뺨을 만지며 드뷔시를 닮은, 토끼가 말했다. 드뷔시는 간데없고. 푸른 털이 환하게 빛나는 거대한 토끼가 이빨을 갈고 있었다. 빠드득. 빠드득. 끔찍한 소리가 났다. 나는 어떤 문장을 쓸 때 1그램씩 몸무게가 줄어드는 병에 걸린 거였어. 빠드득. 빠드득. 토끼는 달빛이었다. 거대한 토끼가 이런 문장을 쓸 때, 모든 문장을 썼을 때. 그런 것은 아니었다. 더러. 토끼의 항문에서 죽은 사람들의 그림자가 빠져나왔다. 그러니까. 그날 오후에 그해의 매미가 처음 울기 시작했다. 이런 문장과는 아무 상관없이. 토끼의 몸무게는 조금도 줄지 않았다. 도리어 조금 늘기도 했다. 거대한 토끼는 뭔가 중요한 것을 잊고 있었다는 듯이. 가방에서 투명 비닐에 쌓인 박하사탕을 찾아냈다. 이런 문장은 토끼의 몸무게와 무관하게 무의

미했다. 오후에 우연히 누군가를 만났다. 아는 사람보다 모르는 사람 쪽에 더 가까운 사람이었다. 가깝지 않은 사람과의 짧지 않은 대화를 통해 나는 알았다. 결국 문제는 과잉이다. 결국은 과잉의 문제다. 표현의 과잉. 시간의 과잉. 외로움도 과장된다. 그 순간은. 문어 다리와 같아. 뜨거운 물에 삶아 막 꺼내놓은. 빨판의 흡착력을 잃은. 검붉은 문어 다리가. 몇 개가 되든지. 지나치게 많았다. 이런 문장들과 관계없이. 토끼의 몸무게는 줄어들었다. 아무도 어떤 문장이 그런 영향을 주는 것인지 밝혀내지 못했다. 관심조차 없었으므로. 그것이 어떤 토끼인지. 어떤 문장인지. 알 수 없었다. 매미는 오래 울었지만. 네번째 토끼는 계절을 앞서갔다. 오랫동안. 숭고룽고. 숭고룽고. 토끼가 소리 내 울었다. 숭고룽고. 지독하게 단 마카롱이 먹고 싶어. 토끼가 울 때. 얼마나 우스운 소리를 내던지. 나는 잊고 있었다. 숭고룽고. 말하자면. 그건 내가 그녀를 처음 만나기 전, 마지막으로 갔던 어떤 서점의 이름이었다. 거대한 암모나이트를 닮은 건축물이었는데 낯선 마을의 중심에 있었다. 회색 벽에 손을 대면 바람의 흔적들이, 잃어버린 침묵의 파편들이 아득하게 느껴지던 숭고룽고. 어쩌면 도시의 이름이었는지도 모르겠다. 신도시가 들어서는 게 유행이던 시절이었다. 암모나이트의 입구에 서자 죽은 자들의 그림자가 거꾸로 매달려 있는 거대한 동굴의 입구에 서 있는 것처럼 서늘한 기운에 소름이 돋았다. 그곳은 서점이었고, 나는 그곳이 서점인 것을 알고 있었는데. 어두컴컴한 실내로 들어서자 비릿한 피 냄새가 났다. 서점이었고, 서점이라고 알고 있었지만. 나선형 계단이 끝이 보이지 않는 높은 천장을 향해 이어지는 서점의 벽면에 쌓여 있는 것은 크고, 작은. 붉고, 붉은. 자궁이었다. 그것들은 금방이라도 비명을 토할 것 같은 붉은 눈으로 어둠의 내부를 가득 채우고 있었다. 실내가 어두컴컴해 책장은 보이지 않았다. 수많은 자궁들만이 공중에 떠 있는 것 같았다. 김이 모락모락 나는 선분홍 빛깔의 작은 자궁도 있었고, 한쪽이 뭉텅 잘려나간 검붉은 자궁도 있었다. 어떤 자궁은 돌처럼 딱딱해 보였고, 어떤 자궁은 피를 뚝뚝 흘리고 있었다. 높은 곳을 향해 놓여 있는 사다리는 보이지 않았지만. 보랏빛 자궁의 얇은 막 속에 웅크리고 있는 검은 눈의 아이를 본 것도 같았다. 작은 나비가, 갑자기. 날아올랐다. 까마득하게 보이는 계단 아래로. 나비가 흰 날개를 팔랑거리며 날아가는 것이 보였다. 서점에서 팔 수 있는 장기란 간이나 심장, 허파나 쓸개일 수도 있었겠지만 내가 본 것은, 오로지, 자궁이었다. 나는 천천히 숭고릉고의 중심을 향해 올라갔다. 특별한 뭔가를 기대했던 것은 아니고. 허공에 매달린 작은 의자 하나쯤은 괜찮을 것도 같았지만. 역시나. 예상대로. 중심에는 아무것도 없었다. 단지, 아슬아슬하게 이어지던 책장이 툭, 절벽처럼 끊겼을 뿐이었다. 나팔관은 보이지 않았다. 길고 긴 질의 끝은 텅 비어 있었고. 숭고릉고. 숭고릉고. 나는 소리 내 울고 싶었지만. 땅을 파고, 나를, 무덤을 묻어버리고 싶었지만. 씨팔. 네가 구원을 알아? 술에 취한 남자가 내 손목을 잡았다. 남자가 『충동과 자기관리』라는 책을 품에 안고 있었다. 술병처럼. 인생은 아름다운 거야. 내가 계급이 하사야. 하사. 내 마음에 안 들면 다 죽여버릴 수 있어. 죽음을 파. 죽음을 팔라고! 니들 안 내려? 좋은 말로 할 때 다 내려! 빨리 내려! 남자가 소리쳤다. 나는 바지라도 내리고 싶었지만. 서점이었다. 숭고룽고. 숭고룽고. 다리가 자랄 때 꾸는 꿈은 지랄맞지. 토끼가 앞니를 갈기 때문에. 토끼의 앞니는 끊임없이 자라지만. 숭고룽고. 숭고룽고. 어디선가 토끼가 울었다. 토끼가. 내가. 우는 소리를 들은 것도 같았다.

그러니까.
내가 그녀를 처음 만난 날.
보보투보쿡.

나는 누군가 잘못 보낸 문자처럼 엉뚱한 곳을 향해 날아가고 있었다. 보보투보쿡. 산 이름을 정확히 적은 건지 알 수 없었고. 나는 아직 어디에도 도착하기 전이었다. 수첩에 적혀 있는 글자를 소리 내어 읽어보긴 했지만. 보보투보쿡. 이렇게 이상한 이름의 산을 찾아 지구 반 바퀴를 날아가고 있다니. 실감이 나지 않았다. 실감이 나지 않기로는. 몇 달 전, 몸속에 호수가 차오르기 시작한 일이 먼저였다. 처음 생긴 호수는 물속에 있는 작은 조약돌들이 손에 잡힐 듯 가까이 보이는 얕고 맑은 연못이었으나. 호수의 수위는 계속 높아지고 있었다. 물빛이 검게 변하고 바닥이 보이지 않게 됐을 때, 깊은 물속에서 아이가 태어났다. 물고기 꼬리를 가진 아이가. 호숫가에 처음 갔을 때. 내가 본 것은 잎이 하나도 남지 않은 나무였다. 가지 끝이 번개를 맞은 것처럼 두 갈래로 갈라져 있었다. 새하얗게 썩어버린 나무라니. 한 발의 총성이 들려왔다. 공포탄 소리였고, 발톱이 썩은 붉은 독수리가 날아올랐다. 피 흘리는 바다표범을 본 것도 같았지만. 숲속에는 아무도 없었다. 호수에서 검은 산 그림자가 자라기 시작했다. 너도 밤하늘의 곰과 올빼미를 맨눈으로 볼 수 있다면. 나는 아이에게 말하고 싶었지만. 아이는 검은 태양이 움직이는 길을 따라가고 있었다. 눈을 뜨고 싶지 않아. 한 시간에 15도씩 방향을 바꾸어가며 걷겠어. 꿈은 꿀 수도 있고, 꾸지 않을 수도 있겠지만. 천구의 적도를 향해. 더듬이를 잃은 작은 곤충의 날개처럼. 나침반의 바늘은. 내 목소리를 따라 불안하게 흔들렸다. 내 두 눈은 복숭아뼈 속에 깊이 숨겨져 있어. 나는 별들의 길을 따라갈 거야. 북두칠성이 지평선과 나란한 지점에 이르면 그 별의 궤도 바깥으로. 아이의 목소리는 들리지 않았지만. 나는 내가 하는 말과 아이가 하는 말을 구분하지 못하고 있었다. 그것은 처음부터 하나의 귓바퀴에 박혀 있던 작은 두 개의 톱니처럼 맞물려 돌아가며 같은 소리를 내고 있었다. 꿈을 꾸고 있는 게 아니야. 꿈을 꾸는 것도 아닌데. 북두칠성이 인간의 죽음을 결정한다니. 북두칠성의 바깥으로 나가고 싶어. 모든 별들의 궤도 바깥으로. 아이는 꼼짝도 하지 않았다. 무작정 벌에 쏘이고 싶은 기분이었다. 언젠가 엄마가 했던 말이 떠올랐다. 엄마 말 듣고 있니? 엄마의 목소리는 기억나지 않았지만. 엄마의 발등에 내 발끝이 닿던 느낌이, 잠든 엄마의 마른 손을 살며시 잡았던 아련한 오후가 떠올랐다. 아이의 딱딱한 손가락이 자궁의 얇은 벽에 닿는 게 느껴졌다. 한 번도 태어난 적 없는 아이의 검은 눈동자를 본 것도 같았다.

그러니까.
내가 그녀를 처음 만난 날.
충동적으로.
버릴 수 있는 것들은 다 버렸지만.
길은 여전히 흰 산을 향해 뻗어 있었다.

그것은 달의 주기에 영향을 받았던 것으로 보입니다. 입이 크고, 이빨이 날카로운 육식성 동물이었을 것으로 추정되고 있습니다. 같은 이야기가 며칠째 반복되고 있었다. 우리나라에서 흔적 화석이 아닌, 실제 화석이 발견된 것은 처음이었다. 이번에 발견된 화석이 현재까지 발견되었던 어떤 화석보다 오래된 화석임이 밝혀지면서 국내의 학계와 정부의 관심은 물론, 전 세계의 이목이 화석의 정체 자체에 집중되고 있었다. 시조새

보다 오래된 화석이라니. 등에 커다란 눈이 달린 검은 거북이나 새처럼 우는 물고기, 귀가 아홉 개 달린 뱀 같은 것들이 존재한다고 믿는 편이 더 쉬울 것 같았다. 백골 상태로 발견되는 의문의 시신들처럼 그것은 어딘가 섬뜩한 느낌을 주었고, 죽음의 냄새를 풍겼다. 안개 때문인지. 속도 때문인지. 주변의 높은 산들 때문인지. 라디오가 지직거렸다. 그동안 들은 뉴스에 의하면 그것은 활강과 비행이 자유로웠던 조류의 일종이라고 했다. 학자들 사이에서 내장 기관이 아예 존재하지 않았던 것 같다는 의견과 시조새처럼 뼛속만 비어 있었다는 의견이 엇갈리고 있었다. 현재 생존하고 있는 생물 중 똑같은, 아니면 유사한 종이 있는가 하는 조사가 제일 먼저 진행됐으나 수많은 추측이 이어지고 있을 뿐, 확실한 결론은 기약 없이 미뤄지고 있었다. 현생 인류가 한 번도 본 적이 없는 고생물체의 골격을 생존 당시 모습대로 짜 맞추는 일은 쉽지 않았다. 연구자들 사이에서 그것이 과연 두 발로 걸었는지, 아니면 네발로 걸었는지. 꼬리는 들고 다녔는지, 아니면 땅에 끌고 다녔는지. 등과 같은 논란이 끝도 없이 이어졌다. 화석은 알 듯, 모를 듯한 표정으로 웃고 있는 사람처럼 연구자들 앞에 있었고, 연구자들은 알려진 바 없는, 알 수 없는 뼛조각에 어떤 이름도 붙이지 못하고 있었다. 현재까지 그것은 있는 것이면서 동시에 없는 것이었다. **보다**는. 여기까지였다. 그녀의 **보다**는. 잊힌 작은 뼛조각에 불과했지만. 그녀는 폐저증으로 죽었다고 했다. 폐저증이요? 내가 묻자, 그녀는 웃었다. 그러게요. 폐저증이 어떤 병인지는 모르겠지만 의사들이 내 몸에서 장기들을 꺼내기 시작했거든요. 배를 가르고 손을 넣어서 미끌거리고, 끈적거리는 그것들을 꺼내는 거예요. 그런데 웃긴 게 배 속에서 고구마만 잔뜩 나오는 거죠. 삶은 고구마였어요. 온통 고구마뿐인 거예요. 나는 죽었고, 통증은 없는데. 그게 다 보이더라고요. 고구마, 또 고구마. 또 고구마. 계속 고구마만 나오는 거예요. 우습죠? 난 토할 거 같았어요. 토할 입도, 목구멍도, 위장도 없는데 말이에요. 내가 폐저증으로 죽었다니. 몸속에 고구마만 가득 들어차는 병이 폐저증인지 좀 의심스럽다는 생각이 들긴 했어요. 사실 난 고구마를 좋아하진 않았거든요. 아프거나 하진 않았지만 이렇게까지 분해되고 있는데 난 왜 아직도 여기 있는 걸까? 대체 끝이란 건 어떤 걸까? 이런 생각을 했던 거 같아요. 죽는다는 게 꼭 몸이 죽는 건 아닐지도 모르겠어요. 내가 몸을 떠나 있었던 건 분명하거든요. 심장 박동이 멈추고, 더 이상 숨을 쉬지 않는 상태를 죽음이라고 한다면. 난 분명, 죽은 거였죠. 그런데 내가 계속 보이는 거예요. 나는 이미 죽은 사람인데 계속 보고 있는 거죠. 몸이 죽자 통점들은 다 흩어졌는데 다른 감각들은 오히려 생생해졌어요. 머리뼈가 뻑, 하고 갈라지는 소리가 마치 아주 오랫동안 귓속에 뇌가 들어 있었던 것처럼 선명하게 들렸어요. 이미 귀는 사라지고 없는데도 나는 계속해서 귀를 느끼고 있는 거였죠. 나는 뭔가 다른 것, 뭔가 다른 차원의 것이 몸속으로 들어오는 걸 느꼈어요. 단 한 번의 들숨으로. 다시 여기, 이 차원의 세계로 돌아오고 있었던 거예요. 한 줌의 공기, 한 덩어리의 숨을 들이쉬자 콧구멍과 기도와 숨을 들이쉬고 내쉴 몸이, 내 육체가 순식간에 만들어지는 느낌이었어요. 숨을 물질로 느껴보는 건 처음이었죠. 이렇게 쉼 없이. 또, 숨을 들이쉬고, 내쉬고. 태어나야 하다니. 잠깐. 그런 생각은 했던 거 같아요. 끝도 없는 시작이라니. 아무도 모르는 곳으로 사라지고 싶었죠. 정말 짧은 순간이었지만. 그러니까. 빛이 번쩍했던 그 찰나,

아직 그녀가 살아 있고.
그는 태어나지 않았을 때.

나는 공항에서 비행기를 기다리고 있었다. 분명 뭔가가 사라졌고. 그건 물고기도, 토끼도, 눈도 아니었다. 귀먹은 시간은 발끝을 들고 천천히 흘러갔다. 나는 끝이 보이지 않는 호수 위에 떠 있었다. 발아래로 빨갛게 익어가는 커피나무들이 보였고, 리프트는 활화산을 향해 올라가고 있었다. 여기서 뛰어내린다면. 생각했을 때. 거짓말처럼. 리프트가 멈춰 섰다. 인간이 가장 공포를 느낀다는, 지상 10미터. 바로 그 높이였다. 사람들은 간격을 두고 공중에, 공포의 한가운데 떠 있었다. 맞은편에서 내려오던 리프트에 러시아 인으로 보이는 여자가 앉아 있었다. 여자는 입술을 떼면 금방이라도 신음이 새어 나올 듯한 얼

굴로 절대로 말하지 않겠다는 듯, 입을 앙다물고 있었고. 나는 얼음에도 얼굴이 있다면, 표정이 있다면, 차갑다는 느낌보다 무엇인가를 참고 있는 인상을 줄 것이라 생각했다. 여자의 무릎 위에 커다란 카메라가 놓여 있었다. 나는 정면을 응시하고 있는 카메라의 렌즈 대신 마치 아무것도 보지 못하는 것 같은, 눈앞에 보이는 것 너머의 어떤 것을 보고 있는 것만 같은, 여자의 초점 없는 눈동자를 한동안 바라보았다. 발아래 펼쳐진 호수보다 더 파란, 눈동자. 구름 한 점 없이 맑은 하늘과 새파란 허공에 떠 있는 여자가 손이 닿지 않는 곳에 걸린 한 장의 그림 같았다. 그러니까. 내가 처음 그녀를 만난 날. 그날이 정말 처음은 아니었다. 내가 그 투명한 그림에 넋을 놓고 있을 때, 이런 소리가 들렸다. 무섭지 않아요? 뒤쪽에서 들려온 소리였다. 무섭지 않아요? 하고, 흘러온 문장의 파동이 허공의 수면을 흔들었고, 나는 순간, 공중에 떠 있는 두 다리가 흔들리는 것과 같은 현기증을 느꼈다. 내 바로 뒤에 멈춰 선 리프트에 그녀가 앉아 있었다. 나에게 물은 것 같지는 않았다. 그녀는 허공에 걸린 그림을 향해, 여자를 향해, 다시 물었다. 이번에는 내가 알아들을 수 없는 말이었지만, 무섭지 않아요? 하고 처음 물었을 때, 여자의 목소리에 실렸던 것과 똑같은 밀도의 떨림이 낯선 문장, 어색한 발음을 통해 고스란히 전해져왔다. 여자가 무섭다고 하거나 무섭지 않다고 하는 것이 중요하진 않았지만. 나는 고개를 돌려 앞쪽에 앉아 있는 여자를 보았고, 아주 짧은 시간이었지만. 내 앞의 여자와, 내 뒤의 여자. 그녀와 그녀 사이에서. 나는, 침묵했다. 여자는 천천히 움직였다. 카메라를 들어 얼굴 가까이 가져갔고, 렌즈를 통해 한동안 어딘가를 바라보았고, 혼잣말처럼 이렇게 대답했다. 굉장히 무서워요. 나는 그 말을 알아들었지만. 여자가 보고 있던 것이 나였는지, 질문을 던졌던 내 뒤의 여자였는지 알 수 없었다. 그 짧은 순간이 더없이 길게 느껴졌고, 나는 무서웠다. 더는 어떤 소리도 들리지 않았다. 한순간, 어떤 감정도 끼어들 수 없는 진공의 공포에 나는 짓눌려 있었다. 찰칵. 여자가 셔터를 눌렀던가. 보보투보쿡. 날이 아주 밝았는데도 플래시가 터졌다. 그녀가 찍고 싶었던 것, 기억하고 싶었던 것은 나도, 내 뒤의 여자도 아니었을 것이다. 보보투보쿡. 그 산의 이름은 아니었다. 사진을 찍은 뒤에도 카메라를 눈에서 떼지 않던 여자가 다시 말했다. 굉장히 무서워요. 처음보다 더 천천히 말했는데 잠깐의 침묵 때문이었는지 어딘가 슬픔이 배어 있는 느낌이었다. 여전히 여자의 얼굴에 표정은 없었다. 리프트는 천천히 움직이기 시작했고. 여자는 나와, 내 뒤의 여자를 지나쳐 산 아래로 내려갔다. 리프트에서 내렸지만 두 발이 계속 허공에 떠 있는 느낌이었다. 텅 빈 리프트들이 활화산을 향해 끝없이 올라왔고, 잠깐의 망설임도 없이 산 정상을 돌아 작은 반원을 그리며 산 아래로 내려갔다. 허공에 투명한 고리들이 남겨졌다. 시작도 끝도 없이 끊어질 듯 끊어질 듯, 이어지고 이어지는. 리프트의 행렬이 무한한 고리들을 그리고 있었다. 발은 땅에 닿지 않았다. 모든 경계들이 흩어져버릴 것 같았던 날. 물이 지나치게 많이 섞인 물감으로 칠해놓은 그림 같았던 그날. 그러니까. 나는 그녀를 처음, 만났다. 늘 내 뒤에 있던 여자. 낯선 병명처럼. 끈질기게 뭔가를 속삭이던 그녀를.

커서 블링크

cursor blink

경우에 따라서는

그러나 거부할 수 없는 아침.

나는 1년의 절반은 해가 점점 짧아지다가 나머지 절반은 해가 점점 길어지는, 신기한 도시에서 태어났다. 해가 짧아지거나 길어지거나. 살다 보니 신기한 것은 거의 사라지고 욕망과 추억이 버려진 묘지에 웃자란 잡풀처럼 무성하게 자라 있었다. 잡풀이 봉분을 뒤덮고 비석을 가리고, 그 자리에 묘가 있다는 사실을 완전히 감추었다. 봄이 가고 구름이 무거워졌다. 어느 날 비는 원망조로 내렸다. 어느 날 비는 푸념조로 내렸다. 몇 날 며칠. 비가 내리다 그치기를 반복했다. 해가 무섭게 내리쬐는 여름이 몇 해 지나갔다. 단풍은 어느 때나 축복이었으나. 점점 무성해지는 잡풀들. 뿌리를 깊이 박고 억세게 넝쿨을 늘려가는 잡풀들 아래. 땅속 깊이 관 하나가 놓여 있다는 것을, 사람 하나가 두 다리를 뻗고 잠들어 있다는 것을 잊었다. 작정하고. 무작정 사는 동안. 욕망과 추억이. 놀라운 생명력과 끈질긴 번식력으로 충동과 충돌, 사랑과 환멸, 그리움과 서러움의 시간들을 완전히 뒤덮기 시작했을 때.

내가 처음 가려고 했던 곳은 호수의 동쪽, 작은 마을이었다. 여행객들이 많지 않은 동부 호안을 따라 호수의 북쪽 끝까지 가려는 여정 가운데 첫 목적지였다. 지프로 보름 이상 달려야 호수의 북쪽 끝에 이를 수 있다고 했다. 나는 작은 공항이 있는 시내에서 바퀴가 큰 검은색 차를 한 대 빌렸다. 포장된 도로는 시내를 벗어난 지 두 시간쯤 됐을 때 끊겼다. 울퉁불퉁한 자갈길과 굴곡이 심한 진흙탕길을 지났다. 크고 작은 양 떼가 길을 가로질러 초원을 향해 걸어갔다. 나는 자주 차를 멈춰 세우고 새끼 양들이 어미 양의 뒤를 따라 걸어가는 모습을 지켜보았다. 양들이 무심하게 차 앞을 지나갔다. 끝없는 하늘과 땅, 드문드문 뜬 흰 구름들과 초원 위의 양 떼가 전부였다. 나는 계속해서 거의 같은 풍경 속을 달리고 있었다. 어디쯤 달리고 있는 것인지 알 수 없었다. 먹구름의 안쪽에 들어서면 비가 세차게 내렸다. 구름 그림자가 구릉 위에, 들판에 떠 있었다. 무지개가 광막

한 초원을 가로질러 걸려 있었다. 세 시간여 동안 한 대의 오토바이가 요란한 소리를 내며 내 차를 앞질러 간 것이 전부였다.

나는 오른쪽 숲으로 이어지는 길로 꺾어져 들어갔다. 지도에 따르면 그 숲길을 통과하고 얼마 지나지 않아 여행자 안내소가 있을 것이었다. 호수는 아직 보이지 않았다. 마치 바다처럼 끝없이 펼쳐진 호수. 호수에 이는 잔잔한 물결. 맑은 물 위에 그대로 비치는 파란 하늘과 붓질을 해놓은 듯한 구름들. 나는 호수에 깃든 고요와 적막 같은 것들을 상상하고 있었다. 숲에 들어섰을 때 반쯤 열어둔 창으로 향긋한 바람이 불어왔다. 새소리가 들렸다. 처음 들어보는 새소리였다. 나는 차를 세우고 시동을 껐다. 카메라를 꺼내들고 내려 숨을 깊이 들이마셨다. 새가 다시 한 번 울기를 기다렸다. 고개를 들어 주변의 나무들과 나뭇가지 사이로 보이는 하늘을 보았다. 바람에 잎들이 가볍게 흔들렸다. 가까운 나무 꼭대기, 가느다란 가지 끝에 아주 작고 새까만 새가 앉아 있었다. 나는 카메라 셔터를 조심스럽게 눌렀다. 포르르. 새가 날아올랐다. 숲의 끝은 멀리 호수가 보이는 내리막길의 시작이었다. 하늘과 호수가 맞닿아 멀리 보이는 호수가 하늘 같았다. 찰칵. 나는 다시 한 번, 카메라의 셔터를 눌렀고 다음 순간 카메라에서 눈을 뗐을 때 하늘에서 뭔가 내리고 있는 것을 보았다.

환영처럼.

갑자기. 그것은 반짝거렸고 가볍게 흩날렸고, 흩어지다 사라졌다. 그것은 익숙한 도시의 겨울, 꽁꽁 언 밤을 하얗게 밝히던 눈도 후득후득 떨어져 어느새 창을 따라 흘러내리던 빗방울도 아니었다. 그것은 바닥을 적시지 않았다. 그것은 어떤 흔적도 남기지 않았다. 잘게 부서진 은빛 연두. 빛 속에서 빛나는 빛. 빛 아래 빛으로 부서지는 빛. 스치듯 어떤 향이 느껴졌다. 주변을 은은한 박하 향이 감싸고 있었다. 숲의 한가운데. 사람의 흔적은 보이지 않았다. 나는 다시 하늘을 올려다보았다. 먼 하늘에서. 반짝이는. 점들. 아주 짧은 순간 나타났다 사라지는. 멀리 있던 별들이, 먼 우주에서 오래전에 사멸한 별들이. 가까이, 아주 가까이 다가온 느낌이었다. 하늘이 완전히 우주를 향해 열린 것 같은 느낌. 흩어진 몇 개의 점들로 보이던 별들은 이제 하늘의 절반 이상을 채웠고 박하 향은 선명하게 짙어졌다. 나는 고개를 들고 한참을 서 있었다. 마침내 내가 한낮의 별들 사이로 쏟아져 내리고 있는 기분일 때, 여자의 목소리가 들렸다.

처음은 다 그렇지.

나는 갑작스러운 사람 소리에 놀라 소리가 난 쪽을 돌아보았다. 여자와 눈이 마주쳤다. 처음 보는 눈. 양쪽 눈동자 색깔이 확연히 다른 여자였다. 한쪽은 검정에 가까운 초록이었고 한쪽은 옅은 회색이었다. 투명한 눈동자 안쪽이 선명하게 보였다. 나는 뭔가에 눈이 부셔 순간적으로 고개를 숙였는데 그 순간, 뜬금없이 학수가, 학수에게 오래전에 들은 이야기가 떠올랐다.

아치

부탁할게.

학수가 공책을 내밀며 말했다.

정해진 주제로 글짓기를 하는 숙제였는데 학수는 아직 글자를 쓸 줄 몰랐다. 우리는 열세 살이었고 학수와 나는 6년째 같은 반이었다. 나는 대답 대신 고개를 끄덕였다. 학수와 짝이 된 지 일주일째 되는 날이었고 나는 사실 일주일 전까지 학수와 같은 반이었다는 사실을 몰랐다. 내가 학수의 옆자리로 옮겨 앉았을 때 학수가 말했다. 너 모르지? 우리 6년째 같은 반이야. 나는 당황했다. 시간이 지나면서 학수에게 점점 미안한 마음이 들었던 것을 기억한다. 나는 그때 어떤 식으로든 미안한 마음을 덜고 싶었을 것이다. 학수의 공책 위에 글씨를 최대한 예쁘게 쓰려고 노력하면서 학수의 이야기를 들었던 기억이 난다. 아이들이 시도 때도 없이 시끄럽게 떠드는 교실이었다. 학수는 내 옆자리에 앉아 있었고 학수의 이야기는 이렇게 시작되었다. 작은 섬이야.

섬의 작은 언덕에는 오두막집 몇 개가 있어. 거기 가난한 소년과 소녀가 살아. 폭풍우가 치는 날이 많은데 바람이 너무 세게 부는 날은 파도가 소년과 소녀가 살고 있는 집을 덮칠 것 같

아. 비가 퍼붓고 천둥 번개가 치면 소녀는 울어. 소리도 내지 못하고 눈물만 뚝뚝 흘리는 거야. 소년은 해줄 수 있는 게 없으니까 일찍 자리를 펴고 눕지. 동생을 꼭 안고 있어. 이불을 머리끝까지 덮어쓰고 더운 숨을 훅훅 내쉬어. 답답하지만 꾹 참아. 오빠니까. 소녀는 울다가 지쳐서 잠이 들어. 소녀는 엄마, 아빠 꿈을 꾸고 싶은데 그런 꿈은 꿀 수 없어. 한 번도 엄마, 아빠를 본 적이 없거든. 그러던 어느 날 이 가난한 소년, 소녀에게 무서운 뱃사람들이 찾아와. 뱃사람들은 소녀를 제물로 바치기를 원하지. 소년은 펄쩍 뛰어. 세상에 둘밖에 없는데. 소년은 절대로 동생을 빼앗기지 않을 거라고 다짐해. 주먹을 꽉 쥐고 동생에게 말하지. 오빠가 지켜줄게. 오빠가 지켜줄 거야. 소년은 이른 새벽, 아직 해도 뜨지 않았을 때 소녀의 손을 잡고 달려. 달이 밝아서 아이들이 달리는 모습이 섬의 어디에서나 잘 보이지. 두 아이는 한참을 달려. 숨이 턱까지 차오르고 소녀가 더는 못 가겠다고 할 때까지 소년은 멈추지 않아. 아주 멀리 왔다고 생각하지. 아무도 여기까지는 따라오지 못할 거라고 생각해. 둘은 마을 뒷산 큰 나무 뒤에 몸을 숨기고 있어. 해가 뜨고 따뜻한 햇살이 내리쬐기 시작해. 소년과 소녀는 꾸벅꾸벅 졸아. 너무 일찍 일어난 데다 힘들게 달렸던 거야. 졸다 깬 소녀가 배가 고프다고 칭얼거리는 바람에 소년도 깜짝 놀라서 잠에서 깨. 동생을 달래지. 조금만 참아. 조금만. 밤이 되면 내려가자. 밤이 되면 다 좋아질 거야. 소녀가 칭얼거리고 울다 지쳐

잠들기를 반복하는 동안 정말로 밤이 와. 해가 지고 어두워지니까 마을이 고요해져. 가끔 풀벌레 소리만 들려와. 소년은 소녀의 손을 꼭 잡고 나무 뒤에서 나오지. 오솔길을 조심조심 내려와. 달이 밝아서 소년이 소녀의 손을 잡고 오두막으로 들어가는 모습이 섬 어디에서나 잘 보이지. 오두막으로 돌아온 소년은 방문을 걸어 잠그고 걸쇠에 숟가락을 꽂아. 그제야 방바닥에 남아 있는 감자가 눈에 들어와. 어둠 속에서 소녀가 허겁지겁 삶은 감자를 먹고 있어. 소년은 등불을 밝힐 생각도 못하고 소녀를 데리고 이불 속으로 들어가. 날이 더워서 몸이 땀에 젖었지만 소년은 한겨울에나 꺼내 덮는 제일 두꺼운 이불을 꺼냈어. 이제 다 괜찮아. 소년이 이불을 소녀의 턱 끝까지 덮어주면서 말해. 두 아이들의 배 속에서 번갈아 꼬르륵 소리가 나서 아이들은 배가 고픈 것도 잊고 서로 마주 보고 웃고 말지. 오늘 처음으로 웃은 거야. 소년과 소녀는 너무 지친 나머지 금방 잠 속으로 빠져들어. 소녀의 손을 잡고 있던 소년의 손에 힘이 풀려서 아이들의 두 손은 헐겁게 연결되어 있어. 이제 막 맛있는 쌀밥을 한 숟가락 입에 떠 넣으려는 찰나인데. 뭔가가 소년의 팔을 잡아당겨. 차갑고 미끌거리는 거. 차갑고 미끌거리는데 힘이 아주 센 뭔가가 소년의 팔을 자꾸 잡아당기는 거야. 끈적거리고 기분 나쁜 악력이 소년의 앙상한 팔을 휘감고 있어. 소년은 악몽에서 깨어나면서 팔을 흔들어. 팔을 빼내고 싶거든. 그런데 차갑고 끈적한 것에 휘감긴 팔이 꿈쩍도 하지 않

아. 소년은 눈을 번쩍 떴지. 그리고 보았어. 한 팔이 뱀인 남자가 뱀의 머리를 소녀의 얼굴 가까이 들이밀고 있었지. 뱀의 혀로 소녀를 위협하면서 나머지 한 손으로 소녀의 입을 막고 소녀 위에 올라타 있었어. 남자와 눈이 마주쳤지. 소년은 너무 무서워서 오줌을 지렸어. 어제 왔던 뱃사람들 중 한 명인 것 같기도 했고 처음 보는 얼굴인 것 같기도 했어. 소년은 남자를 당장 소녀에게서 떼어내고 싶었지만 그 좁은 방 안에 어떻게 그렇게 큰 문어가 들어왔는지. 소년과 남자, 소년과 소녀. 그들 사이에는 엄청나게 거대한 문어가 수많은 다리를 꿈틀거리고 있었어. 소년의 팔은 이미 문어의 다리에 꼼짝없이 휘감겨 있었지. 소년은 두려움에 떨었어. 눈물을 흘렸는데 너무 무서워서 소리는 나오지 않았어. 눈물과 땀으로 온몸이 범벅이 되었지. 소년의 몸부림은 아무 소용이 없었어. 소녀의 얼굴은 보이지 않았지. 그리고 아주 잠깐, 눈을 질끈 감았다 뜬 거 같은데. 소녀는 남자에게 끌려나갔는지 남자도, 소녀도 보이지 않았어. 좁은 방 안에는 문어와 소년뿐이었지. 그렇게 거대하던 문어는 온데간데없고 소년의 작고 여린 주먹만 한 머리에 앙상하게 마른 다리를 축 늘어뜨리고 있는 보잘것없는 문어가, 소녀가 누워 있던 자리에 놓여 있는 거야. 쭈글쭈글한 문어의 낯짝을 보자 소년은 참을 수 없었어. 소년은 죽기 살기로 문어에게 덤벼들었지. 반짇고리를 뒤져 다리에 녹이 슨 커다란 가위를 찾아냈어. 알 수 없는 소리를 꽥꽥 지르면서 문어를 공격하기 시작

했지. 문어는 너무 작고 힘이 없었기 때문에 오히려 소년의 몸이 바닥에 부딪히면서 몸 여기저기에 멍이 들었어. 소년은 가위로 문어를 난도질하기 시작했어. 소년의 손끝에서 문어는 잘려나갔지. 소년은 문어의 머리를 정확하게 반으로 갈랐어. 문어의 머리를 몇 번이고 잘랐지. 몇 조각으로 잘려 흩어진 문어의 다리들을 보면서 소년은 계속 분노에 떨었어. 그리고 곧 깨달았지. 소녀를 잃었다는 것을. 소녀가 영영 사라졌다는 것을. 소년은 방문을 열어볼 생각도 하지 못하고 자리에 주저앉았어. 엉엉 울기 시작했지. 엉엉 울다가, 엉엉 울면서 소녀는 잠에서 깨어났어. 잠에서 깬 소녀는 어리둥절한 눈으로 방을 둘러보았지. 문어도, 남자도, 소년도 보이지 않았지만. 이불은 펑 젖어 있었어.

갑자기 깨달아질 때가 있다

눈이 내리지 않는 나라의 사람이 겨울을 꿈꾸듯.

나는 다시 고개를 들어 하늘을 보았다. 구름 한 점 없이 맑은 하늘, 정오의 태양은 하늘 높이 떠 있었고 더는 아무것도 내리지 않았다. 양쪽 눈동자의 색이 다른 여자는 마치 나에게 말을 걸었던 적이 없었던 것처럼 이미 저만치 떨어져 숲속으로 휘적휘적 들어가고 있었다. 학수는 지금쯤 뭘 하고 있을까. 나는 갑자기 떠오른 학수와 학수의 이야기를 오래 생각하고 있을 수 없었다. 잿빛 뒷모습의 여자가 방금 어떤 언어로 나에게 말했는지 생각나지 않았다. 분명 우리말은 아니었는데. 내가 그 말을 어떻게 알아들었는지 알 수 없었다. 뭔가에 잠깐 홀린 기분이었고 박하 향은 사라지고 없었다. 나는 이상한 숲을 빨리 빠져나가고 싶어졌다. 차에 올라탔다. 카메라를 조수석 위에 올려놓고 시동을 걸었다. 나는 숲길을 빠져나가면서 반대쪽 숲으로 깊이 들어가고 있는 잿빛 여자의 뒷모습이 시야에서 완전히 사라질 때까지 백미러를 들여다보았다.

뜻밖에도.

몇 시간 뒤, 내가 도착한 곳은 올리브나무가 자라는 작은 마을, 로드하라였다. 로드하라는 이름만에 위치한 작은 섬이라고 했다. 물론 로드하라는 내가 처음 가려고 했던 호수의 동쪽 마을은 아니었고 내가 바다 같은 호수라고 알고 달려온 호수는 바다였다. 로드하라는 육지에 다리로 연결되어 있는 작은 섬이라고 했다.

다리를 지나온 적이 없는데요?

나는 호텔 주인에게 물었다. 엉뚱한 마을에 도착했다는 생각에 계속 어리둥절해 있었다.

무성한 숲으로 둘러싸여 있으니까.

주인이 말했다.

나는 뭔가 더 묻고 싶었지만. 이를테면. 만에 섬이 위치한다는 게 말이 되는지. 다리 위에 그렇게 무성한 숲이 자랄 수 있는지 같은 질문들. 하지만 그렇게 미심쩍은 상태로 로드하라를 받아들였다. 사실 긴 운전으로 너무 지쳐 있어서 더는 운전을 할 수 없었기 때문에. 길 끝에서 호텔을 발견했을 때 무작정 차를 세웠던 것이다. 호텔은 로드하라의 초입에 있었고 바닷가에 잇닿은 비탈면 꼭대기에 위치하고 있었다. 짐을 풀고 호텔 앞 정원에 내려가 바다를 바라보았다. 섬이 한눈에 내려다보였다. 호텔 아래쪽으로 붉은 색깔의 낮은 지붕들이 계단식으로 펼쳐져 있었다. 호텔의 앞쪽에는 간판이 없었고 울타리 안쪽에 나비 모양의 잎을 달고 있는 나무들이 많았다. 나뭇잎들이 작게 흔들렸다. 완전한 어둠이 내리기 전이었는데 멀리서 종소리가 들려왔다. 어둠을 더해가는 검푸른 저녁 하늘 위로 번지는 낮은 종소리에 마음이 가라앉았다. 밤이 깊고 종소리가 그치자 적막이었다. 밤과 밤바다와 적막. 바다에서 이따금 들려오는 파도 소리. 그게 전부였다. 한참, 바람을 기다리고 있었는데 밤늦게 비가 내렸다.

해가 뜨기 전의 마을은 전날 오후의 마을과 또 다른 느낌이었다. 상점들은 모두 문을 닫았고, 아직 사람들이 다니지 않는 골목은 조용했다. 거리의 개들이 어슬렁거리며 돌아다니거나 배를 깔고 엎드려 있었다. 몇 개의 골목을 지나쳤을까. 특이

한 구조의 집들을 올려다보다가 나는 길 끝에 있는 문 앞에 멈춰 섰다. 해는 높이 떠올랐고 더는 앞으로 갈 수 없었다. 사람이 드나들기에는 조금 작은 문, 막다른 길을 푸른 문이 막아섰는데 작은 기차역 앞이었다.

기차가 다니지 않는 기차역 앞에 로드하라라는 간판이 붙어 있었고 담벼락 아래 흰 꽃들이 가득 피어 있었다. 처음 보는 꽃이었다. 허공에 흰 물감이 잘게 떨어져 번진 것처럼 꽃의 줄기가 보이지 않았다. 푸른 문을 달고 있는 돔 모양의 작은 역사 뒤로 짧은 철로와 두 량의 빨간 기차가 보였다. 운행을 하는 기차는 아니고 기차 모형의 카페 같았다. 기차가 다니지 않는 마을에 철로 모형의 철로와 기차 모형의 기차가 있다니. 왠지 로드하라에는 없는 것이 없을 것 같다는 생각을 하고 있을 때 푸른 문이 열렸다. 챙이 큰 모자가 불쑥 나타났는데 인도계로 보이는 눈이 크고 아름다운 여자였다. 허리를 숙이고 좁은 문을 빠져나온 여자는 생각보다 키가 몹시 작았다. 나는 마치 작은 인형 같은 여자의 얼굴을 힐끗 보았고 여자와 눈이 마주쳤는데 여자가 웃어 보였다. 나는 여자가 나와 같은 여행자일 것이라고 생각했고 안도했다. 로드하라에서 만난 첫번째 여행객이었다. 나는 나와 같은 여행객이 있다는 사실에 왠지 마음이 느긋해져 여자가 골목을 빠져나가기를 기다렸다가 그 골목을 천천히 돌아 나왔다.

나는 압사했네.

그래 압사했지. 분명히 압사였어. 아주 오래전이지만 기억이 나.

물론 뜻밖의 일이었어. 그래 뜻밖이었지. 그건 중요한 게 아니야.

내가 하는 말이 다 그렇지. 다 그렇듯. 무의미한 말일세.

그런데 자네는 무엇을 포기했나?

골목을 돌아 나오다가 기차역에서 멀지 않은 곳에 좌판을 펼치고 있는 노인을 보았다. 마치 나를 향해 말한 것 같았는데 골목 끝에 앉은뱅이 의자를 깔고 앉아 있던 눈이 움푹 꺼진 남자가 말했다.

미친 노인네야.

남자 앞에 낡은 구두들이 나란히 놓여 있었다.

미치기 전엔 유명한 배우였다는 말도 있긴 한데. 그것도 떠도는 말이니. 어디 믿을 수가 있나.

미치다니! 미치긴 누가 미쳐.

노인은 말하지 않았다. 남자의 소리가 들리지 않는지. 들리지 않는 척 연기를 하는 건지. 노인은 주어진 대사를 다 말해버린 배우처럼 입을 다물어버렸다. 그에게 남은 연기는 잠자코 콩을 파는 것이라는 듯. 좌판에 볶은 콩만 펼쳐놓고 있었다. 아무 일도 없었던 것 같은 연기. 두 사람의 모습은 연극의 한 장면 같았다. 나는 이 둘이 같은 장면을 여행자들을 향해 하루에도 수십 번, 수백 번 반복해서 연기하는 것은 아닐까 생각했다. 그러는 당신은 무엇을 견디고 있습니까. 노인에게 묻고 싶었지만. 곧. 연기라면. 학수의 연기가 볼만했는데. 라는 생각과 동시에 다시 학수가 떠올랐다.

체념력

학수는 검은색 반바지에 소매가 긴 흰 셔츠를 입고 한창 유행 중인 서스펜더를 착용하고 있었다. 나는 초등학교를 졸업하고 우연히 두 번 학수를 만났는데 그날은 10년 만에 처음으로 학수를 만난 날이었다. 집 근처 강가에 있는 쇼핑몰이었는데 한 매장 앞에 여러 명의 사람들이 멈춰 서 있었다. 나는 다음 날 면접 때 입을 검은색 정장을 사기 위해 여러 매장을 돌아보고 있었다. 사람들이 멈춰 서 있는 매장에 유난히 키가 큰 마네킹이 서 있었다. 나는 사람들을 피해 그 매장 앞을 지나쳐 가다가 마네킹을 힐끗 돌아보았다. 가까이에서 보니 마네킹처럼 서 있는 마네킹은 사람이었는데 낯이 익었다. 문학수.

나는 학수의 얼굴을 정확히 기억했다. 그사이 키만 훌쩍 자랐는지 학수는 어릴 때 얼굴 그대로였다. 소처럼 선한 눈에 까무잡잡한 피부, 두툼한 입술. 코 끝에 붉은 점까지. 저거 미인점 아니야? 맞네, 미인. 아이들은 학수를 문미인이라고 놀렸었다. 문미인. 문미인. 나는 사람들이 자리를 뜨기를 기다렸다. 사람들이 흩어지고 매장 앞에 학수와 나 둘만 남았을 때, 나는 학수에게 물었다.

힘들지 않아?

학수보다 키가 한참 작은 나는 고개를 바짝 들고 있었고 학수는 아무 대답도 하지 않았다. 눈도 깜빡이지 않았고 고개를 끄덕이지도 않았고 무게중심을 오른 다리에서 왼 다리로 옮기지도 않았다. 줄곧 한곳을 응시하고 있는 학수의 눈에는 마치 아무것도 보이지 않는 것 같았다. 학수는 초점 없는 눈빛으로 나를 바라보았다. 나를 못 알아보는 걸까? 학수가 아닌 걸까? 초조해지려 할 때 학수가 대답했다. 그럭저럭.

어쩔 수 없어.

어쩔 수 없지. 학수의 말과 동시에 불꽃이 터졌다. 눈부신 은색 불꽃이 하늘에서 점점이 흩어졌다. 10년 만에 만난 학수는 여전했다. 어쩔 수 없다는 말밖에 할 말이 없냐? 뭘 어쩔 수 없는데? 남자애들이 수없이 시비를 걸 때도 학수는 빙긋이 웃었었다. 그러니까 아주 오래전에. 다리 위에서 커다란 원을 이룬 불꽃은 두 번의 폭발을 거치며 다섯 개의 작은 원으로, 아주 작은 불씨들로 흩어지다 어둠 속으로 사라졌다. 고개를 들고 이제 막 피어오른 새빨간 불꽃을 올려다보며 걷는 사람들의 무리가 학수를 못 보고 지나치는 바람에 학수는 그들 사이에서 이리저리 부딪혔다. 나는 팔을 뻗어 학수의 손을 잡아당겼다.

10년 만에 만났는데 밥이나 먹을까? 저기서 기다릴게.

강가로 나오기 전에. 학수가 그럭저럭, 대답했을 때.

나는 초점 없는 학수의 눈을 한동안 말없이 바라보다 말했다. 무슨 기억이 떠오른 것은 아니었는데. 꼭 그래야 한다는 듯이. 학수가 일하는 매장 맞은편에 있는 카페에서 쇼핑몰의 폐장 시간까지 기다렸다. 학수는 훌륭했다. 몇 시간 동안 거의 움직이지 않았다. 그때 내가 왜 무작정 학수를 기다렸는지. 학수가 왜 아무 대답 없이 나를 따라 강가까지 걸어 나왔는지. 나는 기억하지 못한다. 그때 우리 머리 위에서 터지던 불꽃이 너무 화려했기 때문에. 10년 만에 만난 우리가 계속해서 불꽃이 터지는 강가를 걷는 것은 당연하게 여겨졌다. 나는 이리저리 휘둘리는 학수의 손을 좀더 힘껏 잡아당겼다. 그때 학수가 나를 보고 빙긋 웃었던가. 나는 학수의 표정을 미처 확인하지 못했다. 또 한 번 커다란 폭발음이 들렸고 이어 붉은 불꽃이 하늘을 가득 채웠다. 하늘 가득 피어오른 붉은 불꽃이 일제히 무수한 포물선을 그리며 쏟아져 내리는 광경은 한 번도 목격한 적 없는 우주의 대폭발을 연상하게 했다. 그즈음 어떤 폭발은 사람들의 내부에서 더 자주, 더 격렬하게 일어나는 것 같았지만. 그것은 불꽃놀이에 비하면 우주의 폭발만큼이나 고독하고 고요한 폭발이었다.

어떻게 지냈어? 내가 학수에게 물었다. 그럭저럭.

너는? 학수가 물었다.

나도 그럭저럭. 아직 저기 살아?

강가에 서 있는 오래된 아파트를 가리키며 내가 물었다.

응. 너는?

나도. 한동네에 계속 살았는데 어떻게 한 번을 안 마주쳤을까. 신기하네.

그러게.

학수는 또 빙긋이 웃었다.

10년 만이었지만 우리는 별로 말이 없었다. 어제 만나고 오늘 만난 것처럼. 무덤덤했고 편안했다.

이제 좀 무서운 거 같아.

내가 말했다. 뭐가?라고 학수는 묻지 않았다.

5년쯤 됐나? 아닌가? 1년은 더 된 거 같은데.

내가 말했다. 뭐가?라고 학수는 묻지 않았다.

그때, 머리 위에서 새로운 불꽃이 피어올랐다. 주황색 불꽃이 하늘에 열매를 맺듯 크고 작은 둥근 원들로 피어올랐다. 학수와 나는 무의식적으로 고개를 들어 하늘을 올려다보았다. 화려한 주황색 불꽃이 터지는 하늘을 넋을 놓고 바라보았다. 아주 잠깐이었지만.

우리 무슨 얘기 하고 있었지? 내가 물었다.

학수가 어깨를 으쓱하며 자신도 모르겠다는 듯 빙긋이 웃었다.

요즘은 뭐든지 금방 잊게 돼. 심지어 막 화를 내고 있다가. 엄청 화가 났었는데. 내가 왜 화가 났었는지를 까먹는다니까. 아무것도 해결되지 않았는데. 아무 생각도 오래 할 수가 없어. 이러다 진짜 아무것도 기억하지 못하게 되는 거 아닐까. 심각해. 심각하게 멍청해. 점점 더 멍청해지는 거 같아.

괜찮아. 그렇게 중요한 얘기는 아니었어.

학수가 괴로워하는 나를 보고 빙긋이 웃었다.

뭐가 괜찮은데? 뭐가 중요하고 뭐는 중요하지 않은데? 나는 학수에게 계속 뭔가 더 묻고 싶기도 했고, 앞으로 학수를 가끔은 만나게 될 것 같기도 했다. 불꽃놀이는 몇 년째 계속되고 있었다. 비가 내리거나 눈이 내리는 날을 제외하고. 불꽃을 잘 볼 수 있는 강가에 모여드는 사람들의 수는 줄었으나 하룻밤에 터지는 불꽃의 수는 오히려 는 것 같았다. 그래 어쩔 수 없지. 나는 학수의 말을 떠올리며 불꽃이 사라진 서쪽 하늘을 올려다보았다. 아주 잠깐의 암흑, 위로 초록과 보라가 은은한 조화를 이룬 긴 띠의 불꽃이 피어올랐다. 강을 가로지르는 다리를 따라. 나는 아주 작은 불꽃과 더 작은 불꽃이 만들어내는 초록 은하수 위에 선명하게 피어나는 보랏빛 불꽃을 넋을 놓고 바라보았다.

자꾸 바라보게 돼. 불꽃이 터지니까. 자꾸 터지니까.

어쩔 수 없는 걸까. 정말 어쩔 수 없는 게 맞을까. 나는 불꽃들이 잘게 흩어지며 사라지고 있는 허공을 바라보며 말했다. 그런데 학수는 뭘 어쩔 수 없다는 거였더라. 생각이 나지 않았다. 화려하게 색을 갈아입는 불꽃, 불꽃, 불꽃들. 10년 만에 만난 학수는 여전했고 여전히 아무 질문도 하지 않았다. 펑, 펑, 펑. 끝없는 폭발과 점멸이 있을 뿐이었다.

달리는 것, 달리는 사람

너는 다른 아이들처럼 왜? 그건 왜? 그러는 법이 없었어. 단 한 번도.

이게 뭐야? 이건 뭐야?

이건?

이건?

그렇게 묻고는 그만이었지. 아주 아기일 때부터. 그저 끄덕거리면 그걸로 그만이었다.

하지 마. 학수야. 그렇게 하면 안 돼. 학수야 그건 안 돼.

그러면 그렇게 하거나, 그렇게 하지 않거나. 또 그걸로 그만이었지. 네가 아주 좋아하는 뭔가를 못 하게 해도. 왜 하면 안 되는지 묻지는 않고. 나를 그냥 빤히 봐. 엄마는 그게 무서웠다. 내가 거기 없는 것처럼. 너무 빤히, 언제나 나를 빤히 보기만 하는 네가 무서웠어.

무서웠다.

학수의 엄마가 세상을 떠나면서 학수에게 남긴 유일한 유언이었다.

학수는 끝까지 왜 아버지가 없는지 묻지 않았다. 아버지가 어디에 있는지 묻지 않았다. 학수에게 무서웠다는 엄마의 말과 강이 한눈에 내려다보이는 아파트 한 채가 남았다.

왜 태어난 걸까? 왜 살지?

넌 왜 사냐?

막 수염이 자라기 시작할 때쯤이었던가. 처음으로 자위를 한 다음 날 아침이었던가. 학수의 친구가 물었다.

왜라니?

학수는 사람들이 왜, 왜라는 말을 그렇게 많이 하는지 묻지 않았다. 학수에게 세상은 딱히 궁금할 것도 이상할 것도 없는 곳이었다. 나는 태어났고, 살고 있고, 아직 살아 있다. 그것 외에 또 뭐가 문제가 된다는 말인가. 물론 이조차 학수의 생각은 아니었지만. 오직 살아 있음. 그것 외에 학수는 별생각이 없었다.

야, 닥치고 밥이나 먹자.

왜 태어난 걸까?

넌 왜 사냐?

왜 살아야 되는 거야? 묻던 친구의 말에 학수가 뭐라고 대꾸도 하기 전에 다른 한 친구가 두 사람의 뒤통수를 치며 말했고,

학수와 학수의 친구와 학수의 친구의 또 다른 친구는 닥치고 밥이나 먹었다.

나는 왜 이렇게 어리석은가?

왜 나는?

왜 나에게?

나한테 왜 이런 일이 일어나지?

너 나한테 왜 이래?

왜?

왜 그랬니? 왜 그랬어?

왜 그럴까? 왜 그래?

너는 왜?

네가 왜?

그게 왜?

그건 왜?

왜?라는 고리 끝에 걸린 끝도 없는 질문들이 학수에게는 단 한 번도 떠오르지 않았다. 그게 어떤 대상에 대한 순수한 호기심에서 시작된 질문이든, 습관적인 반응이든, 상황을 받아들이려는 노력이든, 절규에 가까운 외침이든. 왜, 나는 어떤 순간에도 왜라는 의문을 품지 않는가? 하는 질문조차도. 학수에게 왜란, 먼 나라의 뒷골목. 녹슨 갈고리 끝에 걸린 전혀 맛보고 싶지 않은 시뻘건 고깃덩어리 같은 것이었다.

거의 10년 뒤. 다시 우연히 학수를 만나게 될 때까지. 그리고 다시 10년 뒤. 학수의 목소리를 라디오에서 듣게 될 때까지. 나는 이런 사실들을 전혀 몰랐지만.

이제 내가 아는 한 학수는. 처음부터. 거의 처음으로.

아무것도 묻지 않는. 아무도 아닌. 그였다.

아무도 묻지 않는. 아무것도 아닌 시절. 시간은 무심하게 흘러갔다.

광장

어차피. 그래 어쩌면. 네 말대로. 우리는 빛이 아주 사라져 버린 동굴 속에 있어. 그림자마저 사라진 어둠 속에. 얼마 남지 않은 암흑과 멀리서 끝없이 터지고 사라지는 불꽃들. 펑. 펑. 펑. 볶은 콩을 한 봉지 사들고 로드하라의 다른 골목들을 헤매고 다니면서 나는 이렇게 계속 학수를 생각했다. 밤이. 밤마저 사라진 것 같아. 나는 그때의 학수에게 메시지를 보내고 싶었다. 입속에 콩을 한 주먹 넣고 턱이 아플 때까지 씹었다. 그때의 학수는. 그때의 나처럼. 어디론가 사라지고 없겠지만. 학수는 지금쯤 어디 있을까. 얼마나 골똘히 생각하고 있었는지 나는 내가 중앙 광장의 한가운데 서 있다는 것을 뒤늦게 깨달았다. 어쩌면 콩을 너무 열심히 씹느라 걷고 있다는 것을 잊었는지도 몰랐다. 바닥을 보며 걷고 있었던 것 같은데 눈앞의 돌무더기가 앞을 가로막았다.

나는 고개를 들었다. 엄청난 무더기가 광장을 가득 채우고 있었는데 돌무더기인 줄 알았던 그것은 가까이에서 보니 살아 있는 무엇 같았다. 쿵쾅, 쿵쾅. 심장이 몹시 뛰었다. 심장, 심장, 심장들. 나는 그 돌무더기로 보이는 검붉은 덩어리들을 보는 순간, 심장을 느꼈다. 누군가 내어놓은 심장 무더기. 물가에, 산사 마당에, 불상 앞에 쌓여 있는 작은 돌탑들이 떠올랐다. 곧 무너질 듯한 위태로움으로 긴 세월을 견뎌낸 돌탑들. 어딘지 슬프고, 그래서 아름답다 생각했던 것들. 어쩌면 다른 누군가를 위해서. 누군가의 삶과 죽음을 위해서. 숨을 죽이고 쌓아 올렸을 두근거림. 누군가의 간절한 소원이 조심스럽게 쌓아 올려진 무수히 많은 돌탑들. 차곡차곡 쌓아 올린 거대한 심장 무더기를 보자 숨이 멎을 것 같았다.

나는 어제 저녁 호텔에서 내려다봤을 때 보이지 않던 섬의 반대편까지 온 것 같았다. 정신을 차리고 보니 붉은 심장 무더기는 커다란 원형 광장의 한가운데 있었다. 나는 왠지 달아나고 싶었고 내가 빠져나온 골목이 어느 골목인지 찾고 싶었지만. 수없이 많은 골목들이 광장을 향해 뻗어 있어서 내가 어느 골목에서 나왔는지 알 수 없었다. 모든 골목은 광장을 향해 연결되어 있는 것 같았다. 나는 선 자리에서 한 바퀴 돌아보았다.

거대한 심장 무더기와 텅 빈 광장과 똑같이 생긴 수십 개의 골목 입구들. 그 한가운데 사람이라고는 나 혼자뿐이었다. 광장은 고요했다. 뜨겁게 내리쬐기 시작한 햇빛과 이따금 불어오는 바닷바람. 쿵쾅쿵쾅. 멀리서 들려오는 파도 소리가 전부였다.

아침을 먹는 것도 잊고 돌아다녔기 때문에 나는 몹시 배가 고팠다. 둘러보니 광장을 중심으로 커다란 원을 그리며 둘러선 식당과 카페 들이 많았는데 모두 문이 닫혀 있었고 창이 없어 안이 들여다보이지 않았다. 나는 일단 간판이 제일 눈에 들어오는 한 집을 향해 걸어갔다.

딱 맞춰 오셨네. 어서 올라가요. 어서.

식당 문을 열자 주인으로 보이는 살집이 좋은 여자가 내가 올 것을 미리 알고 있었던 것처럼 반색을 하며 끌어당겼다. 나는 거의 여자의 살집에 밀려 비좁은 계단으로 밀어 올려졌다. 좁은 계단 끝에 천창이 열려 있었고 빛이 쏟아져 들어왔다. 계단은 곧장 건물의 옥상을 향해 나 있는 것 같았다.

옥상에 올라선 나는 깜짝 놀랐다. 광장에 서 있을 때 건물의 옥상들마다 이렇게 많은 손님들이 앉아 있는 것을 보지 못했다. 광장은 이상할 정도로 고요했고, 분명 사람 소리는 전혀 들리지 않았었다. 그런데 이 건물의 옥상은 물론이고 광장을 둘러싸고 있는 모든 건물의 옥상에 손님들이 가득 차 있었다.

손님을 위한 마지막 자리입니다.

턱시도를 입은 젊은 남자가 나를 의자가 광장을 향해 놓여 있는 구석 자리로 안내했다.

식당이며 카페 들은 모두 빈자리가 없이 가득 차 있었다. 아무것도 주문하지 않았는데 종업원으로 보이는 턱시도를 입은 남자가 맥주 한 잔과 샌드위치를 가지고 돌아왔다. 나는 내가 앉아 있는 식당의 옥상을 둘러보았다. 아침에 보았던 챙이 큰 모자가 올려져 있는 테이블이 눈에 들어왔다. 반가운 마음이었다. 여자가 맥주를 마시며 이따금 한 번씩 하늘을 올려다보고 있었다. 거의 모든 사람들이 혼자였다. 나는 모든 테이블에 의자가 한 개씩만 놓여 있다는 것을 깨달았다. 사람들은 뭔가를 기다리고 있는 것 같았다. 광장을 내려다보는 사람도 있었고 하늘을 올려다보는 사람도 있었는데 나는 도무지 이 사람들이 무엇을 기다리고 있는지 알 수 없었다. 여자에게 말을 걸어보고 싶었고 갑자기 외롭다는 생각이 들었다. 여행을 떠나고 처음이었다. 외로운가. 생각하자 또다시 학수의 얼굴이 떠올랐다. 10년 뒤, 학수를 두번째 만났을 때, 학수는 지하철역에 서 있었는데. 여기까지 생각했을 때 주변에 은은한 박하 향이 감돌기 시작했다. 나는 반사적으로 고개를 들었다.

줄곧 울고 싶은 나날이었다

작은 폭발음이 들린 것도 같았고 아무 소리도 들리지 않은 것도 같았다. 어떤 불꽃은 화려하고 거대했지만 폭발음이 전혀 들리지 않기도 했고 어떤 불꽃은 그저 밤하늘에 흩어져 있는 몇 개의 별일 뿐이라는 듯 작은 몇 점에 불과했지만 유례없이 큰 폭발음으로 이제 불꽃의 폭발에 익숙해진 사람들마저 창밖을 내다보게 만들었다. 어딘가 불규칙적이고 돌발적인 폭발음은 사람들의 사고의 흐름을 끊고 그 찰나, 시간의 빈틈으로, 영원히 반짝거릴 것 같은 허기의 불꽃을 피워올렸다. 사람들은 아무도 모르게 긴장했고, 자신이 긴장하고 있다는 사실을 아무도 몰랐다. 폭발이 주는 묘한 긴장과 불안이 줄곧 도시를 에워싸고 있었다.

연애는 어땠어? 여자를 만난 적은 있어?

나는 그날 강가에서 학수에게 물었다.

너는 왜, 왜냐고 묻지를 않아?

왜?

도대체 왜? 왜?

여자들이 하나같이 그러더라. 차였지 뭐.

학수는 빙긋이 웃었다. 나는 웃고 있는 학수의 얼굴을 빤히 보았다. 정말 한 번도 왜라고 물은 적이 없을까? 그게 가능할까? 그게 가능해? 사람이 그럴 수 있을까? 생각했지만. 정말 왜라고 물은 적이 없어? 한 번도? 단 한 번도? 마음속으로도? 그게 말이 돼? 사람이. 사람이라면 그럴 수 있니? 학수에게 묻지는 않았다. 불꽃이 아름다웠고 폭발음이 수시로 끼어들어서 진지하게 긴 이야기를 할 수 없었다.

우리는 가볍게 한잔하기로 하고 술집에 들어갔지만. 그날 밤이 새도록 몇 군데의 술집을 돌며 술을 마셨고 여러 번 잔을 부딪쳤다. 평화를 위해. 짠. 차탕족을 위해. 짠. 오늘 태어난 아기들을 위해. 짠. 5천만 년 동안 죽은 영혼들을 위해. 짠. 물러터진 자두들을 위해. 짠. 올해의 매미들을 위해. 짠. 철새들을 위해. 짠. 호수로 흘러드는 아흔여섯 개의 강과 아흔여섯 개의 강 중 유일하게 바다로 흘러가는 단 하나의 강을 위해. 짠. 어제 새로 페인트를 칠한 벽과 흔들리는 다리들을 위해. 짠. 공중에서 죽은 비둘기들을 위해. 짠. 짠. 짠. 짠. 우리는 위할 게 너무 많았다. 위하고 싶은 게 정말 많았다. 어쩌면 아무것도 위할 수 있는 게 없어서. 나는 오직 나를 위해. 이렇게 많은 것들의 이름으로. 끝없이 잔을 부딪쳤고, 부딪쳤다. 학수는 위하여 놀이에 기꺼이 참여했고 어쩔 수 없음을 위해. 그럭저럭을 위해. 그럴 만함을 위해. 참을 만함을 위해. 짠. 짠. 짠. 잔을 부딪쳤다. 그즈음 나는 위하여 놀이에 열정적이어서 술에 취하지 않았을 때에도. 술잔을 손에 들지 않고도. 눈을 뜨면서. 꿈속의 나비들을 위해. 지구의 모든 졸참나무들을 위해. 라고 중얼거렸다. 눈을 감고. 길이 막히는 차 안에서. 불꽃이 터지는 한밤중에. 나는 여러 가지 부등식을 위해. 자랑광들을 위해. 조언광들을 위해. 통점들을 위해. 중얼거렸다. 위하여를 위하여. 학수와 나는 아침 일찍 헤어졌다. 학수는 출근을 하기 위해 서둘러 집으로 돌아갔고 나는 출근하는 사람들을 보면서 면접을 보러 가지 않기로 결심했다. 가족들이 깨기 전에 몰래 내 방으로 숨어들었고 나는 금세 곯아떨어졌다.

계속 걸었어. 걷다가 오리들을 보았는데. 내 보기엔 꼭 오리들 같았지만. 진짜 오리였는지 모르겠네. 난 목이 좀 아팠거든. 목이 아파서 목을 잡고 있었는데. 오리들이 낄낄거리는 거야. 뭐라는 거야? 나는 오리들이 말을 하고 있다는 것이 이상하다는 생각도 못하고 오리들이 무슨 말을 하는지 들어보려고 가만히 목을 잡고 서 있었지. 속상할 때 너는 어디가 제일 아프니? 밖이 너무 많아. 목이 아프다. 목이 너무 아파. 이럴 땐 목에 심장이 있는 것처럼 목이 두근거리고, 목이 뻐근하고, 목을 움켜쥐게 돼. 왜 눈물은 눈으로 흘리는지. 차라리 목덜미로 울지그래? 배꼽이나 항문, 귓등으로 우는 건 어때? 붉은 달 아래, 목이 긴 오리들이 낄낄거렸다. 그때 분명히 들었어. 분명하다고 말하니까 좀 자신이 없어지기도 하는데. 오리들이 노란 주둥이를 내밀고 있었지.

다음 날 아침, 나는 꿈에 대해 학수에게 말하고 싶었다. 왜 이런 꿈을 꿨을까. 생각하다가. 너무 속상하면 목이 아파. 왜 목이 아프지? 누군가 나에게 물었던 것이 떠올랐다. 물론 학수는 아니었지만. 학수에게 이 이야기를 받아 적어달라고 부탁하면 학수는 어떤 표정을 지을까. 그런데 학수는 이제 글자들을 아는 걸까. 궁금했다. 술이 깼을 때 나는 학수와 전화번호를 교환하지 않았다는 사실을 깨달았다. 그리고 지금처럼. 술이 깬 뒤에는 꼭 학수가 떠올랐다.

느닷없이 사랑하고 싶은 날

어쩌면 착각일 수도 있지만.

그것은 순간이었다. 주변에 박하 향이 짙게 감돌고 하늘에서 작은 은빛 연두들이 흩날리기 시작했을 때. 작은 별들이 거의 자욱하게 하늘을 뒤덮었을 때. 심장 무더기는 움직이기 시작했다. 마을 어디에서 그렇게 많은 사람들이 쏟아져 나왔는지 한 사람이 단 하나의 심장을 집어 들었을 뿐인데 그 거대하고 붉은 무더기는 순식간에 사라졌다. 수많은 사람들이 아주 빠른 속도로 골목에서 빠져나와 심장을 하나씩 집어 들고는 아무 일도 없다는 듯이 골목으로 들어가버렸다. 나는 정신을 차릴 수가 없었다. 눈앞에 있던 엄청난 심장 무더기는, 광장 한가운데 있던 심장 무더기는 사실 광장을 둘러싸고 있는 어떤 건물들보다 높았다. 옥상에서도 올려다보아야 했던 그 거대한 심장 무더기가 순식간에 흩어지는 것도 신기했지만, 무엇보다 하늘에서 내리고 있는 눈도 비도 아닌 것들. 반짝거리며 공중에 흩어지고 있는 것들. 어디에도 내려앉지 않고 손으로 잡으려고 해도 잡히지 않는 것들. 내가 아는 단어로는 설명할 수 없는 것들이 또 순식간에 흩날리다, 사라졌다는 것을 믿을 수 없었다. 나는 주변을 둘러보았다. 나처럼 어리둥절한 표정을 짓고 있는 사람들은 없는지. 이 상황을 모두 아무렇지 않게 받아들이고 있는 건지. 나는 몹시 궁금했다. 정신을 차리고 주변을 둘러보았다. 옥상에 사람들은 한 명도 보이지 않았다. 나는 텅 빈 옥상에 홀로 서 있었고 옆 건물, 그 옆 건물 옥상에 있던 사람들도 모두 마찬가지로 보이지 않았다. 나는 아래쪽을 내려다보았다. 챙이 커다란 모자를 쓴 여자가 두 손으로 조심스럽게 심장 하나를 받쳐 들고 빠른 걸음으로 저 멀리 사라지고 있는 것이 보였다. 숲에서 만났던 양쪽 눈동자의 색깔이 다른 여자. 잿빛 뒷모습의 여자로 보이는 여자들은 너무 많아서 그 많은 잿빛들 중 어느 잿빛이 그녀의 잿빛인지 알 수 없었다. 골목은 사람들로 가득 차 있었다. 내가 묵고 있는 호텔은 어디쯤일까. 나는 내가 호텔이 있는 섬의 비탈면 반대쪽에 와 있다는 것도 잊고 혼자 구경꾼으로 남은 이 당황스러운 상황을 모면하고 싶어 계속해서 눈으로 호텔을 찾았다.

저 실례지만. 접시를 치워도 될까요?

턱시도를 입은 남자가 물었다.

나는 남자의 눈동자를 유심히 들여다보았다. 평범한 갈색 눈동자였다.

방금 전에. 그러니까 방금 전에.

나는 뭔가 묻고 싶었는데. 어떻게 물어야 할지. 무엇을 물어도 되는 것인지 확신할 수가 없었다. 나는 두려웠다. 테이블 끝에 내려앉았던 흰나비 두 마리가 반대 방향으로 날아갔다. 낯설고 이상한 도시. 나는 최대한 빨리 호텔로 돌아가서 날이 어둡기 전에 이 도시를 떠나는 편이 내가 할 수 있는 최선일지도 모른다고 생각했다.

안심하셔도 됩니다. 그때 남자가 내 생각을 읽은 것처럼 말했다.

우리말로는 혼이라고 합니다. 손님은 어느 나라에서 오셨습니까?

나는 영어에 hon이라는 단어가 있는지 알 수 없었고 지금 이 남자가 우리말이라고 하는 로드하라의 언어가 영어인지도 확신할 수 없었다. 그리고 무엇보다 남자의 안심하라는 말이 나를 더욱 불안하게 만들었다.

그것은 눈도 비도 아니지요. 그것은 이곳 로드하라에만 내립니다.

로드하라를 여행하려는 사람들은 모두 혼을 보러 찾아옵니다. 정오의 태양이 광장을 뜨겁게 비출 때 혼은 내리기 시작합니다.

남자가 말했다. 나는 아무래도 좋다고 생각했다. 그것이 무엇이든. 그만 이곳을 빠져나가고 싶었다. 계산을 하고 서둘러 식당을 빠져나왔다. 좁고 가파른 나무 계단에서 발을 헛디뎌 구를 뻔했지만 살집이 많은 주인 여자가 나를 그 넉넉한 살집으로 받쳐주었다. 나는 푹신한 그녀의 품에 거의 안기다시피 해서 광장으로 나왔다.

텅 빈 광장 한가운데.

나는 한동안 방향을 잃고 가만히 서 있었다. 붉은 무더기가 사라진 광장은 더욱더 넓어 보였고 모든 골목의 입구는 똑같이 생긴 것 같았다. 어느 쪽으로 가야 호텔이 있는 섬의 비탈면으로 갈 수 있는지. 로드하라. 마을 입구의 주차장으로 갈 수 있는지 나는 가늠할 수 없었다.

나는 압사했네.

그때 내 그림자는 뺑소니차에 치인 주정뱅이처럼 길게 누워 있었지.

한평생 그랬어. 한평생이었다니까.

그럴 수 없지. 어떻게 그럴 수 있어?

그런데. 그럴 수 없지가 어쩔 수 없지가 되고 어쩔 수 없지가 그럴 수밖에가 되는 게. 그렇게 거지 같은 게.

물론 그게 중요한 건 아니지만 말이야.

맞아. 무의미한 말일세.

그때 멀리서 낯익은 노인의 목소리가 들려왔다. 그렇지만 말이야. 시간이 몸에 흘러간 흔적을 남긴다는 게 신기하지 않나. 이 주름들을 봐.

그런데.

다시 보니 노인의 얼굴이 어딘지 학수와 닮은 것 같았다. 노인이 방금 전까지 어떤 언어로 이야기하고 있었는지 생각나지 않았다. 나는 노인이 다시 이야기를 시작하기를 기다렸지만. 노인은 또다시 이미 대사를 다 말해버린 배우처럼 입을 다물었다. 나는 다시 학수의 얼굴을 떠올렸다. 코 끝에 붉은 점. 그건 정말 학수가 지은 이야기였을까. 학수는 왜 그때 그런 이야기를 지었던 걸까. 그때 그 글짓기의 주제가 무엇이었던가. 나는 떠오르지 않는 단어를 떠올리고 싶었다. 어쩌면 학수가 했던 그 이야기 때문에 학수를 자꾸 떠올리는 것인지도 모른다고 생각했다. 학수는 기억하고 있을까. 지금쯤 학수는 어디 있을까. 나는 노인의 꽉 다문 두툼한 입술, 코 끝에 희미한 한 점을 골똘히 바라보았다.

다시 10년 뒤. 학수를 다시 만났던 그해. 나는 백화점에서 텐트를 팔고 있었다. 내가 다니던 백화점은 영등포에 있었는데 퇴근길에 대방역에서 미친 사람을 보았다. 신길역에서 문이 열리고 한 사람이 내리고, 아무도 올라타지 않았다. 대방역에서 다시 문이 열리고 한 사람이 내렸다. 한 사람이 올라탔던가. 창문으로 맞은편 승강장 끝에 서 있는 남자가 보였다. 언뜻 보기에 정신이 나간 것 같았다. 한눈에 미친 사람. 미친 사람이라는 느낌은 어디에서 비롯되는 걸까. 나는 생각했다. 저 사람은 왜 미친 사람 같은 걸까. 주위 시선을 무의식적으로도, 의식적으로도 의식하지 않기. 허공을 향해 뭔가 말하기. 비실비실 웃기. 커다란 손짓 발짓을 반복하기. 그리고. 또.

남자는 이 모든 행동을 거의 한꺼번에 하고 있었다.

문학수.

내가 남자의 얼굴에서 학수의 이름을 떠올렸을 때는 이미 전철이 출발한 뒤였다. 다음 날도, 다음 날도, 그다음 날에도. 나는 전철에 타면 학수를 기다리는 기분이 되었다. 나는 거의 매일 같은 칸에 오르고 내렸다. 전철이 대방역에 진입하면 학수가 있는지 긴장이 되었다. 학수는 일주일 넘게 같은 역, 같은 자리, 같은 창 너머에 있었다. 같은 역, 같은 창이 아니었는지도 모르겠다. 아무튼 나는 학수에게 다가가지는 않았다. 그러니까 학수를 두번째 우연히 만났을 때 나는 혼자서만 학수를 보고 말았다. 학수가 미친 사람이 되었기 때문이었을 수도 있고. 그 남자가 학수가 아니기를 바라는 마음에서였을 수도 있고. 그렇게 며칠이 흘렀다.

그리고 어느 날 저녁.

창 너머, 승강장 끝. 그곳이 아닌 곳에서 그 남자를 다시 만났다. 한눈에 미친 사람. 그 남자는 연극 무대에 서 있었다. 한눈에 미친 사람을 연기하는 사람. 그는 미친 사람이 아니었다. 그는 미친 사람을 연기하기 위해 미친, 미친 사람인 척, 정신이 나간 척, 매일 같은 자리에서 연기 연습을 하던 사람이었다.

메리 크리스마스.

미친 남자가 관객석 사이를 뛰어다니며 손을 내밀었다.

메리 크리스마스.

관객들은 남자와 악수를 하며 반갑게 눈인사를 나눴다.

「메리 크리스마스」는 즐거운 상상으로 채워진 유쾌한 연극이었다. 죽은 사람들이 1년에 한 번, 크리스마스에 사랑하는 사람들을, 혹은 복수하고 싶은 사람들을 찾아오는 이야기. 누구나 태어나고 한 번은 죽지만. 1년에 한 번, 크리스마스에는 죽은 사람들이 산 사람을 찾아올 수 있는 다른 조건의 삶. 다른 조건의 죽음을 그린 연극이었는데 미치광이 남자는 줄곧 무대의 뒤편 정중앙에 서 있었다. 한눈에 보기에도 미친 사람. 그의 미친 연기는 훌륭했지만, 사람들은 배경으로 서 있는 남자의 미치광이 연기에 별 주의를 기울이지 않았다. 죽은 자들의 방문은 담담했고, 살벌했고, 애틋했다. 슬프고 아름다웠다. 즐겁고 소란스러웠다. 한바탕 소동이 지나듯, 모든 사건이 일어났다, 사라졌다. 모든 발화가 끝났다. 배우들이 하나, 둘, 퇴장했다. 무대가 텅 비었다. 텅 빈 무대 위에 미치광이 남자만 남았다. 배경만 남았을 때 불이 꺼졌다.

암전.

흘러간 바람에 답하듯.
흩날리는 꽃처럼.
우리는 사라진 한철이었다.

암전. 가늠할 수 없는 예정된 암흑 속에서 남자의 목소리가 들렸다. 남자의 마지막 대사. 연극의 마지막 대사는 메리 크리스마스였다. 미친 연기에 미친 배우. 문학수. 나는 속은 기분이었다. 뭔가 실망스러운 것도 같았고 혼자 알고 있던 어떤 비밀을 잃은 것도 같았다. 다음 날에도, 다음 날에도, 그다음 날에도 나는 퇴근길에 학수를, 미친 연기를 하는 연기자가 아닌 진짜 미친 학수를 기다리는 기분이었다. 한동안 대방역을 지날 때마다. 전철 문이 열리고 한 사람이 내리고 아무도 올라타지 않았다.

비좁고 가파른 내가

그건 그렇고. 다시 몇 년 뒤. 운전 중이던 나는 라디오를 듣고 있었다. 뉴스 프로그램에서 쏟아지는 매일의 사건들을 참기 어려워서 채널을 돌리고 있었는데 낯익은 목소리가 흘러나왔다.

네. 한 번도 없습니다.

학수의 목소리였다. 학수는 그사이 꽤 이름이 알려진 배경 전문 배우가 되어 있었는데 누군가 학수에게 또 그런 질문을 던진 모양이었다.

왜?라고 물은 적이 한 번도 없다고요?

여자 아나운서가 격앙된 목소리로 물었다.

네. 아마도 저는 체념력을 타고난 것 같습니다.

선천적으로 궁금한 게 없어요. 체념증.

어쩌면 질병일 수도 있겠네요.

거짓말.

나는 나도 모르게 중얼거렸다.

미친놈.

학수는 한 시간 가까이 아나운서의 질문에 성의껏 대답했다. 어머니의 유언에 대해. 연애의 실패에 대해. 친구들의 놀림과 자신의 곤란함에 대해. 왜, 왜가 궁금한지 잘 모르겠다는 식의 답변으로 한 시간여의 인터뷰는 마무리되었다. 나는 그때까지 내가 학수에 대해 아는 게 거의 없었다는 것을, 아주 중요한 사실마저 잊고 있었다는 것을 깨달았다. 학수와 처음 짝이 되었던 열세 살. 학수와 6년 동안 같은 반이었다는 것을 전혀 알지 못했던 것처럼.

좋은 쪽이든, 나쁜 쪽이든. 더 나쁜 쪽이든.

맞아. 아무 이유 없이 태어난 걸 수도 있지.

근데, 병신. 병신아 너 뭐가 그렇게 두렵냐?

나는 술에 취해 아무 말이나 주워섬겼고 주워섬기다 키득거렸다.

하긴 아무 이유가 없을 수도. 꼭 어떤 이유가 있어야 되는 건 아닐 수도 있겠지. 그렇지? 그런데. 그런데 말이야.

아무것도 묻지 않으면. 아무것도 변하지 않는데. 안 그래? 안 그런가? 그래 뭐 꼭 변하는 게 좋은 건 아닐 수도 있지.

근데 너 정말 한 번도 왜?라는 의문을 품은 적이 없어?

미친. 세계가 저 불꽃 속으로 빨려 들어가는 것 같아.

나는 오래전 내가 학수에게 했던 말들만 드문드문 기억하고 있었다. 학수가 정말 내가 하는 어떤 말에도 별다른 반응을 보이지 않았는지. 내가 학수의 반응에 별 관심이 없었던 것은 아닌지 이제 확신할 수가 없었다. 그날 밤.

모든 기억을 불꽃이 집어삼켰다. 꽤 오랫동안 짙푸른 바다색의 거대한 불꽃이 강 위에 떠 있었다. 기꺼이 모두를 삼킬 준비가 되어 있다는 듯이. 우리는 술집 창으로 비치는 불꽃을 한동안 말없이 바라보았다. 모든 것을 빨아들일 것 같은 거대한 빛 무덤 앞에서. 나는 압도되었다. 나는 사라졌다. 그 순간, 세계는 부재했다. 시간과 공간은 삼켜졌다. 어둠은 증발했다. 그 순간. 누군가에게. 불꽃은 역사였고 예언이었다. 불꽃은 종교였고 죽음이었다. 불꽃은 선언이었고 악몽이었다. 동시에. 불꽃은 유산이었고 슬픔이었다. 불꽃은 열애였고 이별이었다. 불꽃은 무한이었고 순간이었다. 그러나 불꽃은 터지고 곧 사라졌다. 누구에게 무엇이었든. 순간, 먼지처럼 흔적을 남기지 않고, 사라졌다. 누군가 사라짐을 기억하기 전에. 눈앞에 또다시 새로운 불꽃이 피어올랐다. 쌍둥이 불꽃이었다. 똑 닮은 두 덩어리의 불꽃이 요란한 폭발음과 함께 피어올랐다. 멀리서 환호와 박수 소리가 들려왔다. 강가의 사람들은 더없이 화려한 불꽃 앞에 서 있었고 우리는 끝없이 터지는 불꽃과 무관하게 허기와 권태, 분노와 체념에 시달렸다. 아니다. 시간이 지날수록. 우리는 거의 아무것도 느끼지 않게 되었다.

저기 봐.

내가 새벽하늘을 가리켰다. 손가락 끝에서 둥근 오렌지색 불빛 위로 가느다란 회청색 불꽃이 하늘을 가로질러 지나가고 있었다. 나는 불꽃에서 눈을 뗄 수 없었다. 불꽃은 많은 것을 연상시켰다. 순간적인 충만함을 느끼게 했고 불꽃이 사라진 자리에 무한한 공허감을 남기기도 했다. 사실은 그게 어떤 감정이든 미처 그 감정에 이름을 붙이기 전에 곧 새로운 불꽃이 솟아올랐다.

그런데.

그런데 말이야. 별을 본 게 언제였더라? 헤어지기 전에. 술집 앞에서 술에 취한 내가 물었다. 나는 학수의 얼굴을 올려다보았고 학수는 대답 없이 또 한 번, 빙긋이 웃었던가. 푸른 새벽빛으로 밝아오는 하늘. 위로.

펑, 펑, 펑. 또 다른 푸른 불꽃이 피어올랐다.

탈구

그런데. 학수는 지금쯤 어디 있을까. 무심히 돌아가고 있는 시곗바늘에 깊이 찔리기라도 한 것처럼. 나는 다시는 말할 생각이 없다는 듯 입을 다물고 있는 노인을 뒤로하고 걷기 시작했다. 노인과 구두 수선공을 지나 한참을 걸었다. 숨이 차올랐다. 나는 호텔이 있는 비탈면으로 돌아왔다고 생각했다. 숨을 거칠게 몰아쉬며 오르막길을 올랐다. 가파른 오르막길 끝으로 멀리 숲이 보였다. 숲 앞쪽에 사람들 몇이 서 있었는데 나무들인지도 몰랐다. 나는 갑자기 시력이 나빠졌다고 느꼈다. 나무들이 숲으로도 사람으로도 보였다. 길 양편으로 노란색 트램이 지나갔다. 나는 오늘 아침, 로드하라에 트램이 있었는지 생각했다. 호텔이 있는 비탈면에 트램이 지나다니는 것을 본 적이 없는 것 같았다. 나는 어디쯤 걷고 있는 걸까. 얼마나 걸은 걸까. 몹시 목이 말랐다. 이미 수많은 골목을 헤매고 다녔는데. 같은 골목은 하나도 없었다. 나는 계속 전혀 다른 도시의 거리를 걷는 기분이었다. 오르막길은 끝났지만 숲은 더 멀어져 있었다. 참을 수 없는 허기와 갈증이 얇은 베일처럼 눈앞을 가리고 있는 것 같았다. 호텔은 어디쯤 있는 걸까. 나는 아무에게라도 묻고 싶었지만. 호텔의 이름이 기억나지 않았다.

호텔의 이름을 떠올리고 싶었는데.

갑자기. 왜, 없이는. 왜 없이. 어떤 이야기가 시작될 수 있을까. 왜 없이. 왜를 잃지 않고. 이야기가 있을 수 있을까. 나는 궁금해졌다. 나는 그새 또 잊고 있었다는 것을 깨달았다. 학수의 이야기를. 학수가 언젠가 나에게 이야기를 들려준 적이 있다는 것을. 문학수. 나는 학수를 향해 걷기 시작했다. 묻고 싶었다. 너는 한 번은. 적어도 한 번은 왜?라고 생각했잖아. 아니야? 그렇지만. 그게 무엇이었든. 너는 나에게 이야기를 들려줬었는데. 나는 그때 글자도 모르는 네가 이야기를 만들었다는 사실에 너무 놀랐었는데. 멍청해. 이렇게 멍청하게도. 또 잊고 있었어. 아무것도 깊이 생각할 수가 없어. 이 미친.

나는 숨을 헉헉 몰아쉬며 무엇을 향해 하는 말인지 모를 이 미친, 이 미친, 이 미친,을 내뱉었다. 그리고 마침내. 호텔에서 내려다보이던 낮고 붉은 지붕들이 계단식으로 펼쳐진 골목으로 접어들었다고 생각했지만. 내가 들어선 길은 벽화가 그려진 좁은 골목이었다. 알 수 없는 이미지들이 그려진 벽을 따라 한참을 걸었다. 그림이 여러 겹으로 겹쳐 그려져 있어 골목을 가득 채운 벽화가 무엇의 형상인지 알 수 없었다. 그것은 한 번도 본 적 없는 축제의 상징처럼 보이기도 했고, 한 번도 상상해본 적 없는 장례 의식의 한 장면처럼 해석되기도 했다. 나는 한참 동안 벽화를 바라보았다. 벽화가 그려진 골목을 통과하면서 호텔을 찾는 것은 무의미하다는 생각이 들었다. 내가 호텔로 돌아갈 필요가 있을까. 차가 세워져 있는 섬의 입구는 어딜까. 점점 호텔로 돌아가야겠다는 생각은 사라졌다. 나는 어딜 향해 걷고 있는 걸까. 어느 쪽으로 걸어야 하는 걸까. 생각하고 싶었지만. 몹시 피곤했고 생각은 점점 희미해졌다.

나는 목적 없이 섬의 이곳, 저곳을 계속 헤매고 다녔다. 하나의 골목을 돌아서면 길모퉁이에서 전혀 다른 도시의 골목으로 이어지는 골목, 골목들. 나는 하나의 골목이 끝날 때마다 한 도시를 통과해온 기분이었다. 아름다운 골목과 낮고 붉은 지붕들. 이끼 낀 석탑들과 금빛 계단들을 지났다. 올리브나무가 자라는 작은 마을. 로드하라에 이렇게 많은 골목들이 존재할 수 있다니. 골목은 끝없이 증식하는 것 같았다. 끝이 보이지 않는 금빛 계단을 오르면서 나는 이대로 시간이 흐른다면. 다다를 수 없는 어떤 곳에 닿을 것만 같았지만. 금빛 계단은 어느새 또 다시 새로운 골목으로 이어졌다. 혼자이고 싶은 시간과 어딘가에라도 닿고 싶은 시간들이 동시에 지나갔다. 나는 혼자였으나 혼자이고 싶었다. 나는 누군가 그리웠고 누가 그리운지 알 수 없었다. 어떤 터널 속을 걷고 있는 기분이었다. 터널의 끝에 다다랐다고 느낄 때면 터널의 끝은 또 다른 터널의 한복판이었다. 나는 거대한 터널 속에 있는 터널 속에 있는 터널 속에 있는 터널. 무한한 골목들로 이루어진 어떤 도시에 버려진 것 같았지만. 나에게 돌아가야 할 곳이 있을까. 맨 처음 내가 떠나온 곳은 어디였을까. 아무것도 생각할 수 없을 때. 나는 또 다른 어떤 골목을 걷기 시작했고 꼬리잡기를 하느라 우르르, 우르르 몰려다니는 아이들을 보았다. 꼬리에서 떨어지지 않으려고 앞 아이의 허리를 힘껏 끌어안은 아이와 눈이 마주쳤다. 나는 왠지 꼬리잡기 놀이에 끼어 아이들의 겨드랑이에 간지럼을 태우고 싶은 마음이었는데. 그날 밤, 골목에서.

붉은사슴, 토끼, 멧돼지, 주머니쥐, 옛도마뱀을 보았다.

작은 미끄럼틀을 보았다.

sin, cos, tan를 보았다.

당기세요와 미세요를 보았다.

C단조와 D장조를.

땀에 젖은 남자들을 보았다.

24년 전에 한쪽 눈이 실명된 분을 찾습니다. 병원에서 병에 눈이 찔린 현재 오십대 후반 남성입니다. —도움을 주신 분께 사례하겠습니다. 벽에 붙은 현수막을 보았다.

환한 고요, 슬픈 침묵, 늘기만 한 프로작

여름, 열매들을 보았다.

새빨간 자두 빨갛다가 빨갛다 까맣다
혀를 깨물기도 했다.

무심코
너를 잊은 듯이

침팬지도 쌍둥이를 낳아

사랑에 대해 말하려는데 이별의 기억들이 먼저 떠오릅니다. 삶에 대해 말하려면 죽음으로부터 시작할 수밖에 없는 것처럼 말입니다.

우리에게는 빛나는 폐허가 있어
대개, 한 번은 죽고 싶다고 생각하지만

병력의 목록은 유행가처럼

상처를, 말할 수 없는 상처를, 세계의 찢어진 구멍들을, 당신을, 나를, 말해보려고 애쓰는

아무도 없는 작은 놀이터
집에서 누군가와 싸우고 뛰쳐나와 앉은 그네
그네 위에서 앞뒤로 흔드는 두 발

새롭게 태어나는 아기들, 간지럼, 널 어쩌면 좋니
억울할 것도 아쉬울 것도 없다는 듯
한차례 세차게 쏟아지는 빗줄기 같은

비에 젖은 땅과 나뭇잎, 눈물짓는 여자들을 기억해

시간이 지나도 어쩔 수 없는 것들과 어쩔 수 없어서는 안 되는 것들을

갑작스럽게 터지는 울음과 밤의 희미한 뒤척임

부어오른 시간을 문지르는 엄마의 손길
문밖에 밤, 이미의 세계

무의미의 무게를 견디느라
그 무게를 떠받치느라 그렇게나 많은 물건들이 필요하단다

그리고
설명할 수 없는 발병처럼
느낌은 생겨나

또 그렇고 그런 밤이 되겠지만

힘들다, 너무 힘들다는 누군가의 신산한 고백을 듣게 된 날
너도 그렇구나

아무것도 돌려줄 말이 없어

깜빡, 깜빡, 사라졌다 나타나는 순간, 순간, 들

위중한 허기의 기록
물오른 봄 처녀 보지

로드하라는 빼곡한 소원들, 낙서들의 도시지
돌아가고 싶다면 로드하라가 위치한 만의 이름을 기억해

나는 벽에 적힌 낙서들을 보았다. 낙서들의 골목을 통과하는 동안, 마당에 나와 머리 빗는 여자들과 눈이 마주치기도 했는데. 결국 바람결, 숨결, 물결. 글쎄라는 그물에 걸리지 않는 극과 극. 안녕과 안녕의 간극. 흰 벽에서 흰 벽으로. 끝없이 이어지는 검은 문장들만 남은 것 같았다. 여기는 어디일까. 나는 순식간에 내가 살았던 모든 시간을 동시에 살고 있는 기분이었다. 그것들은 단번에 수많은 이미지들로 되돌아왔다. 내 피부는 희고 부드러웠다. 내 피부는 뜨거운 빛에 검게 그을렸고, 빈틈없이 쭈글쭈글했다. 나는 그저 어떤 한 골목을 통과하고 있었는데.

반짝이는 혼, 고요한 혼. 빛나는 혼.

몇 시간쯤 지났을까. 주변에 박하 향이 감돌았다. 도시가 도시로부터 떠오를 것 같았다. 깊은 어둠으로부터. 도시 전체가 그대로 떠올라 사라질 것 같은 그 순간, 빛나는 은빛 연두. 빛 아래 빛으로 부서지는 빛.

펑, 펑, 펑. 멀리서 불꽃이 터지는 소리가 들려왔다.

테 포케레케레

그늘과 그림자는 당신의 몫입니다. 뺨에 대한 당신의 애착입니다. 들키고 싶은 우울의 은밀한 형상입니다. 불구의 기호를 따라 검정 잉크는 번지고 싶은 방향으로 번졌다. 하루는 물에 젖은 백지 같아 한 장씩 떼어내려고 하면 뭉텅뭉텅 찢겨 나가기 일쑤였지만. 피를 나눠 가진 자들은 얼마든지 나빠질 수 있다. 언제든지 빛이 될 수 있어. 피처럼 붉은 파열을 떨어뜨리고 극장 앞으로 【∞】왜상이 지나갔다. 언제 잃어도 잃을 것이다. 언제 잃어도, 잊을 것이었다. 오래된 악수처럼. 【∞】왜상이 흔들렸다. 성장을 거부해. 몸에 팔다리가 없는 살덩어리 남자가 커다란 냉동 참치의 눈을 뚫고 배 속으로 기어 들어간다. 참치의 각혈이 시작된다. 머리를 자르고, 잘게 토막 낸 붉은 속살을 끝까지, 꼬리 끝까지 파낸다. 배 속에서 피비린내를 뒤집어쓰고 기다란 뼈를 잡아당기자 마침내 문이 열린다. 그렇게 두 번 반복한다. 그렇게 두 번 피를 토한다. 가느다란 뼈를 잡아당긴다. 참치 속에 냉동 참치, 냉동 참치 속에 냉동 참치, 냉동 참치 속에 냉동 참치가 들어 있어. 썩지 못하는 참치의 잠든 척추를 계속 잡아당긴다. 뼈가 쭉, 끌어당겨진다. 문이 끌려온다. 육지가 멀어진다. 문이 열렸을 때는, 이미 배가 항구를 떠난 뒤. 배후는 어두컴컴한 허공과 너를 집어삼킬 바다뿐. 해변인 줄 알았던 만은 배의 갑판이었지. 구름처럼 허전해진 넋들이 서로의 손을 붙들고 공중에서 술을 따른다. 침몰하고 싶어. 네가 감탄하던 바위는 거대한 유조선의 기름통. 항해술의 핵심은 흐느낌이다. 화석의 검은 흐느낌으로 훌쩍훌쩍 바위가 흘러넘친다. 짠. 짠. 짠. 폭풍우가 몰아치는 밤의 공포 앞에서. 스스스스 바다가 가라앉는다 스스스스 술잔이 부딪힌다. 갑판을 잊고, 육지를 잊은 것은 아직 눈을 뜨지 못한 나랍니다. 술잔이 깨진다. ㄴ ㅏ ㄹ ㅡ ㄹ ㅇ ㅣ ㅈ ㄱ ㅗ 유리 조각들이 흩어진다. 【∞】왜상이 흔들린다. 눈을 뜨면. 아무 때고. 극장 앞으로 【∞】왜상이 지나갔다. 눈 속에서 본 무성영화의 줄거리가 기억나지 않아. 눈을 뜨면, 눈을 뜨기만 하면. 기억의 극장 앞으로 술병이, 그림자가, 난간과 사건이 등장했다. 【∞】왜상이. 너무 쉽게 흔들렸고, 너무 쉽게 사라졌다.

그는 보았다. 그는 그 거대한 것을 보자마자 읊이라고 생각했다. 읊이라 부를 수 있는 크기에 제한이 없다면 그것은 분명 읊이었고, 읊은 작은 방 안에 있었다. 어둡지도 환하지도 않은 방에, 검지도 붉지도 않은 읊 앞에 그는 서 있었다. 그는 볼 수 없었지만. 읊은 불 속에 있었고, 물로 가득 차 있었다. 읊은 물 속에 있었고, 불로 가득 차 있었다. 읊은 물불물이거나 물불불물, 혹은 불물불물이었다. 다갈색 덩어리들이 새집을 삼킨 두꺼비의 배처럼 부풀어올랐고, 두꺼비의 축축한 발바닥이 붉은 울음을 그치지 않는 폐선의 닻으로 물속 깊이 가라앉았다. 그가 눈을 깜빡하는 사이. 읊은 얼굴을 바꿨다. 읊은 한순간, 입의 주인이었고, 다른 한순간, 눈의 주군이었다. 입속의 불은 뜨겁지 않았고, 어떤 색도 띠지 않았다. 눈 밑에 물은 흐르지 않았고, 어떤 소리도 내지 않았다. 그는 보았다. 은빛 강아지풀이 뿌리도 줄기도 없이, 뿌리줄기 없이 흔들렸다. 강아지풀의 여린 수염들이 그의 발목을 간질이며 흩어졌다. 빛으로. 흔들리며 흩어졌고, 흩어지며 흔들렸다. 그것은. 순서대로 진행되지 않았다. 발끝이나 손가락 끝에서 시작되지 않았다. 무릎이 조금씩 희미해졌고, 무릎을 내려다보고 있는 목덜미가 무릎보다 먼저 사라졌다. 그는 보았다. 거대한 읊 앞에서. 서서히 흩어지고 있는 자신의 몸을 보았다.

탕.

그리하여 어둠의 길을 걷게 된 것이리라.

탕.

주먹을 꼭 쥐고

탕.

그리하여 슬픔의 길을 걷게 된 것이리라.

탕.

부질없이

너는 말하지 않았고.

탕.

하릴없이

너는 울었다.

탕,

너는 울기 시작했다.

탕.

감은 눈을 뜨지도 않고,

탕,

너는 울었고, 울다가

탕,

하고 소리 내 말했고,

말하는 중에도

탕.

계속 울었다.

탕.

눈물이 쉬지 않고 흘러내렸다.

탕,

너는 나아지지 않았다.

탕,

너는 조금도 달라지지 않았다.

탕,

너는 학습하지 않았고,

탕,

너는 발전하지 않았다.

오로지 탕,

한 음절을 반복해 말했다.

탕.

어떤 경우에도

탕.

한마디뿐이었다.

탕,

네가 말했다.

탕,

네가 말했다.

탕.

쉴 새 없이 말했다.

탕.

말하는 중에도,

탕,

너는 울었다.

탕,

너는 계속 울었고

ㅌ

ㅏ

ㅇ

의문은 흩어진 음운에서. 가득한 침묵에서 시작되었다. 죽음처럼. 잠이 멀리 나아갔다가 돌아왔다. 탕, 너는 한 번도 등장하지 않았고 탕, 너는 늘 그곳에 있었다. 의문처럼. 위험한 구멍. 풍경의 상상으로 바람이 분다. 풍경의 부름으로 밤이 내린다. 너라는 미지의 어둠을 향해. 살았을 때의 습관으로. 물고기는 물을 흔들며 간다. 가위로 오려낸 것처럼 야윈 기억을 품고. 우리는 각자의 방에 문을 닫고 잠든 식구처럼. 입을 닫았다.

ㅌ

ㅏ

ㅇ

살면서 저지른 가장 큰 죄가 뭐지?

네가 묻는다.

딱 한 번.

펄루치커이가 대답한다.

딱 한 번,

나는 긴장한다.

펄루치커이는 침을 삼킨다.

딱 한 번,

거짓말을 했어.

펄루치커이가 대답한다.

나는 책을 덮는다.

펄루치커이가, 펄루치커이의 죄가, 사라진다.

펄루치커이는 2백 년 전, 헝가리에 살았던 아홉 살 난 사내아이다.

아이의 얼굴이 흩어진다.

아홉 살의 펄루치커이는 지금쯤 스물아홉 청년이 되었을 것이다.

그는 오른손이 남아 있는 것을 보았다. 사라진 왼쪽 어깨가 간지러웠다. 오른손을 들어 왼쪽 어깨를 긁었다. 그가 어깨를 긁을 때, 어깨가 잠깐 나타났다. 손톱에 세게 긁힌 피부가 붉게 부풀어오르기도 했다. 왼팔 위쪽 부분에 손가락이 닿았을 때는 동그랗게 남은 주사 자국이 나타났다, 사라지기도 했다. 눈을 깜빡하는 사이. 읊은 엄마의 배 속에서 딸꾹질을 하는 아이처럼 거대한 몸을 몇 번 들썩였고, 아이의 얼굴에 붙어 있던 몇 개의 보라색 위장들이 금빛으로 반짝이며 쪼그라들었다. 상처가 아문 자리에 딱지가 내려앉듯이. 아이의 얼굴에 새로운 별자리가 떠올랐고, 작은 방 안에 바람발작이 불었다. 신발우박이 쏟아졌다. 젖가슴달이 흔들렸다. 구름고름이 피어올랐다. 읊의 얼굴에서. 그는 발목이 사라지는 것을 보았다. 발은 바닥에, 허리는 허공에 떠 있었다. 발목이 사라졌고, 발등에 한 번도 본 적 없는 손톱 모양 흉터가 나타났다. 복사뼈가 대추씨만큼 작아졌고, 엄지발가락이 사라졌다. 팔꿈치가 채칼로 썰어놓은 양파처럼 갈래갈래 나뉘어 두 팔이 천장에서 쏟아졌고, 바닥에서 자라났다. 읊이. 물속에 잠겼고, 불 속에서 타올랐다. 읊이. 물을 토했고, 불을 뿜어냈다. 읊은 불물불이거나, 불물물불 혹은, 물불물불이었다..

날고 싶어.

지하철역 앞에서 기다리고 있던 그를 만났을 때, 그가 말했다.

날고 싶어.

지하철역에서 절까지 올라가는 동안, 몇 번인가. 그가 말했다.

날고 싶어. 습관적으로 한숨을 쉬는 것처럼 무심하게. 그는 왼쪽 어깨를 긁으며 말했다. 나는 그때 그가 왜 그렇게 자주 몸을 긁는지 알지 못했다. 그는 아토피성 피부염을 앓고 있지 않았고, 먼지 알레르기나 다른 종류의 피부염이 있는 것도 아니었다. 그가 왼쪽 어깨를 긁고 있다는 것을 보지 않고도 알 수 있었다. 그는 먼 곳을 보는 것도 같았고, 내 눈을 보고 있는 것도 같았다. 아무 감정 없이, 어떤 슬픔도 없이. 피부색이 다른 전사들의 시신을 마주했던 것처럼. 우리는 마주 앉아 있었다. 우리는 등을 마주하고, 앉아 있었다. 창호지를 바른 격자무늬 창으로 빛이 들어와 그의 얼굴이 공중으로 하얗게 떠올랐다. 침묵의 집 안에는 그와 나, 둘뿐이었고, 바닥에는 그의 그림자만이 창으로 쏟아지는 빛을 증명하는 듯 동그랗게 고여 있었다.

침묵해.

나는 그의 어깨에 두 손을 얹으며 말하고 싶었지만. 너는 쉽게 끓어넘치지도 잦아들지도 않아. 그는 아무 말도 하지 않았다. 누군가 방문을 열고 들어섰을 때, 그는 한순간도 침묵할 수 없었다. 방명록에 이렇게 적었고, 나보다 먼저 방을 빠져나갔다. 나는 그가 남긴 빈칸에 그의 이름을 적고 싶었고, 날고 싶었다. 날고 싶어. 그처럼. 말해보았다. 나리꽃 덤불이 눈 쌓인 절 담을 덮고 있었다. 묵언 수행을 하는 불자들이 똑, 똑 바닥을 두드리는 발소리에 저도 모르게 귀를 기울이듯이. 몇 차례 눈이 쌓였다 녹는 사이 나뭇가지 끝에서 새순이 돋고, 새가 둥지를 짓기 시작할 것이었다. 그는 나보다 조금 앞서 걷고 있었는데 빈 가지를 보는 것도 같았고, 더 먼 곳을, 지나온 어떤 시간을 보고 있는 것도 같았다.

왜 고개를 숙이고 있어요?

언젠가 이 길 위에서. 그를 처음 만났을 때. 그가 물었다.

나는 낯선 사람이 말을 걸었다는 사실보다 그가 던진 질문에 더 당황하고 있었다.

다른 사람들은 어떨 때 고개를 숙이나 궁금해서요.

옆모습이 꼭 물음표 같아.

정말 뭔가가 궁금하긴 했던 걸까. 그는 내 대답이 꼭 필요한 것 같지는 않았다. 절 담을 따라 주황색 나리꽃이 흐드러지게 피어 있었고, 나는 그때 좌선 자세로 앉을 수 있는 정사각형 나무 의자 위에 무릎을 모으고 앉아 고개를 파묻고 있었다. 그러니까 고개를 숙이고 있었다기보다는 뜻 없이 웅크리고 앉아 있었을 뿐이었는데. 그는 그렇게 말하고는 휘적휘적 걸어가버렸다.

탕.

네가 묻는다.

딱 한 번.

딱 한 번,

그가 대답한다.
나는 눈을 감는다.
그가 (사라진다)
그는 거대한 숲 앞에 서 있다.
펄루치커이는 얼룩말을 타고 있는 기사를,
빨주노초파남보 일곱 개의 고깔을 양손에 쥐고 있다.
그의 어깨가, 펄루치커이의 오른손이 또 한 번, 흩어진다.

나비는 언제든지 날아오를 준비가 되어 있었지만. 의자에 한참을 앉아 있다가 겨우 절 담을 따라 큰길로 내려가기 시작했을 때 조금 앞서 걷고 있는 그가 보였다. 한참 앞서 나간 그는 고개를 숙이고 천천히 걷고 있었다. 그는 물살이 센 물가에 버려진 커다란 바윗덩이 같기도 했고, 날갯죽지에 고개를 파묻고 그 바위 위에서 잠시 졸고 있는 매나 독수리 같은, 무리를 잊은 새 같기도 했다. 길고 가는 다리가, 땅을 딛고 있는 두 발이, 그에게 있다는 것이 어색하게 느껴질 만큼 그는 한곳에 오래 머물러 있었다. 이따금 바람을, 바람에 실려 스쳐 가는 모든 기운들을 온몸으로 느끼려는 것처럼 두 팔을 벌렸고 깊이 숨을 들이쉬었다. 나는 두 팔을 벌리고, 숨을 들이쉬는 그를 말없이 지나쳤고 그도 다시 말을 걸어오지 않았다. 어쩌면, 그가 나에게 질문을 던졌던 것이 아주 오래전 일인 것 같았고, 그는 그 일을 까맣게 잊은 것 같기도 했다. 멀리서 사이렌이 날아왔다. 사이렌이 내지르는 날카로운 울음이 밤거리를 뚫고 높이 치솟았다. 층층이 내려 쌓이는 색색의 네온사인을 뒤로하고. 이번에도 그는 나보다 조금 앞서 걷고 있었다. 바닥에 씨앗을 떨어뜨린 식물들이, 꽃을 잃은 꽃대궁들이 그러하듯이. 잘못 떨어뜨린 자신의 발목을 찾는 사람처럼 발끝만 내려다보고 있었다. 혼잡한 거리에서 그는 오로지 장애만을 쓸모로 하는 장애물이었다. 조심성 없는 사람들이 그의 어깨를 치고 지나갔고, 그는 사람들이 부딪히고 지나간 어깨와 멀리 떨어진 몸의 어떤 부분들을 더듬거렸다. 그는 몸을 만져 제 몸의 이곳저곳을 확인하는 것처럼 긁었고, 마치 몸을 긁기 위해서 그런 것처럼 자주 멈춰 섰다. 물이 빠른 속도로 흘러 내려갔다. 물소리에 두 발이, 두 다리가 떠내려갔고 붉은 이끼가 보도블록의 가는 금을 따라 솟아올랐다. 그가 고개를 숙이고 있었기 때문에. 뾰족한 코끝이 붉은 이끼를 향하고 있는 작은 새의 부리 같았다. 물은 쉽게 불었고, 한번 불어난 물은 한 방향으로 무섭게 흘러갔다. 물은 천천히 여물었고, 우리는 가끔 만났다. 눈을 뜨면, 우연히 만나기도 했고. 눈을 감고, 일부러 만나기도 했다. 그는 줄곧 숨을 참고 있다가 숨이 차면, 의식적으로 숨을 쉬었고, 꿈을 잊는 것처럼 무의식적으로 숨을 참았다. 물속에 있는 것도 아니었는데. 숨을 쉬는 동안은 움직이지 않았다. 그는 절박하게 숨을 들이마셨고, 그때마다 나는 입을 크게 벌리고, 깊은 숨을 몰아쉬었다. 눈을 감고. 그의 눈을, 어딘가 먼 곳을 응시하고 있는 것 같던 그 새까만 눈동자를, 뻥 뚫린 구멍을 기억한다.

붉은 점들이 감은 눈의 안쪽을, 어둠 속을 영원히 떠돌아다닌다는 부유 행성들처럼 어지럽게 떠다닌다. 추위 속에 잠들어 있는 행성들. 끝없는 밤이 지속된다. 나는 항성이 없기 때문에 시간이 존재하지 않는다는 행성들 사이를 둥둥 떠다닌다. 눈을 뜨고. 그들의 얼굴과 목덜미를, 어깨와 가슴을, 기억한다. 녹지 않는 사탕을 차례로 입안에 넣고. 대상 없는 분노, 알 수 없는 서글픔 같은 것들이 끈적하게 혈관을 따라 흐르는 것을 느낀다. 욕실 거울에 뿌옇게 김이 서린다. 입속에 거품을 잔뜩 물고. 뇌가 텅 빈 망막에 왜상을 투사한다. 칫솔이 위아래로 움직인다. 거울 속에서. 【∞】왜상이. 【∞】왜상 속에서 【∞】왜상이. 【∞】왜상의 【∞】왜상 속에서 【∞】왜상이. 흔들린다. 너는 꿈의 바깥에, 시간의 바깥에 있어. 밤사이 쏟아진 눈처럼. 나를 아득하게 만든다.

탕.

눈밭에 발자국이 생겨. 늑대의 발이 눈에 푹푹 빠진다. 움푹, 움푹, 눈이 팬 자리에 검은 피가 고여. 너의 눈동자가 흔들린다. 처음 너에게 말을 건넸던 밤. 너는 들었을까. 나는 환상 교향곡을 들어본 적이 없어. 너의 입이 얼어붙었으면 좋겠다.

탕,
너는 대답하지 않는다.

버스가 가파른 언덕을 내려간다. 나는 페달에 미처 발을 올려놓지도 못했는데 내리막길을 달리기 시작한 자전거 위에 앉아 있는 것 같은 불안을 느낀다. 차창 밖으로 대나무가 자란다. 가지 없이 하얗게 흔들리는 나무들. 나무가 흔들릴 때마다 나무의 마디, 마디가 자작나무의 껍질로 분분히 부스러져 떨어진다. 검은 철창 같은 나무들이 새하얀 눈 위에서 자라난다. 눈을 뚫고 울컥, 울컥 솟아오른다. 눈을 깜빡하는 사이. 검은 나무가 자라고, 검은 나무가 붉은 댓잎을 뚝뚝 떨어뜨리고, 진초록 마디를 환하게 드러낸다. 바람이 부는지 댓잎이 이리저리 흔들리는데 소리는 들리지 않는다. 꽃이 저렇게 작고, 보잘것없다니, 눈 속에서 문장이 완성되려는 찰나, 문장보다 먼저 꽃이 피고, 잎이 진다. 흑갈색 꽃잎이 떨어진다. 나는 저 나무가 곧 말라 죽겠구나, 생각하고, 나무는 생각보다 먼저 말라 죽지만 한 나무가 말라 죽은 자리에서 수십 개의 죽순이 우 후 죽 순 우 후 죽 순 자라난다. 핏빛 죽순들이 키를 키우고, 대숲을 이루고, 댓잎이 흔들린다. 나무가 흔들릴 때마다, 나무의 마디, 마디가 핏빛 안개로 흩어진다. 안개가 잔뜩 밀려 들어온 버스 안에 다른 승객은 보이지 않는다. 나는 손잡이를 손에 땀이 날 정도로 꽉 잡고 있지만 기사는 속도를 줄이지 않고, 버스는 달리는 게 아니라 숫제 콘크리트 바닥으로 곤두박질한다. 어쩌면 죽을 수도 있다, 죽어도 좋다. 버스는 몇 개의 정류장을 지나쳐 계속 달린다. 버스가 달리는 사이, 대숲이 지나가고, 빌딩이 일어서고, 다리가 무너진다. 천둥이, 번개가, 버스가, 읊이, 심하게 흔들린다. 바퀴가 빠지고 의자가 녹아내린다. 읊이. 작고, 털이 하얀 새를 낳고, 새는 곧, 버스에 부딪힐 듯 속도만 남은 읊을 향해 날아온다. 나는 고개를 숙이고 눈을 감는다. 끼-익. 속도가 마지막으로 사라진다. 누군가 어깨를 흔든다. 어깨가, 팔이, 손바닥이 나타난다. 끈적한 점액이 입속을 가득 채운다. 미끌거리는 느낌, 비릿한 냄새, 곧 터질 듯한 탄성. 안구는 목구멍 끝까지 들어찬다. 나는 입에 너의 눈을 물고, 너를 본다. 작고 거뭇거뭇한 점들이 불꽃이 터지는 것처럼 눈앞에서 잘게, 더 잘게 흩어진다. 턱에 힘을 준다. 얇은 막으로 간신히 둘러싸여 있던 커다란 안구가 톡, 터진다. 입 밖으로 검은 물이 흘러넘친다. 절반의 식도에서 구역질이 올라오고 빨갛게 부풀어오른 눈물샘에서 눈물이 솟아오른다. 나는 이를 악물고, 너의 눈을 씹는다. 너의 눈을, 새까만 너의 눈동자를. 찐득한 고름 같은 검은 물이 계속해서 배어나. 입술이 달라붙는다. 입속에서 혀가, 잇몸이 녹아내려 너의 터진 눈동자와 한 덩어리로 뒤섞인다. 나는 입속에 든 것을 뱉지도, 씹어 삼키지도 못하고, 골목길을 따라 걷는다. 작은 방 안에 발자국이 찍힌다. 푹, 푹 땅이 파인다. 깊은 구멍에서 섬이 솟아오르고, 강이, 도로가, 지하가 흘러넘친다. 이마 위에 움푹, 움푹, 글자들이 박힌다.

누페어eye는코를의미한다
품위는광석에함유된유용성분의함유량을말한다
2088년8월8일은일요일이다
인간은23개초파리는4개달팽이는27개금붕어는47개다
다니족에게는색이름이딱두개밖에없다'밀리'는어둡다는뜻이고
'몰라'는밝다는뜻이다
너는몰라를몰라
외국인신부가공부하는한글단어장에는이모고모삼촌사촌결혼하다있다없다돌아가시다가차례로나오는데
애도할때사용되는나무는사이프러스나무다
호피족의언어에는시제가없기때문에그들은우리와는다른시간감각을가지고말한다

데이노와에니오불안과공포그건가방속에주머니속에
내가말아쥐고있는주먹안에있어나는의안제조전문가범죄현장전문사진가관제작자가아니다
편도체는공포자극과공포반응을곧바로연결해준다
편도체를제거한겁는물고기는물을두려워하지않는다
누군가빈복도에가만히서있다
여전히소란스럽다

그가 말했다.

나는 빈 복도에 가만히 서 있다.
누구나 갈 때는 간다고 말하고 가면 좋겠다.
누구나 갈 때는 간다고 말할 수 있으면 좋겠다.
나는 주머니 속에 손을 넣고, 생각한다.

차도가 찢어진다. 버스가 코너를 돌았다. 내가 지하철역에서 막 밖으로 빠져나왔을 때, 횡단보도 앞에 섰을 때, 버스가 코너를 돌았다. 바닥에 주저앉은 사람이 너무 많아. 차도가 찢어졌다. 차들이 멈춰 섰고, 나는 차도의 절단면을 따라 걸었다. 흰 선을 살짝 넘어서기도 했고, 검은 바닥만 밟기도 했다. 멀리 모텔 옥상에서 꽁꽁 언 하얀 수건들이 바람에 이리저리 펄럭였다. 네 손바닥은 꼭 눈이 없는 물고기 같아. 손바닥 위에 손바

닥을 펼쳐놓고 그가 말한다. 나는 주머니 속에 든 물고기를 말아 쥔다. 물이 손가락 사이로 흘러나온다. 물로, 철을 절단한다. 이런 간판 앞이었다. 파이프 절단 전문점인 믿음 파이프 앞을 지났다. 요한 스틸 앞을 지날 때는 수입 파이프, 고급 파이프, 수입 파이프, 고급 파이프. 이렇게 나란히 적힌 글자들을 따라 읽었다. 요한 스틸. 수입 파이프, 고급 파이프, 수입 파이프, 고급 파이프. 그와 함께 있었다면 더 천천히 걸었겠지만. 나는 시린 주먹을 꼭 쥐고 고개를 숙였다. 날이 추워지면서 방에 물이 새기 시작했다. 밤이면 물을 베고 눕는다. 하루가 귓가에서 구겨진다. 얼굴이 녹아내리고, 수면 위로 두 개의 구멍이 떠오른다. 이중 만조다. 밀물이 빠져나가지 못한 만에 밀물이 또, 밀어닥친다. 만에 서 있던 사람들이 속수무책으로 물에 쓸려 나간다. 몸 하나가. 몸 밖에 있던 몸들이. 쓸려 내려간다. 몸이 몸에 밀려, 들어온다. 몸 하나가 몸 하나를 밀고 들어온다. 몸과 몸이 부딪혀 출렁, 몸이 흘러넘친다. 구멍이 꽉 막힌 아이가 방문을 열고 들어와 까르르까르르 웃다가, 웃다가, 칵, 침을 뱉는다. 출렁, 몸이 흘러넘친다. 몸 밖에 있던 몸 하나가. 또 하나의 몸이 쓸려 나간다. 하룻밤에 세 번. 해를 토하고, 눈을 감는다. 목젖이 단단해진다. 목젖이, 빳빳해진다. 벽 속에 파이프가 차례로 얼었다, 녹는다. 집이 통째로 얼었다, 녹는다. 집이 얼었다, 녹았다를 반복하면서 벽 곳곳에서 곰팡이가 피어오른다. 네가 우는 소리가 달팽이관을 타고 끈질기게 기어오른다.

어두컴컴한 집 안에서, 차갑게 얼어붙은 수천 개의 파이프 속에서, 입을 굳게 다문 목구멍 속에서. 너는, 곰팡이처럼 피어오른다. 무서운 번식력으로. 차도가 찢어진다. 차들이 멈춰 서고, 나는 길을 건너 방수자재 전문 회사 비안새 코리아로 들어선다. 길고 좁은 복도 끝에 궁서체로 진하게 새겨넣은 비안새 코리아. 나무 간판이 보인다.

내가 사망의 음침한 골짜기를 다닐지라도
해를 두려워하지 않을 것은
주께서 나와 함께하심이라

눈을 감고. 나는 보았다. 병원 복도에 이런 현판이 걸려 있었다. 복도에 서 있을 때마다, 새로운 복도에 들어설 때마다. 꼬들꼬들한 동태 눈알을 씹고 싶은 기분이었지만. 동태 눈알을 아무리 오래 씹고 있어도 너는 삼켜지지 않았다.

탕.

나는 너를 삼킬 수 없다.

탕,
너는 대답하지 않는다.

탕.

입을 벌리고,

탕.

울지 않는다.

탕.

ㄹ ㅍ ㅣ ㅏ

그는 오른손 바닥에 차례로 떠오르는 글자들을 보았다. 비어 있던 손바닥 한가운데가 마지막으로 완성되면서 문장은 분명해졌다.

슬프지 않다.

오른손이, 손바닥에 남아 있던 마지막 문장이 완성됐다. 그는 끝까지 읽고 싶지 않던 책의 마지막 페이지를 구겨 쥐는 것처럼 오른손을 말아 쥐었고, 책 제목을 잊은 것처럼 담담하게 손을 펼쳐 마지막 페이지를 일별했다. 그가 손바닥을 완전히 펼친 순간, 그의 손이 산산이 흩어졌다. 그는 방 안에 있었다. 작은 읖 앞에. 불이 일렁이고 있는, 물이 넘실거리고 있는, 거대한 읖 앞에 있었다. 천장이 열렸다 닫혔고, 읖의 얼굴이 얼었다 녹았다. 한쪽이 얼거나 녹거나, 한쪽이 살거나, 죽거나, 하는 식의 규칙 없이. 읖의 얼굴은 얼굴이었고, 읖의 얼굴만은 얼굴이 아니었다. 폐 모양으로 자란 부레옥잠이 읖의 옆구리에 떠올랐다. 읖의 땀구멍마다 잿빛 꽃가루가 내려앉았다. 모래가 다양한 음역으로 흩뿌려졌고 그는 꽤 오래, 읊 앞에 서 있었다. 얼마의 시간이 지났는지 알 수 없었지만. 두 발이 생기면 서성거렸고, 발이 사라지면 그 자리에 우두커니 서 있었다. 읊은. 그대로, 읊이었고. 그는 이따금 읊을 올려다보았지만. 그 읊이 언제나 같은 읊은 아니었다. 읊은 한 번도 같은 읊이 아니었다. 읊은 읊이라 부를 수 없는, 읊이었다. 빈 항아리에서 우렁우렁 울리는 바람 소리, 장독 뚜껑에 쏟아지는 세찬 빗줄기 소리 같은 것들이 방 한쪽 구석에서 우르르, 우르르 몰려다녔다. 처음부터. 그는 읊에 대해서도, 자신에 대해서도, 다른 어떤 것에 대해서도 생각하지 않았다. 그는 다만 흔들리고, 흔들렸다. 흔들리고, 흩어졌다. 작고 하얀 이가 뿌리부터 여린 잇몸을 뚫고 솟아오르고, 송곳니가 노랗게 착색되어가는 동안, 이가 남김없이 빠지고, 잇몸이 무너져 내리는 동안. 그는 상상하고, 상상했다. 흩어지고, 흩어졌다. 심장 박동 소리는 때로 너무 가까이, 때로 아주 멀리 있었다. 쓸쓸함도, 안타까움도, 기다림도, 어떤 노랫소리도 들리지 않았다.

개새끼.

김 대리, 개새끼. 개새끼, 김 대리.

여자가 소리치고 있었다. 술에 취한 것 같기도 했고, 한 번도 술에 취해본 적이 없는 것 같기도 했다. 셔터가 내려진 은행 앞이었는데 여자가 금방이라도 간판을 부술 듯이 개새끼, 김 대리. 개새끼. 이렇게 소리를 질렀다. 그는 꼼짝도 하지 않고 그 여자를 보고 있었는데. 막대 같은 계집애. 너는 너무 뻣뻣해. 나는 멀리서 그 여자의 소리를 들었고, 목이 긴 새가 얼마나 징그러운지, 여자를 보고 있는 그를 발견했다. 그의 말이 틀리지 않았다. 자정이나 정오나 같은 12시였다. 코러스크로노스는 전날 12시에 오픈했다. 우리는 첫번째 방문객 따위는 되고 싶지 않았기 때문에 조금 천천히 만났다. 서빙고역 4번 출구에서 이촌동 방향으로 2백 미터쯤 직진하다 첫번째 골목에서 오른쪽으로 돌아 들어오면 코러스크로노스가 보일 거라고 그가 말했다. 계획은 코러스크로노스 앞에서 그를 만나는 것이었지만, 나는 오른쪽 골목으로 돌아서기 전에 그를 보았다. 거리는 조용했다. 간판에 불은 꺼졌고, 김 대리, 개새끼. 소리치고 있는 여자뿐. 길에 사람들은 다니지 않았다. 도로에 차가 눈에 띄게 줄어든 새벽이었는데 여자의 목소리가 너무 크게 들려서 도로에서 괴괴한 적막 같은 것이 느껴졌다.

뭘 태울 거야?

그에게 가까이 다가가서 물었다.

미친년.

그는 내가 나타났다는 사실에 별로 놀라지도 않고, 별다른 인사도 없이 그렇게 말했다. 웃음기 없는 얼굴에, 감정이 전혀 실리지 않은 목소리였다.

뭘 태울 수 있다고?

코러스크로노스에 대해 그가 처음 말했을 때 그의 직장 동료가 물었었다.

뭐든지. 뭐든지 태울 수 있지. 일종의 화장장이라고 생각하면 돼.

그가 대답했다.

뭘 꼭 태워야 돼?

나는 당장 태우고 싶은 것이 있는지 생각했다.

안 태우고 싶다면.

당연히. 아무것도 안 태워도 돼.

입장료만 내면 되니까.

입장료를 받아?

응. 24시간 입장 가능. 단, 입장료는 3만 원이야.

그가 말했다.

김 대리, 개새끼. 개새끼, 김 대리

여자가 계속 소리치고 있었기 때문에 여자의 목소리와 그의 목소리와 그의 직장 동료의 목소리가 겹쳐, 나는 도무지 정신을 차릴 수가 없었다.

코러스크로노스.

시간합창.

골목 입구에 눈에 띄는 간판이 걸려 있었던 것은 아니었지만 코러스크로노스가 있는 골목을 찾는 것은 어렵지 않았다. 골목 안쪽으로는 곧 재건축에 들어갈 것 같은 4, 5층짜리 앉은뱅이 건물들이 이어져 있었다. 코러스크로노스는 그 건물들 끝에, 재건축 결정이 나기도 전에 허물어지고 말 것 같은 건물 지하에 있었다. 입구가 워낙 좁고 어두운 데다 간판도 거의 눈에 띄지 않았기 때문에 나는 혼자 골목에 들어섰더라면 코러스크로노스를 무심코 지나쳐 갈 뻔했다고 생각했다. 건물 2층과 3층엔 허름한 당구장과 PC방 간판이 걸려 있었고, 꼭대기 층인 4층은 간판 없이 닫힌 창문에 불이 꺼져 있었다. 그를 따라 좁은 계단을 내려갔다. 계단은 어두웠고, 가팔랐다. 과연 그 끝에 화장장은커녕 좁은 방이라도 있긴 한 건지 의심하고 있을 때, 그가 좌우로 비틀린 마름모꼴 회전문 앞에서 나를 돌아보았다. 나는 막 계단의 마지막 칸에서 내려서고 있었다. 코러스크로노스에 들어선 이후에 그의 표정은 기억나지 않는다. 그가 회전문 안으로 들어섰을 때, 나는 정신을 잃었다. 회전문이 생각보다 빠른 속도로 돌아갔고, 한 바퀴 이상 돌았다고 생각했지만 문은 또 다른 문으로 연결되어 있는 듯 어지럼증이 일 만큼 여러 차례 회전한 후에야 실내로 들어설 수 있었다. 회전문에서 뱉어졌을 때 나는 끝이 보이지 않는 코러스크로노스의 규모에 놀랐고, 그것이 지하의 어둠 속에서 발하고 있는 빛의 세기에 압도당했다. 별똥별이 지상에 떨어진다면, 그건 차갑게 식은 돌덩어리일 뿐일 거라고 생각했으나 나는 불타고 있는 행성 안에, 불시착한 빛나는 얼음덩어리 앞에 서 있었다. 밖에서 본 당구장과 PC방 간판은 간판일 뿐이었다. 코러스크로노스는 깊은 지하에서부터 시작돼 족히 건물의 꼭대기 층인 불 꺼진 4층에 그 꼭짓점이 닿아 있을 것이었다. 바닥이 바닥에 닿아 있긴 한 건지 알 수 없었다. 원뿔형 몸체를 중심으로 굵기가 다른 색색의 유리관들이 여러 방향으로 뒤엉켜 뿔의 주변을 감싸고 있는 형상의 구조물이었고, 우리가 들어선 입구는 그 중간층으로 연결되어 있었다.

사방이 온통 빛이었다. 코러스크로노스는 유리와 얼음, 거울 외에 다른 마감재를 전혀 사용하지 않고 지은 건축물이었다. 각 변이 맞닿아 있는 마름모꼴 유리는 투명했고, 모서리를 길게 잡아 늘어뜨리거나 둥글게 끌어당겨 변형한 모양의 다면체 거울이 마름모꼴 유리들의 유려한 규칙을 깨고 기이한 모양의 꽃으로 드문드문 박혀 있었다. 유리와 거울의 교차 배열 때문에 거울 조각들이 허공에 떠 있는 것 같았다. 어디에 조명 기구가 설치되어 있는지 알 수 없었다. 고개를 들어 천장을 보았지만 천장은 막혀 있지도, 뚫려 있지도 않았다. 빛은 사방에서 쏟아졌다. 조명의 조도가 너무 높아 눈이 멀어버릴 것 같았지만. 그는 보이지 않았다. 나는 그의 얼굴을 볼 수 없었다. 거대한 코러스크로노스는, 보다 작은 크로노스들로 쪼개져 있었고, 작은 크로노스들은 그보다 더 작은 수십 개의 코러스들을 품고 있었다. 다양한 모양의 다면체 방들이 공중에 떠 있었다. 입장료를 내고 오겠다는 그의 목소리를 들은 것도 같았는데. 그는 순간, 사라졌고.

나는 어느 방 한가운데 서 있었다. 하나, 하나의 방이 커다란 불꽃 속에 들어 있는 것 같았다. 불꽃은 분명 하나였지만 거울에 반사된 불꽃이 사방을, 천장과 바닥을 온통 뒤덮었기 때문에 방은 그대로 하나의 불꽃이었다. 코러스크로노스는 그의 말대로 무엇이든 태울 수 있는 곳이었다. 방마다 색이 다른 불꽃들이 일렁거렸다. 방 안에 있는 사람들이 남자인지, 여자인지, 혹은 그 형상들이 사람인지, 아닌지, 분간하기도 어려웠지만. 일렁이고 있는 불꽃들만은 분명하게 느낄 수 있었다. 둘레가 선명한 밝은 철강 빛 불꽃, 속이 텅 빈 가루 파랑 불꽃, 흑점이 점점이 박힌 허깨비 백색 불꽃은 물론이고 완전히 투명한, 색을 전혀 띠지 않는 불꽃이 활활 타오르는 방도 있었다. 방은 무서운 기세로 타올랐지만 전혀 뜨겁지 않았다. 나리꽃이 흐드러진 절 담 아래, 그 나리꽃을 마주하고 앉아 느른히 맞이했던 봄볕 아래 있는 것처럼 따뜻했고, 포근했다. 방의 한가운데에서 환락에 가까운 경이를 경험하고 있던 나와 대조적으로 불꽃은 태연히 피어올랐다. 불꽃은 순간, 밝은 푸른빛을 띠기도 했고, 순간, 엷은 잿빛을 띠기도 했지만. 내가 있는 방은 회색빛 파랑이 심지처럼 박혀 있는 상아색 방이었다. 나는 아무것도 태울 것을 가져오지 않은 것을 후회했다. 눈이 시리게 아름다운, 아름답다는 말밖에 달리 표현할 말이 없어 상심했던 불꽃 앞에서. 그 불이 뭔가를 삼키고, 태울 수 있다는 사실을 믿을 수 없었다. 두 눈으로 확인하고 싶었다. 나는 옷을 벗었다. 제일 먼저 신발을 벗었고, 목에 두르고 있던 목도리를 풀어 던졌다. 신발이, 목도리가 불 속에서 사그라졌다. 나는 분명히 보았지만. 너무 순식간이었다. 너무 순식간이어서 곧 내 눈을 믿을 수가 없었다. 곧장 겉옷을 벗었고, 바지를 벗었고, 마지막 남은 속옷 한 장까지 모조리 벗어던졌다. 한 줌의 재도 남기지 않고, 그것들은 사라졌다. 마치 불꽃이 불꽃 너머의 세상으로 통하는 문인 것처럼. 그것들은 불길 속으로 사라졌다. 나는. 의식을 잃지 않기 위해 안간힘을 썼다. 금방이라도 발목을 부러뜨려 던지고 싶었기 때문에, 두 발로 그 불 속으로 걸어 들어가고 싶었기 때문에. 눈을 부릅뜨고, 그를 기억해내고 싶었다. 참을 수 없는 게 있어. 여자를 등지고 돌아서 걷기 시작했을 때 들었던 그 소리를 붙잡고 싶었다. 그의 손에 남아 있던 온기를, 조심스럽게 내려밟았던 좁은 계단의 지독한 고요를, 고요를 넘어서던 내 안의 소요를, 소요의 끔찍한 소용돌이를 기억하고 싶었다.

탕.

네가 우는 소리가 들린다.
탕.

너는 드물게 울고

탕,

너는 쉴 새 없이 운다.

탕.

눈을 부릅뜨고

탕.

눈을 더 크게 부릅뜨고

탕,

너는 계속 울었고

ㅇ　　　ㅏ

　　　ㅌ　　　ㅏ　　　ㅇ

ㅌ　　　ㅇ

ㅇ　　ㅏ　　　　ㅌ

　ㅇ　　　ㅌ　　　ㅏ

탕.

르르르르르르르르르르르르르르르르르르르르르르르르르르르르
르르르르르르르르르르르르르르르르르르르르르르르르르르르르
아이가 태어났다. 어젯밤엔 분명 두 병이었는데. 한 병이 보이지 않아. 아이는 태어났지만. 한 병은 어디로 간 걸까. 여자는 남편이 매일 밤 돌아누워 우는 소리를 들었다. 어젯밤엔 분명히 두 병을 마셨는데. 한 병만 남아 있다니. 원인을 알 수가 없었다. 원인을 알 수가 없습니다. 의사가 말했고, 원인을 알 수가 없네요. 의사는 같은 말을 반복했다. 이곳저곳을 찾아다녀봤지만 원인은 밝혀지지 않았다. 원인이 없는 결과만 남았다. 눈이 쌓였고, 눈이 녹았고, 꽃이 피었다. 여름에는 더러, 국지성 폭우가 쏟아졌고, 꽃이 졌고, 57분 교통 정보가 57분마다 반복되었고, 홍은 램프에는 여전히 고장 차가 서 있었다. 낙엽이 떨어졌다. 그해 슬픔의 표본으로 낙엽이 떨어져 쌓였고, 매일 소매 끝을 잡아당겨 아이는 자랐지만. 원인 불명. 52.217094°N 0.099828°E 정말 알 수 없는 일 앞에서 여자는 돌아누웠다.
르르르르르르르르르르르르르르르르르르르르르르르르르르르르
르르르르르르르르르르르르르르르르르르르르르르르르르르르르

탕.

르르르르르르르르르르르르르르르르르르르르르르르르르르르
르르르르르르르르르르르르르르르르르르르르르르르르르르르
풍선이 터진다. 비비탄 총알이 날아가 풍선을 터뜨린다. 부정할 구름이 없어. 푸우우, 푸우우. 풍선껌이 터진다. 부정할 꿈이 없어. 아이가 놓친 곰돌이 풍선이 하늘 높이. 높이, 높이, 올라가다가 전깃줄에 걸린다. 부정할 목숨이 없어. 어깨에 힘을 빼고 흐느적거리는 영혼들이. 너는 예언에 길들여져 있다. 너는 새빨간 예언에 뼛속까지 물들었어. 비극을 섬기지 않는 요정들의 속삭임이 옷걸이에 목을 매고 죽은 여자와 한바탕 춤을 춘다. 목소리를 잃고 한 덩어리가 된 슬픔들이. 불 꺼진 극장에 나란히 앉아 있어. 앞에 앉은 남자는 쪽—, 소리가 나게 키스를 하고, 뒤에 앉은 여자는 짝—, 짝—, 소리를 내며 껌을 씹는다. 내 귀는 길게 앞뒤로 당겨져서 입안 가득 침이 고인다. 고막이 귀 밖으로 나와 덜렁, 위아래로 흔들린다.
르르르르르르르르르르르르르르르르르르르르르르르르르르르
르르르르르르르르르르르르르르르르르르르르르르르르르르르

탕.

고개를 숙이고.

나는 그를 보지 않았다.

옆모습이 꼭 커다란 물음표 같아. 그는 나를 보지 못했다. 절

담을 따라 주황색 나리꽃이 흐드러지게 피어 있었고, 나는 그 때 좌선 자세로 앉을 수 있는 정사각형 나무 의자 위에 무릎을 모으고 앉아 있었다. 의자의 나뭇결을 따라, 의자 아래, 다리를 뻗고 누워 있었다. 눈을 감고. 바닥에 모로 누워 사람들을 바라보았다. 눈을 떴다, 감았다, 떴다, 감았다, 계속 깜박거렸다. 눈을 감고, 눈을 뜨고, 눈을 감고, 눈을 뜨고. 사람들이 지나갔다. 3일이 지나갔다. 그것은 네 것이 아니지, 내 것도 아니지만. 이런 식으로. 3일이 지나갔다. 대명사는 어떤 경우에도 고유명사가 될 수 없어. 3일이 지나갔다. 처음 만난 사람들도 무덤덤한 얼굴로 고개를 숙여. 3일이 지나갔다. 납작한 입속에 혀를 감추고. 집 밖으로 뛰쳐나온 탄식처럼. 3일이 지나갔다. 더는 소리를 내지 않는 축음기의 나팔관 속에서. 3일에 한 번씩 3일이 지나갔지만. 그는 사람들 사이에 멈춰 서 있었다. 고개를 숙이고. 나리꽃을 보았고, 무심히 의자 곁을, 내 곁을 지나쳐 절 담을 따라 천천히 내려가버렸다. 눈을 뜨고, 눈을 감고. 한번은 낯선 복도에, 한번은 달리는 지하철 바닥에 누워 있기도 했다. 눈을 감고, 눈을 뜨고. 한번은 욕실 전등에, 한번은 버스 손잡이에 매달려 있기도 했다. 눈을 감았다. 떴다. 감았다. 떴다. 길 위에서. 눈을 감았다. 떴다. 감았다. 떴다. 아무리 여러 번 눈을 감았다, 떠도 아무도 보이지 않는다. 눈을 감았다, 뜬다.

탕.

르르르르르르르르르르르르르르르르르르르르르르르르르르르
르르르르르르르르르르르르르르르르르르르르르르르르르르르
거대한 시계판이 돌아간다. 무대가 돌아간다. 무대는 두 시간 동안 스물일곱 번 회전하고 시침마다 웅크리고 앉은 사람들은 끝내 등장하지 않는다. 지구가 떠오른다. 여보세요, 여보세요. 말없이 고개를 숙인 학들이 등마다 너를 짊어지고 날개를 활짝 펼친다. 서쪽에서 지구가 떠올라. 농약 공장에서 환풍기는 쉼 없이 돌아가는데. 나는 트렁크에 너를 싣고 달린다. 거리에 석회 가루가 뿌려지고, 소독약 냄새가 공중에 둥둥 떠다닌다. 소 한 마리. 소 두 마리. 소 세 마리. 소 백 마리. 소 천 마리. 소 만 마리가. 땅속으로 걸어 들어가고. 음-매-음-매 흙비가 쏟아지고. 백 평 고깃집 창문에 뽀얗게 김이 서린다. 누구시죠? 누구세요? 밖이 보이지 않아. 낙원가든 뒷마당에서 숯불이 빨갛게 익어가고 있었는데
르르르르르르르르르르르르르르르르르르르르르르르르르르르
르르르르르르르르르르르르르르르르르르르르르르르르르르르

탕,

르르르르르르르르르르르르르르르르르르르르르르르르르르르르
르르르르르르르르르르르르르르르르르르르르르르르르르르르르
모하비 사막의 낙타 행렬이 바퀴를 달고 쌩쌩 달리는 뱅뱅 사거리의 2000cc 관으로 이어진다. 심연의 강 기능가, 다이버의 사리 용기 속으로. 도시의 비둘기 사원과 빈 와인 병들 사이를 지나. 버려진 2.5톤 트럼펫의 목을 조르고. 졸고 있는 남자의 벌어진 다리와 다리 사이를 찢는다. 아비의 뼈는 묽고, 수렁은 깊어. 바람에 물결치며 흔들리는 보리와 보리들이. 삭제된 문서들과 빚 문서들이. 봉분 위에 올라앉아 풀 깎는 여자와 봉분 속 남자가. 갈라진다. 끝없이 잘라내고, 도려내는 매스 끝에서. 흐르고 흘러가는 혈관을 따라. 누란의 고분과 주방의 빈 도마 위에 틈이 생긴다. 가는 금을 따라. 꼬박 하루를 앓고 브루나이로 떠났던 사진관 남자가 돌아오고, 그가 찍은 가족사진에 검은 구멍이 뚫린다. 길에서 만난 잘생긴 남자의 얼굴에. 잘생긴 남자의 잘린 팔목에. 뭉툭하게 아문 그 자리에. 내 손등이 스친다. 군데군데 피 웅덩이가 고인다. 군데군데 네가 피어오른다. 묵념의 자세로. 오래된 필름의 해묵은 침묵 속에서. 말할 수 없으므로 울음을 그치지 않는 아이처럼. 서로 몸을 섞지 않는 소리 없는 장면들만이 흘러넘친다.
르르르르르르르르르르르르르르르르르르르르르르르르르르르르
르르르르르르르르르르르르르르르르르르르르르르르르르르르르

탕.

그는 어디에도 묻히지 않았지만.

해마들의 교미를 상상해. 어깨는 또 다른 어깨로, 어깨는 또 다른 어깨로, 계속해서 잊혔다. 중심이 없으므로. 중력은 어떤 방향으로도 작용하지 않았지만. 곳곳에서 죽은 새들이 후드득 후드득 떨어졌다. 방마다 아이들이 죽은 새들로 성을 쌓았다. 아이들은 부수기 위해 거듭거듭 성을 쌓았고, 싸우기 위해 적을 만들었다. 성을 쌓기 위해 적을 만들었다. 끝에서 끝까지. 내 칼을 받아라. 협박조로 개가 짖었다. 망각과 시간의 마찰 면에서. 옆구리가 가려워 병든 자와 병들어가는 자가 몸을 섞고, 부둥켜안고, 때를 밀었지만. 물 위에 샛노란 때가 둥둥 떠올라도, 몸뚱이가 새빨갛게 익어가도, 너는 커다랗게 입만 벌리고 있었다. 수입과 지출 사이에서 너희들의 흉상만이 너희들이 가질 것. 너는 눈, 코, 입, 귀. 열 개의 구멍. 어떤 입으로도 앞을 가리지 못해. 지도에는 문턱이 없었지만. 나는 문턱에 걸려 넘어지는 기분으로 비석의 숫자를 셌고. 르르르르르르르 터널의 목록을 만들었다. 르르르르르르르 순산터널변성터널안녕터널분꽃터널순산터널변성터널안녕터널분꽃터널순산터널변성터널안녕

터널의 이름을 외우지 않았고 나는 어디 있는 걸까

묻지 않았다.

탕,

너는 대답하지 않는다.
탕.
너는 드물게 울고
탕,
너는 쉴 새 없이 운다.
탕.
눈을 부릅뜨고
탕.
눈을 더 크게 부릅뜨고

하얀 깃발이 펄럭이고 있었다. 그가 와이퍼 끝에 걸어둔 셔츠가 눈앞에서 이리저리 흔들렸고, 시동은 그대로 켜진 상태였다. 라디오의 전원을 끄고 셔츠가 바람에 흔들리는 소리에 귀를 기울이고 싶었지만 아무 소리도 들리지 않았다. 빈 소매 끝이, 단추를 풀어헤친 셔츠의 몸통이 사방으로 흩날렸다. 나는 한동안 넋을 놓고 펄럭이는 하얀 깃발을 바라보았고, 눈을 들어 백미러를 힐끗 봤지만 차 안에 사람은 없었다. 셔츠가 크게 몸을 들썩일 때마다 먼바다가 눈앞으로 들이닥쳤다. 하얀 깃발이 잃어버린 유목의 꿈을 끌고 멀리 나아갔다가, 수평선을 잊고 눈앞에서 잠잠하게 가라앉았다. 바람이 몹시 부는 날이었다. 차는 야트막한 구릉 근처에 서 있었고 멀리, 소들이 무리 지어 움직이고 있는 모습이 보였다. 빨간 망토를 두른 목동이 소 떼를 몰고 있었는데 거리가 멀어, 아주 작은 아이처럼 보였다. 목동의 어깨에서 빨간 망토가 바람을 타고 높이 날아올랐지만 아이는 바람보다 천천히 움직였다. 나는 끝이 보이지 않는 평원 앞에 있었고 도나우 강은 더 멀리 있었다. 어부의 요새에서 일곱 고깔은 여전히 서로 다른 색으로 빛났지만, 어부들은 사라진 지 오래였다. 아이의 망토가, 비릿한 바다 냄새가, 하얀 깃발이 눈앞에서 차례로, 순서 없이, 떠올랐다. 가라앉았다. 구름이 지날 때마다, 음영을 달리하는 대평원의 풀잎들이 공중으로 떠올랐다, 가라앉았다. 대평원이 하얗게 물결치며 떠올랐다. 가라앉았다. 펄럭였다. 잔잔한 파도가 밀려왔고, 파도 소리가 귓바퀴를 따라 두 팔을 벌리고 빙글빙글 돌아 늑대가 나타났다. 늑대가 나타났어. 발끝을 모으고 목동이 동화책 속에서 소리쳤다. 나는 헝가리에 가본 적이 없었지만, 목동의 축제는 일주일 넘게 계속됐고, 봄 축제는 봄을 지나 계속되고 있었다. 나는 창밖으로 손을 뻗었다. 너를 만지려는 것처럼. 바람이 불어, 와이퍼 끝에서 빈 셔츠가 바다를 향해 두 팔을 뻗었다. 나는 두 팔을 뻗어 핸들을 돌리고 싶었지만, 대평원의 거위들은 진흙 우물 주변에 부리를 박고 모여 있었다. '집시의 달'은 반 일곱 시에 떠올랐다. 흐느끼는 바이올린의 선율이 군데군데 피어오른 진흙 우물의 어두운 벽을 타고 흘러내렸고, 클라리넷 베이스의 낮은 웅얼거림이 냉각팬을 타고 엔진룸 안을 이리저리 흘러 다녔다. 방 안 가득 달이 고여 늑대가 나타났다. 늑대가 나타났어. 목동의 목소리는 들리지 않았지만. 나는 그때 차 안에 있었다. 천천히 어둠이 내려앉았고, 아무 소리도 들리지 않았다. 하늘도 땅도 어둠 속에 잠겨서 나는 수평선의 경계가 희미해진 바다 앞에 서 있었고, 두 팔을 벌리고 천천히 더 깊은 바다를 향해 걸어 들어가는 그를 보았다. 차가운 바닷물이 발에 닿은 것처럼 온몸에 소름이 돋았다. 몸이 있다는 듯이, 몸을 뒤척이며. 파도의 흰 물보라가 평원에 몰아쳤다. 그의 다리가, 허리가, 가슴이 밤바다 속으로 조금씩 사라지고 있었다. 밤의 물고기들은 입을 꼭 다물고 대평원 위를 둥둥 떠다녔다. 흔들리는 풀잎들 사이를. 밤을 흔들며 흘러 다녔다. 나는 눈을 감고 밤하늘과 바다 사이를, 밤바다와 대평원 사이를 유유히 가르며 헤엄치는 한 줄기 빛을 바라보았고 두 팔을 벌리고, 숨을 깊이 들이쉬었다. 깊은 물속에 있는 것 같아. 몸 안에 물이 차오른다. 다리가 벌어지고, 두 팔이 흔들린다. 머리카락이 떠오르고, 하얀 깃발이 흩날린다. 검고 깊은 물속에서 잘게 부서져 떨어지는 투명한 불꽃들. 하얀 셔츠가 흩어진다. 읊의 1억 개의 얼굴이 동시에 피고, 지고. 읊의 얼굴에서, 얼굴만은 아닌 얼굴에서, 그의 팔이 흔들린다. 흔들려 떨어진다. 털끝 마다 맺힌 작은 물방울 속에서 목동의 빨간 망토가 펄럭인다. 허방을 딛고 그와 내가, 바다와 평원이 그들 우리들 구분 없이 온통 환하게 부서진다. 작은 한 점. 물방울의 어두컴컴한 허공 속에서. 그가 아닌 그와, 내가 아닌 내가. 이름을 잊은 집시 여자와 집시 여자의 아들이었던 펄루치커이가. 서로 다른 사람처럼. 공중에서 손을 잡고 또 한 번, 하얗게 흩어진다. 오직 너 자신으로부터의 구원을 꿈꿔. 한 술잔에서 술이 흘러넘친다. 또 다른 술잔으로. 그의 어깨가. 또 다른, 그의 어깨가. 또 다른 그의 어깨가. 흘러넘친다. 그들의 어깨가 또 한 번. 흩어진다. ㄴ ㅏ ㄹ ㅡㄹ ㅇ ㅈㄱㅗ 또 다른 내가, 또 다른 내가. 흩어진다. 【∞】왜상이. 【∞】왜상 속에 【∞】왜상이. 【∞】왜상 속에 【∞】왜상 속에 【∞】왜상이 흔들린다. 또 한 번 흔들리고, 또 다르게 흔들린다. 또 한 번. 흩어지고, 똑같이 흩어진다. 한 시절이 지나가고, 한 계절이 돌아온다. 한 몸이 사라지고, 한 몸이 사라진다. 붙잡을 것이 없어. 한 줌으로 사라진다. 붙잡을 수 없어. 수없이 부서지고, 부서진다. 끝없이 흩어지고, 흩어진다. 이름 없는 너는. 이름 너머에 있는 너는. 너 너머에 있는 텅 빈 너는. 그침없이

나타나고,

나타난다.

탕.

그리하여 어둠의 길을 걷게 된 것이리라.
탕.
주먹을 꼭 쥐고
탕.
그리하여 슬픔의 길을 걷게 된 것이리라.
탕.
부질없이
너는 말하지 않았고
탕.
하릴없이
너는 울었다.
탕,
너는 울기 시작했다.
탕.
감은 눈을 뜨지도 않고,
탕,
너는 울었고, 울다가
탕.
하고 소리 내 말했고,
말하는 중에도
탕.

계속 울었다.

탕.

눈물이 쉬지 않고 흘러내렸다.

탕,

너는 나아지지 않았다.

탕,

너는 학습하지 않았고,

탕,

너는 발전하지 않았다.

탕.

어떤 경우에도

탕.

한마디뿐이었다.

탕,

네가 말했다.

탕.

네가 말했다.

탕.

쉴 새 없이 말했다.

탕.

말하는 중에도,

탕,

너는 울었다.

탕,

너는 계속 울었고

ㅌ

ㅏ

ㅇ

약 20억 년 전, 최초의 진핵세포가 등장했다.

진핵세포들은 감수분열에 의한 유성생식을 시작했으며, 살아 있는 존재를 먹을 수 있는 습관을 창조했다. 최초의 다세포동물이 등장했다. 척추동물이 등장했다. 턱뼈가 있는 어류가 등장했다. 곤충이 등장했다. 수륙 양서류가 등장했다. 날개가 있는 곤충들이 등장했다. 공룡이 등장하고, 꽃들이 피어났다. 최초의 포유동물이 등장했다. 조류가 등장했다. 영장류가 등장했다. 원숭이들이 등장했다. 초기 고양이들과 개들이 등장했다. 호모사피엔스가 등장했다. 현대의 호모사피엔스가 등장했다. 인류의 역사는 등장의 역사다. 등장이 멈추고, 등장이 시작되었다. 어떤 학문들이, 어떤 질병들이, 어떤 음악들이, 어떤 종교들이, 어떤 기술들이, 어떤 이름들이 등장했다. 다른 사람의 등장으로. 믿음이, 질투가, 사랑이, 분노가, 슬픔이, 고독이 등장했다. '나'라는 이름의 등장으로.

에스테틱, 플라스틱

윤경희
(문학평론가)

다시 태어난다면.
다시 태어난다면.
질문을 던지기 전에. (「홀」, p. 272)

비타 노바

새로 시작하고 싶다. 생을.

기원으로 회귀하고 싶다는 게 아니다. 처음으로 되돌리고 싶다는 게 아니다. 부인하거나 철회하고 싶다는 게 아니다. 향수도 없고, 파국의 전망으로 두려운 것도 아니고, 실패에 후회하며 오판을 복기하기 위해서도 아니다. 이 새 시작의 욕구는 종국에는 죽음과 다름없이 불변과 부동의 항상성을 목적하는 반복 충동과 절대적으로 무관하다. 철저하게 급진적이다. 뒤돌아

봄 없이, 미풍에 섞인 빛이 유혹하는 구멍으로 전진하는, 결계 아래의 오르페우스처럼. 새, 삶, 분연히 그것을 원하므로.

그러니 시작하겠다.

이토록 강력하고도 명징한, 물러섬 없이 존재의 전부를 거는, 신생의 결의는 언제 어떻게 감행되는가. 롤랑 바르트에게는 1978년 4월 15일의 일이었다.

1977년 10월 25일 어머니 앙리에트 바르트가 숨을 거두자 바르트는 깊은 슬픔에 잠겨들었다. 초상 이튿날부터 애도 일기를 기록하고, 이듬해 콜레주 드 프랑스에서 강의를 이어가고, 주기적으로 매체 기고문을 집필하는 등 문인으로서의 공사를 차질 없이 수행해나갔지만, 사랑하는 사람의 죽음으로 인한 슬픔에서 헤어나지는 않았다. 이 슬픔의 본질을 바르트는 아케디아ἀκηδία라는 말로 설명한다.

그리스어 아케디아는 케도스κηδος 또는 케데이아κηδεία에서 파생되었다. 두 단어는 죽은 자를 위한 예우와 애도, 또는 혼인이나 동맹으로 결속된 자에 대한 돌봄, 마음 씀, 심려, 관심을 뜻한다. 케도스와 케데이아는 공동체를 존속시키는 시민적 덕목이자 타자를 향한 일종의 사랑의 감정이다. 아케디아는 그것을 결여한 상태로서, 의무에 충실하지 않은 자, 무신경하고 나태한 자, 자기든 남이든 제대로 돌보지 않는 자, 나아가

장례를 치르지 않아 묘소 없이 버려진 시신의 비도덕을 지칭하게 되었다.[1]

고대 로마의 사막 교부들은 아케디아를 종교적 실천의 맥락에서 재해석했다. 아케디아는 외딴 곳의 고독한 금욕 수행자가 저지를 수 있는 칠대 죄악 중 하나로, "영성 생활과 은둔의 이상에 진력이 났거나, 깊은 낙담과 권태로 인해 마비적인 무기력에 빠지고 수도 생활을 포기"[2]하는 데 이른 상태를 의미한다.

바르트는 아케디아가 일상의 생활양식과 관련되었다는 데 주목한다. 은둔 수도자의 삶은 금욕과 고행으로 이루어진다. 수도자는 동일한 일과를 기약도 없이 매일 되풀이하면서 지루함을 느끼지 않기 어렵다. 그리고 그것은 그의 영적 추구에까지 영향을 미친다. 물질적이든 영적이든 삶은 단조롭고, 무가치하고, 힘겹다는 인식으로, 그는 이제껏 유지해온 금욕적 수양에 몸과 마음을 집중하기를 그만둔다. 금욕을 풀고 억눌렸던 향락에 도취되는 게 결코 아니다. 그는 습관화된 수련을 놓아버리면서 자신도 유기된 존재라 느끼고, 따라서 더더욱 깊은 낙심과 비애감에 젖어든다. 이는 고대의 은둔 수도사뿐만 아니라 타인들과 무리 지어 사는 현대인도 마찬가지다. 어떤 이유로든 관성적 삶을 더 이상 이끌어갈 수 없는 상태에 처한 사람

---

1) cf. José Miguel Marinas, "Acedia", *Vocabulaire européen des philosophies*, ed. Barbara Cassin, Paris: Seuil, 2004, pp. 8~9.

2) *Ibid*., p. 9.

은 고독에 온전히 투신하지도 못하면서 타인들과의 공동체적 삶에 신경을 쓸 수도 없는, 세계 어디에 거처하며 자기를 어떻게 추스르고 돌보아야 할지 관심이 없는, 깊은 무력감과 울증에 빠져든다.[3] 그것이 바로 어머니의 죽음 직후 바르트가 처한 상태였다. 아케디아는 말하자면 "무동무언증의 시간"(「홀」, p. 250)과 같아, 마치 허허로운 사막의 모래 더미 속에 느리게 빠져 들어가듯, 옴짝달싹할 수 없이, 붙박인 자리에서 죽음을 기다리며, 어떤 새로운 것에도 자극받지 않고 마음이 기울지 않는, 생중사의 나날들.[4]

1978년 4월 15일 바르트는 모로코 여행 중이었다. 친구들의 환대, 식사, 경치 좋은 곳으로의 나들이로도 그의 울적한 기분은 나아지지 않았다. 그는 아무것에도 마음이 가지 않았다. 나들이에서 돌아와 카사블랑카의 숙소에서 혼자 쉬는데, 불현듯, 한 가지 생각이 강렬하게 움튼다.

"문학에, 글쓰기에, 입문하자. 마치 전혀 그래본 적 없다는 듯이."[5]

---

3) cf. Roland Barthes, *Comment vivre ensemble: Cours et séminaires au Collège de France (1976-1977)*, ed. Claude Coste, Paris: Seuil, 2002, pp. 53~56.

4) cf. Roland Barthes, *La Préparation du roman I et II: Cours et séminaires au Collège de France (1978-1979 et 1979-1980)*, ed. Nathalie Léger, Paris: Seuil, 2003, pp. 27~28.

5) Roland Barthes, *op. cit.*, p. 32. 인용문을 번역하는 데 다음을 참고했다. 롤랑 바르트, 『롤랑 바르트, 마지막 강의』, 변광배 옮김, 민음사, 2015, p. 35.

이는 분명 신비로운 전환이다. 바르트의 삶은 이제껏 문학으로, 글쓰기로, 이루어져오지 않았나. 전후 수십 년 동안의 서구 문학계에서 그는 가장 첨예한 독법을 제안하고 가장 독창적인 글쓰기를 실천해온 사람이 아니었나. 그러나 바르트는 저서 출간과 강의 등 그간의 문학적 성취는 그저 고양이의 골골송처럼 안이하고 단조로운 반복에 지나지 않았다고 겸양한다. 반복, 반복, 또 반복. 새로운 것이 끼어들 틈 없고 모험이 시작될 여지가 없는 반복, 또 반복.[6] 이날 바르트는 일상을 관리하는 데만 사용된 주검 같은 언어는 어서 장례를 치르고, 이제껏 써온 것과 전적으로 다른 글쓰기를 시도하리라 결심한다. 그럼으로써 아케디아에서 벗어나기를 욕구한다. 새 삶을 살려 한다.

새로운 글쓰기가 견인하는 새로운 삶. 또는, 새로운 삶에 합당한 상징 형식으로서의 새로운 글쓰기. 바르트가 소망한 새로운 글쓰기는 소설이었다. 제목은 『비타 노바*Vita nova*』다. 신생이다. 바르트는 1979년 8월 21일 소설의 개요에 착수해 몇 번이나 퇴고했다. 세부 내용은 조금씩 바뀌었지만 프롤로그의 부제는 거의 언제나 「애도」였다. 1978년 4월 15일의 "문학적 개종"[7] 일화도 삽입될 예정이었다. 사랑하는 죽은 사람을 향한 연민, 자비, 측은지심caritas도 소설의 추동력이자 미래의 글쓰

6) cf. *Ibid*., p. 27.
7) *Ibid*., p. 32. 한국어본, p. 35.

기의 일부였다.[8] 새 삶은, 새 글쓰기는, 아케디아를 벗어나 카리타스로 향하는 궤적을 그린다. 죽음을 딛고 사랑으로 간다. 무위를 떨치고 행위한다.

신인류

바르트는 자기가 새로운 삶을 갈망한다는 사실을 확연히 인식했고 그것을 실천에 옮겼다. 글쓰기를 주업으로 하는 외적 현실은 별달리 변하지 않았을지라도, 그의 심적 정황은 카사블랑카의 오후 이후로 급격히 탈바꿈했다. 그것은 오로지 자신만 주체적인 창안자, 체험자, 목격자, 증언자인 고유한 사건이다. 사건 이후의 주체와 그의 세계에 대한 태도는 그 이전과 결코 동일하지 않다. 새로운 삶을 살기로 결의하고 감행하는 자는 필연적으로 새로운 인간이 된다. 새로운 인간은 새로운 삶을 살며 세계를 새롭게 다르게 겪을 것이다. 생활 세계를 새롭게 다르게 만들 것이다.

여기서 몇 가지 질문이 제기된다. 인간의 능동적 대응 역량은 세계의 규모를 측량하는 척도가 달라질 때마다 시험에 처하

8) cf. Roland Barthes, "Vita nova", *Œuvres complètes V: Livres, textes, entretiens 1977-1980*, ed. Éric Marty, Paris: Seuil, 2002, pp. 994~1001.

므로. 생활 영역을 초과하는 거대하고 복잡한 세계 속에서 크고 작은 사건들은 우리 각자가 주체적으로 기획하고 착수하지 않아도 언제든 우발하는데, 우리는 그것에 맞춰 사후적으로 그리고 수동적으로 변하는 수밖에 없지 않은가. 전쟁, 테러, 기후변화, 자연 재해, 전염병, 생태계 변이, 금융 자본의 흐름, 기술발달, 재화와 정보의 불평등한 분배 등 특정 권력의 재생산자나 초인간적 집단 행위자에 의해 발생하는 전 지구적 사건들은 우리가 개인적 차원에서 욕망하거나 통제하려는 양상으로만 진행되는 게 아니어서, 연쇄적인 영향과 여파로 점점 더 복잡다단해지는 와중에, 우리는 변화의 방향성과 의미를 명확히 인식하지 못한 채 제대로 적응하지 못하는 경우가 허다하지 않은가. 부적응하며 누군가는 생활 영역에서 쫓겨나지 않는가. 신체와 심성에 치명적인 상해를 입거나 영구한 장애를 겪게 되지 않는가. 누군가는 심지어 목숨을 잃지 않는가. 세계의 무자비에 생존을 함부로 낙관할 수 없지 않은가.

여기서 다른 질문들이 도출된다. 자기의 삶을 주체적으로 자율적으로 쇄신하는 자뿐만 아니라, 엄밀히 고찰하면, 사건으로 인해 변화한 삶을 살아낼 수밖에 없는 자도 이전과 다른 새 인간이 된다고 할 수 있지 않은가. 세계 안에서 진화하거나 변태하거나 부적응하는 양상, 변화에 앞서거나 뒤처지는 속도와 시차, 상해와 장애, 생존의 위기와 터득 등 모든 요소들의 복합적인 작용으로 그는 언제나 새 인간으로 변모하는 도정에 있지 않은가. 나아가, 사건의 체험과 그로 인한 변모의 결과가 각자에게 고유하게 발현하더라도, 전 지구적으로 영향력을 행사하는 공통의 사건들을 겪어나가면서 이 새로운 인간들은 모종의 집단적 특질을 공유하게 되지 않을까. 공통의 진화 양상, 공통의 상해와 장애, 공통의 상상력과 감각, 공통의 역능과 불능, 공통의 정치와 전망, 공통의 생존 방식과 테크닉을 유전자처럼 나눠 가지며, 인간이라는 범주의 속성을 언제든 다시 설정하며, 이들은 새로운 인류를 형성하지 않을까. 신인류가 이미 도래해 실존하지 않는가. 나이자 당신인. 포스트휴먼.

우주 – 가시우주 – 처녀자리 초은하단 – 국부 은하군 – 은하수 – 오리온자리 팔 – 국부 거품 – 국부 성간 구름 – 태양에서 세번째 행성

지구

어둠 속. (「홀」, p. 230)

약 20억 년 전, 최초의 진핵세포가 등장했다.

진핵세포들은 감수분열에 의한 유성생식을 시작했으며, 살아있는 존재를 먹을 수 있는 습관을 창조했다. 최초의 다세포동물이 등장했다. 척추동물이 등장했다. 턱뼈가 있는 어류가 등장했다. 곤충이 등장했다. 수륙 양서류가 등장했다. 날개가 있는 곤충들이 등장했다. 공룡이 등장하고, 꽃들이 피어났다. 최초의 포유동물이 등장했다. 조류가 등장했다. 영장류가 등장했다. 원숭이들이 등장했다. 초기 고양이들과 개들이 등장했다. 호모 사피엔스가 등장했다. (「테 포케레케레」, p. 9)

어디선가 흙먼지가 날아왔다. (「〔인다〕」, p. 32)

가장 거대한 것에서 가장 미소한 것까지, 가장 단순한 것에서 가장 복잡한 것으로, 한달음에 파악하기. 이런 스케일과 속도란 시공간의 규모를 계측하는 음악적인 방법을 제안한달까.

윤해서 소설에서 세계는 까마득하게 광대하다. 관측 가능한 우주 너머를 상정한다. 이처럼 규모가 절대적으로 커서, 형체를 구속하는 한계가 없고, 망원경 같은 보철 기술로 시력을 증강시키더라도 관측할 수 없고, 따라서 자연계에서 결코 발견되지 않은 대상을 상상하며 우리가 느끼는 감정을 숭고라 한다.[9] 윤해서 소설의 시공간은 숭고의 지배 아래 있다. "숭고룽고. 숭고룽고. 〔……〕 회색 벽에 손을 대면 바람의 흔적들이, 잃어버린 침묵의 파편들이 아득하게 느껴지던 숭고룽고"(「〔인다〕」, p. 333). 우주의 숭고에 비교하면 자연계에서 규모와 형체가 실측된 어

9) cf. Immanuel Kant, *Kritik der Urteilskraft: Werkausgabe X*, ed. Wilhelm Weischedel, Frankfurt am Main: Suhrkamp, 1974, pp. 164~72.

떤 거대한 대상도 상대적으로 작아질 뿐이다. 토끼와 마카롱처럼 애틋하고 귀여워진다. 흙먼지처럼 덧없다.

윤해서는 지구상에 최초의 생명체가 출현했을 때부터 호모 사피엔스가 등장할 때까지 단숨에 내달린다. 속도는 사물과 그것이 속한 시공간을 휘고 뒤틀며 변형시킨다. 음악적 문장들의 속도도 마찬가지다. 음악의 속도는 우주론이든, 고생물학이든, 인류학이든, 심지어 그 모든 것을 종합한 거대사든, 미량의 증거와 가설에 기반해 언제든 전복되고 다시 기술되는 서사계의 보다 주관적이고 정서적인 변형을 야기하는데, 거대하고 장구한 지구의 자연사가 실바람에 일어 반짝이는 모래 한 알의 찰나처럼 하릴없어지는 것 같다. 또는, 원시 생명체와 고등동물이 급속도로 압축된 수십억 년의 무게로 충돌해 파열하고 그 뼛조각과 살점 들이 사방팔방 흩어지는 것 같다. 또는, 진화의 선조성이 아나크로니즘으로 꼬이며 지구상 모든 동식물이 하나의 거대 개체로 융합하는 것 같다. 이처럼 모순적인 심상들이 동시에 중첩되면서, 머릿속에 다중 채널로 상영되면서, "세계는 작은 한 점으로 쪼그라들고 세계는 무한대로 확장하고 세계는 한쪽 면으로 인식되지 않는다"(「테 포케레케레」, p. 18). 물리학의 최신 이론들을 탐구하고 싶을 정도지만, 그러나 과학의 언어와 정밀한 계산 역시 언제든 파기되고 다시 기술되기에, 시간과 공간의 감각은 어떤 참조점에든 절대적으로 항구적으로 의존할 길 없이 착란을 일으키며 혼돈에 빠져든다. 그리하여 카오스의 소설이 발생한다. 삼차원적 실제에 구속되지 않고, 기존의 재현적 언어를 답습하지도 않는, 새로운 양상의 허구가 조형된다. 이 새로운 가상의 시공간에서 신인류가 부유한다.

왕래발착

제1장에서 살펴보았듯, 시제와 시간을 혼동하지 않는 게 중요하다. 시간은 언어 외적 범주다. 즉, 시간은 언어와는 독립적으로 존재한다. [……] 시제라는 용어는 언어학 개념이다. 화자는 어떤 상황이 발현할 때 그것을 시간 속에 지정하기 위해 여러 가지 방법을 사용할 수 있으며, 언어에는 그에 상응하는 여러 가지 동사 형태가 있다. 시제는 이에 관한 것이다. 더 자세하게 말하면, 시제는 한 언어에서 상황들을 시간 속에 지정하는 특수한 동사 형태들의 역할을 가리킨다. [……] 상황을 시간 속에 지정하려면, 우선 이미 시간 속에 지정되어 있는 기준점 하나를 택하고, 다음으로 그 점과의 관계에 따라 주어진 상황을 지정하는 수밖에 없다. 그러므로 시제는 상황이 발현한 시간과 다른 어떤 시간 사이의 시간적 관계를 언어로 표현한다.[10]

10) Renaat Declerck, Susan Reed, and Bert Cappelle, *The Grammar of the English Tense System: A Comprehensive Analysis*, Berlin: De Gruyter Mouton, 2006, p. 94.

사람들이 아직 시계 속에 시간을 잡아 가두지 못해서 시간은 제멋대로 굴러다니고. (「최초의 자살」, p. 191)

오고, 가고, 떠나고, 도착하고, 그리고 또 떠나고…… 왕래발착이 왕래발착을 촉발하는 왕래발착의 도미노. 왕래발착은 윤해서의 글쓰기에서 주어와 서술어의 주요한 결합 양상이다. 왕래발착의 이동성과 산포력은 윤해서 소설에서 주체의 현저한 충동과 행위이자 그로 인해 복잡하게 다중화되는 시공간의 특질이라 하는 편이 조금 더 정확하겠다.

예: 동물이, 식물이, 곤충이, 인류가 등장한다. 수, 라이, 밥이 낯선 초원에 당도한다. 헝가리의 꼬마 목동 펄루치커이는 유목한다. 눈병과 감기 바이러스가 옮아 다닌다. 전동 열차가 지하 터널을 달린다. 발음이 유사한 낱말들이 음운을 하나씩 바꿔가며 꼬리를 문다. 끝말잇기가 이어진다. 메아리가 메아리친다. 벚꽃 잎들이 흩날린다. 눈송이가 흩날린다. 당신도 부서져 흩날린다. 열차가 시베리아를 횡단한다. 말에서 다음 말이 나와 말들이 침목을 설치하며 나아간다. 음운들은 편편히 부서져 종이 위에 내린다. 무언은 국경들을 넘는다. 오조가 무언에게 온다. 말로와 나는 사라진다. 그는 사라진다…… 그리고 나타난다, 솟아오른다, 당신은.

누구도 무엇도 가만히 있지 않는다.

끊임없이 상태, 동작, 형태를 달리하며 움직일뿐더러, 단일한 지점에서가 아니라, 시시각각 위치와 장소를 바꾼다. 이 무궁동의 카오스에서는 누가 또는 무엇이 먼저 또는 나중에 오고, 가고, 떠나고, 도착하고, 그리고 또 떠나는지 한 줄의 시간선 위에 제대로 점들을 찍을 수 없어서, "과거와 현재가, 과거와 미래가, 미래와 현재가 뒤섞여. 끝이 없었다. 끝이 없어. 끝이 없을 것이었다. 말로의 말로"(「아」, p. 151). 어떤 사건을 진술하는 문장의 시제를 결정하기 위해서는 그 사건이 발현한 시간과 비교하여 거리를 조정할 기준점의 시간이 선행 조건으로서 필요한데, 그리고 그 기준점의 시간이란 일반적으로 화자가 말을 하는 시점인데,[11] 그러니까 내가 지금 말하는 순간과 비교하여 먼저 일어난 사건이면 과거 시제로, 동시에 일어나고 있는 사건이면 현재 시제로, 나중에 일어날 가망이 있는 사건이면 미래 시제로 말하게 되는 것인데, 말로의 말로는 과거와 현재와 미래가 한꺼번에 소용돌이치며 희롱하므로, 어떤 사건도 다른 사건들의 시간을 지정해주는 꿋꿋한 기준점이 될 수 없어, 동사는 마른 꽃 모가지처럼 문장에서 툭 떨어져 나와, 종결어미도 없이 선어말 어미도 없이, 시제를 표현하기를 거부하면

11) cf. *Ibid.*

서, 말로 말이 안 될, 오로지 "속도만 남은 읊"(「테 포케레케레」, p. 41)이어라.

속도만 남은 것들. 속도로 수렴되는 것들. 느리든 빠르든. 음향이 되기를, 영상이 되기를, 타고나는 것들. 인간이라면 걷거나, 자동차, 바이크, 기차, 전동차, 리프트 같은 동력 수단을 타고는, 사려니 숲으로, 남반구의 소금 사막으로, 알제리의 수도로, 폴리네시아의 보라보라 섬으로. 서빙고역 4번 출구나 2백년 전 헝가리의 바닷가처럼 지도에 없는 곳까지 때로는 타임워프로. 꽃잎, 눈송이, 안개 입자 같은 비인간 존재들은 자체의 운동력, 중력, 공기 저항에 따라 대기권에서 어지럽게 부유한다. 우주에서는 떠돌이 행성들이 늦은 봄 꽃잎들처럼 돌아다닌다. 하여간 꽃잎들이 소설 여기저기에서 시시때때로 하염없이 흩날리는데요, 참 센치하기도 하고 살짝 처연하다 싶은, 윤해서적 유머를, 황홀한 애수의 기질을, 기꺼이 즐길 분들을 위해 나는 이 글을 씁니다. 글쓰기의 시공간에서 말은 다른 말을 불러내며 맞춰 쓰러뜨리며 한 음절씩 한 어절씩 한 문장씩 망각의 망까기의 동력으로 전진하거나 퇴진하고. 이 모든 것들은 마치 피크, 토리, 스타, 하루, 적의 "손에서 손으로 튕겨질 때를 빼곤 계속해서 공중에 떠 있어야"(「아」, p. 181) 하는 공과 같아 오래도록 정지하고 정주하는 법이 없다. 무한히 왕래발착하는 것들이, 쉼 없이 이동하고 산포하는 것들이, 지상과 공중에 포물선을 그리며, 나선과 지그재그를 그리며, 부정형의 다발적인 선을 그으며, 다차원의 시공간에 주름을 잡고 터널을 뚫으며, 서로 다른 속도와 시차로 현기증과 망연자실과 관능의 쾌감을 일으키며, 윤해서 소설의 콤플리시테에 기여한다.

> 나는 이 도시에 남아 어느 날 몬트리올에서 온다. 어느 날은 모스크바에서, 쿠사다시에서, 탄자니아에서 온다. 어느 날은 암스테르담의 거리를 쏘다니고, 한쪽으로 기운 건물들 앞에서 양팔을 벌리고 이리저리 흔들린다. 술에 취해 비틀거리다 강물에 빠진다. 깊은 수심의 말로. 나는 어느 날 로마에서 온다. 어느 날은 웁살라에서, 볼리비아에서, 세인트루이스에서 온다. 어느 날은 히말라야의 산속을 헤매고, 눈밭에서 길을 잃고, 고산증에 시달린다. 시달리다, 시달리다, 시들시들 시들어간다. (「아」, p. 132)

사람, 사물, 언어의 항구적인 이동과 산포 덕분에 윤해서가 쓰는 이야기의 상당수는 여행 서사로 읽힌다. 우주의 모든 존재자들이 언제나 여행 중이다. SF 스페이스 오디세이아. 그것들은 서로에게 정거장이어서, 서로에게 일시적으로 도착하고, 떠난다. 떠날 때는 작별의 안녕을 나누어야 하건만,

"나의 어떤 한 끼는 오직 살려고 하는. 꿈과. 이별.
랄라, 꿈처럼 한 끼. 랄라, 꿈같은 이별"[12),

---

12) 윤해서, 「8분의 9박 드로잉—'무화(無化)하는 무(無)로서」, 『쓺』 2015년 9월호.

작별마다 작은 죽음이어서, 미처 눈을 마주치지 못한 채 인사 없이 떠나보내는 것들도 많아서, 음악의 힘에 기대보아도 비애는 억눌러지지 않는다. 애도를 완수하려면 일정한 시간을 들여야 한다.[13] 그런데 그 일정한 시간이란 어떤 죽음을 위해서라면 영원에 가까운 것이어서, 언제나 이미 늦은 한 끼를, 이미 늦은 한 잔을, 케도스로, 케데이아로, 우리는 사랑하는 죽은 것들에 거듭 바치는 것이다. 시제가 효력을 잃는 영원에, 인간과 언어 바깥의 시간에, 숭고의 무한대에 경도될 수밖에 없어, 광막한 우주 어딘가 "오래전에 사멸한 별들"(「커서 블링크」, p. 350)의 묘지에 카리타스의 대상을 쏘아 올린다. 그것은 별자리가 될 것이다. "어둡보다 더, 별이 많아"[14], 속삭여 영탄하게 될 것이다. 그러므로 윤해서의 글쓰기는 스페이스 오디세이아에 동봉할 영구한 애도의 조문이기도 하다. 읊는 것이다.

드로모스코피

CTHEORY: 모든 것이 보이게 된다면, 우리는 무슨 꿈을 꾸어야 할까요?

문학실험실, p. 279.

13) cf. Sigmund Freud, "Trauer und Melancholie", *Gesammelte Werke X: Werke aus den Jahren 1913-1917*, Frankfurt am Main: Fischer, 1999, p. 429.

14) 윤해서, 「우리의 눈이 마주친다면」, 『문예중앙』 2016년 여름호, 중앙북스, p. 136.

폴 비릴리오: 우리는 눈이 멀게 되는 꿈을 꾸겠지요. 그것이 모터의 예술입니다. 예술은 회화, 조각, 음악 등이었는데, 지금은 모든 테크놀로지가 예술이 되었어요. 물론 이런 형식의 예술은 여전히 아주 원초적인 단계지만 그래도 서서히 현실을 대체하고 있습니다. 그것이 제가 모터의 예술이라 부르는 것입니다. 예를 들어, 프랑스에서 TGV를 탈 때 저는 풍경을 바라보는 것을 좋아합니다. 풍경은 피카소나 클레의 작품과 마찬가지로 예술입니다. 모터는 모터의 예술을 만들어냅니다. 빔 벤더스는 로드 무비를 찍었는데, 로드 무비를 추동하는 것은 무엇인가요? 바로 자동차죠, 「파리, 텍사스」에서처럼요. 질주경dromoscopy. 예술의 영역에 진입하기 위해 이제 우리가 해야 할 일은 자동차를 타는 것입니다.[15)]

속도는 시간의 침샘을 자극한다. 시간의 침샘에서 망각은 망각으로 흘러넘친다. 그는 생각했다. 바이크 위에서 그는 그를 가장 빠르게 잊을 수 있었다. 〔……〕 그는 환영의 좁은 틈으로 소실점을 향해 달리는 기분이었다. 익숙한 길이었지만 누구와 함께 달려도 쓸쓸한 길이었다. 사려니 숲의 입구를 막 지났을

15) Louise Wilson, "Cyberwar, God, and Television: Interview with Paul Virilio", trans. Gildas Illien, 1994, www.ctheory.net/articles.aspx?id=62. 인용문을 번역하는 데 다음을 참고했다. 배영달, 「역자 후기」, 폴 비릴리오, 『동력의 기술』, 배영달 옮김, 경성대학교출판부, 2007, p. 190.

때 앞차가 비상등을 깜빡이며 안개 속으로 사라졌다. (「오늘」, pp. 52~53)

방랑벽. 반더루스트를 지닌 사람들은 많지만 여행에서 구체적으로 갈구하는 대상은 제각기 다를 것이다. 누군가는 도시만 찾아다니며, 누군가는 정반대로 오지를 헤매고, 누군가는 미식과 쇼핑을, 누군가는 낯섦의 느낌 그 자체를, 누군가는 고독과 은신을 구하려, 누군가는 은유적 죽음과의 대결을 위해, 누군가는 그곳에 강력히 아름다운 것이 존재하므로, 여행을 떠난다.

윤해서적 여행자는 동력 장치를 남달리 애호한다. 그것을 전폭적으로 활용할 수 있다는 점에서 인적 없이 광활하게 펼쳐진 지형에도 이끌리는 것 같다. 소설 곳곳에 삽입된 드라이브 장면들은 얼마나 호쾌한지. 로드 노벨라. 그는 바닷가를, 섬을, 소금밭을, SUV로 몇 시간이고 달리기를 즐긴다. 엔진을 구동시키고 그것의 빠른 움직임에 자기를 내맡길 때, 그는 자기와 자기가 아닌 것 사이의 경계를 망각한다. 적어도 무의식적 환영 속에서 그와 동력 장치는 일체다. 따라서 여행 중 그는 동력 장치를 운전한다기보다는 그것을 자기의 신체에 보철한다. 모터를 장착한 사이보그는 이동성과 속력이 증강된다. 그가 이동할 수 있는 공간의 범위는 확장되고, 확장된 공간을 이동하는 시간은 단축된다. 마침내 초광속 타임머신이 되어 2백 년 전 중부 유럽의 평원을 달린다.

윤해서를 읽는 데 사이보그와 타임머신이라니. 하지만 그렇다. 기계는 인간 생체에, SF는 서사에, 부지불식간에 이미 이식되어 있다. 윤해서의 상상에서 인공 기관은 굳이 생체의 이질적 타자로서 차이화하고, 가시화하고, 부각시키는 게 무의미할 정도로 이미 생의 불가피한 전제 조건이 되어 있다. 테크놀로지 발전의 가속화와 그로 인해 급박하게 변천하는 세계는 모든 인간의 삶에 전방위적 지배력을 행사하므로, 더 이상 특정 장르의 테마라 한정할 수 없는 동시대의 현상들에 대해 문학은 필수적으로 사유하고 상상해야만 하고, 윤해서는 바로 그 작업을 수행한다.

인간만이 갖고 있는 능력 —
읽기, 쓰기.
산수의 능력이나 에피소드를 기억하는 능력.
미래를 예측하고 타인의 사고를 상상하는 능력.
유머나 웃음.

인간만이 가지고 있는 능력이 인간을 인간답게.
일으킨다. 지독하게. 쓰러뜨린다. (「홀」, pp. 259~60)

초기 사이버네틱스 시대에 과학자들은 신체를 정보의 패턴으로 전환할 수 있다고 가정했다. 정보는 "의미나 형식을 소실하지 않고서도 여러 다른 기판들 사이를 흘러 다닐 수 있는 일종의 신체 없는 유동체"[16]라 정의된다. 사이버네틱스는 인간을 구성하는 요소들 중 육신을 평가 절하하고 지능을 특화한다. 정보화된 지능은 물질적 유기체에서 분리되어 독자적으로 전송되고 이동한다. 신체는 무용한 것으로서 말소된다.[17] 또한, 바이오로보틱스 분야에서는 인공 심장, 의수족, 의안 등 보철 성형과 이식 기술이 발달함에 따라, "어떤 기계에도 연결되어 있지"(「오늘」, p. 98) 않은 천연의 몸은 실체로든 관념으로든 더 이상 지지할 수 없는 허상이 되었다.

몸은 사라진다.

"마네킹처럼 서 있는 마네킹은 사람이었는데"(「커서 블링크」, p. 360).

이에 저항하며, 도나 해러웨이, 주디스 버틀러, 캐서린 헤일스, 로지 브라이도티, 앤 발사모 등은 유기물 신체성의 말소를 지배 담론으로 받아들이는 대신, 생체와 기계의 혼융으로 인해 인간이 대면할 위험과 가능성 양면을 충분히 인식하고 상상함과 동시에, "파동치고, 유동하는, 착종물"[18]로서의 새로운 신

16) N. Katherine Hayles, *How We Became Posthuman: Virtual Bodies in Cybernetics, Literature, and Informatics*, Chicago : Chicago UP, 1999, p. xi. 인용문을 번역하는 데 다음을 참고했다. 캐서린 헤일스, 『우리는 어떻게 포스트휴먼이 되었는가』, 허진 옮김, 플래닛, 2013, p. 14.

17) cf. *Ibid.*, pp. 1~5. 한국어본, pp. 21~27.

18) Rocío Carrasco-Carrasco, "Gender, Body, and Computing Technologies in the

체 개념을 제안하고 다각도로 이론화해오고 있다.

윤해서는 사이버네틱스와 바이오로보틱스의 발달로 야기된 자연적 신체의 소멸을 의제화하면서도, 그것을 비극적인 연민과 공포로만 채색하기보다는, 앞서 거론한 이론가들과 지향점을 공유하며 포스트휴먼의 새로운 신체적 속성들을 문학적으로 탐구한다.

윤해서 소설에서 새로운 소설적 주체로서 포스트휴먼 사이보그는 외형, 감정, 사고, 지능 등에 있어서 관습적 범주의 인간과 차이가 유별하지 않다. 그는 고전적 SF 서사의 캐릭터들처럼 자기가 인간인지 아닌지 고뇌하지 않는다. 특정인을 준거로 자기와 비교하며 자기가 인간과 다르다거나 인간이 아니라는 데 슬퍼하지 않는다. 신체의 일부가 기계라는 사실을 감지하기 어려울 정도로 그것은 거의 가시화되어 있지 않다. 앞서 말했듯, 현시점에서 그것은 어떤 인체에는 보편적 상용 기관이 되었기 때문이다. 조만간 그렇게 될 것이기 때문이다. 한마디로, 사이보그는 우리 모두다. 이미. 근미래의.

정체성이 아니라 감각이 문제다. 아이스테티코스αἰσθητικός. 윤해서 소설에서 포스트휴먼 사이보그의 실존적 문제는 생체

Science-Fiction Film", *Encyclopedia of Information Science and Technology*, 3rd ed., ed. Mehdi Khosrow-Pour, Hershey: IGI Global, 2014, p. 3094.

와 보철 기관들 사이의 기능과 감각의 편차에 초점이 맞춰져 있다. 신체 일부의 특정한 기능과 감각이 보철 덕분에 증강되었다 할지라도, 증강된 기능과 감각 덕분에 어떤 체험과 향유의 가능성이 커졌다 할지라도, 신체 전체가 그것에 균질하게 조응하지는 않는다. "달라진 눈을, 달라진 몸을, 달라진 상황을 쉽게 받아들이지"(「홀」, p. 260) 못하는 것은 당연하다. 기관, 근육, 호르몬, 신경계, 세포 등 신체를 구성하는 복잡하고 세밀한 요소들은 사건에 제각기 다른 속도로 반응하기 때문이다. 지나치게 빠른 것이 있는 반면, 지극히 느린 것이 있다. 아예 거부하며 저항하는 것도 있다. 신체는 기능과 감각의 다중적인 결합물이자, 활동과 마비가 길항하며 각종 예기치 못한 증상을 생성해내는, 속도와 시차의 격전장이다. 보철물은 그것에 참전하여 생체의 시간을 파열시킨다. 착종의 신체는 카오스를 겪는다. "시간의 바깥에서. 내가 흩어진다"(「테 포케레케레」, p. 260).

예를 들어, 우리가 육안으로 지각하는 주변 환경은 가만히 있거나 걸을 때는 비교적 또렷하게 보이지만, 동력 장치에 올라타 속력을 낼 때는 흐릿하게 뭉개져 보인다. 동력 장치의 이동 속도에 비해 시신경이 외부 대상에 반응하는 속도가 느리기 때문이다. 속력은 이동 가능한 공간을 확장하지만 그것의 시지각적 실체감을 말소시키기도 하는 모순적 힘이다.

다른 관점에서 보면, 속도로 인해서 세계는 시지각에 새로운 파노라마를 드러낸다. 뭉개져 뒤섞이고, 곡선의 다발로 흐르며, 단속적으로 끊기다가, 휘어 찌그러지는, 왜상이야말로 시간의 생성물로서의 세계의 실체 중 하나이며 그것의 더 정확한 시각적 재현이라고 하지 못할 까닭이 있을까. 그렇다면 모터 사이보그는 생체와 보철 사이의 운동과 반응 속도 부조화로 인해 시각 장애와 불능을 겪는 자만은 아니다. 빛의 속도에 조금이나마 더 가까워지면서, 그는 시공간이 분출해 나오는 거대한 구멍과 그것이 생성하는 궤적을 관측한다. 자신의 실존을 걸고, 자신의 소멸과 망각을 담보로, 우주 전체의 시간이 만들어내는 질주적 왜상을 향유한다. 그것은 모터 사이보그의 황홀경이다. 윤해서 소설은 이 감각으로 충만의 극까지 간다. 팽창하여 폭발을 욕망할 수밖에 없다.

amor de lonh

모든 것을 오고 가게 주관하시며
먼 것을 향한 이 사랑을 지으신 주여
평안한 거처에서 진실로
내 멀리 있는 사랑을 볼 수 있게
용기를 주소서
그곳의 침실과 정원은

내게는 새로이 궁궐처럼 보이리로다[19]

윤해서 소설에서 기계 장치로서 명시된 것은 사실 고풍스러운 대륙 횡단 열차나 어쩐지 털털거릴 것 같은 자동차에 더해 카메라처럼 대부분 19세기 아날로그적인 것들뿐이다. 그렇지만 20세기 후반 이후 디지털 뉴미디어의 본격적인 발달과 그로 인한 시공간 감각의 혁명적인 재편성을 고려하지 않고서는 윤해서 소설에서의 여행 서사와 포스트휴먼의 신체성을 제대로 읽어낼 수 없다.

간략하게 훑으면, 20세기 컴퓨터 테크놀로지는 물리적 시공간과 다르게 촉지할 수 없는 가상공간을 창조했고, 그 안에서 정보는 물질계의 사물과 비교할 수 없이 빠른 속도로 이동하고 산포한다. 속도는 시공간을 압축한다. 거리감이 사라진다. 언어, 음향, 영상처럼 정보화하기에 용이한 것들은 물리적 시공간에서보다 가상공간에서 더 빠르게 전달되고 확산되면서 점차 두 세계 사이의 근본적인 차이를 무화시키기 시작했다.

21세기 스마트 기기는 유비쿼터스 네트워킹을 통해 마침내 물리적 시공간과 디지털 가상공간을 하나로 융합했다. 인간이 정보통신기기를 항시 휴대하고 생활 세계의 사물들에도 인터

19) Jaufré Rudel, "Amor de lonh", *Mediaeval Latin and Romance Lyric to A. D. 1300*, ed. F. Brittain, Cambridge: Cambridge UP, 1951, p. 112.

넷을 연결함에 따라서, 인간과 기계, 물질의 세계와 정보의 세계, 현실과 가상 사이의 엄밀한 경계가 사라졌다. 스마트 기기는 보철의 개념과 양상에도 급진적인 변화를 불러왔다. 주로 소실되거나 노화한 기관을 기능적으로 보완하기 위해 생체에 직접 이식하고 부착하는 고전적 기구에 더해, 천연의 몸에는 없지만 그것의 기능과 감각을 초인적으로 증강하기 위해 부가하는 기기들이 다양하게 발명되고 있고, 스마트 기능을 내장한 그것들은 휴대를 넘어 착용과 이식까지 가능한 방향으로 개발되고 있다. 이에 덧붙여, 현시점의 최첨단 연구 분야인 인공 지능이 인간의 신체, 생활, 환경에 어떤 새로운 변동을 일으키고 있는지 묻고 알려 하지 않을 수 없다. 아무도 그것에서 전적으로 자유로울 수 없다.

인터랙티브 미디어의 발달은 여행의 양상도 바꾸어놓았다. 어떤 시공간의 사건들은 주체가 특정 장소로 이동하여 그곳에 현존하지 않고서도 기기의 인터페이스를 통해 아무 곳에서나 유사하게 체험할 수 있게 되었기 때문이다. 현존의 장소와 체험의 장소가 탈구되었다. 체험의 특질도 달라졌다. "골목길 바닥에 엎드려 나라 밖의 먼 도시를"(「홀」, p. 243) 헤맬 수도 있는 제처럼. 나는 서울의 카페에서 온라인 투어로 루브르의 고대 이집트 유물실을 관람한다.[20] 나리타 공항의 로비에서 12세

20) cf. musee.louvre.fr/visite-louvre/index.html?defaultView=entresol.s489.

소녀 시드라의 안내에 따라 시리아 내전 난민들이 요르단의 자타리 난민촌에서 어떻게 생활하고 있는지 360도로 돌아본다.[21] 룩셈부르크의 친구 집에서 리우 네그루 강을 따라가며 아마존 우림의 풍광을 탐방한다.[22] 내가 로드하라 숲길을 실제로 달리는지, 모니터에 가상의 로드뷰를 띄워놓고 커서를 깜박이는지는, 비밀이다. 뉴미디어는 고전적 이동 수단을 대체한다. "나는 헝가리에 가본 적이 없었지만"(「테 포케레케레」, p. 432), 시지각 대상으로서의 가상 지형을 옮겨 다니기 위해 커서를 클릭하고, 스크린을 터치하고, 이미지를 줌인하는 속도는 모터의 속도를 월등히 능가한다. 게다가 뉴미디어는 고전적 동력 장치와 다르게 원격현장감뿐만 아니라 분산된 편재성이라는 새로운 여행의 감각을 선사한다.

신체는 하나의 지점에 실존하되, 뉴미디어의 보철을 통해, 시각은 멀고 먼 도처의 가상에 편재한다. 눈은 온갖 곳을 부유한다. "흩날리는 눈"(「홀」, p. 253). 나는 산포된다. 아무 데든 동시에 방랑한다.

그곳에 보러 가지 않고 보기. 그곳에 실제로 존재하지 않고

p01&lang=FRA

21) cf. Chris Milk, "Clouds over Sidra", Within, 2015, with.in/watch/clouds-over-sidra/

22) cf. "Visit Amazon on World Forest Day", Google Official Blog, 21 Mar. 2012, googleblog.blogspot.kr/2012/03/visit-amazon-on-world-forest-day-with.html

지각하기……[23]

멀리 가고 싶어. 아주 멀리까지. (「테 포케레케레」, p. 14)

당신은 여기에서 저기로, 저기에서 여기로. 사방으로 흩날린다. 마치 몸을 얻은 것처럼. (「테 포케레케레」, p. 16)

영국 예술가 닐 하비슨Neil Harbisson은 색각이상자로 태어나 세상을 온통 흑백으로 인지했다. 2003년 그는 두개골에 아이보그eyeborg라는 안테나를 이식하고 정부 인가를 받은 최초의 사이보그가 되었다. 아이보그는 빛의 파장을 소리의 파장으로 전환하는 장치다. 안테나의 센서가 서로 다른 색을 감지할 때마다 서로 다른 신호음으로 바꿔서 들려주면, 하비슨은 그 소리의 패턴마다 색깔 이름을 대응시켜 기억한다. 아이보그가 식별하는 색의 스펙트럼은 자외선 적외선까지 포함하여 육안보다 훨씬 넓고 세밀하다.[24] 또한 하비슨은 아이보그에 인터넷을 연결하여 전화, 영상, 음악은 물론 위성 신호까지 머리에 직접 수신한다.[25]

---

23) 폴 비릴리오, 『시각 저 끝 너머의 예술』, 이정하 옮김, 열화당, 2008, p. 17.

24) cf. Neil Harbisson, "I Listen to Color", *Ted: Ideas Worth Spreading*, Jun. 2012, www.ted.com/talks/neil_harbisson_i_listen_to_color#t-22354

25) cf. "Neil Harbisson", Neil Harbisson, harbisson.com/Neil_Harbisson/Welcome.html

사이보그 하비슨은 신체에 관한 관습적인 인지의 틀을 여러 층위에서 파괴한다. 아이보그 안테나는 색을 지각하는 눈이자 의미 있는 기호를 발화하는 입이다. 더듬이가 붙은 그의 두개골은 인간의 것이면서 또한 고차원적으로 진화한 외골격 포스트애니멀의 것처럼 보이기도 한다. 그는 시각 장애인이 아니라 공감각 초능력인이다. 하비슨은 기계 장치 이식 덕분에 증강되고 다중화된 감각을 향유하며 예술적 퍼포먼스의 지평까지 확장시킨다.

내 인간의 형상은 사라져라.
더 나은 모습이 될 것이다.
이제 나는 변할 것이다. (「홀」, p. 259)

감각을 자극하고 초인적으로 증강시키는 마술적 테크놀로지와 미디어가 발달하면서, 그리고 그것이 생체에 때로는 무차별적으로 침입하듯 융합되면서, 한편으로는 적극적인 수용과 향유가 이루어지고, 다른 한편으로는 부적응과 혼란이 발생한다. 제의 경우는 겉보기에는 후자에 가깝다. 어느 날 "갑자기 눈앞을 막아서는 알 수 없는 이미지 때문에 중심을 잃고 미술관 복도에"(「홀」, p. 227) 주저앉는 제. 이후로 운전할 때, 길을 걸을 때, 가족들과 식사할 때, 화집을 펼칠 때, 낯선 장면들이 예고 없이 시야에 엄습한다.

"달라진 눈에 익숙해지는 것이 무서워. 달라진 몸에 적응하는 게 두려워. 겁내는 마음보다, 머리보다, 먼저,

던져진 몸, 애쓰는 몸, 받아들인 몸"(「홀」, p. 261).

제는 자신의 증상을 시각 능력의 확장이 아니라 두렵고 혼란스러운 장애라 여기고, 장애로 위축된 이동성을 보강하기 위해 자신을 지팡이로 보철한다. 말년의 오이디푸스처럼. 불온한 관음의 욕망을 벌한다. 아예 이동을 체념한다. 그러면서 더더욱 무언의 여행에 자신의 눈을 위탁한다.

제의 눈에 무슨 일이 일어났는가. 더 직설적으로 질문하면, 제는 시각적 욕망의 주체로서 무언을 대상으로 어떤 사이보그적 환상을 작동시키는가. amor de lonh. 멀어야 사랑할 수 있는 이여. 환상을 극화하기 위해 어떤 장치를 발명하고, 어떤 상황을 동원하고, 어떻게 행위하는가.[26)]

현시점의 기술과 매체로 불가능하지 않다. 제가 무언의 육안과 렌즈를 통해 그가 보는 것들을 같이 보듯, 익명의 타인들의 사생활을 실시간 영상으로 감상하기란. 그것들은 내가 일부러 보려 하지 않아도 일상의 미디어 환경에서 내 사생활에 스며든다. 내가 그것을 보는 게 아니라 그것이 나를 본다고 해야 맞을

---

26) 질문의 작은 답은 윤경희, 「에코랄리아 에로티케—윤해서, 「홀」」, 울리포프레스 (www.oulipopress.com/183/)를 참조.

만큼. 이미지는 망막을 두드리며 쏟아진다. 우리는 서로의 사생활에 무방비하다. 인스타그램, 유튜브, 페리스코프 등 명멸하는 이미지 기반 SNS와 플랫폼을 통해서, 길에서, 방에서, 공공건물에서, 여행지에서, 자신이 먹는 것, 입는 것, 사는 것, 보는 것, 즐기는 것, 키우는 것, 하는 것 들을 편집해 전시하는 행위가 즐거운 유행이 되었다. 제가 본 것들의 목록에서 몇 가지만 뽑아볼까.

"낙조를 보다 신들린 사람들.

사람들의 뒤집힌 눈동자.

샛노란 레몬 파이.

지붕과 지붕 사이로 보이는 붉은 하늘.

구겨진 지폐.

사막과 맞닿은 바다.

빌딩 사이로 지는 해"(「홀」, p. 239).

인스타그램을 켜고 이런저런 계정들을 무심히 부유하면, 동시대인의 일상을 포착한 장면들의 탁소노미가 한없이 펼쳐지고, "이 도시의 말로"(「아」, p. 105) 짧은 글짓기를 연습하는 사람처럼, 그것들을 하나씩 명명하며 적절한 형용사, 동사, 부사로 수식된 관형구를 끝도 없이 만들어낼 수 있다. 실시간 이미지를 나열의 수사법으로 번역하며 SNS 시대의 광역 서사시를 읊을 수도 있으리라.

제의 증상을 조금 더 신중하게 경청해보면, "눈을 감아도 보입니다. 눈을 감아도 어둡지 않아요. 눈을 감아도"라 한다. "갑자기 다른 것들이 보이는 거예요. 여기가 아닌 곳. 다른 곳이 보이는 거 같기도 하고. 그러면 진짜 눈앞은 캄캄해져요. 갑자기 눈앞에 커다란 고래나 물고기 떼가 지나가는 거예요"(「홀」, p. 234)라고도 한다. "아무것도 안 보이는 게 아니라 전혀 다른 곳, 전혀 다른 것들이 보이는 거예요. 아침에 눈을 떴는데. 분명히 침대 위에 누워 있는데. 이불이 만져지는데. 사막 한가운데, 쏟아지는 별 무리 아래 누워 있다고"(p. 235)도 한다. "보이지 않는 게 아니라 너무 많은 게"(p. 236) 보인다고 일관되게 말한다. 시각의 결핍이 아니라 과잉을, 이미지 환경의 망실이 아니라 중첩을, 거듭 확언한다. 이미지가 침입한다. 난입한다.

인간이 말을 배운 다음부터, 눈을 감아야만 보이는 것이 생겨났는데 그것은 꿈. 인간이 셀룰로이드 필름에 빛을 담아낼 수 있게 된 다음부터, 어둠 속에 잠겨야만 보이는 것이 만들어졌는데 그것은 시네마. 눈을 감지 않아도, 어둡지 않아도, 지금 여기가 아닌 다른 시공간의 환영을 실제인 양 겪을 수 있다면 그것은 몰입형 가상현실 덕분이다. 제의 눈에 투영되고 제의 몸을 둘러싸는 것은 그것이다. 미술관의 제도 그것을 모르지 않을 것이다.

오스모시스

오스모시스는 소리 내고 듣기에 기분이 좋아지는 말이니까, 더불어 우리의 논의도 유유히 이동할 수 있을 듯.[27]

두 용액 사이에 반투과성 막이 있을 때, 양측 용질의 농도가 거의 균일해지도록, 물이나 다른 용매 분자들이 막을 통과하여 농도가 더 높은 쪽으로 이동하려는 과정.[28]

이 맥락에서 반투과성이란 막에 미세한 구멍들이 있어서 용매, 염제, 대사산물 같은 저분자들의 이동은 허용하지만 DNA, 다당류, 단백질 같은 고분자들의 이동은 제어한다는 뜻이다.[29]

용해제: 다양한 오독 가능성 80 (「아」, p. 145)

제의 경우 몸은 일상의 현실에 정박해 있되 눈만 무언을 따라 부유하고 방랑한다. 여기서 더 나아가, 수, 라이, 밥은 몸 전체가 가상의 시공간으로 전송된다. 수는 자기 집 침대에 누워

27) Donald T. Haynie, *Biological Thermodynamics,* 2nd ed., Cambridge: Cambridge UP, 2008, p. 148.

28) "osmosis, n.," *OED Online*.

29) Donald T. Haynie, *op. cit.*

잠들었으나 바람 부는 촉촉한 풀밭에서 깨어난다. 라이는 사무실을 나서 거리를 헤매다가 수보다 먼저 그 풀밭에 당도한다. 밥은 직장 화장실에서 나왔는데 복도 대신 평원의 거대한 석벽과 마주친다. 그리고 멍하니 걷다가 수와 라이를 만난다. 의지와 무관하게, 아무런 교통수단의 보조 없이, 시공간을 고밀도로 압축하는 미지의 기제에 의해, 찰나의 속도로, 세 사람은 각자의 현실에서 공통의 초현실로 원격이동한다. 삼투압에 기민하게 반응하는 H_2O처럼. 조건적 가능의 모세관을 통과하는 자들. 그들은 액체 인간이다. 저분자 인간이다.

세 사람이 이동한 세계는 어떠한가. 주어진 정보들을 수합해서 막 저편의 세계를 표상해보면. 지구상에 사람들이 활보하지만 문명, 종교, 신화, 농경법, 가족 제도 등은 아직 발명되지 않은 "그 옛날의 어느 날 아침"(「최초의 자살」, p. 193)이다. 절벽 아래 강이 흐르고, 초원을 지나면 하얀 사막이 펼쳐지는 드넓은 곳에서, 홍학, 매머드, 코끼리, 코뿔소, 기린, 사자, 들소 떼가 한가롭게 풀을 뜯거나 사람을 공격한다. 그렇다면 이것은 일종의 시간 여행 서사로서, 사건이 진행되는 시공간의 연대와 지역을 고인류학, 선사학, 지질학에 근거해서 개략적으로나마 실증할 만한가. 그렇지 않다. 밥이 마주친 거대하고 아름답게 빛나는 석벽은 문명이 시작되지 않았다는 진술을 위반한다. 앞서 열거한 동물들의 자연계 서식지는 동물원이 아닌 이상 완전히 일치하지 않고 세 사람이 걸어서 이동할 만한 거리에 있지 않다. 한데 어울려 절벽에서 뛰어내리는 빨간 머리카락의 여자, 파란 눈동자의 남자, 검은 피부의 남자는 인류의 이동에 관한 가설에 맞지 않는다. 동일한 장소에 동시에 존재하지 않았던 것들이 동일한 장소에 동시에 존재한다.

수, 라이, 밥이 이동한 세계는 그러므로 현실이 아니라 그럴듯한 허구의 시공간이다. 천연의 실물이 아니라 인위적으로 조합된 가상이다. 온라인 RPG 배경 같은 이 허구와 가상의 세계에서는 시간의 선조성 대신 아나크로니즘이 작용한다. 수십억 년 동안 축적된 자연 생태계의 실제가 파괴적으로 개간된 자리에서 그것을 선별적으로 모방하고 변형한 인공미의 환경이 급속도로 조성된다. 세계는 사파리, 디오라마, 생태 공원, 체험관으로 개발된다. 우리는 입장하고 관람한다. 사실의 참조가 효력을 상실한 곳에서 오로지 발생하는 감각들을 신뢰하며 자기를 내맡겨 걸어야 한다. 그리고 그 감각은 시각만은 아니다.

> 몰입이란 보이는 것에 비판적인 거리감이 줄어드는 대신 발생하는 것에 감정적인 연루는 더욱 늘어나는 활동으로 특징지어진다.
>
> 〔……〕
>
> 현장감에 관하여 거의 모든 연구자들이 진술하듯, 가상현실의 기술적 목표는 감상자에게 이미지가 있는 장소에 자기 역시 존재한다는 인상을 되도록 강하게 들게 하려는 것이다. 〔……〕

가상현실의 가장 야심찬 기획은 눈뿐만 아니라 다른 모든 감각들에 호소함으로써 감상자에게 어떤 인공적인 세계 안에 온전히 존재한다는 인상을 불러일으키려 한다.[30]

내가 세상이 '잠기다'로 이루어져 있을지도 모른다고 생각한 순간. 어렴풋이 어딘가에 잠겨 있는 세상을 느낀 그 순간.[31]

캐나다 예술가 샤 데이비스Char Davies는 1995년 몰입형 가상현실 설치작 「삼투Osmose」를 발표했다. 데이비스는 자신의 작품을 향유하는 사람을 관람자나 사용자가 아니라 몰입자immersant라 부른다. 「삼투」를 체험하려면 몰입자는 HMD와 벨트를 착용해야 한다. 벨트에는 그가 숨을 쉬고 움직일 때마다 흉곽과 척추의 미세한 움직임을 감지하는 센서가 내장되었다.[32] 그는 수경과 산소통을 장착한 잠수부와 흡사해진다. 가상으로의 몰입은, 미의 향유는, 고압과 고밀도의 액체성 미지의 환경으로 고독하게 잠겨드는 것이다.

디지털 장비로 보철한 몰입자는 밤의 숲으로 진입한다. 하늘과 땅 사이를 부드럽게 이어주는 나무를 지나, 반딧불이가 날

---

30) Oliver Grau, *Virtual Art: From Illusion to Immersion*, trans. Gloria Custance, Cambridge: MIT Press, 2003, pp. 13~14.

31) 「우리의 눈이 마주친다면」, p. 132.

32) cf. Char Davies, "Osmose", Immersence, 1995. www.immersence.com/osmose/

아오르고, 시야를 가리는 짙푸른 잎사귀들을 헤치면, 고생대의 양치류 덤불이 나타난다. 아니, 아무래도 이런 묘사는 적확하지 않다. 숲길에서 마주치는 사물들은 동물의 혈관과 내장 속을 부유하는 세포 물질처럼, 지하 광맥의 광석 결정체처럼, 신경망처럼, 우주의 성운처럼, 밤하늘에 터져 오르는 폭죽처럼, 바닷속 조류와 형광 플랑크톤처럼, 삼라만상의 형체를 포괄하며 거듭 변신하기 때문이다.

윤해서 소설은 「삼투」가 개척한 인공 자연의 상상에 메아리처럼 응답한다. 돌 심장의 무덤에 박하향이 감도는 로드하라의 풍경이 그렇듯, 사막과 눈밭과 구름 속에서의 제의 꿈이 그렇듯, 펄루치커이의 파도치는 평원이 그렇듯, 사라지는 남자의 환각 속 금빛 당나귀와 초록 고슴도치들과 빛나는 해파리 떼가 그렇듯. 이 소설적 가상 안에서 대우주와 소우주, 자연 현상과 인간의 기예술, 빛과 어둠, 대기와 심연, 생물과 무생물, 형상과 문자, 물질과 정보는 시시각각 조응하며 서로의 생성적 변모와 운동에 관계한다. 그것은 무궁한 가소성의 세계다. 그곳에 독자는 몰입해 용해된다. 저분자 상태로 느슨하게 흩어져서 문단과 문장과 공백 사이를 제약 없이 부유한다. 눈을 흩날리며 읽는다.

가상현실을 향유하는 자의 신체는 마냥 수동적으로 부동하지 않는다. 누구도 무엇도 가만히 있지 않는다고 하지 않았나. 「삼투」에서 이미지의 가소성을 유발하는 것은 몰입자의 생체

활동과 주체적인 행동이다. 몰입자가 숨을 들이쉬고 내쉬면, 흉곽 센서가 그것을 감지하고 몰입 환경 속 사물들의 이미지를 다채롭게 변화시킨다. 몰입자가 몸을 이리저리 움직이면, 척추 센서가 그것을 감지하고 몰입 환경 속에서 나아갈 길을 움터준다. 디지털 인공 낙원은 생체의 호흡과 동작에 의존하고 조응하며 끝없이 새롭고 유혹적인 국면을 드러낸다.

나의 숨과 춤에 따라 내가 잠겨든 세계가 같이 숨 쉬고 춤춘다는 것. 나는 허구와 가상의 인공호흡자가 되어야 한다. 아름다움을 지속적으로 누리기 위해서라도, 생의 중독자처럼, 나는 멈춤 없이 숨 쉬고 멈춤 없이 춤추어야 한다. 말로의 내가 그렇듯.

> 언제나 당신 곁에 있다. 모든 거리에서. 콩팥콩팥. 쿵 쿵 쿵 쿵. 심장이 뛴다. 콩 팥 콩 팥. 쿵쿵쿵쿵. 모든 거리가 사라진다. (「아」, p. 179)

> 이렇게 쉼 없이. 또, 숨을 들이쉬고, 내쉬고. 태어나야 하다니. (「〔읻다〕」, p. 340)

쾌락의 정원

그리스어 플라세인πλάσσειν은 반죽하다, 빚다, 본뜨다 등을 뜻하는데, 이 어원을 따라 가소성plasticité이란 단어에는 두 가지 근원적인 의미가 있다는 점을 상기하자. 가소성은 진흙과 찰흙[처럼] 형상을 수용하는 능력과 성형외과 시술에서처럼 형상을 부여하는 능력을 동시에 가리킨다. 그러나 또한 가소성은 형상을 무화하는 역능으로도 특징지어진다. 폭탄 테러plasticage와 폭파하다plastiquer 같은 말들을 파생시킨 플라스틱폭탄plastic은 강력한 폭발을 일으킬 수 있는 니트로글리세린과 니트로셀룰로오스에 기반한 폭약제다. 이로써 가소성은 두 극단 사이에 있다는 점을 인지할 수 있다. 한편에는 조각이나 플라스틱 제품처럼 형상의 조형적 가변성이 있고, 다른 한편에는 폭발처럼 모든 형상의 파괴가 있다.[33]

폐광이 결정된 갱도의 마지막 폭발처럼. (「오늘」, p. 59)

펑, 펑, 펑. 끝없는 폭발과 점멸이 있을 뿐. (「커서 블링크」, p. 365)

왜상으로의 질주에 더해, 잠겨들어, 초혼 중의 무녀처럼 격렬하게 숨 쉬고 춤춘다. 그러므로 감각의 증강은 눈을 초과하여 사실상 온몸의 신경계에 관여한다. 윤해서 소설의 신인류가

---

33) Catherine Malabou, *La Plasticité au soir de l'écriture: Dialectique, destruction, déconstruction*, Paris: Léo Scheer, 2005, pp. 25~26.

여행, 드라이브, 신체극, 몰입형 가상현실, 심지어 피트니스처럼 대개는 기술적 도구에 의존해 신체를 골고루 사용해야 온전히 즐길 수 있는 활동들에 심취하는 것은 우연이 아니다. 그들은 몸 전체로 천연의 실재와 기술적 가상이 혼재하는 카오스적 시공간의 극한을 감각하려 한다.

"환락에 가까운 경이"(「테 포케레케레」, p. 30)의 체험을 제공하는 시공간은 여행지와 인공 풍경뿐만 아니라 때로는 건축물의 형태로 스산하게 공동화된 도심 속에 설치된다. 잠겨들기에 더욱 용이하도록. 은밀하게. 몽상, 망상, 착각, 환각, 마취, 도취, 착란에 취약한 자들을 환대하는 수상한 쾌락의 정원들이 도시 여기저기에서 성업 중이다. 마치 "아무도 움직이지 않는 소설 속에 다른 소설의 한 페이지가"(「아」, p. 146) 끼어드는 것처럼. 여러 명이 동시에 지금 여기의 시공간에서 사라져 가상으로 잠겨든다.

숭고룽고와 코러스크로노스에 입장해볼까. 독자의 자격으로라면, 베르길리우스의 환영을 뒤따르는 단테인 양, 묘사된 것들을 더듬더듬 눈과 손으로 짚으며 상상의 동력으로 나아가야 한다. 낯선 마을의 서점 또는 서점이 있는 신도시 숭고룽고는 암모나이트의 외관에 내벽에는 책 대신 "수많은 자궁들만이 공중에 떠 있는 것"(「〔읻다〕」, p. 334) 같은 거대한 구멍처럼 그려진다. 기괴한 꿈결 같지만 현실적으로도 아주 불가능하지는 않은 그럴듯함의 장소다. 반면, 서빙고역 4번 출구 근방의 코러스크로노스는 요약적 파악이 무색해지도록 외관, 구조, 장식이 고도로 모호하고 복잡하다. 묘사를 분해해서 다시 조립해보면, 허름한 4층 건물의 내부에, 바닥의 깊이와 천장의 높이를 측량하려는 시도를 좌절시킬 만큼 거대한, 숭고하게 무한한, "원뿔형 몸체를 중심으로 굵기가 다른 색색의 유리관들이 여러 방향으로 뒤엉켜 뿔의 주변을 감싸고 있는 형상의 구조물"이 들어차 있다. 코러스크로노스는 건물 속의 건물이면서 현실 속의 이계다. 그것의 각 부분들은 "좌우로 비틀린 마름모꼴 회전문"처럼 평면 기하학에서의 정의를 파괴하거나 "공중에 떠"(「테포케레케레」, p. 29) 있는 방들처럼 지구상의 중력 법칙을 위반한다. 방마다 피어오르는 찬연한 불꽃들은 발화점 이상의 온도에 도달하지 않아도 섬유를 연소시킨다. 코러스크로노스에서 이 행성의 물리학, 수학, 화학 공리는 말을 듣지 않는다.

그러므로 오히려 말로. 새 삶을 시작하면서도 다시금 문학에 글쓰기에 투신하는 사람처럼, "오로지 말로"(「아」, p. 175). 적어도 현시점의 지구상에서 코러스크로노스의 가상현실은 기술이 아니라 언어로만 구축될 수 있다. 언어의 아키텍토닉스. 윤해서는 소설이라는 가상의 언어적 시공간에서 문장들의 코러스크로노스를 설계하고 축조한다. 그런데 코러스크로노스에 관한 서술이 상세해질수록, 그것을 구성하는 부분들의 묘사가 그럴 듯하게 치밀해질수록, 그곳에서 일굴 수 있는 행위와 감각이 다양하고 섬세해질수록, 문장들은 바로크적 과잉으로 팽창한다. 모서리가 안 맞는 비정형 곡면의 유리 조각들처럼, 공리를 전복하고 진위의 경계를 무화하는 문장들이 모순모순 증식하면서, 거대한 언어 다면체 코러스크로노스는 점점 더 모호하고 복잡해진다. 전체의 조망을 놀리는 디테일들의 향연으로 소설은 마침내 찬란하게 파열한다. 초신성처럼 폭발하려 한다. 가상이 허구적 언어의 힘으로 최정점에 오른 자리에서, 가상을 완수한 언어가 폭약처럼 터져 오르다 꽃잎처럼 흩어져 나리는 자리에서, 읊이 나고 남아 읊을 것이다.

멜리스마

시날 계곡에 사는 사람들은 자기들이 "흩어지는 것"을 방지하려고 건축 기획에 착수했는데, 바로 그것이야말로 거대한 축조물로 인해 그들이 궁극적으로 겪게 된 상황인 것 같다는 사실 〔……〕. 〔바벨을〕 짓기 전에 그들은 의논했다고 한다.

"도시와 탑을 지어 그것의 꼭대기가 하늘까지 닿게 하자. 그리고 우리의 이름을 내언자. 우리가 온 땅의 낯에 멀리 흩어지지 않게."

〔……〕 신은 "그들이 서로의 말을 알아듣지 못하도록" 인간

의 언어를 "뒤섞음"으로써 건설을 중단시키기로 했다.[34)]

> 사람들은 도시의 여러 통로들로 흩어진다. 서로 다른 말소리가 웅웅거리며 먼 벽을 두드린다. 닿지 않는 어둠 속의 깊은 허공을 흔든다. 캄캄한 허공 속에서 말들이 뒤섞인다. (「아」, p. 124)

읊이 등장할 때마다 도돌이 읽으며 상상해보아. 당신은 무엇인가.

형상으로는. 자궁 속 태아처럼 작으면서도 얼굴에 별자리를 새기도록 거대한 자. 두꺼비를 닮았나 싶으면 부레옥잠의 식물성 폐를 지닌 자. 나와 마주 서 나의 발생과 쇠퇴를 수억의 얼굴로 흉내 내는 자. 우리가 멀리 흩어져 떠날 낯. 인터페이스. 낯의 흩어짐. 나의 흩어짐과 사라짐을 주관하고 주시하는 자. 덩어리로 뭉쳤다가 잔해로 부서지는 자. 그 모든 이율배반의 이미지들을 착종시키며 팽창하다 폭발하는 당신은. 가상의 가상. 무궁동의 카오스와 무한한 가소성의 궁극.

언어로는. 신의 말씀이자 인간의 울음. 소설에 이식된 시의

34) Daniel Heller-Roazen, *Echolalias: On the Forgetting of Language*, New York: Zone Books, 2005, p. 219. 인용문을 번역하는 데 다음을 참고했다. 대니얼 헬러-로즌, 『에코랄리아스』, 조효원 옮김, 문학과지성사, 2015, p. 274.

동력 장치. 이야기 분자들이 용해된 노래. 인간의 입으로 조음할 수 있는 모든 음소들을 합한 주파수. 가장 멀리 가는 메아리. 말들이 온 땅의 낯에 흩어졌다 대기 중에서 다시 만나 하나로 뒤섞여 내는 음정. 비정형 모서리의 번역 파편들로 이룩하며 폭파할 원어.[35] 재회의 징표로 기억할 이름. 합창을 부르는 합창. 입술 틈으로 영원히 불어오는 바람. 숨의 기색.

읊과 마주 서 읽……

35) cf. Walter Benjamin, "Die Aufgabe des Übersetzers", *Gesammelte Schriften IV.1*, Frankfurt am Main: Suhrkamp, 1991, p. 18.

작가의 말

안녕하세요, 윤해서입니다.

잘 지내고 계신가요?

저는 조금 전 언 강을 건너 출근했습니다. 더러 녹지 않은 눈들이 눈에 띕니다. 주머니에 손을 넣고 바닥을 보며 걷습니다. 저는 아주 느리게 걷고 그래서 언제나 많은 사람들이 저를 지나쳐 갑니다. 어떤 사람은 뒤를 돌아보기도 합니다. 걷고는 있는 건지, 멈춰 서 있는 건 아닌지 확인하려는 것처럼 말입니다. 나란히 걷는 사람을 답답하게 할 정도로 천천히 걷는 저는 사실 걷기만 느린 것이 아니라 무엇이든지 느린 편입니다. 말도 느릿느릿하고 밥도 천천히 먹고 마음도 아주 느리게 움직입니다. 거의 모든 순간에 삶이 저를 앞지른다고 생각합니다.

7년 만에 첫 책을 묶습니다.

코러스크로노스.

책의 맨 앞장에 시간의 신인 크로노스의 이름과 합창을 의미하는 코러스, 두 단어를 나란히 두었습니다.

시간합창.

지금 이 순간에도 많은 시간의 합창이 들려옵니다.

코러스크로노스라는 말을 처음 생각했을 때, 그때도 지금처럼 추운 겨울이었습니다. 저는 여의도의 한 카페에 앉아 있었고 신나게 어떤 건축물을 지었습니다. 그 건축물은 모든 면이 마름모꼴의 유리와 얼음으로 이루어진 건물로, 서빙고역 앞에 있습니다. 무엇이든 태울 수 있는 곳인데 작은 방마다 색색의 아름다운 불꽃들이 피어오릅니다. 불꽃은 재를 남기지 않고 모든 것을 집어삼킵니다. 이곳에서 주인공은 자신도, 자신과 함께 들어왔던 누군가도 잊고 수많은 시간의 합창 속으로 끌려 들어갑니다. 미지의 어둠, 테 포케레케레 속으로요. 저는 그 건축물에 이름을 지어 붙였습니다. 코러스크로노스. 코러스크로노스는 그렇게 시간이 합창하는 소설 「테 포케레케레」의 한 부분이 되었습니다.

『코러스크로노스』에는 두 개의 「테 포케레케레」가 있습니다. 두 개의 코러스크로노스가 합창의 시작과 끝에 문을 마주하고 있습니다. 처음 「테 포케레케레」를 썼을 때, 미지의 어둠에 대해 생각했습니다. 시간의 순서를 바꾸었습니다. 미지의 시간 속에 테 포케레케레를 남겨두었습니다. 책을 묶으면서 첫 번째 합창을 불러옵니다. 두 개의 변주곡을 코러스크로노스에게 돌려줍니다. 다른 시간대에서 동시에 불리는 미지의 합창이라 생각해주시면 좋겠습니다.

느리게 지나온 시간들을 생각합니다.
여전히 제 귓가에 울리는 합창 소리들.
거기, 수많은, 당신과 제가 있습니다.

언젠가 한 인터뷰에서 이런 질문을 받은 적이 있습니다. 다양한 생물과 언어가 사멸해가는 시대에, 인간이라는 한 종(種)에게서 보존되어야 할 가장 아름다운 부분은 무엇인가요?

저는 그때 이 어려운 질문 앞에서 잠깐 동안 아무 생각도 하지 못했습니다. 그리고 가까스로 이렇게 대답했습니다.

질문 앞에서 몇몇 단어들을 떠올리다 아득함을 느낍니다. 이런 기억이 있어요. 해가 지기 시작합니다. 누군가 피워놓은 모닥불 앞에 술잔을 든 사람들이 옹기종기 모여앉아요. 나무가 타닥타닥 타들어갑니다. 사람들의 웃음소리가 섞이고 잔 부딪치는 소리가 커집니다. 어둠이 점점 짙어지고 나무는 까만 재가 됩니다. 제 옆에는 잘 모르는 사람이 있어요. 그는 요리사입니다. 가로등 불빛 한 점 없는 새까만 밤. 모닥불은 고요히 잦아들고 알불만 남습니다. 사람들은 하나둘 방으로 돌아가죠. 저는 넋을 놓고 새빨간 알불을 보고 있습니다. 살아 있는 보석들 같다고 생각합니다. 사방에는 어둠과 적막뿐이에요. 우리 어머니는 알콜 중독자였어. 그가 이야기를 시작합니다. 저는 잘 모르는 사람의 갑작스런 이야기에, 낯선 언어에 잔뜩 긴장합니다. 동생을 공부시키려고 요리를 시작했지. 그는 슬픈 가족사를 담담하게 이야기합니다. 그런데 이제는 잘 모르겠어. 한참을 이야기하던 그가 활짝 웃어 보입니다. 눈가가 젖어 있습니다. 저는 당황합니다. 어쩔 줄을 모르죠. 사실 쩔쩔매고 있습니다. 무슨 말인가 하고 싶은데. 그에게 무슨 말이라도 해주고 싶은데. 제 짧은 영어는 너무 짧고, 몇 개의 단어들은 혀끝에서 완전히 달아납니다. 저는 아무 말도 할 수가 없습니다. 한마디도 할 수 없어서. 그에게 들어보라고 말합니다. "안녕 귀여운 내 친구야. 멀리 뱃고동이 울리면 네가 울어주렴 아무도 모르게. 모두가 잠든 밤에 혼자서. 모두가 잠든 밤에 혼자서." 그가 무슨 내용의 노래냐고 묻습니다. 저는 또 당황합니다. 인생에 대한 이야기인 거 같아. 가까스로 대답합니다. 알불은 식어가고 밤은 점점 깊어갑니다.

저는 여전히 이 어려운 질문 앞에서 아득함을 느낍니다.
시간의 합창에 귀 기울입니다.
멈춰 선 듯 가만가만 움직입니다.

밤은 점점 깊어갑니다. 다만,

시와 소설에 경계가 있다면.
음악과 문학에 경계가 있다면.
삶과 죽음 사이에 경계가 있다면.

그 사이 어디쯤,
그곳에서 세상의 모든 먹먹한 순간들이 한순간이라도 멈추기를 바랍니다.

책을 만들어주신 분들께
읽어주시는 분들께 고개 숙여 깊이 감사드립니다.

엄마, 아빠,
사랑하고, 사랑해요.

수록 작품 발표 지면

테 포케레케레　미발표작

오늘 『버수스』 2013년 NO. 6

아 『문학들』 2011년 가을호

최초의 자살 『문학과사회』 2010년 여름호

홀 『문학과사회』 2013년 봄호

〔인다〕 〈문장 웹진〉 2010년 10월

커서 블링크cursor blink　문학웹진 〈한판〉 2014년 10월

테 포케레케레 『문학과사회』 2011년 봄호